D1705990

ДЖУДИТ МАКНОГ

Укрощение любовью, или Уитни -2

АСТ
ИЗДАТЕЛЬСТВО

Москва
2002

УДК 821.111(73)
ББК 84 (7США)
М15

Judith McNaught
WHITNEY, MY LOVE
1999

Перевод с английского Т.А. Перцевой

Серийное оформление А.А. Кудрявцева

Печатается с разрешения издательства Pocket Books,
a division of Simon & Schuster, Inc. c/o Toymania LLC.

Подписано в печать с готовых диапозитивов 21.11.01.
Формат 84×108 $^1/_{32}$. Печать высокая с ФПФ. Бумага
типографская. Усл. печ. л. 16,8. Доп. тираж 5000 экз.
Заказ 2104.

Макнот Д.
М15   Укрощение любовью, или Уитни. Роман. В 2 книгах. Кн. 2 /
Д. Макнот; Пер. с англ. Т.А. Перцевой. — М.: ООО «Издатель-
ство АСТ», 2002. — 318, [2] с.

ISBN 5-17-006342-3 (Кн. 2)
ISBN 5-17-008976-7

«Уитни, любимая» стала самым знаменитым романом Джудит Макнот —
книгой, покорившей сердца читательниц по всему миру.
Однако миллионам женщин хотелось узнать о дальнейшей судьбе героев,
хотелось продолжения...
И тогда Джудит Макнот переработала и дописала свой роман.
Теперь это уже не «Уитни, любимая», но «УКРОЩЕНИЕ ЛЮБОВЬЮ,
или УИТНИ».
Это — НОВАЯ «Уитни»! Книга, которая не оставит равнодушной ни
одну читательницу!

УДК 821.111(73)
ББК 84 (7США)

ISBN 5-17-006342-3 (Кн. 2)
ISBN 5-17-008976-7

Глава 21

Два дня спустя, с последним ударом часов, пробивших девять, Уитни выглянула в окно и увидела внизу два блестящих черных дорожных экипажа. Натянув лайковые перчатки цвета морской волны в тон дорожному костюму, девушка спустилась в прихожую вместе с Клариссой, ни на шаг от нее не отходившей. Тетя и ее отец тоже вышли попрощаться. Уитни подчеркнуто не обратила внимания на Мартина и крепко обняла леди Энн, пока Клейтон, извинившись, самолично провожал горничную к фаэтону.

— Где Кларисса? — немедленно осведомилась Уитни несколько минут спустя, когда Клейтон усадил ее в пустой фаэтон.

Герцог, успевший бесцеремонно избавиться от разгневанной, протестующей компаньонки, запихнув ее в экипаж вместе со своим камердинером, спокойно объяснил:

— Она удобно устроена во втором экипаже и, несомненно, в данную минуту погружена в чтение великолепных книг, которые я взял на себя смелость приготовить специально для нее.

— Кларисса обожает любовные романы, — заметила Уитни.

— Я дал ей «Успешное управление большими поместьями» и «Диалоги» Платона, — признался герцог, очевидно, ничуть не раскаиваясь. — Но уже успел поднять подножку и закрыть дверцу, прежде чем она смогла увидеть названия.

Уитни расхохоталась, укоризненно покачав головой.

Экипажи, мягко покачиваясь на упругих рессорах, свернули с ухабистой проселочной дороги, и только сейчас до Уитни дошло, что хотя внешне фаэтон ничем не отличался от сотен других, внутри он был гораздо просторнее и роскошнее. Бархатные подушки казались куда более удобными и мягкими, а отделка, по-видимому, стоила немалых денег. Клейтон, сидевший рядом, мог свободно вытянуть ноги, не опасаясь задеть противоположное сиденье. Их плечи почти соприкасались, но вовсе не потому, что в фаэтоне не хватало места. Уитни уловила слабый пряный запах его одеколона и, почувствовав, как беспорядочно забилось сердце, поспешно отвернулась, чтобы полюбоваться прелестным осенним пейзажем.

— Где ваш дом? — спросила она после долгого молчания.

— Там, где вы.

Нескрываемая нежность в его голосе ошеломила Уитни.

— Я... я имела в виду ваш настоящий дом, Клеймор.

— В полутора часах езды от Лондона в хорошую погоду.

— Он очень старый?

— Очень.

— Значит, должен быть ужасно унылым и холодным, — пробормотала Уитни и, заметив устремленный на нее вопросительный взгляд, поспешно добавила: — Многие старые аристократические дома только снаружи производят приятное впечатление, в внутри — темные и угнетающе мрачные.

— Клеймор не раз перестраивался, и теперь в нем есть все современные удобства, — сухо сообщил Клейтон. — Не думаю, что вы найдете его таким уж запущенным и угрюмым.

Уитни подумала, что герцогская резиденция, конечно, по своей роскоши больше похожа на дворец, и при мысли, что никогда ее не увидит, ощутила странную печаль. Клейтон, казалось, почувствовал мгновенную смену ее настроения и, к удивлению Уитни, начал развлекать ее историями о детских проделках, своих и брата Стивена. За все время их знакомства Клейтон никогда не был так откровенен, и на душе девушки с каждой милей становилось все легче.

Солнце уже садилось, и Уитни, сжавшись от напряжения, молча застыла, глядя в окно на мощенные булыжником улицы столицы.

— Что случилось? — спросил Клейтон, заметив, что она нервничает.

— Мне ужасно неловко появляться в доме Эмили вместе с вами, — призналась девушка с несчастным видом. — Лорду Арчибалду и Эмили может показаться это очень странным.

— Притворитесь, что мы собираемся пожениться, — смеясь, посоветовал Клейтон и, сжав ее в объятиях, принялся целовать так долго и страстно, что Уитни почти поверила в это.

Городской дом Арчибалдов украшали витые железные ворота и такая же решетка. Эмили сердечно встретила их в прихожей, и хотя Уитни была убеждена в том, что подруга шокирована ее появлением под руку с Клейтоном, она все же почувствовала некоторое облегчение, поскольку леди Арчибалд ничем не дала понять этого. Тепло обняв Уитни, Эмили торопливо проводила ее в спальню для гостей, а сама спустилась вниз, чтобы вместе с мужем принять гостя.

Она вернулась полчаса спустя. Куда только подевалась ее безмятежность! Щеки раскраснелись, глаза сверкали от волнения! Уитни, помогавшей Клариссе разложить вещи, стоило лишь взглянуть на подругу, чтобы приготовиться к самому худшему.

— Это он! — выпалила она, в изнеможении прислонясь к двери. — Он только сейчас открыл свое настоящее имя! Майкл, конечно, все знал, но его светлость просил мужа сохранить все в тайне. Лондонское общество только о нем и говорит!

Хорошенькое личико Эмили осветилось неподдельной гордостью за подругу.

— Уитни! — воскликнула она. — Ты собираешься на бал Ратерфордов с самым завидным женихом во всей Европе! Бал Ратерфордов! — повторила Эмили, пытаясь пробудить в Уитни хоть немного энтузиазма. — Приглашения на их приемы ценятся дороже бриллиантов!

Уитни нерешительно прикусила губу. Ей страстно хотелось исповедаться Эмили, но она боялась обременить ее собственными проблемами. Если она скажет подруге, что помолвлена с «самым завидным женихом в Европе», та, несомненно, придет в восторг. Но если Уитни признается, что вовсе не желает этой помолвки и, более того, через несколько дней собирается сбежать с Полом, то Эмили, конечно, будет умолять подругу отказаться от своего замысла, поскольку все это неминуемо обернется большим скандалом.

— Как давно ты узнала, что он — герцог Клеймор?

— Меньше недели назад, — осторожно пробормотала Уитни.

— И? — продолжала любопытствовать Эмили, так разволновавшись, что продолжала без умолку сыпать вопросами: — Расскажи мне все! Ты влюблена в него? Неужели нисколько не удивилась, узнав, кто он на самом деле?

— Да просто была потрясена, — призналась Уитни, слегка улыбаясь при воспоминании, как ужаснулась, узнав, что обручена с герцогом Клеймором.

— Ну продолжай же! — нетерпеливо потребовала Эмили.

Ее восторг оказался таким заразительным, что улыбка Уитни немного потеплела, однако она покачала головой и ответила достаточно твердо, чтобы по крайней мере на время отвлечь Эмили от дальнейших расспросов:

— Мы вовсе не влюблены друг в друга. Я собираюсь замуж за Пола. Все решено.

Клейтон смотрел на настенные часы в своей просторной спальне с камином работы Роберта Адамса, пока камердинер осторожно застегивал белую крахмальную сорочку на его широкой груди. Было уже почти десять, и ему хотелось поскорее оказаться в доме Арчибалдов.

— Не могу выразить, милорд, — пробормотал Армстронг, помогая ему надеть жилет из черной парчи, — как приятно снова очутиться в Лондоне.

Пока Клейтон одергивал жилет, Армстронг вынул из гардероба черный фрак, смахнул с него невидимую пылинку и придержал, чтобы Клейтону было удобнее просунуть руки в рукава. Вдев в петли сорочки рубиновые запонки, Армстронг отступил и одобрительно улыбнулся при виде хозяина в безупречном черном вечернем костюме.

Клейтон наклонился поближе к зеркалу, чтобы проверить, хорошо ли камердинер его выбрил, и широко улыбнулся маячившему сзади слуге:

— Ну как, Армстронг, сойдет?

Пораженный и обрадованный непривычно шутливым тоном, камердинер угодливо поклонился.

— Несомненно, ваша светлость, — заверил он, но после ухода хозяина удовольствие уступило место досаде: слуга сообразил, что причина хорошего настроения его светлости, должно быть, кроется в предстоящей встрече с мисс Стоун. Камердинер впервые усомнился, стоило ли заключать пари с кучером Макреем, поставившим немалые денежки на то, что герцог обязательно женится на девушке.

— Желаю хорошо провести вечер, ваша светлость, — пожелал дворецкий, когда Клейтон, накинув вечерний плащ с алой подкладкой, спускался по ступенькам широкого крыльца своего великолепного особняка на Аппер-Брук-стрит.

Макрей, одетый в ливрею Уэстморлендов, широко распахнул дверцу экипажа, завидев приближающегося хозяина. Ухмыльнувшись рыжеволосому шотландцу, Клейтон кивком показал на лошадей:

— Если они всю дорогу будут тащиться шагом, пристрели их!

Радостное волнение бурлило в душе Клейтона с каждым поворотом колес экипажа. Он был счастлив перспективой впервые появиться в обществе с Уитни. Бал у Ратерфордов, на который он поехал, желая лишь немного развлечь девушку, превратился в чудесное событие для него самого. Он мечтал показать всем, что она принадлежит ему, а разве существует лучшее место, чтобы ввести ее в лондонское общество, чем дом его старых друзей?

Клейтон с почти мальчишеским восторгом воображал лица Маркуса и Элен Ратерфорд, когда он сегодня представит им Уитни как свою невесту. И хотя, открывая тайну их помолвки, он нарушает обещание, она может быть уверена, что дома об этом по-прежнему никто не узнает по крайней мере еще несколько дней. Тайна, с отвращением подумал Клейтон. Да пусть хоть всему миру станет известно!

— Он приехал! — воскликнула Эмили, вбегая в комнату Уитни, после того как встретила внизу своего благородного гостя. — Только подумай! Твое первое появление в лондонском обществе произойдет на самом грандиозном балу года, куда тебя сопровождает сам герцог Клеймор! Как бы я хотела, чтобы Маргарет Мерритон увидела тебя сейчас!

Восторженный энтузиазм Эмили, возраставший с каждой минутой, оказался таким заразительным, что Уитни невольно улыбнулась, не в силах подавить необъяснимую радость, овладевшую ею при виде Клейтона, беседовавшего с лордом Арчибалдом у подножия лестницы.

Как только Уитни начала спускаться, Клейтон машинально поднял голову. И то, что увидел, заставило его задохнуться от гордости и счастья. Уитни Стоун, в платье, напоминающем греческую тунику из золотистого атласа, выглядела сверкающей молодой богиней. Одно плечико осталось восхитительно обнаженным, легкая ткань льнула к ее точеной фигуре и вихрилась у подола золотым водоворотом. Нитка желтых турмалинов с бриллиантами обвивала густые темные пряди, а лицо и глаза светились сияющей улыбкой.

Клейтон подумал, что она никогда еще не выглядела такой соблазнительной. Она была прекрасной, ослепительной, чарующей... и принадлежала ему!

Длинные перчатки в тон платью доходили почти до плеч, и, когда Уитни достигла подножия лестницы, Клейтон не смог противиться искушению сжать ее руки. Серые глаза пылали страстным пламенем, голос внезапно охрип.

— Боже, ты изумительна! — выдохнул он.

Подпав под очарование этих неотразимых глаз, Уитни поддалась внезапному порыву позволить себе по-настоящему наслаждаться этим вечером. Отступив, она наградила взглядом, полным нескрываемого восхищения, облаченную в вечерний костюм фигуру Клейтона и, вздохнув с притворной грустью, прошептала:

— Боюсь, далеко не так красива, как вы.

Клейтон помог ей надеть накидку из золотистого атласа и поспешил проводить к карете, даже не вспомнив, что забыл попрощаться с Арчибалдами.

Глядя на закрытую дверь, Эмили протяжно вздохнула.

— Если питаешь какие-то надежды, — мягко предупредил Майкл, обнимая жену за плечи, — лучше пожелай Уитни сохранить ясную голову, а не Клейтону потерять свою, потому что из этого ничего не выйдет. Ты достаточно наслушалась о нем сплетен, чтобы прекрасно это понять. Даже если он влюбится без памяти настолько, чтобы пренебречь небольшим состоянием Уитни, все равно никогда не женится на женщине гораздо ниже себя по происхождению. Семейные традиции обязывают Клейтона выбрать жену из старинного аристократического рода.

К ночи сгустился туман, подул холодный ветерок, поднимавший полы накидки Уитни. Девушка помедлила на ступеньках крыльца, натягивая широкий атласный капюшон, чтобы сохранить прическу, и тут ее взгляд упал на карету, ожидавшую на улице под газовым фонарем.

— Боже милосердный, это ваш? — охнула она, не в силах оторвать взгляд от великолепного экипажа, покрытого темно-красным лаком, с золотым гербом, сверкающим на дверце. — Ну конечно, ваш, — торопливо поправилась она и, взяв себя в руки, спустилась вниз. — Просто я никак не могу привыкнуть думать о вас как о герцоге. Все время путаю вас с тем Клейтоном Уэстлендом, который живет по соседству со мной.

Она бормотала еще что-то, чувствуя себя глупенькой деревенской простушкой, однако не могла противиться искушению остановиться, чтобы получше разглядеть не столько карету, сколько чудесную четверку серых коней с белыми гривами и хвостами, нетерпеливо перебиравших ногами и вскидывавших головы, горя желанием поскорее тронуться в путь.

— Вам они нравятся? — поинтересовался Клейтон, помогая ей сесть и сам устраиваясь рядом.

— Нравятся? — повторила Уитни, откидывая капюшон и застенчиво улыбаясь. — Да я никогда не видела таких прекрасных животных!

Клейтон слегка обнял ее за плечи:

— В таком случае они ваши.

— Нет, я не могу их принять. Правда не могу.

— Теперь вы намереваетесь лишить меня удовольствия дарить вам подарки? — мягко осведомился он. — Поверьте, ничто не обрадовало меня больше, чем возможность заплатить за ваши туалеты и драгоценности, пусть даже и без вашего ведома.

Немного успокоенная его благодушно-веселым настроением, Уитни задала вопрос, который прежде боялась высказать вслух:

— Сколько вы заплатили за меня отцу?

Дружелюбная атмосфера мгновенно рассеялась.

— Даже если вы не захотите мне ни в чем уступить, по крайней мере сделайте одолжение, прекратите упорствовать в этом глупом убеждении считать себя чем-то вроде моего приобретения!

Но теперь, когда она наконец высказала все и к тому же навлекла его гнев, Уитни желала добиться ответа.

— Сколько? — упрямо повторила она.

— Сто тысяч фунтов, — поколебавшись, холодно бросил Клейтон.

Уитни отшатнулась, как от удара. Никогда, даже в самом буйном воображении, не представляла она подобной суммы —

жалованье лакея составляло всего тридцать — сорок фунтов в год. Если она и Пол будут экономить до конца жизни, отказывая себе во всем, все равно никогда не смогут выплатить такой огромный долг. Теперь она всем сердцем жалела о том, что вообще затронула эту тему. Она не хотела, чтобы вечер был испорчен: сегодня их первый и последний бал вместе, и пусть он будет без привычных ссор и баталий. Ей вдруг почему-то стало жаль расставаться с Клейтоном.

Отчаянно пытаясь вернуть прежнее веселое настроение, Уитни небрежно заметила:

— В этом случае вы просто глупец, милорд герцог.

Клейтон швырнул перчатки на сиденье и выпрямился.

— В самом деле? — протянул он свысока, стараясь, чтобы голос звучал как можно более оскорбительно. — Почему же, мадам?

— Потому, — кокетливо сообщила Уитни, — что, по моему мнению, вам не стоило позволять ему выманить у вас хотя бы шиллинг сверх девяноста девяти тысяч.

Ошеломленный взгляд Клейтона остановился на ее лице, на улыбающихся губах, и тут он, откинув голову, рассмеялся низким гортанным смехом, согревшим сердце Уитни.

— Когда мужчина решает добыть сокровище, — хмыкнул он, притягивая ее к себе и чуть улыбаясь, — не стоит спорить из-за нескольких фунтов.

В экипаже воцарилось молчание, продолжавшееся до тех пор, пока веселые искорки в его глазах не сменились медленно разгоравшимся пламенем. Глаза заблестели расплавленным серебром. Их взгляд словно держал ее в невидимом плену, и когда Клейтон медленно наклонил голову, Уитни не отстранилась.

— Я хочу тебя! — выдохнул он, впившись в ее губы жгучим, безумно-сладострастным поцелуем, мгновенно лишившим ее разума.

Особняк Ратерфорда сверкал огнями. Длинная аллея, ведущая к нему, была запружена экипажами, неспешно продвигавшимися к парадным дверям. Из карет выходили дамы в переливающихся всеми красками нарядах и мужчины в вечерних костюмах. Каждый экипаж встречали лакеи с пылающими факелами и провожали гостей по ступенькам крыльца к самому входу.

Не прошло и получаса, как Уитни и Клейтон уже вошли в просторный вестибюль, где очередной слуга в ливрее взял у них плащи, и они начали подниматься по широкой, устланной ковром лестнице, уставленной по обеим сторонам огромными букетами белых орхидей в высоких серебряных вазах.

Завернув за угол, они очутились на балконе, и Уитни остановилась, чтобы полюбоваться живописной сценой, открывшейся глазам. Ее первый лондонский бал! И последний.

Гости переходили от одной компании к другой, весело смеясь и громко беседуя. Гигантские хрустальные люстры переливались всеми цветами радуги, ослепительный калейдоскоп роскошных нарядов отражался снова и снова в зеркальных стенах, поднимавшихся на два этажа.

— Готовы? — шепнул Клейтон, по-хозяйски кладя ее руку на сгиб своей и пытаясь увлечь Уитни к еще одной, на этот раз винтовой лестнице, ведущей с балкона в бальную залу.

Уитни, все это время исподтишка искавшая взглядом Ники, внезапно сообразила, что все собравшиеся в зале начали поднимать головы, чтобы получше рассмотреть их обоих, и в смущении отпрянула, охваченная чем-то вроде паники под обстрелом десятков любопытных взоров. Шум голосов начал постепенно стихать, пока не превратился в негромкий шепоток, но тут же вновь стал почти оглушающим. В душе девушки зародилось весьма неприятное, приводящее в ужас ощущение того, что все гости либо говорят о них, либо пытаются получше рассмотреть. Какая-то дама, увидев Клейтона, немедленно поспешила к высокому представительному мужчине. Тот торопливо обернулся и, выбравшись из окружения что-то доказывавших ему джентльменов, направился к балкону, где стояли Клейтон и Уитни.

— Все глазеют на нас, — боязливо прошептала девушка.

Однако Клейтон, совершенно безразличный к вызванной им суматохе, перевел взгляд на прелестное запрокинутое личико Уитни.

— Вижу, — сухо бросил он как раз в тот момент, когда представительный мужчина, по-видимому, хозяин дома, одолел последнюю ступеньку.

— Клейтон! — рассмеялся Маркус Ратерфорд. — Где тебя, черт побери, носило? Я уже начал верить слухам о том, что ты вообще исчез с лица земли.

Уитни молча слушала, как мужчины, бывшие, по всей вероятности, близкими друзьями, обменивались приветствиями. Лорд Ратерфорд оказался красивым мужчиной лет тридцати семи, с проницательными голубыми глазами, которые неожиданно впились взглядом в ее лицо, изучая его с неподдельным восхищением.

— А кто, позвольте спросить, это неотразимое создание рядом с вами? — осведомился он. — Должен ли я представиться ей по всем правилам?

Нерешительно покосившись в сторону Клейтона, Уитни, к своему удивлению, обнаружила, что тот взирает на нее с нескрываемой гордостью.

— Уитни, — начал он, — позвольте представить вам моего друга, лорда Маркуса Ратерфорда. — И, окинув многозначительным взглядом ладошку Уитни, которую хозяин дома по-прежнему крепко сжимал в своей, лениво процедил: — Маркус, будь добр убрать руки от моей будущей жены, мисс Уитни Стоун.

— Уитни? — повторил Ратерфорд. — Какое необычное имя...

Но тут медленная улыбка расплылась по его лицу, и, осекшись на полуслове, Маркус потрясенно уставился на Клейтона.

— Я верно тебя расслышал?

Клейтон слегка наклонил голову, и лорд Ратерфорд устремил на Уитни восторженный взгляд.

— Пойдемте со мной, молодая леди, — проговорил он, предлагая руку Уитни. — Как вы уже успели заметить, там, внизу, почти шесть сотен гостей, жаждущих узнать, кто вы, прекрасная незнакомка.

Видя, что Клейтон готов отпустить ее, Уитни поспешила принять меры.

— Милорд Ратерфорд, — сказала она, умоляюще глядя на Клейтона. — Мы... мы хотели бы пока держать нашу помолвку в секрете.

Уитни выглядела такой несчастной, что Клейтон нехотя отказался от плана объявить перед всеми, что эта девушка — его невеста.

— Она права, Маркус, это пока тайна.

— Да вы просто с ума сошли! — взорвался лорд Ратерфорд, выпустив, однако, руку Уитни. — Ты, друг мой, не сможешь ни на день утаить свою победу! Такой приз достается раз в жизни! Собственно говоря...

Он еще раз взглянул на собравшуюся внизу толпу, теперь уже открыто наблюдавшую за происходящим.

— Собственно говоря, уже через час всем все будет известно.

Он подождал минуту в надежде, что Клейтон смягчится, но был вынужден отойти, бросив, однако, через плечо:

— Вы по крайней мере позволите мне во всем признаться леди Ратерфорд? Она уже требовала от меня узнать, кто эта прекрасная юная дама рядом с герцогом Клеймором.

Прежде чем Уитни успела возразить, Клейтон кивнул. Охваченная предчувствием надвигающейся беды, Уитни в отчаянии вздохнула:

— Теперь смотрите, что произойдет.

Лорд Ратерфорд устремился к ослепительно красивой рыжеволосой женщине, отвел ее в сторону и что-то прошептал. Дама обернулась и, послав в сторону Клейтона и Уитни приветливо-изумленную улыбку, заговорщически подмигнула.

Как и предвидела Уитни, не успел лорд Ратерфорд отойти, леди Ратерфорд почти подбежала к незнакомой гостье и, наклонившись, что-то сказала ей на ухо. Та, в свою очередь, уставилась на Клейтона и Уитни, прежде чем под прикрытием веера сообщить новость третьей даме.

Холодный ужас стиснул горло Уитни. Можно было с таким же успехом вовсе не просить лорда Ратерфорда хранить молчание!

— Все кончено, — выдавила она и лихорадочно обвела глазами балкон, пытаясь узнать у кого-нибудь, где можно привести волосы в порядок. Слишком потрясенная, чтобы думать о том, как воспримет Клейтон ее поступок, девушка метнулась в дамскую комнату и закрыла за собой дверь, оставив его одного на балконе.

Расширенными от ужаса глазами Уитни слепо уставилась в зеркальную стену. Это беда! Катастрофа! Гости знали Клейтона, это все его друзья и знакомые! Через четверть часа всем станет известно о помолвке, а через неделю новость распространится по всему Лондону. Когда она сбежит с Полом, они поймут также, что она бросила Клейтона, скрылась в попытке избежать предстоящей свадьбы. Господи милостивый! Разразится скандал, и Клейтона ждет публичное унижение! Она не может так поступить с ним, а если бы и могла, то боится последствий. Его месть, конечно, будет неумолимо жестокой. Он просто раздавит ее!

Уитни вздрогнула, представив неукротимую ярость Клейтона и влияние, которым он обладал. Он уничтожит ее, не моргнув глазом! И не только ее, а всю семью, включая тетю Энн и дядю Эдварда.

И тем не менее Уитни упрямо и решительно пыталась справиться с охватившим ее смятением и взять себя в руки. Не может же она, словно обезумевшая истеричка, продолжать прятаться в этой комнате, но и уехать сейчас тоже невозможно.

Обхватив себя руками, девушка начала медленно мерить шагами алый ковер, борясь с неуместным страхом и вынуждая себя думать ясно и логично. Итак, Клейтон много лет избегал брачных уз. Если он не женится на ней, высший свет, вероятнее всего, посчитает, что именно она потеряла для него свою привлекательность и он, а не Уитни, разорвал помолвку. Ну конечно, это так и будет, особенно когда обнаружат, что у нее ни гроша за душой и она не может похвастаться аристократическим происхождением.

Постепенно напряжение стало ослабевать. После нескольких минут спокойных рассуждений Уитни поняла, что, не позволив лорду Ратерфорду представить ее в качестве своей невесты, Клейтон тем самым свел их помолвку к разряду неподтвержденных слухов. А ведь Лондон, как и Париж, вечно гудит сплетнями, которые возникают и забываются с одинаковой легкостью! По крайней мере так утверждает Эмили.

Теперь Уитни почувствовала себя гораздо лучше, хотя сердце как-то странно подпрыгнуло при воспоминании о том, с какой гордостью представлял ее Клейтон лорду Ратерфорду как будущую жену. За эти три недели он ни разу не упомянул, что любит или хотя бы испытывает к ней некие чувства, однако в выражении его лица сегодня нельзя было ошибиться — он более чем неравнодушен к Уитни. Она не может отплатить ему публичным унижением, хватит и того, что и так достаточно опозорила его сегодня, укрывшись в этой комнате. Нет, она притворится, что отвечает на его чувства... по крайней мере на этот вечер.

Приняв наконец решение, Уитни собралась с духом и начала старательно изучать свое отражение в зеркале. Оттуда на нее смотрела уверенная и хладнокровная молодая женщина с упрямо приподнятым подбородком.

Удовлетворенная увиденным, Уитни потянулась к ручке двери как раз в тот момент, когда из соседней комнаты, где на маленьком позолоченном столике между двумя диванчиками стояло шампанское, послышались голоса.

— Туалет у нее явно из Парижа, и не спорьте, — заявила дама.

— Да, но с таким именем, как Уитни Стоун... нет-нет, она такая же англичанка, как мы все, — напомнила вторая. —

Кстати, если верить слухам, они помолвлены. Какого вы мнения об этом?

— Совершенная чепуха! Если у девчонки хватило ума вырвать у Клеймора предложение или хотя бы добиться его хитростью, можете быть уверены, она сообразила бы настоять, чтобы он немедленно послал извещение в «Таймс». Клеймор не такой человек, чтобы отказаться от уже объявленной помолвки.

Упрекая себя за то, что продолжает подслушивать, Уитни хотела уже уйти, но остановилась при звуке открывающейся двери. В беседу вмешалась третья гостья.

— Они обручены, можете быть уверены в этом! — решительно заявила она. — Лоренс и я только что перекинулись парой слов с его светлостью, и я абсолютно убеждена, что все это чистая правда.

— Вы хотите сказать, — охнула первая, — что Клеймор все подтвердил?

— Не будьте глупенькой! Все мы знаем, как раздражающе скрытен Клеймор, особенно когда считает, что кто-то хочет сунуть нос в его дела.

— В таком случае что заставляет вас так категорично утверждать это?

— Две вещи. Во-первых, когда Лоренс спросил, где они познакомились, Клеймор расплылся в улыбке, от которой Ванесса Стенфилд положительно пришла в бешенство. Вы, надеюсь, помните, что она твердила всем и каждому, будто Клеймор вот-вот сделает ей предложение, как раз перед тем как он неожиданно отбыл во Францию! Так вот, бедняжка Ванесса выглядит совершенной дурочкой, поскольку очевидно, что он уехал во Францию, желая встретиться с мисс Стоун. Клеймор сам признался, что познакомился с ней в Париже несколько лет назад. Во всяком случае, когда говорят о мисс Стоун, Клеймор положительно светится от гордости!

— Как-то не получается представить «светящегося» Клеймора, — скептически хмыкнула вторая дама.

— Тогда просто вообразите, как сверкают его глаза.

— Это уже больше похоже на правду, — смеясь, согласилась ее собеседница. — Ну а в чем заключается вторая причина?

— Видели бы вы взгляд, брошенный им на Эстербрука, когда тот попросил представить его мисс Стоун! Поверьте, в выражении лица его светлости было достаточно холода, чтобы Эстербрук поспешно бросился на поиски камина, пытаясь хотя бы немного согреться.

Не в силах дольше оставаться на месте, Уитни открыла дверь. Таинственная улыбка коснулась ее губ, зажгла глаза, и, проходя мимо словно громом пораженных дам, девушка грациозно наклонила голову.

Клейтон стоял на том месте, где она оставила его, но теперь уже окруженный толпой гостей. Однако Уитни без труда заметила его: Клейтон был на голову выше всех остальных мужчин. Она как раз пыталась решить, стоит ли ей отойти или присоединиться к Клейтону, но тут их взгляды встретились, и он, просто кивнув собравшимся, направился прямо к Уитни.

В тот момент, когда они спустились в бальную залу, дирижер взмахнул палочкой, и музыканты заиграли вальс. Легкая, порхающая мелодия поплыла по зале, но вместо того чтобы закружить Уитни в танце, Клейтон повел ее в альков, частично скрытый занавесью, изящно подхваченной с одной стороны.

— Разве вы не хотите танцевать? — с любопытством осведомилась Уитни.

Но Клейтон, весело хмыкнув, отрицательно покачал головой.

— В последний раз, когда мы вальсировали, вы оставили меня посреди залы и исчезли.

— И поделом! Вы еще не такого заслуживаете! — поддразнила Уитни, стараясь не обращать внимания на пристальные взгляды гостей.

Они ступили в альков, и Клейтон взял два бокала с искрящимся шампанским, стоявшие на подносе. Вручив ей один, он едва заметно кивнул на улыбающихся людей, которые уже устремились к ним.

— Мужайтесь, дорогая, — усмехнулся он. — Они идут!

Уитни осушила бокал одним глотком и взяла другой. Необходимо подкрепить силы!

Пришлось выдерживать атаки бесчисленного множества гостей, добродушно требовавших ответить, куда подевался Клейтон, и осыпавших его приглашениями. С Уитни гости обращались со смесью тщательно скрытого любопытства и чрезвычайного дружелюбия, однако несколько раз она ощущала ревнивую злобу, исходящую от некоторых дам. И неудивительно, твердила она себе, окидывая Клейтона восхищенным взором. Он выглядел неотразимым красавцем в элегантном черном вечернем костюме, идеально облегавшем высокую фигуру. Многие женщины, несомненно, умирали от желания иметь право всюду появляться с ним, наслаждаться аурой сдержанной силы и чисто мужской энергии, исходившей от него, узнать чарующую магию взгляда серых глаз.

И стоило ей подумать об этом, как Клейтон посмотрел на нее поверх голов приятелей, и непонятная теплая волна счастья захлестнула Уитни, волна, не имевшая ничего общего с уже выпитым шампанским. Глядя на смеющегося Клейтона, такого раскованного, непринужденного, среди самых блестящих представителей английской знати, восхищавшихся им и искавших его дружбы, Уитни с трудом верила, что этот утонченный аристократ был тем же человеком, который не задумался принять ее вызов и участвовать в скачках и беседовать с ее занудным дядюшкой о доисторических скальных образованиях.

Когда наконец поток доброжелателей иссяк и они на короткое время остались вдвоем, Уитни послала Клейтону дерзкую улыбку.

— Думаю, весь свет единодушно считает, что я — ваша любовница.

— А я считаю, что вы ошибаетесь, — покачал головой Клейтон, пристально глядя на пустой бокал в руке Уитни. — Кстати, вы ужинали сегодня?

Уитни кивнула, сбитая с толку его неожиданной заботой, но тут же забыла обо всем, потому что музыканты снова заиграли и лорд Ратерфорд и еще пятеро мужчин приближались к алькову с явным намерением пригласить ее на танец.

Клейтон последовал за невестой и небрежно прислонился плечом к колонне, поднося к губам бокал с шампанским и наблюдая, как Уитни грациозно скользит к центру залы. Она, конечно, уверена, будто все смотрят на нее как на любовницу герцога Клеймора, но Клейтон сумел добиться своего: все поняли, что она — его невеста. Друзья и знакомые знали, что не в его правилах нежно смотреть на женщину, которую он сопровождает на бал, и уж тем более подпирать колонну, наблюдая за танцующими. Всем своим поведением сегодня он как бы публично объявил о помолвке, причем с такой определенностью, словно об этом было уже напечатано в «Таймс».

Откровенно говоря, Клейтон и сам не совсем понимал, почему так важно дать понять всем присутствующим, что Уитни отныне принадлежит только ему. Он твердил себе, что просто не желает видеть, как Эстербрук и остальные пытаются добиться ее, но дело было не только в этом. Он горел, словно лихорадка бушевала в его крови. Ее улыбка согревала сердце, а самое невинное прикосновение возбуждало безумное желание. Уитни были присущи некая манящая чувственность, естественная утонченность и заразительное жизнелюбие, неотразимо привлекавшие мужчин, и он желал, чтобы каждому стало ясно: она его, только его, и ничья больше.

Клейтон наблюдал за девушкой, мечтая о той недалекой ночи, когда роскошная грива блестящих волос рассыплется по его обнаженной груди, а шелковистое тело будет извиваться под ним в сладостном экстазе. Раньше Клейтон предпочитал опытных в искусстве любви женщин, неукротимых, страстных, знающих, как дарить и получать наслаждение, женщин, не стыдившихся признаться в своем желании себе и ему. Но теперь он был невероятно доволен тем, что Уитни осталась девственной. Ему доставляло мучительную радость представлять их брачную ночь, когда он медленно, нежно поведет ее по пути превращения из девушки в женщину, пока она не застонет от блаженства в его объятиях.

Три часа спустя Уитни обнаружила, что успела станцевать со множеством мужчин, имена которых не запомнила, и выпить больше шампанского, чем когда-либо в жизни. Она искренне веселилась, несмотря на легкое головокружение, так что даже вид мрачного лица Клейтона, увидевшего, как она во второй раз идет танцевать с Эстербруком, не смог испортить ей настроения. Она уже думала, будто ничто, абсолютно ничто не способно расстроить ее, пока не глянула через плечо Эстербрука и не увидела впервые за весь вечер, что Клейтон танцует с кем-то. Его партнершей оказалась смеющаяся молодая дама, необыкновенно красивая блондинка с изящной фигуркой, обтянутой сапфирово-синим шолком. В блестящих волосах сверкали сапфиры и бриллианты. Неожиданный укол слепящей ревности поразил Уитни в самое сердце.

— Ее зовут Ванесса Стенфилд, — пояснил лорд Эстербрук с нотками злорадного удовлетворения в голосе.

— Какая прекрасная пара! — выдавила Уитни.

— Ванесса по крайней мере уверена в этом, — ответил Эстербрук.

Глаза девушки затуманились при воспоминании о подслушанном в начале вечера разговоре. Ванесса Стенфилд ожидала, что Клейтон сделает ей предложение перед самым отъездом во Францию. Он, несомненно, дал ей повод надеяться на его чувства, подумала Уитни, и новый прилив ревности окатил ее при виде Клейтона, чему-то смеявшегося вместе с прелестной блондинкой. Но она тут же напомнила себе, что Клейтон сделал предложение ей, а не Ванессе, и сознание этого совершило чудо: мир снова заиграл яркими красками.

— Мисс Стенфилд — настоящая красавица! — искренне заметила она.

— Однако она не была так щедра на похвалы, говоря о вас, мисс Стоун! — насмешливо подняв брови, издевательски бросил лорд Эстербрук. — Всего несколько минут назад она клялась в том, что убеждена, будто вы хитростью вырвали предложение у лорда Клеймора. Это так и есть?

Уитни была так ошеломлена его невероятной наглостью, что даже не рассердилась. Наоборот, в глазах ее заблестели смешливые искорки.

— Неужели можно представить, что кто-то способен что-либо «вырвать» у лорда Клеймора силой или хитростью?

— Ах, не надо! — резко бросил Эстербрук. — Я не так наивен, чтобы поверить, будто вы не поняли моего вопроса.

— А я, — мягко возразила Уитни, — не настолько наивна, чтобы поверить, будто я обязана на него отвечать.

За исключением лорда Эстербрука все партнеры были крайне внимательны и осыпали ее комплиментами. Но вскоре танцы и оживленная беседа начали ее утомлять. Она поймала себя на том, что очень хочет побыть немного с Клейтоном, и, отказавшись от очередного приглашения на танец, попросила партнера отвести ее к герцогу.

Клейтон, как обычно, был окружен людьми, однако, не прерывая разговора, взял ее под руку и привлек в круг приятелей. Этот небрежно-властный жест лишь усилил ощущение ослепительного счастья, радости жизни... как, впрочем, и еще два бокала шампанского.

— Что случилось с Эстербруком? — сухо осведомился Клейтон немного погодя. — Я ожидал, что он пригласит вас на третий танец.

— Так и было, — усмехнулась Уитни. — Но я отказалась.

— Чтобы не возбудить лишних сплетен?

Бессознательно манящая улыбка чуть приподняла уголки ее губ. Девушка отрицательно покачала головой:

— Я отказала ему, зная, как вы не хотите, чтобы я танцевала с ним, и, кроме того, была твердо уверена, что вы немедленно отомстите, пригласив на танец мисс Стенфилд.

— Весьма проницательно с вашей стороны, — мягко выдохнул он.

— И крайне обидно с вашей, — упрекнула Уитни смеясь. До нее только сейчас дошло, что она призналась в таком постыдном чувстве, как ревность.

— Cherie, — раздался за спиной знакомый баритон, и девушка в радостном удивлении обернулась. — Неужели вы решили вслед за Парижем завоевать и Лондон?

— Ники! — ахнула Уитни вне себя от восторга, глядя в знакомое красивое лицо, которое было так дорого ей. — Как чудесно вновь видеть вас, — продолжала она, и Ники сжал ее руки в своих теплых ладонях. — Я спрашивала лорда Ратерфорда, но он сказал, что вас задержали дела и, возможно, вы приедете не раньше завтрашнего дня.

— Я добрался сюда час назад.

Уитни повернулась к Клейтону, намереваясь познакомить его с Ники, но мужчины, очевидно, уже встречались.

— Клеймор, не так ли? — осведомился Ники, критически разглядывая Клейтона.

Тот в ответ так же холодно наклонил голову, и Уитни, никогда не видевшая, чтобы они вели себя подобным образом раньше, решительно подавила как почти непреодолимое желание забиться в какой-нибудь угол, так и, несомненно, подогретый шампанским внезапный порыв громко расхохотаться над дурацким мужским соперничеством, причиной которого была она сама.

— Позвольте пригласить вас на танец, — сказал Ники, высокомерно игнорируя этикет, требующий сначала спросить разрешения Клейтона.

Поскольку он уже увлекал ее за собой к танцующим, Уитни беспомощно оглянулась на Клейтона:

— Вы извините нас?

— Конечно, — последовал короткий ответ. Не успел Ники обнять ее за талию, как губы Клейтона неодобрительно поджались.

— Откуда вы знаете Клеймора? — требовательно спросил Ники и, не дав Уитни ответить, пробормотал: — Cherie, этот человек просто...

— Пытаетесь объяснить, что во всем, касающемся женщин, он страшный распутник?

Ники коротко кивнул, и Уитни шутливо продолжала:

— И немного надменен, не так ли? И очень красив и обаятелен...

Глаза Ники сузились, и плечи Уитни вздрогнули от смеха.

— О, Ники, он так похож на вас!

— С одной значительной разницей, — возразил Николя, — заключающейся в том, что я женился бы на вас.

Уитни в шутливом ужасе едва не прикрыла ладошкой рот.

— Только не говорите этого, Ники! Не здесь и не сейчас! Вы просто не поверите, в каком ужасном положении я уже очутилась!

— Не вижу здесь ничего смешного! — резко бросил Ники.

Уитни проглотила смешок:

— Никому не известно это лучше, чем мне.

Ники, нахмурившись, молча изучал ее раскрасневшееся лицо.

— Я собираюсь пока остаться в Лондоне, — объявил он. — У меня здесь много дел и друзей, которых не мешало бы навестить. В своем письме вы писали, что следующие две недели тоже будете заняты, а по истечении этого срока мы снова обсудим вопрос о свадьбе... когда вы в состоянии будете мыслить яснее.

Не зная, смеяться или плакать, Уитни решила не протестовать и позволила Ники проводить ее к Клейтону, где снова пила шампанское, весело размышляя о собственной участи, с каждой минутой становившейся все более непредсказуемой и запутанной.

Клейтон велел подать его карету, а сам, обняв ее за талию, повел в последнем танце.

— Что вас так позабавило, малышка? — спросил он, улыбаясь ей и прижимая к себе гораздо ближе, чем допускали приличия.

— О, все! — рассмеялась Уитни. — Знаете, в детстве я была абсолютно убеждена, что на мне никто не захочет жениться. А теперь Пол сделал мне предложение, и Ники тоже... и, конечно, вы. — И, немного подумав, девушка добавила: — Хотела бы я выйти замуж сразу за троих — вы все такие милые! — Уитни покосилась на Клейтона из-под длинных пушистых ресниц. — Вы, конечно, ничуть не ревнуете, правда? — лукаво спросила она.

Клейтон пристально посмотрел на нее:

— А мне следует ревновать?

— Ну еще бы! — весело объявила Уитни. — Если не для того, чтобы польстить моему тщеславию, то хотя бы потому, что я ревновала, когда вы танцевали с мисс Стенфилд.

И неожиданно, чуточку протрезвев, стала серьезной и едва слышным шепотом призналась:

— Девчонкой я была вся в веснушках.

— Не может быть! — преувеличенно потрясенно воскликнул Клейтон.

— Да, сотни и тысячи веснушек! Вот здесь!

Она прикоснулась пальцем с длинным ноготком к переносице, при этом едва не попав себе в глаз.

Клейтон с гортанным смешком перехватил ее руку, чтобы помешать ей повредить другой глаз.

— И, — продолжала Уитни с видом человека, исповедующегося в ужасном деянии, — я любила, забравшись на дерево, висеть вниз головой. Всем остальным девочкам нравилось играть в принцесс, а я часто воображала себя обезьянкой.

Она откинула голову, ожидая увидеть осуждение в глазах Клейтона, но он улыбался ей с таким видом, будто видел перед собой нечто очень ценное и редкое.

— Я прекрасно провела время сегодня, — тихо сказала Уитни, завороженная нежностью, светившейся в его глазах.

Скоро она уже утопала в бархатных подушках сиденья темно-красной кареты, уносившей их в ночь, сонно прислушиваясь к цоканью копыт по мощенным брусчаткой мостовым Лондона. Она даже смежила веки, но откуда-то взявшееся головокруже-

ние заставило ее поспешно открыть глаза и вместо этого вгля-
деться в слабый желтый свет раскачивающихся на ветру фонарей экипажа, посылающих пляшущие тени по стенкам кареты.

— Очень вкусное шампанское, — пробормотала она.

— Боюсь... завтра вы измените мнение, — покачал головой Клейтон, обнимая ее за плечи.

Вцепившись в его руку, чтобы сохранить весьма ненадеж-
ное равновесие, Уитни брела вслед за Клейтоном по ступенькам крыльца дома Арчибалдов, не отводя взгляда от
предрассветного неба. У самой двери Клейтон остановился.

Уитни наконец сообразила, что он, очевидно, ожидает чего-
то, и, оторвавшись от созерцания последних звезд, посмотрела
на него. Глаза девушки сузились при виде его смешливо вздра-
гивающих губ. Гордо выпрямившись во весь рост, она осведомилась:

— Вы считаете, что я слишком много выпила?

— Ничего подобного. Я просто надеялся, что у вас есть
ключ.

— Ключ? — непонимающе повторила она.

— От двери...

— Конечно! — гордо объявила Уитни.

Прошло еще несколько мгновений, прежде чем он вежливо
напомнил:

— Может, вы все-таки поищете его?

— Поискать? Что? — поинтересовалась Уитни, отчаянно
пытаясь сосредоточиться. — Ну да, конечно... ключ.

Она огляделась, пытаясь припомнить, где оставила элегантный, маленький, расшитый бисером ридикюль, и обнаружила
его криво свисающим с плеча на короткой золотой цепочке.

— Леди не носят свои ридикюли подобным образом, —
поморщившись, пробормотала она себе под нос, но все же стя-
нула сумочку с плеча и принялась неуклюже рыться в ней, пока
не нашла наконец ключ.

Они оказались в темной прихожей, и Уитни резко повернулась к Клейтону, чтобы пожелать спокойной ночи, однако, не

рассчитав расстояние между ними, уткнулась носом в его грудь. Сильные руки обвились вокруг нее и удержали от падения. Она могла бы отстраниться, но продолжала стоять как прикованная, а сердце неудержимо забилось, когда их взгляды скрестились и застыли. И тут он медленно нагнул голову.

Его рот дерзко прижимался к ее губам, руки лихорадочно метались по спине, бедрам. Уитни в тревоге замерла, почувствовав неумолимое давление его затвердевшей мужской плоти, но тут же неожиданно для себя обняла его за шею, бесстыдно возвращая поцелуи, наслаждаясь прикосновениями его языка, настойчиво раскрывающего ее губы, проникающего в рот, медленно ускользающего и снова резким толчком оказывающегося во рту, двигающегося в безумно возбуждающем ритме, таком чувственно-сладострастном, что ей казалось, будто Клейтон врывается в ее тело.

Опьяненная, почти потерявшая рассудок, она наконец нашла в себе силы вырваться, и, к ее разочарованию, он легко отпустил ее. Втягивая в легкие воздух большими глотками, Уитни открыла глаза и почему-то увидела двух Клейтонов, покачивающихся перед затуманенным взором.

— Вы слишком торопитесь, сэр, и совершенно забываете о приличиях, — сурово упрекнула она, но тут же испортила все впечатление веселым смешком.

Клейтон, по-видимому, ничуть не раскаиваясь, широко улыбнулся:

— Естественно, поскольку сегодня вечером вы, кажется, находите мои знаки внимания менее отталкивающими.

Уитни несколько минут обдумывала сказанное с ленивой задумчивой усмешкой.

— Пожалуй, вы правы, — искренне признала она. — И знаете что еще? По-моему, вы целуетесь так же хорошо, как Пол.

И с этим весьма сомнительным комплиментом она повернулась и направилась вверх по лестнице, однако на второй ступеньке остановилась и, оглянувшись на Клейтона, объявила:

— Собственно говоря, я считаю, что вы целуетесь так же хорошо, как Пол, но не могу быть абсолютно уверена до его возвращения. Когда он приедет, обязательно попрошу поцеловать меня точно так же, как вы, чтобы сделать более объективное заключение. Пожалуй, даже можно будет провести научный эксперимент, — расхрабрившись, добавила она.

— Черта с два! — полушутливо прорычал Клейтон.

— Если захочу, обязательно так и сделаю! — с вызовом заявила она, подняв тонкие брови.

Тяжелый шлепок ожег нежные ягодицы. Уитни подпрыгнула, развернулась, широко размахнувшись, чтобы отвесить наглецу давно заслуженную пощечину, но, к несчастью, рука сорвалась и задела за стену, на которой висела маленькая картина, мгновенно и с громким стуком свалившаяся на пол.

— Поглядите, что вы наделали, — растерянно прошептала Уитни. — Сейчас весь дом разбудите!

И, надувшись, устремилась в свою комнату.

Трое слуг Арчибалдов выстроились у буфета, на котором стояли дымящиеся блюда яиц с маслом, ветчиной, беконом, филеем, нарезанным тончайшими ломтиками, свежими поджаристыми булочками, картофелем, приготовленным тремя разными способами, и другими соблазнительными кушаньями. Все это Эмили заказала вчера вечером после долгих размышлений о том, как подобает угощать гостя, занимающего такое высокое положение, как Клейтон. Они ждали, когда Уитни спустится к завтраку и присоединится к хозяевам и приглашенному Майклом герцогу, собиравшемуся сегодня проводить девушку домой.

Помешивая чай, Эмили исподтишка изучала Клейтона, беседовавшего в этот момент с Майклом, и ловила себя на том, что романтическая мечта видеть подругу герцогиней Клеймор все больше завладевает ее мыслями.

— Кажется, наша гостья собирается проспать весь день, — удивился лорд Арчибалд.

Эмили заметила, как герцог, бросив в сторону ее мужа многозначительный взгляд, мягко заметил:

— Уитни, должно быть, еще не оправилась от последствий вчерашнего вечера.

— Не знала, что она больна! — всполошилась Эмили. — Сейчас поднимусь, посмотрю, что с ней.

— Не надо, — прохрипела Уитни. — Я... я здесь.

При звуках ее почти неузнаваемого голоса все трое дружно обернулись. Девушка стояла в дверях, опираясь обеими руками на дверную раму, слегка покачиваясь, словно не могла удержаться на ногах. Эмили, окончательно встревожившись, отодвинула стул, но герцог уже успел встать и тремя шагами пересек комнату.

— Как вы себя чувствуете, малышка? — осведомился он, с понимающей улыбкой вглядываясь в бледное лицо Уитни.

— А как, по-вашему, я должна себя чувствовать? — охнула Уитни, награждая его обвиняющим, полным муки взглядом.

— Вам станет лучше после того, как позавтракаете, — пообещал он, подводя ее за руку к столу.

— Нет, — пробормотала Уитни, — я, наверное, вот-вот умру.

Глава 22

Уитни все еще была почти убеждена в своей немедленной кончине, когда экипаж уносил ее от городского дома Эмили.

— Знаете, — едва выговорила она, — я никогда не любила шампанское.

Клейтон с гортанным смешком обнял девушку и положил ее несчастную больную голову себе на плечо.

— Удивительно слышать это, — пошутил он.

Уитни, вздохнув, закрыла глаза и спала почти до самого дома, лишь иногда на особенно крутом повороте бессознательно сжимая руку Клейтона.

Наконец она проснулась, очень пристыженная, чувствуя, однако, что возвращается к жизни.

— Собеседник из меня сегодня просто никудышный, — извинилась она, смущенно улыбаясь Клейтону. — Если хотите прийти к ужину, я...

— Мне нужно ехать обратно в Лондон, — перебил он.

— Вечером? — охнула Уитни, выпрямившись. — И как долго вас не будет?

— Неделю.

Пьянящая радость охватила Уитни, и девушка постаралась как можно незаметнее отвести взгляд. Если Клейтон будет в Лондоне, Пол и она могут сбежать в Шотландию, не опасаясь, что он узнает о побеге и сумеет помешать. На такую удачу она даже и надеяться не смела! Это просто чудо!

Но минутное облегчение превратилось в панику, и голова Уитни разболелась с новой силой. Господи Боже, Клейтон возвращается в Лондон и, как подобает джентльмену, будет проводить вечера в клубах за игрой в карты с друзьями и, конечно, встретится с людьми, посетившими бал Ратерфордов и слышавшими сплетни о предстоящей помолвке. В клубах обычно царит атмосфера дружеского веселья, и, несомненно, знакомые будут требовать от Клейтона, чтобы тот подтвердил или опроверг слухи. Уитни почти представляла, как Клейтон, улыбаясь, объясняет всем, что это чистая правда. И в этом случае, если она сбежит с Полом, герцог Клеймор будет выглядеть в глазах общества совершенным дураком.

Терзаемая угрызениями совести, Уитни зажмурилась. Как ни боялась она мщения Клейтона, которое, конечно, теперь будет куда более жестоким, поскольку он окажется публично униженным, больше всего на свете она не желала бы стать причиной этого публичного унижения. Невозможно вынести мысль о том, что этот гордый человек станет объектом насмешек и жалости. Он ничем не заслужил такого. Вчера вечером она видела, как все восхищаются им, как уважают. И вот теперь она покроет его позором!

Уитни стиснула вспотевшие ладони. Возможно, она сумеет предотвратить публичный скандал. Пол должен вернуться завтра, и, если они к вечеру того же дня успеют уехать, она сможет известить Клейтона почти сразу же, и чем скорее весть о ее побеге дойдет до него, тем меньше людей узнают, что он делал ей предложение.

Естественно, она позаботится о том, чтобы письмо не пришло слишком рано, иначе Клейтон вполне способен помешать ее планам. Главное, решила она, пытаясь справиться с подступившими к горлу слезами, это время. Не важно, насколько уставшим приедет Пол, — ему придется снова отправиться в путь через несколько часов после возвращения. И Клейтон, узнав обо всем, никому не скажет, что был помолвлен с ней, а в ответ на расспросы всего лишь издевательски улыбнется и начнет появляться на приемах с прекрасными женщинами, которые будут в восторге от его общества. И на этом все закончится. Любой поверит, что обручение с таким ничтожеством, как Уитни Стоун, да к тому же без гроша за душой, — всего-навсего розыгрыш, глупая сплетня.

Пол. Сердце девушки вновь упало при мысли о том, что придется сказать ему о побеге. Он, конечно, не захочет пойти на это и станет тревожиться, что ее репутации будет нанесен непоправимый урон. Пол был так счастлив в ночь перед отъездом. Он рассказывал ей о своих планах на будущее, о ремонте дома и усовершенствованиях, которые намеревался ввести в хозяйстве.

Рука Клейтона чуть сжала ее подбородок, и Уитни нервно подпрыгнула.

— Когда вернется Северин, — объявил он не терпящим возражений тоном, — я хочу, чтобы вы немедленно уведомили его о нашей помолвке. Не позволю, чтобы люди считали, будто моя будущая жена вначале была обручена с другим. Назовите

Северину любую причину вашего отказа, если пожелаете, но объяснитесь с ним немедленно. Понятно?

— Да, — прошептала Уитни.

Клейтон окинул ее долгим, пронизывающим взглядом.

— Дайте слово, что вы выполните мою просьбу!

— Я...

Уитни сглотнула, неожиданно растроганная тем, что он уверен в ее благородстве, и с трудом подняла глаза, чувствуя себя омерзительно подлой оттого, что предает его доверие.

— Клянусь.

Выражение его лица смягчилось, и Клейтон посмотрел на нее с непередаваемой нежностью.

— Я знаю, как трудно вам во всем признаться ему, малышка, и обещаю, что заглажу свою вину.

Слезы обожгли глаза девушки, а горло сжалось так, что произнести хотя бы слово оказалось непосильной задачей, особенно когда Клейтон осторожно провел пальцем по ее щеке.

— Вы простите меня? — тихо спросил он.

Простить его? Чувства, обуревавшие Уитни, были так сильны и противоречивы, что на какое-то мгновение ей захотелось прижаться к нему и выплакать все горести. Но вместо этого девушка лишь кивнула и вгляделась в Клейтона, пытаясь запомнить его красивое лицо, каким оно было в эту минуту, — ведь если она еще раз увидит его, эти безупречные черты будут искажены ледяной яростью.

Они свернули на дорогу, ведущую к ее дому, и Уитни, окаменев от горя, натянула перчатки.

— Почему вы возвращаетесь в Лондон так поспешно? — спросила она, понимая, что момент последнего, мучительного прощания приближается с каждой минутой.

— Рано утром я встретился с управляющими, и они сообщили, что необходимо принять определенные решения после разговора с банкирами. Нужно выбрать, какие вложения довольно больших сумм выгоднее всего сделать. Кстати, в противоположность тому, что вы могли обо мне слышать, я вовсе не веду праздную жизнь бездельника и повесы. У меня семь поместий, сотни арендаторов и множество деловых предприятий, причем все в данную минуту страдают от недостатка хозяйского присмотра. Как вам известно, мое внимание уделялось исключительно вам, дорогая.

Экипаж остановился перед ее домом; на крыльцо выбежал лакей, чтобы открыть дверцу и опустить подножку. Уитни уже шагнула к крыльцу, но тихий голос Клейтона остановил ее:

— Мои дела вовсе не требуют, чтобы я оставался в Лондоне так долго, но мне подумалось, что вы захотите немного побыть одна после неприятного разговора с Севарином. И если вы не пришлете мне письмо с просьбой о приезде, я не вернусь до воскресенья.

Потом он объяснял, как найти его в Лондоне. Уитни расслышала нотки робкой надежды в его голосе, надежды на то, что она действительно пошлет ему письмо и попросит вернуться раньше, чем кончится неделя, и положила дрожащую руку ему на рукав, умирая от желания молить о прощении и понимании.

— Клейтон, я...

Уитни заметила, как обрадовался Клейтон тому, что она назвала его по имени, и голос ее прервался.

— Доброго пути, — пожелала она и, поспешно отвернувшись и ничего не видя за пеленой слез, поднялась по ступенькам.

Добравшись наконец до своей спальни, Уитни немедленно послала Полу письмо с наказом непременно передать независимо от того, когда вернется мистер Севарин. В записке девушка просила известить ее, что он вернулся, и умоляла немедленно ехать в заброшенный коттедж егеря, куда она тоже приедет. Там наконец они смогут остаться наедине, и Уитни расскажет о случившемся. Расскажет! Но как ей найти такие слова? Просто подумать страшно!

К вечеру от Пола все еще не было вестей. Переодеваясь на ночь, Уитни дважды сдержала порыв побежать к тетке и просить ее помощи в побеге. Но каждый раз рассудок твердил, что тетя Энн никогда не смирится ни с чем подобным, какими бы вескими ни были причины. Она станет тревожиться лишь о том, как непоправимо будет запятнана репутация племянницы, и ни в коем случае не поймет, что Уитни не может, просто не может трусливо отступить и подвести Пола, даже если бы и хотела, о чем она, конечно, и не помышляла. Он любит Уитни. И уверен в ней.

Поскольку доверить секрет Клариссе было невозможно, Уитни медленно сложила в саквояж самые необходимые вещи и спрятала его под кровать, а потом легла и уставилась в потолок. Ей предстояло сделать самое неприятное — написать Клейтону записку и сказать наконец правду.

Уитни мысленно сочиняла и пересочиняла ее сотни раз и мучилась до тех пор, пока, твердо решив покончить с этим, буквально не стащила себя с постели.

«Пол и я убежали, чтобы обвенчаться, — написала она. — Надеюсь, когда-нибудь вы найдете в своем сердце достаточно милосердия если не простить меня, то по крайней мере понять».

Простить? Понять? Клейтон никогда не сделает этого.

Она долго сидела за бюро, уставившись в записку, представляя реакцию Клейтона. Сначала он улыбнется, решив, что она просит его вернуться пораньше, а потом улыбка исчезнет...

Дрожа так, словно ледяной взгляд серых глаз уже был устремлен на нее, Уитни прокралась в постель и натянула одеяло до подбородка. Она не была уверена, что способна на подобный поступок и вообще хочет ли сбежать.

Слезы скользили по щекам, падали на подушку, но девушка, не замечая их, думала о высоком темноволосом мужчине, перед которым придется предстать, когда она вернется из Шотландии. Сильном, красивом мужчине, который с отвращением и брезгливостью отвернется от нее, никогда больше не будет смеяться вместе с ней, никогда не сожмет в стальных объятиях и никогда-никогда не назовет ее нежным словом «малышка».

Записка от Пола прибыла на следующее утро. День выдался облачным, дул резкий ветер, и Уитни, одевшись потеплее, велела оседлать Хана и помчалась по полям в заросший сорняками двор заброшенного коттеджа. Привязав Хана возле лошади Пола, она открыла скрипучую дверь. Небольшой огонек, разведенный Полом в очаге, почти не согревал сырую, совершенно пустую комнату. Дрова громко потрескивали, и на потолке плясали причудливые тени. Почувствовав, что за спиной кто-то шевельнулся, Уитни нервно подпрыгнула.

— Пол!

— Разве ты ожидала кого-то другого? — поддразнил он и, оттолкнувшись от стены, открыл ей объятия: — Иди сюда.

Уитни молча подчинилась и машинально подняла лицо в ожидании поцелуя, мучаясь при этом тревожными мыслями.

— Я скучал по тебе, разбойница, — проговорил он. — А ты?

— Конечно, — рассеянно пробормотала девушка, отстраняясь.

Нельзя спешить, нужно все объяснить по порядку, а не взваливать на него сразу все свои проблемы.

— Пол, мне нужно многое сказать тебе такого, что ты найдешь по меньшей мере... — начала Уитни, выйдя на середину комнаты и повернувшись к нему лицом. Она запнулась в поисках нужного слова: — ...поразительным.

— Неужели? — расплылся в улыбке Пол. — Люблю сюрпризы.

— Ну этот вряд ли тебе понравится, — вырвалось у нее. — Ты знаешь мистера Уэстленда?

Пол кивнул.

— И помнишь, как на дне рождения отца все судачили о пропавшем герцоге Клейморе, Клейтоне Уэстморленде?

— Помню.

— Ну так вот, мистер Уэстленд на самом деле и есть Уэстморленд.

— Тот герцог, что исчез! — охнул Пол, на лице которого отразилась странная смесь удивления, любопытства и недоверия. — Владелец пятидесяти поместий, четырехсот лучших лошадей в Европе, который, если мне память не изменяет, вот-вот готов сделать предложение не менее чем сотне неотразимых красавиц? Так это он?

— На самом деле у него всего семь поместий, — равнодушно поправила она его. — Насчет лошадей мне, правда, ничего не известно, но я точно знаю, что он вот-вот готов жениться всего на одной женщине. И, Пол, — ободряюще добавила она дрожащим от напряжения голосом, — я знаю, тебе это не понравится, как и мне, но именно я и есть та самая женщина, которую он выбрал себе в жены.

Губы Пола дернулись в веселой усмешке. Шагнув вперед, он снова обнял Уитни.

— Если он будет упорствовать в своем желании, — пошутил Пол, погладив ее по щеке, — я скажу ему, что обнаружил твой постыдный секрет, — оставаясь одна, ты, оказывается, пьешь бутылками шерри.

— Намекаешь на то, что я пьяница? — охнула Уитни, не веря ушам.

— Беспробудная! — пошутил Пол, тут же став серьезным. — Прекрати пытаться вызвать во мне ревность. Если сердишься из-за того, что меня долго не было, так и скажи.

Устав от бесплодных споров, Уитни отпрянула и топнула ногой.

— Я пытаюсь заставить тебя не ревновать, а понять, что я помолвлена с Клейтоном Уэстморлендом с самого июня!

Ну вот, правда вышла наружу!

— Я не ослышался? — пробормотал Пол, уставясь на нее.

— Нет, кажется, это был июль, — бессвязно бормотала Уитни. — Но разве это так важно?

Наконец-то Пол воспринял ее слова всерьез:

— И ты приняла предложение Уэстленда?

— Не Уэстленда, а Уэстморленда, — подчеркнула Уитни. — И это не я приняла предложение, а отец.

— Тогда посоветуй отцу самому выйти за него, — бросил Пол. — Ты любишь меня, и больше не о чем говорить. — Голубые глаза окинули ее раздраженным взглядом. — Ты ве-

дешь какую-то странную игру, которая мне не нравится. И все
это не имеет никакого смысла.

— Ничего не могу поделать, — парировала задетая Уитни, — это правда.

— В таком случае не будешь ли добра разъяснить мне,
каким образом помолвка состоялась в июле, хотя ты до сентября не знала этого человека?

Теперь он помрачнел, и Уитни почти пожалела, что затеяла
все это.

— Клейтона представили мне во Франции, — глубоко,
прерывисто вздохнув, начала она. — Но я не обратила на него
внимания и даже не запомнила. Вторично я встретила его в мае
на маскараде, но Клейтон был в маске. Тогда же он и решил
жениться на мне, но зная, что дядя отказывает всем моим по-
клонникам, поскольку я хотела вернуться домой и выйти за
тебя, приехал сюда и заплатил отцу сто тысяч фунтов. Ну а
потом заставил его послать за мной, поселившись в доме Ходжесов.

— И ты в самом деле думаешь, что я поверю всему этому? —
рявкнул Пол.

— Не совсем, — в отчаянии пробормотала Уитни, — но
правда заключается в том, что я ничего не знала до твоего отъезда.
Когда я в тот вечер спустилась вниз, чтобы рассказать отцу о
нашей помолвке, там уже был Клейтон. И не успела я опомниться,
как отец завопил, что я обручена с герцогом Клеймором. С тех пор
положение с каждым днем становится все хуже.

— Не представляю, куда еще хуже! — саркастически хмыкнул Пол.

— А я представляю! Клейтон повез меня в Лондон на бал и
там сказал одному из своих друзей, что мы скоро поженимся...

— Значит, ты согласилась стать его женой? — ледяным
тоном осведомился Пол.

— Нет, конечно, нет.

Пол резко повернулся, шагнул к камину и, поставив ногу на
решетку, загляделся на огонь, предоставив Уитни беспомощн.

смотреть ему в спину. Внезапно выпрямившись, он с побледневшим от ужаса лицом потрясенно воззрился на Уитни.

— Что ты имела в виду, когда сказала, будто герцог заплатил за тебя сто тысяч? — требовательно спросил он. — Обычно отец дает зятю приданое за дочерью, а не наоборот!

Уитни мгновенно поняла, о чем он думает, и сердце стиснула жалость к Полу... и к себе.

— У меня нет приданого, Пол. Отец все растратил, включая и мое наследство.

Пол прислонился головой к каменной стене и закрыл глаза. Широкие плечи безнадежно поникли.

Настало время осуществить задуманный Уитни план, и девушка направилась к Полу, едва переставляя налитые свинцом ноги. Предостерегающий голос снова и снова повторял, что она не должна делать этого, но сердце не позволяло ей покинуть Пола, особенно после того, как она увидела его измученное лицо.

— Пол, мой отец рассказал, в каких ужасных обстоятельствах очутился, однако, пожалуйста, поверь, для меня это не имеет ни малейшего значения. Я в любом случае выйду за тебя замуж, но нужно действовать быстро. Клейтон пробудет в Лондоне еще шесть дней, и за это время мы можем сбежать в Шотландию. И когда Клейтон обнаружит, что...

— Сбежать! — взорвался Пол, и его пальцы безжалостно впились в ее плечи. — Да ты с ума сошла! Моя мать и сестры никогда не смогут после такого смотреть людям в глаза!

— Нет, — хрипло прошептала Уитни, — позор ляжет только на меня.

— К черту твой позор! — рявкнул Пол, с силой встряхнув ее. — Неужели не понимаешь, что наделала? Я только что потратил целое состояние на пятерку лошадей и фаэтон!

— Но при чем тут я? — удивилась Уитни, невольно отшатнувшись от пламени, сверкнувшего в его глазах. И тут она поняла. Горькая обида сжала сердце стальными тисками, вырвав у нее невольный сдавленный смех. — Ты потратил состояние, которое, как считал, принадлежит мне, — несуществующее приданое и столь же эфемерное наследство, не так ли?

Пол даже не успел ответить — Уитни прочла правду в его разъяренном взгляде. Гневно оттолкнув его, она отступила:

— Уже через пять минут после того, как я приняла твое предложение, ты прикидывал, на что потратить деньги! Даже не мог дождаться, чтобы поговорить с отцом! Так «любил» меня, что не считал нужным остаться и попросить его согласия. Тебе нужны были только деньги, да и их ты израсходовал на пустяки! Твои земли заложены, дом медленно разрушается... Пол, — прошептала она, снова чувствуя, как слезы подступают к глазам, — что же ты за человек? Неужели настолько безвольный и безответственный, что женился бы на мне, чтобы иметь возможность беспрепятственно покупать лошадей, которые тебе даже не нужны?!

— Не будь идиоткой! — отрезал Пол, однако лицо его пылало виноватым смущением. — Я любил тебя! Иначе никогда бы не сделал предложения!

— Любовь, — презрительно повторила Уитни. — Никто из вас не знает значения этого слова! Отец «любил» меня и продал, чтобы спастись от разорения! Ты заботишься лишь о том, сколько получишь приданого! Клейтон по крайней мере не оскорблял мои умственные способности, притворяясь, будто любит меня. Он просто купил себе рабыню и ожидает, что я выполню свою часть сделки, но ни слова не говорил о любви.

Пол негромко, прерывисто вздохнул:

— Я что-нибудь придумаю, но о побеге не может быть и речи. Как по-твоему, способен Уэстленд... Уэстморленд отказаться от тебя?

Уитни взглянула на него и упрямо подняла подбородок.

— Нет! — гордо объявила она, зная, что в этот момент ответила бы так, даже если бы думала иначе. Она повернулась и пошла к двери, но у самого порога оглянулась. — Элизабет Аштон все еще свободна, — сухо сообщила девушка, — и я уверена, что ее приданым можно компенсировать все твои неразумные траты. Тебе лучше попытаться придумать, как вернуть ее расположение и поскорее завладеть деньгами!

— Замолчи! — вскинулся Пол. — Иначе я так и поступлю!

Уитни с силой хлопнула дверью, но лишь оказавшись в своей спальне, дала волю слезам. Бросившись на кровать, она зарылась лицом в подушку и долго оплакивала страшное крушение иллюзий, огромную утрату. Она скорбела по себе, по своим пустым детским мечтам, по беззаветной преданности недостойному человеку, по любви, которую все эти годы питала к Полу. Она обливалась слезами еще и потому, что была готова погубить свою репутацию ради Пола, а он думал лишь о матери и сестрах. И еще она рыдала от осознания собственной глупости.

Когда Кларисса вечером принесла ей поднос с ужином, глаза Уитни распухли, а грудь болела. Она поела одна, охваченная смятением, не в силах собраться с мыслями, взять себя в руки, но буря терзаний и мук уже утихала. К полудню следующего дня Уитни больше не сердилась на Пола и, честно говоря, даже испытывала нечто вроде угрызений совести. Она всегда представляла его рыцарем в сверкающих латах, мужественным, романтичным и благородным, и не его вина, что он не смог оправдать ее ожиданий. Уитни, сама того не подозревая, лишь ухудшила его и без того тяжелое финансовое положение. Именно она пускалась на всяческие уловки, чтобы заставить Пола сделать предложение, и этим невольно побудила его потратить деньги, которых он не имел.

К концу дня, бесцельно бродя среди последних цветов в саду, Уитни лихорадочно пыталась найти решение. Хватит размышлять над проблемами, нужно переходить к действию!

Вскоре план был готов. Элизабет любит Пола, в этом Уитни была уверена. Несомненно, можно как-то уговорить Элизабет простить Пола и принять его ухаживания в том случае, если тот решит вернуться к ней.

Уитни поколебалась, запахивая на плечах шелковую шаль. Учитывая смятенное состояние ее духа в эту минуту, она —

последний человек на этой земле, способный помочь кому-то восстановить романтические отношения. Однако это ее долг, и, кроме того, она просто не может стоять в стороне и надеяться, что судьба сама все расставит по местам.

С энергией, так долго дремавшей в ней, Уитни решила взять дело в свои руки. Вернувшись в дом, она нацарапала записку Элизабет с просьбой прийти, а потом долго вышагивала по спальне, гадая, не откажется ли та от приглашения. Уитни всегда обуревали ревность и дух соперничества по отношению к Элизабет, не говоря уже о многочисленных проделках, не всегда безобидных, так что бедняжка, естественно, должна заподозрить неладное в этом внезапном стремлении сблизиться.

Уитни была настолько убеждена, что Элизабет не захочет иметь с ней никаких дел, что вздрогнула от неожиданности, когда с порога раздался ее мягкий голос:

— Ты... ты просила меня прийти?

Ее голубые глаза нервно оглядели комнату. Девушка, казалось, была готова сорваться с места и убежать.

Уитни изобразила ободряющую улыбку.

— Да, и я просто счастлива, что ты здесь. Могу я взять твои перчатки и шляпку?

Она протянула было руку, но Элизабет поспешно прижала обе руки к тулье шляпки, пытаясь, очевидно, защитить ее от печальной участи. Уитни припомнила еще одну шляпку Элизабет — прелестную игрушку с розовыми лентами, которую когда-то похвалил Пол. Пять минут спустя шляпку обнаружили под полозьями кресла-качалки, в котором сидела Уитни. Она поняла, что бывшая соперница подумала о том же, и невольно покраснела при воспоминании об отчаянном крике Элизабет.

— Я... предпочитаю остаться в шляпке, — пробормотала Элизабет.

— Я тебя не осуждаю, — вздохнула Уитни.

В течение часа она разливала чай и поддерживала светскую беседу, состоящую в основном из банальностей, в попытке заставить Элизабет почувствовать себя более непринужденно, однако та отвечала междометиями. Девушка пристроилась на самом кончике стула и вовсе не собиралась сесть поудобнее, словно была готова выпорхнуть из комнаты при первом же громком звуке.

Наконец Уитни перешла к делу.

— Элизабет, — начала она, понимая, как трудно исповедаться в сделанных когда-то глупостях человеку, которого столько лет считала смертельным врагом. — Я должна извиниться за ту величайшую боль, которую причинила тебе недавно, как, впрочем, и за все ужасные вещи, которые проделывала с тобой в детстве. Это насчет Пола. Знаю, ты должна ненавидеть меня, и я тебя не осуждаю, но хотела бы помочь.

— Помочь? — непонимающе повторила Элизабет.

— Помочь выйти замуж за Пола, — пояснила Уитни.

Элизабет широко раскрыла глаза.

— Нет... нет! Я не могу, — заикаясь, пробормотала она, покраснев до корней волос.

— Ну конечно, можешь! — объявила Уитни, передавая ей блюдо с маленькими пирожными. — Ты очень красива, и Пол всегда...

— Нет, — мягко возразила Элизабет, покачивая светлой головкой. — Это ты красавица, а я всего-навсего могу считаться хорошенькой.

Решив во что бы то ни стало заслужить доверие Элизабет, Уитни не собиралась теперь уступать ей в великодушии.

— У тебя идеальные манеры, Элизабет. Ты всегда говоришь то, что следует, и причем вовремя.

— Но это так скучно! — не сдавалась Элизабет, мило улыбаясь. — А ты всегда высказываешь интересные и забавные вещи...

— Элизабет! — прервала ее Уитни, не в силах сдержать смех. — Я всегда была совершенно невыносимой, а ты — самим совершенством.

— Вот видишь? Я бы поблагодарила тебя, но ты всегда так необычно выражаешься! — Элизабет уселась поудобнее и весело хихикнула.

— О, больше никаких комплиментов, — предупредила Уитни, бросив на нее смеющийся взгляд. — Меня все равно не превзойдешь, и мы проведем целую ночь, восхищаясь друг другом.

— Я так счастлива за тебя и Пола, — мгновенно успокоившись, сказала Элизабет и, заметив удивленный взгляд Уитни, пояснила: — Все знают, что ваша помолвка держится в секрете, но, поскольку все об этом говорят, думаю, ты не станешь возражать, если я скажу об этом вслух.

— То есть как это все говорят? — хрипло выдавила Уитни. — Кто еще знает?

— Ну... дай подумать... Мистер Олденберри, аптекарь, сказал Маргарет и мне. Он утверждает, будто слышал это от горничной леди Юбенк, которая, в свою очередь, слышала это от матери Пола. Думаю, все в городе уже давно об этом знают.

— Но это неправда! — отчаянно вскрикнула Уитни.

Хорошенькое личико Элизабет омрачилось.

— Пожалуйста, только не говори, что это неправда! — умоляюще прошептала она. — Не сейчас, когда Питер уже готов сделать предложение!

— Кому Питер собирается сделать предложение? — удивилась Уитни, на мгновение забыв о собственных проблемах.

— Мне. Но он не осмелится, если Пол все еще не будет обручен. Видишь ли, Питер очень застенчивый и всегда считал, что я тайно влюблена в Пола, чего, конечно, нет и быть не может. Но будь это и так, папа никогда не позволил бы мне выйти за Пола, потому что он ужасный мот и его земли заложены.

Уитни осела на стуле и потрясенно уставилась на Элизабет.

— Питер Редферн застенчив? — переспросила она. — Элизабет, мы говорим об одном и том же Питере Редферне? О том, кто пытался надрать мне уши в день пикника, когда ты свалилась с дерева?

— Да, только он всегда смущается в моем присутствии.

Лишившись от изумления дара речи, Уитни представила веснушчатое лицо и редеющие рыжие волосы Питера и попыталась понять, как удалось ему завоевать хрупкую, воздушную красавицу Элизабет, за которой всегда преданно ухаживал Пол.

— Ты хочешь сказать, — пролепетала она, — что все эти годы была влюблена в Питера?

— Да, — всхлипнув, призналась Элизабет. — Но если ты всем расскажешь, что не собираешься выходить за Пола, Питер снова, как всегда, устранится и уступит ему место. И тогда я... я...

Элизабет поспешно вытащила из ридикюля изящный кружевной платочек и зарыдала, аккуратно промокая глаза. Уитни задумчиво склонила голову набок:

— Интересно, как тебе удается плакать так аккуратно? Я всегда всхлипываю и шмыгаю носом, и платье промокает так, что потом его приходится выбрасывать.

Элизабет хихикнула сквозь слезы и снова вытерла глаза, прежде чем умоляюще взглянуть на Уитни.

— Ты сказала, что причинила мне много неприятностей и теперь жалеешь об этом. Если это действительно так, неужели не можешь подождать несколько дней, прежде чем порвать с Полом? Питер вот-вот признается, что любит меня, я в этом уверена.

— Ты сама не понимаешь, чего просишь, — пробормотала Уитни, сжавшись. — Если сплетни дойдут до одной весьма значительной персоны и он посчитает, что я действительно обручилась с Полом, моя жизнь не стоит и фартинга.

Элизабет, казалось, снова была на грани слез, и Уитни встала, колеблясь между уверенностью в том, что несколько дней не составят разницы, и неописуемым страхом, что эта затея может кончиться несчастьем.

— Даю тебе три дня, — нехотя решилась Уитни, — прежде чем я положу конец слухам.

После ухода Элизабет Уитни еще долго сидела в своей комнате, размышляя и тревожась. Если все, включая слуг, открыто говорят о ее «обручении» с Полом, Клейтон, несомненно, услышит обо всем, как только вернется. Он ясно дал понять, что не потерпит, если люди посчитают, будто его невеста была уже помолвлена с кем-то другим, и Уитни попыталась придумать веское доказательство того, что в этом нет ее вины — собственно говоря, она при первой же встрече сказала Полу, что не выйдет за него, в точности как обещала Клейтону.

Он взял с нее клятву в полной уверенности, что Уитни сдержит слово, но единственным свидетелем разговора был Пол, а при нынешнем положении дел вряд ли он готов подтвердить ее объяснения.

Уитни прикусила губу, обеспокоенная не только возможными обвинениями в предательстве. Если раньше мысль о скорой свадьбе с Полом поддерживала ее и давала мужество, теперь, потеряв любовь, она испытывала лишь глубокий неподдельный страх перед яростью Клейтона. И чем больше пыталась найти способ предотвратить беду, тем сильнее убеждалась, что единственным выходом будет немедленно ехать в Лондон и самой объяснить Клейтону, что здесь происходит. Он рассердится гораздо меньше, услышав все от нее, а не от посторонних, и поймет, что винить Уитни не в чем. В конце концов, если, по утверждениям сплетников, она действительно собирается замуж за Пола, почему в таком случае она возвратилась в Лондон, чтобы встретиться с Клейтоном?

Уитни решительно встала, направилась в комнату тети и с порога выпалила всю историю, включая сплетни относительно ее обручения с Полом и провалившийся план побега в Шотландию. Тетя Энн побелела, но продолжала молчать, пока Уитни не договорила.

— И что ты намереваешься делать сейчас? — спросила она.

— Думаю, будет лучше, если я поеду в Лондон, остановлюсь у Эмили и немедленно извещу его милость о своем приезде. Он, естественно, сразу же навестит меня, и тогда я сама выберу нужный момент, чтобы рассказать ему обо всем. Думаю, он не обратит внимания на разговоры, если поймет, что моей вины тут нет.

— Я поеду с тобой, — немедленно вызвалась тетка.

Уитни покачала головой:

— Мне очень бы этого хотелось, но вдруг, хотя и маловероятно, герцог вернется раньше и мы не успеем повидаться, а в таком случае он обязательно услышит толки и, несомненно, сразу же явится сюда. Полагаюсь на тебя. Успокой его и объясни все.

— Какая радужная перспектива! — сухо бросила тетя Энн, хотя на ее лице играла улыбка. — Хорошо, я остаюсь. Но, предположим, тебе удастся встретиться с ним в Лондоне. Что ты ему скажешь?

Уитни раздраженно нахмурилась:

— Очевидно, придется выложить всю правду: как я испугалась, что он может вернуться и поверить, будто, несмотря на его предупреждение, я не подумала отказать Полу. Хотя, честно говоря, нахожу просто унизительным, что приходится мчаться в Лондон, словно он мой разгневанный хозяин. Этот человек появился в моей жизни несколько месяцев назад, и с тех пор я похожа на марионетку, танцующую на ниточках под его дудку. Это я ему тоже выскажу, — решительно закончила Уитни.

— Но поскольку ты так твердо настроена искренне высказать свои чувства, почему бы не признаться также, что испытываешь к Уэстморленду не просто интерес, а нечто большее и готова теперь добровольно выполнить условия брачного контракта? — предложила тетя Энн. — Уверяю, он будет бесконечно рад слышать это.

Уитни, словно обожженная, взметнулась с дивана.

— Ни за что! — запальчиво объявила она. — Учитывая, что Клейтону всегда было все равно, согласна ли я выйти за него, и он нисколько не сомневался в неизбежности нашей свадьбы, не понимаю, почему я должна тешить его тщеславие и объявлять, что готова стать его женой! Кроме того, я еще ничего не решила.

— А я думаю, ты сейчас кривишь душой, дорогая.

Спокойный голос тети перебил Уитни на полуслове, однако девушка, упрямо тряхнув головой, шагнула к двери.

— И если это может облегчить тебе признание, скажу, что, по моему глубокому убеждению, этот человек любит тебя. Может, эта столь очевидная истина потешит твое тщеславие?

— Ошибаешься, тетя Энн, — упрямо пробормотала Уитни. — Он ни разу не намекнул, что я ему небезразлична. Я просто собственность, которую он приобрел, ничего больше. И не проси меня пресмыкаться перед ним, у меня и так почти не осталось гордости, и я не собираюсь ею жертвовать ни для того, чтобы смирить его гнев, ни для того, чтобы польстить самолюбию.

Элизабет Аштон каждый день появлялась в доме, чтобы сообщить, как идут дела, но к концу третьего дня причин для торжества по-прежнему не было. Кларисса и Уитни собирали вещи для поездки в Лондон, когда Элизабет появилась в спальне с видом побежденного солдата, возвращающегося с поля боя после проигранного сражения.

— Питер готов сделать предложение не больше чем десять лет назад! — объявила она, бросаясь в кресло.

Уитни сунула охапку белья в сундук и выпрямилась, в недоумении глядя на подругу.

— Ты уверена?

— Совершенно, — глухо обронила Элизабет. — Я предложила поужинать сегодня у меня наедине с ним, без родителей, и знаешь, что он ответил? Сказал, что любит ужинать с моими родителями.

Девушка тяжело вздохнула.

— Что за идиот! — раздраженно взорвалась Уитни, начиная медленно прохаживаться по комнате. — Ты, возможно, готова признать поражение, но только не я! Подумать только, Питер Редферн! Этот болван боготворил тебя с самого детства! По-видимому, его надо подтолкнуть, чтобы немедленно сделал предложение.

Уитни небрежно отпихнула с дороги полный саквояж и рассеянно оглядела вещи, разбросанные по комнате.

— Придумала! — вскрикнула она, оборачиваясь к Элизабет с дерзким, опасным блеском в зеленых глазах, который запомнился девушке с давних пор, и Элизабет в ужасе сжалась:

— Уитни, что бы ты ни задумала, не нужно делать этого!

— Ничего подобного! — торжествующе вскричала Уитни. — Мисс Аштон, приглашаю вас поехать со мной в Лондон!

— Но я вовсе не хочу ехать в Лондон! — отчаянно запротестовала Элизабет. — Мне нужен Питер!

— Прекрасно, и сегодня ты его получишь. Ну а теперь повторяй за мной: «Да, я поеду с тобой в Лондон».

— Да, я поеду с тобой в Лондон, — послушно пробормотала Элизабет. — Но мне не хочется.

— И ты совершенно права. Однако я только что пригласила тебя, и ты приняла приглашение. Таким образом, предупредив Питера, что едешь со мной, ты не солжешь. Объясни ему...

Решительно шагнув к сбитой с толку Элизабет, Уитни схватила ее за руку и подтащила к бюро.

— Ну а теперь напиши Питеру и пригласи его сюда к ужину. Скажи...

Уитни поколебалась, прижав к губам палец, и весело хохотнула, восхищенная собственной изобретательностью.

— ...скажи, что мы вместе задумали нечто необыкновенное. Это, должно быть, приведет его в полное оцепенение.

— Питеру не понравится, что мы собираемся в Лондон, — покачала головой Элизабет.

— Да он будет вне себя от ярости! — гордо согласилась Уитни. — Хотя я уже стала взрослой и, можно сказать, исправилась, Питер все равно вечно следит за мной, словно ожидает, что я в любую минуту выкину нечто возмутительное.

Но тут робкая, покладистая Элизабет впервые в жизни показала, что может быть упрямой.

— Если Питер не одобрит этой поездки, я ни за что не соглашусь.

Уязвленная тем, что Элизабет не приняла столь блестящий план, Уитни пояснила:

— Да ты и не поедешь. Неужели не поняла, что Питера возмутит сама мысль о том, что мы можем куда-то отправиться вместе? Он не верит, что я действительно изменилась. Все еще считает меня той же разбойницей, которая вечно норовила попасть из рогатки в старую кобылу преподобного Снодграсса.

— Ты осмеливалась на такое?! — охнула Элизабет.

— На это и на множество всяких других вещей, о которых прекрасно известно Питеру, — без малейшего раскаяния призналась Уитни. — Он попытается отговорить тебя от этой затеи, но ты ответишь, что я настаиваю. В этот момент появлюсь я, чтобы все подтвердить, и, когда Питер не сможет ни в чем убедить ни тебя, ни меня, он сделает единственное, что ему останется.

— Что же именно? — удивилась Элизабет, заинтригованная, но все еще сомневающаяся.

Уитни воздела руки к небу:

— Попросит выйти за него замуж, конечно! Пожалуйста, прошу тебя, поверь мне. — Уитни ободряюще сжала дрожавшую руку Элизабет. — Ничто не может вырвать у мужчины предложения быстрее, чем боязнь неминуемой разлуки. Подумай, как испугается Питер, вообразив, что ты собираешься его покинуть! И ничто не делает мужчину таким храбрым и мужественным, как возможность спасти невинную девушку от «неподходящей компании», в данном случае от особы, подобной мне. Николя Дю Вилль почти не обращал на меня внимания, пока не увидел соперника, причем, поверь, далеко не столь опасного покорителя сердец, как он сам! Я от души забавлялась. Ну а теперь пиши скорее записку. Сегодня же вечером Питер сделает предложение, вот увидишь.

Элизабет нерешительно согласилась, и записка была отослана к Питеру с лакеем.

Три часа спустя, невзирая на протесты, Элизабет была облачена в самый смелый из туалетов Уитни, который для этого случая был укорочен на живую нитку, а ее золотистые локоны уложены в строгий узел. Все еще сопротивляющуюся девушку подвели к зеркалу.

— Ну же, не бойся, — настаивала Уитни, — посмотри, как прелестно ты выглядишь.

Элизабет застенчиво оглядела льнущие к стройным бедрам и тонкой талии складки элегантного шелкового платья и в ужасе отшатнулась, увидев обнаженные плечи. Руки поспешно взметнулись, чтобы прикрыть верхушки белоснежных полушарий, видневшихся в вырезе корсажа.

— Не могу, — пробормотала она, краснея.

Уитни закатила глаза:

— Можешь, Элизабет. Во Франции такой наряд считался всего лишь чуточку более дерзким, чем обычно.

С губ Элизабет невольно сорвался нервный смешок. Медленно опустив руки, она прошептала:

— Как по-твоему, Питеру он понравится?

— Конечно, нет, — жизнерадостно объявила Уитни, — особенно когда я заявлю, что, по моему мнению, ты чересчур скромно одеваешься и что, когда мы окажемся в Лондоне, приложу все усилия, чтобы помочь тебе купить еще несколько таких туалетов для балов и приемов, которые мы собираемся посетить.

Ровно в восемь Питер переступил порог ярко освещенной комнаты и присоединился к ожидавшим его девушкам. Коротко кивнув Уитни, он поискал глазами Элизабет, стоявшую у окна спиной к нему.

— Что же такое «необыкновенное» вы задумали? — настороженно поинтересовался он.

Элизабет медленно повернулась, и лицо Питера застыло в комическом недоумении. Он потрясенно уставился на нее, непроизвольно приоткрыв рот. Элизабет, очевидно, надеявшаяся, что, стоит Питеру бросить на нее единственный взгляд, он немедленно упадет на колени и попросит ее руки, замерла в выжидательном молчании. Поняв, однако, что Питер может простоять так еще Бог знает сколько времени, она впервые в жизни пустила в ход женские чары.

— Уитни решила взять меня с собой в Лондон погостить у Эмили, — объяснила она, прохаживаясь перед ошеломленным Питером, словно желая лучше показать красоту полуобнаженной фигурки и прелестного личика. — Уитни считает, что меня ждет в столице большой успех, если, конечно, я переменю прическу и закажу новый гардероб. Она собирается еще научить меня флиртовать с джентльменами. — Элизабет с притворной наивностью похлопала глазами и в порыве вдохновения добавила: — Надеюсь, к нашему возвращению я не изменюсь настолько сильно, чтобы ты не узнал меня.

Губы Уитни тряслись от восхищенного смеха, который пришлось, однако, поспешно подавить, поскольку возмущенный взор Питера обратился к ней.

— Что это ты вытворяешь, черт побери?! — разъяренно рявкнул он.

Однако Уитни каким-то образом удалось принять столь же невинный вид, как и у Элизабет.

— Я только пытаюсь взять Элизабет под свое крылышко.

— Да Элизабет будет в большей безопасности на плахе! — взорвался Питер. — Не позволю...

— Ну же, Питер, — урезонивала его Уитни, отчаянно пытаясь ничем не выдать себя, — будь хотя бы немного благоразумным. Я всего-навсего намереваюсь взять Элизабет с собой в Лондон и познакомить ее с джентльменами, которых встретила на последнем балу. Не знаю более очаровательных и хорошо воспитанных мужчин. Все они завидные женихи, безупречного происхождения и с незапятнанной репутацией. Правда, они, по моему мнению, немного легкомысленны, но уверена, что Элизабет не влюбится с первого взгляда больше, чем в одного-двух. Ей давно пора замуж. Она на год старше меня!

— Я знаю, сколько ей лет! — раздраженно бросил Питер, приглаживая волосы.

— В таком случае ты прекрасно понимаешь, что не имеешь права командовать Элизабет. Ты ей не отец, не муж и даже не жених, поэтому перестань спорить и признай свое поражение. Ну а я пойду посмотрю, готов ли ужин, — объявила Уитни, поспешно отворачиваясь, чтобы скрыть улыбку. Она была совершенно уверена, что Питер сделает предложение Элизабет по пути домой. Но ошиблась: они стояли рука об руку, когда она через десять минут вернулась в гостиную.

— Как ни печально мне расстраивать твои планы, — издевательски бросил Питер, — но Элизабет не поедет с тобой в Лондон. Она согласилась стать моей женой. Ну? Что скажешь на это? — Он язвительно усмехнулся.

— Что скажу? — переспросила Уитни, опустив глаза, чтобы скрыть торжествующую улыбку. — Какая досада! Я так хотела показать Элизабет столичную жизнь!

Питер, весьма добродушный по натуре человек, нежно улыбнулся будущей жене и уже дружелюбнее сказал:

— Поскольку ты так настаивала на этой поездке, можете вместе заказать в Лондоне приданое. Если отец Элизабет даст согласие на свадьбу, она скорее всего решит завтра же ехать и, кроме того, уже успела сообщить, что хочет видеть тебя подружкой невесты.

Глава 23

В городском доме Арчибалдов Уитни встретила запыхавшаяся Эмили: каштановые волосы покрыты платком, на щеках грязь.

— Ты выглядишь в точности как метелка трубочиста, — засмеялась Уитни.

— А ты — словно небесный дар! — воскликнула Эмили, обняв подругу. — Скажи, может ли человек из дворянского сословия сидеть рядом с нетитулованным джентльменом? — в отчаянии охнула она.

Уитни удивленно заморгала.

— Это все проклятый прием, — пояснила Эмили, когда подруги уселись в салоне после того, как Кларисса поднялась в комнату для гостей, а Уитни сняла ротонду. — Мама Майкла сказала, что я должна учиться принимать гостей. Ты имеешь хотя бы малейшее представление, сколько всяческой суеты и шума поднимается по такому незначительному поводу, как правильно рассадить их за столом? Вот посмотри, что мне приходится выносить!

Подойдя к письменному столу, Эмили развернула план расположения столов с уже написанными именами гостей, много раз перечеркнутыми и вновь надписанными сверху.

— Так можно или нельзя сажать их вместе? Мама Майкла одолжила мне с дюжину книг по этикету, но в них столько противоречий, что я окончательно запуталась.

Уитни просмотрела план и поспешила к письменному столу. Опустив перо в чернила, она в два счета «рассадила» гостей и ослепительно улыбнулась потрясенной подруге.

— Благодаря школе тети Энн я могу все! Даже если на приеме будут присутствовать аристократы из пяти разных стран! — похвасталась она.

Эмили, все еще встревоженная, опустилась на диван.

— Это наш первый официальный прием, и мама Майкла обязательно приедет и будет следить за каждым моим шагом. Она во всем придерживается этикета и считает, что условности необходимо соблюдать. Знаешь, она была ужасно недовольна, что сын женился на ничтожестве без громкого имени и большого состояния, и теперь я должна показать ей, что смогу устроить просто идеальный прием — такой, на каком она еще никогда не бывала!

Уитни, ломавшая голову, под каким предлогом увидеться с Клейтоном, медленно расплылась в радостной улыбке. Вернувшись к письменному столу, она взяла перо и написала на плане еще одно имя.

— Это сделает тебя лучшей хозяйкой во всем Лондоне и предметом зависти остальных, — гордо объявила она, вручая листок с планом Эмили. — А твоя свекровь лопнет от злости!

— Герцог Клеймор! — охнула Эмили. — Но он посчитает меня самой самонадеянной в мире особой! Кроме того, он не придет: ни один из гостей, пусть даже и титулованных, ему не ровня.

— Придет, — заверила Уитни. — Дай мне приглашение и листок бумаги.

Немного подумав, Уитни написала Клейтону и объяснила, что приехала в Лондон навестить Эмили и надеется увидеть его на приеме у Арчибалдов. Она запечатала в конверт письмо вместе с приглашением и велела одному из лакеев отнести его к секретарю его светлости, мистеру Хаджинсу, и сказать, что это письмо от мисс Стоун, — так Клейтон посоветовал ей называть себя, если она захочет связаться с ним как можно скорее.

Лакей явился с известием, что его светлость отправился в загородное поместье брата и вернется в Лондон завтра утром.

Эмили выглядела одновременно сокрушенной и обрадованной.

— Он слишком устанет, чтобы прийти вечером на прием, — вздохнула она.

— Он обязательно будет, — с веселой уверенностью возразила Уитни.

После ужина Эмили попыталась было завести разговор о Поле и герцоге Клейморе, однако Уитни очень спокойно, но твердо объявила, что не желает обсуждать ни того ни другого, и, чтобы смягчить резкость отказа, с уморительными шутками призналась лучшей подруге в том, как заманила в ловушку беднягу Питера и вынудила его сделать предложение Элизабет.

— Элизабет, Питер и их родители вместе с миссис Мерритон и Маргарет сегодня утром выехали в Лондон почти одновременно со мной, — смеясь, закончила она рассказ. — Отправились заказывать Элизабет приданое.

— Скажи мне кто-нибудь несколько лет назад, что ты будешь подружкой на свадьбе Элизабет, я бы посчитала такого человека безумцем! — покачала головой Эмили.

— Думаю, она и тебя попросит быть подружкой на свадьбе, — заявила Уитни. — Они будут венчаться в Лондоне, поскольку здесь живут почти все родственники Элизабет и Питера.

С самого полудня субботы Уитни не позволяла себе задумываться о предстоящей встрече с Клейтоном. Она и Кларисса все утро ездили по поручениям Эмили, и на обратном пути Уитни попросила кучера Арчибалдов завернуть в парк. Она оставила горничную в открытой коляске, а сама медленно побрела по дорожке между клумбами с только что высаженными хризантемами.

Уитни сказала тете Энн, что Клейтон к ней безразличен, но сама знала, что это не совсем правда. Он утверждал, что «хочет» ее, а это означало, что он ее желает. Уитни уселась на скамейку, ощутив, как загорелись щеки при воспоминании о его теплых губах, руках, ласкавших ее тело.

Она перебрала в памяти все их встречи, начиная с того первого раза, когда увидела Клейтона. Он стоял у ручья, прислонившись к стволу платана, наблюдая, как она подставляет солнцу босые ноги. Они уже были помолвлены в тот день, а она приказала ему убираться из своих владений. Уитни испытала прилив справедливого негодования при мысли о том, как он избил ее хлыстом, но злость тут же испарилась — ведь она заслужила наказание. Улыбка коснулась губ девушки, как только перед глазами встала сцена того вечера, когда они играли в шахматы. Румянец на щеках стал еще ярче, когда она вспомнила, как горели ее губы от его поцелуев.

Клейтон желал ее. И очень ею гордился. Она поняла это на балу у Ратерфордов. Конечно, он не любит Уитни, но она ему не безразлична, иначе его не ранили бы все те ужасные вещи, которые она сказала в тот день возле беседки. Она с неожиданной нежностью подумала о том, с каким гневом он отвергал ее поцелуи, пока не потерял над собой контроль и не прижал Уитни к себе с такой силой, что, казалось, был готов вот-вот раздавить. А она? Какой безутешной была она в тот день, когда считала, что они расстаются навсегда.

Уитни попыталась напомнить себе, каким бесчеловечным и жестоким образом он заключил брачный контракт, не думая о ее чувствах, но тут же отбросила неприятные мысли. Да, он действительно высокомерный, безжалостный тиран, если не сказать больше, однако и она не осталась в долгу, и не было смысла отрицать это лишь для того, чтобы поддерживать в себе пламя ненависти и вражды.

Уитни он тоже не безразличен, и не будь она так одержима мыслью о свадьбе с Полом, поняла бы это гораздо раньше. Однако она не осмеливалась заглянуть себе в душу, чтобы убедиться, насколько глубоки ее чувства к Клейтону. Казалось просто непристойным даже представить себе, что она его любит, ведь всего три дня назад Уитни была твердо уверена, будто ее сердце навсегда отдано Полу. И вот теперь оказывается, что все это было лишь глупым детским увлечением! Вряд ли стоит после такого верить своей способности разбираться в собственных эмоциях! Но Уитни не могла отрицать, что Клейтон занял уголок в ее душе. Она всегда теряла голову, стоило ему притронуться к ней, и хотя он часто бесил ее, но не раз заставлял и смеяться!

Да, они должны пожениться. Клейтон так решил прошлой весной, и его несгибаемая воля, конечно, возьмет верх. Это так же неотвратимо, как восход и заход солнца.

Теперь Уитни была готова принять неизбежность своего брака с Клейтоном. Этот красивый, сильный, мужественный, умудренный опытом, утонченный аристократ станет ее мужем! Он, конечно, придет в бешенство, когда Уитни расскажет, что весь городок считает, будто они с Полом помолвлены.

Вздохнув, Уитни рассеянно отбросила носком туфельки камешек. Каким-то древним женским инстинктом она понимала, что может развеять гнев Клейтона, просто сказав, что выйдет за него, когда он захочет. Теперь оставалось решить, каким тоном сообщить это. Она может спасти свою гордость, оставшись холодно-бесстрастной и сделав нечто вроде такого заявления: «Поскольку у меня нет иного выбора, кроме как выйти за вас замуж, можете назначать день свадьбы».

И в этом случае Клейтон, несомненно, окинет ее обычным изумленно-саркастическим взглядом, и ответ его будет тоже лишен всякого энтузиазма: «Как пожелаете, мадам...»

Уитни в смятении опустила голову. Конечно, гордость будет спасена, но разве не ужасно начинать таким образом свою семейную жизнь? Двое собираются стать мужем и женой, и каждый делает вид, что совершенно безразличен к другому! Но ведь она-то не равнодушна к нему?! Все эти дни она тосковала по нему больше, чем могла представить. Уитни не хватало его спокойной силы, ленивой улыбки, смеха и шуток, которые они так часто делили, и даже непрерывных споров!

И поскольку она испытывала именно эти чувства, казалось не только глупым, но и несправедливым делать вид, будто сама мысль о том, чтобы стать его женой, ей ненавистна. Уитни мысленно репетировала, как лучше сказать Клейтону, что она согласна стать его женой. Сегодня, признавшись, что дома все уверены, будто она обручилась с Полом, Уитни мягко улыбнется в бездонные серые глаза и шепнет: «Думаю, лучший способ помешать распространению слухов — объявить о нашей помолвке».

Ее улыбка скажет Клейтону, что она сдается без всяких условий, что он выиграл поединок характеров, ведущийся между ними все это время. Да, гордость немного пострадает, но Клейтон будет ее мужем и заслуживает права знать, что она добровольно стала его невестой.

Если она скажет о своем решении такими словами, вместо того чтобы ответить с уничтожающим сарказмом, Клейтон, возможно, обнимет ее и прильнет к губам в долгом чувственном поцелуе. Только при мысли об этом у девушки закружилась голова.

К дьяволу гордость, решила Уитни. Она так и поступит!

И девушка поспешила к коляске, охваченная предчувствием счастья, певшим в крови. Вернувшись в дом Арчибалдов, Уитни узнала, что Эмили в салоне с гостями. Предпочитая ни с кем не встречаться, она поднялась в роскошную спальню для гостей, куда поместила ее хозяйка.

Эмили вошла как раз в тот момент, когда Уитни снимала шляпку.

— Элизабет, Питер, Маргарет и их матери только что уехали. Элизабет пригласила меня на свадьбу. — И с опаской, словно предчувствуя недоброе, добавила: — Я... пришлось пригласить их на прием. Ничего нельзя было поделать — слуги суетятся, весь дом в волнении, и скрыть подготовку к вечеру невозможно.

Уитни сняла перчатки и с недоуменной улыбкой взглянула на явно встревоженную чем-то подругу.

— Не расстраивайся из-за пустяков, сейчас внесу все необходимые изменения в расположение мест для гостей, только и всего.

— Дело не в этом, — уныло пробормотала Эмили. — Видишь ли, объезжая лавки, они повстречали месье Дю Вилля. Он спросил Маргарет о тебе, и Элизабет сказала, что ты сейчас гостишь у меня, и он, естественно, приехал с ними...

Уитни ощутила, как предчувствие надвигающегося несчастья окутало ее, словно облаком, еще до того, как Эмили сказала:

— Я была вынуждена пригласить и его тоже. Понимаю, в какое неловкое положение поставила тебя, особенно если герцог все-таки решит приехать, но я была абсолютно уверена, что месье Дю Вилль отклонит приглашение, сделанное в последнюю минуту.

Уитни рухнула в кресло.

— Но Ники не отказался, верно?

Эмили покачала головой:

— Я бы с радостью удушила Маргарет в эту минуту. Он, очевидно, интересовался только тобой, но она цеплялась за его руку, как... как пиявка, умоляя согласиться. Господи, хоть бы родители успели выдать ее замуж прежде, чем она опозорит себя и их. Она самое навязчивое, неразборчивое, злобное создание на свете, а Элизабет такая добрая, милая и позволяет ей всячески унижать себя.

Не желая никому и ничему испортить радостное ожидание грядущего вечера, Уитни ободряюще обняла Эмили.

— Не расстраивайся ни из-за Маргарет, ни из-за Ники. Все будет хорошо, вот увидишь.

Глава 24

Клейтон швырнул на противоположное сиденье экипажа отчеты, которые просил привезти брат, и откинул голову на подушку, сгорая от нетерпения поскорее оказаться в городке и увидеть Уитни.

Лошади замедлили шаг, приближаясь к замощенным улочкам города, и Клейтон выглянул из окна. Тяжелые тучи низко нависли над домами, безнадежно и плотно закрыв неяркое осеннее солнце. Дорогу неожиданно загородили перевернутый фургон и несколько пустых колясок, чьи владельцы пытались поставить фургон на колеса и поймать разбежавшихся овец.

— Макрей! — раздраженно окликнул герцог. — Когда мы подъедем поближе, остановись и помоги чем можешь. Иначе мы весь день проторчим здесь.

— Будет сделано, ваша светлость, — отозвался Макрей с высоты своего сиденья.

Клейтон посмотрел на часы, и уголки губ брезгливо опустились. Он ведет себя как потерявший голову идиот, мчится сюда на день раньше, чем обещал!

Гонимый нестерпимой потребностью поскорее увидеть Уитни, Клейтон покинул дом брата в шесть часов утра и направился прямо сюда, вместо того чтобы провести весь день в Лондоне, как рассчитывал раньше. Они мчались семь часов с такой скоростью, словно вся жизнь Клейтона зависела от того, как скоро он увидит Уитни, останавливаясь лишь затем, чтобы сменить лошадей.

Он не должен был оставлять ее на целую неделю, в сотый раз твердил себе Клейтон. За это время она наверняка успела поднять очередной мятеж против отца да и самого Клейтона, поскольку они вынуждают ее отказаться от Северина. Что за упрямая маленькая дурочка! По-прежнему уверена, что любит это ничтожество! Прелестная, живая, вспыльчивая, великолепная маленькая дурочка! Да питай она к Северину хоть какие-то чувства, в жизни не стала бы отвечать так страстно на его ласки!

Чресла Клейтона напряглись при одном воспоминании о том, как она целовала его, прижималась, неумело ласкала после бала у Ратерфордов, когда он привез ее в дом Арчибалдов. Шампанское помогло ей забыть о девических предрассудках, но сладостное желание, которое она испытывала к нему, родилось не в тот вечер, а несколько недель назад. Уитни хотела его и, не будь она столь чертовски упрямой и слишком молодой, поняла бы это давным-давно. Он же стремился наполнить ее существование радостью, а ночи — наслаждением, добиваясь, чтобы Уитни полюбила его так же сильно, как он ее.

Клейтон мрачно нахмурился при этой смехотворной мысли, а потом с долгим, презрительным вздохом был вынужден сознаться, что лгать самому себе больше не имеет смысла. Он влюблен в Уитни. В тридцать четыре года, после бесчисленных женщин и бесконечных романов, он пал жертвой невыносимо дерзкой, ослепительно неотразимой девочки-женщины, которая не задумываясь вызывала его неудовольствие, издевалась над титулом и наотрез отказывалась подчиниться его власти. Ее улыбка согревала сердце Клейтона, а прикосновение зажигало огонь в крови, она могла пьянить, чаровать и бесить его, как ни одна женщина в мире. Он не мог представить себе будущего без нее.

Оказавшись лицом к лицу с печальной истиной, Клейтон и теперь еще сильнее хотел поскорее увидеть Уитни, снова ощутить безоглядное счастье при виде девушки, держать ее в объятиях, слышать нежный голос, познать пьянящее наслаждение, прижимать к себе это стройное, роскошное тело.

Макрей остановил экипаж перед лавкой аптекаря и спустился, чтобы помочь поймать последних овец и сунуть их в поднятый наконец фургон. Не в силах больше выдерживать семичасовое заточение в душном экипаже, Клейтон тоже вышел и присоединился к зрителям, наблюдавшим, как мужчины гоняются за овцами. Улыбка коснулась его губ, когда пекарь, сделав отчаянный рывок, бросился на лохматую беглянку, промахнулся и сбил с ног другого добровольного помощника, уже успевшего схватить овцу.

— Весьма забавное зрелище, не находите? — осведомился мистер Олденберри, выходя из лавки и присоединяясь к зевакам. — Однако поистине волнующие события вы все-таки пропустили. — Аптекарь лукаво подмигнул и наградил Клейтона дружеским тычком под ребра. — Новости разлетелись по всему городу! Сразу две помолвки!

— Неужели? — равнодушно бросил Клейтон, по-прежнему не сводя глаз с фургона, который наконец оттащили на обочину.

— Да, представьте себе, — продолжал мистер Олденберри. — Однако вы не успеете поздравить обеих невест — они уехали в Лондон. — И, понизив голос до сценического шепота, добавил: — Лично я думал, что девчонка Стоуна выберет вас, но она всю жизнь гонялась за Севарином и наконец его заполучила. Они обручены. И буквально на следующий день я слы-

шу, что мисс Аштон объявила о помолвке с мистером Редфер-
ном. Удивительно, как все было спокойно, ничего не происходило, и вдруг...

Клейтон резко повернулся, и мистер Олденберри в ужасе
застыл, натолкнувшись на убийственный взгляд ледяных глаз.

— Что вы сказали? — почти неслышно, но от этого не
менее зловеще осведомился Клейтон.

— Я... мисс Стоун и мисс Аштон обе обручились в ваше
отсутствие.

— Вы либо лжете, либо ошибаетесь.

Мистер Олденберри даже отступил — такое бешенство
полыхнуло во взгляде герцога.

— Н-нет, вовсе н-нет. Спросите любого в городе, и все
скажут вам, что это правда. Мисс Стоун и мисс Аштон обе
уехали вчера утром и почти одновременно. Мистер Аштон сам
сказал, что они собираются заказать себе приданое в лучших
магазинах, — заверил он даже с каким-то отчаянием. — Мисс
Стоун погостит у леди Арчибалд, а мисс Аштон — у дедушки
с бабушкой.

Аптекарь явно стремился доказать, как хорошо осведомлен.

Клейтон, ничего не ответив, повернулся и направился к экипажу. Мистер Олденберри подошел к собравшимся, беззастен-
чиво пытавшимся подслушать его разговор с мистером
Уэстлендом.

— Видели, как он взглянул на меня, когда я сказал, что
мисс Аштон уехала в Лондон покупать приданое? — спросил
он, азартно блестя глазами. — И подумать только, все это
время я был уверен, что он ухаживает за девчонкой Мартина.

— Поместье Стоунов! — рявкнул Клейтон Макрею, впры-
гивая в экипаж.

Лошади подлетели к крыльцу дома Уитни, и навстречу поспешно выбежал лакей.

— Где мисс Стоун? — осведомился Клейтон. Ледяной
голос остановил на полпути руку слуги, уже потянувшегося к
дверце кареты.

— В Лондоне, сэр, — ответил тот, отступая.

Прежде чем экипаж успел остановиться перед домом, который являлся временным жилищем Клейтона, он уже успел соскочить.

— Вели запрячь свежих коней, — бросил он изумленному кучеру, — и будь готов ехать в Лондон через десять минут.

Ярость кипела в душе герцога раскаленным свинцом, словно серной кислотой выжигая нежные чувства к Уитни. Подумать только, в то время как он, одурманенный глупец, мчался к ней, она упорхнула в Лондон покупать приданое, за которое, напомнил он себе в новом приливе слепящей ярости, заплачено его деньгами.

— Будь проклята эта хитрая дрянь! — в бешенстве процедил он сквозь зубы, поспешно переодеваясь. Ничего, он получит специальное разрешение на брак, подписанное самим архиепископом, и тут же потащит ее к алтарю, если понадобится — за волосы.

Нет, черт возьми, никаких разрешений! Почему он обязан ее ждать? Нужно немедленно увезти девчонку в Шотландию и жениться там. Последствия скандала, которые придется вынести Уитни, и будут самым достойным для нее наказанием.

Клейтон горько проклял себя за то, что уважал ее целомудрие и не насладился этим прелестным телом, ожидая и надеясь, что она сама по доброй воле признается в своих чувствах к нему и согласится выйти замуж. Но теперь ему безразличны ее желания! С этого момента все будет так, как захочет он! Уитни может склониться перед его волей, или он заставит ее подчиниться, ему все равно!

Ровно десять минут спустя, переодевшись, Клейтон вылетел из дома и бросился в коляску. Он выдержал долгий путь назад в Лондон в попеременном состоянии ледяного спокойствия и едва сдерживаемого бешенства. Уже за полночь карета остановилась перед ярко освещенным домом Арчибалдов, где веселье, очевидно, было в самом разгаре.

— Подожди, я сейчас буду, — бросил он кучеру и, поднимаясь по ступенькам крыльца, ощутил, как бушующий в душе гнев превращается в ледяную решимость. «Своевольная, злобная, мерзкая девчонка наставила мне рога! Дрянь! Расчетливая, лживая самка!» — накаляясь, подумал Клейтон и устремился мимо изумленного дворецкого навстречу смеху и музыке.

Прохладный ночной ветерок освежал разгоряченное лицо Уитни. Девушка с ослепительной улыбкой делала вид, что внимательно слушает джентльмена, последовавшего за ней на террасу, куда она ускользнула в надежде побыть подальше от общего веселья. Несмотря на оживленное лицо, брови мрачно хмурились, а в глазах стыла боль. Уитни в который раз безнадежно оглядывала собравшихся в бальной зале, хотя было понятно, что уже слишком поздно и он не придет. Возможно, не получил ее приглашения или направился прямиком к ней, не заезжая в Лондон. Уитни вздрогнула, жалея сейчас, что написала тете Энн и предложила ей навестить родственников, поскольку Уитни все успела уладить. Следовало бы дождаться, пока Клейтон не известит, что принимает предложение.

Нет, все это неправда! Секретарь Клейтона прекрасно осведомлен о планах хозяина. Нет смысла обманывать себя; Клейтон предпочел тактично игнорировать ее записку. Негодование девушки уступило место глубокой обиде.

Уитни распустила волосы по плечам, поскольку Клейтон сказал, что такая прическа нравится ему больше всего. Она даже оделась, специально чтобы угодить ему, в изящное платье из кремового атласа, расшитое жемчужинами: словом, сделала все возможное, чтобы порадовать Клейтона, а он даже не счел нужным прийти или хотя бы отклонить ее приглашение.

Едва сдерживая слезы, Уитни пыталась убедить себя, будто мучительное разочарование терзает душу лишь потому, что она наконец набралась мужества сказать, что согласна выйти за него замуж... но раненое сердце подсказывало другое — она тоскует по нему. Умирает от желания видеть его улыбку, признаться, что сдается, что проиграла в этом поединке характеров, почувствовать силу его объятий, сладость поцелуев. Она надеялась, что сегодняшний вечер станет для них началом новых отношений.

Уитни сморгнула жгучую влагу, полная решимости хорошо провести хотя бы остаток испорченного вечера.

Клейтон сухо раскланялся с теми немногими гостями, которых знал, и обвел комнату взглядом хищника, готового наброситься на добычу. Заметив Дю Вилля, идущего к дверям террасы с двумя бокалами шампанского в руках, он проследил, куда тот направляется, и сцепил зубы в неистовой злобе — на террасе стояла Уитни, окруженная не менее чем полудюжиной поклонников.

Клейтон с обманчивой небрежностью последовал за Ники и брезгливо поморщился, поняв, что все мужчины делают вид, будто играют на различных музыкальных инструментах. «Дирижером» была, конечно, Уитни. Очаровательно улыбаясь, она размахивала невидимой палочкой. Эта роль, уничтожающе подумал Клейтон, прекрасно подходит для Уитни: водить мужчин за нос — поистине ее призвание! Он уже хотел выйти в ту дверь, через которую только что прошел Ники, но тут чья-то ладонь легла на его рукав.

— Какой приятный сюрприз! — воскликнула Маргарет Мерритон. — Не ожидала увидеть вас здесь!

Но внимание Клейтона было приковано к Уитни. Он попытался отстраниться, но Маргарет лишь крепче сжала пальцы.

— Какой позор, не правда ли? — спросила она, кивком указывая на Уитни.

Тридцать четыре года строгой приверженности определенным правилам этикета невозможно было забыть за один день, поэтому Клейтон повернулся, чтобы поздороваться с женщиной, обращавшейся к нему, но при этом был так взбешен, что не сразу узнал ее.

С террасы донесся взрыв смеха, и Клейтон повернул голову в направлении звука. Маргарет конвульсивно стиснула его рукав и тоже посмотрела на Уитни Стоун. Раненая гордость огрубила ее голос, сделав его неприятно-хриплым.

— Если она вам так уж нужна, идите туда и попытайтесь ее получить! Можете не беспокоиться насчет Пола Севарина и Дю Вилля. Ни один из них никогда на ней не женится!

— Почему? — требовательно спросил Клейтон, отдергивая руку.

— Пол только сейчас обнаружил то, что месье Дю Вилль знал много лет — ни тот ни другой не были у нее первыми! — И, заметив, как смертельно побелело лицо Клейтона, как дернулся на щеке мускул, мстительно добавила: — Если хотите знать, ее потому и отослали во Францию, что застали на сене с конюхом!

Что-то умерло в душе Клейтона, хрупкое и бесценное, и эта потеря полностью лишила его способности здраво мыслить. В другое время он просто отмахнулся бы от слов Маргарет, поскольку достаточно хорошо был знаком с женским коварством, чтобы мгновенно распознать его. В другое время. Сегодня же он понял, что Уитни обманула его, провела, как последнего глупца, и что она, кроме этого, лгунья и предательница.

Он дождался ухода Дю Вилля, а потом рванул на себя ручку двери и оказался за спиной Уитни как раз в тот момент, когда один из ее подвыпивших обожателей опустился на одно колено.

— Мисс Стоун, — пошутил молодой человек, довольно невнятно произнося слова, — я решил, что двум таким талантливым музыкантам, как вы и я, следует составить постоянный дуэт! Могу я иметь честь... получить в... вашу... руку... то есть и сердце тоже...

Неожиданно он осекся и, по-видимому, проглотил оставшиеся слова, с опаской глядя на что-то позади Уитни.

Весело смеясь над забавными выходками молодого человека, Уитни оглянулась и, вне себя от счастья и радости, одарила Клейтона сияющей улыбкой. Однако Клейтон упорно уставился на несчастного Карлайла, все еще стоявшего на колене.

— Встаньте! — прорычал Клейтон. — Если намереваетесь просить руки у мисс Стоун, придется подождать, пока у нее отрастет еще одна. В настоящее время у нее всего две руки, и обе уже обещаны, — добавил он с уничтожающим сарказмом.

И, стиснув, словно клещами, пальцы Уитни, повернулся и направился непонятно куда, таща ее за собой. Девушка почти бежала, пытаясь не отставать. Обойдя весь широкий балкон, он спустился по ступенькам крыльца к ожидавшему под уличным фонарем экипажу.

— Остановитесь, вы делаете мне больно! — молила она, путаясь в подоле платья и едва не падая на колени.

Но Клейтон поднял ее на ноги одним безжалостным рывком с такой силой, что боль пронзила девушку от запястья до самой лопатки, и, что-то крикнув кучеру, схватил ее за талию и бросил в коляску.

— Как вы смеете? — прошипела Уитни, смущенная и униженная столь бесцеремонным обращением. Какое он имел право на глазах у всех вытащить ее из дома! — Кем вы себя вообразили?!

Однако лошади рванули с места, и экипаж сильно тряхнуло, так, что Уитни ударилась головой о спинку сиденья.

— Кем? — надменно усмехнулся Клейтон. — Разве вы не знаете? Вашим хозяином. Судя по вашим же словам, отец продал вас, а я купил.

Уитни в смятении уставилась на него, не в силах осознать происходящее. Она никак не могла понять, почему Клейтон так рассердился из-за шутливого предложения Карлайла, тогда как предложение кузена Катберта, сделанное вполне серьезно, вызвало у него лишь добродушную насмешку. Она так верила, что сегодня ночью произойдет сладостное примирение и они будут счастливы, что никак не могла осознать, отчего стала мишенью гнева Клейтона.

И все-таки, несмотря ни на что, она до смешного радовалась тому, что он не пренебрег ее приглашением, и не могла винить Клейтона за излишнюю вспыльчивость при виде того, как другой джентльмен делает предложение его невесте.

— Мистер Карлайл много выпил, — очень мягко заметила она, — и его предложение — всего лишь шутка. Он...

— Заткнись! — перебил Клейтон.

Его голова была повернута к ней, и впервые за сегодняшний вечер Уитни при мерцающем свете каретных фонарей заметила бешеное неистовство, которое излучал сидевший рядом мужчина. Красивые губы плотно сжаты в безжалостную тонкую линию, а глаза полны отвращения. Он резанул по ней презрительным взглядом и тут же отвернулся, словно сам вид ее был ему неприятен.

Никогда в жизни Уитни не сталкивалась со столь злобной яростью, и никто не смотрел на нее с такой уничтожающей брезгливостью, даже отец. Она так надеялась увидеть смех, тепло или нежность в этих проницательных, глядевших в душу серых глазах и даже в самых страшных снах не представляла, что Клейтон способен смотреть на нее с ледяной убийственной ненавистью. Ее потрясение постепенно сменилось обидой, а затем и страхом. Девушка молча смотрела в окно, пока городские огни не стали встречаться все реже, а впереди не замаячили бесконечные пустынные пространства.

— Куда вы везете меня? — нерешительно спросила она. Холодное молчание было ей ответом.

— Клейтон, — почти умоляюще прошептала Уитни. — Куда мы едем?

Клейтон по-прежнему молча вгляделся в прелестное испуганное личико. Как ему хотелось сжать тонкую белую шею и задушить эту дрянь за то, что осквернила свое тело с другими мужчинами, за то, что предала его любовь и доверие, и за то, что называет его Клейтоном теперь, когда он наконец понял ее истинную сущность — лживая распутная самка, дарившая свое роскошное тело любой грязной свинье, которая пожелала ее.

Он решил хотя бы на секунду забыть о любовниках Уитни и, намеренно не отвечая, отвернулся к окну.

Уитни попыталась справиться с нарастающей тревогой и сосредоточиться на том, в каком направлении они едут. Север, поняла девушка, когда экипаж свернул с основной дороги. Они едут на север! Теперь она была вне себя от ужаса. Набрав в грудь побольше воздуха, девушка, презрев гордость, пролепетала:

— Я собиралась сказать, что готова выйти за вас замуж. Совсем не обязательно везти меня в Шотландию, чтобы жениться. Я...

— Не обязательно жениться на вас? — перебил Клейтон с коротким горьким смехом. — Да, я уже слышал об этом. Однако не имею ни малейшего желания убегать в Шотландию или изматывать лошадей. Они и так уже пробежали сегодня половину Англии в погоне за вами.

Экипаж неожиданно повернул на запад и покатился по гладкой, по куда более узкой дороге, и только сейчас значение слов Клейтона полностью дошло до Уитни. Если он целый день пробыл в пути, «гоняясь» за ней, значит, только что вернулся из городка, где услышал сплетни насчет ее помолвки с Полом! Уитни умоляюще положила ладонь на руку Клейтона:

— Я могу объяснить насчет Пола. Видите ли...

Его пальцы безжалостно сомкнулись на тонком запястье, вырвав у девушки невольный крик боли.

— Я в восторге, что вы с такой готовностью прикасаетесь ко мне, — саркастически протянул он, — потому что совсем скоро вы получите неограниченную возможность делать это. — И с нескрываемой брезгливостью снял ее руку со своей, отбросив на колени Уитни. — Однако поскольку здесь не место выказывать привязанность, придется пока держать в узде свои страсти.

— Держать в узде свои... — охнула Уитни. — Вы, кажется, под хмельком?

Губы Клейтона скривились в циничной улыбке:

— Я не пьян, поэтому можете не волноваться, что окажусь бессилен исполнить... — Он подчеркнул последнее слово, придав ему некий зловещий смысл, непонятный Уитни, и тут же почти учтиво добавил: — Можете немного поспать. Впереди долгая утомительная ночь.

Напуганная его издевкой, Уитни молча отвела глаза. Она не имела ни малейшего представления, о чем толкует Клейтон, и находилась на грани истерического ужаса. Почему он рассуждает о каких-то «страстях», заверяет, будто способен «исполнить» что-то?

В экипаже стало совсем темно, и наконец смысл его грубых, вульгарных слов дошел до затуманенного усталостью и боязнью мозга Уитни. Глаза девушки широко раскрылись от страха. Боже, теперь она поняла его замысел!

Уитни вглядывалась в залитую лунным светом местность в поисках какой-нибудь деревушки, дома, где она могла бы найти убежище. Впереди светились огоньки — почтовая станция или гостиница... Она не знала, что именно повредит себе, выпрыгнув из кареты на полном ходу, но ей было все равно — лишь бы суметь подняться и бежать... бежать к огням, сулившим спасение.

Закусив дрожащую нижнюю губу, Уитни осторожно под прикрытием юбок протянула руку к ручке двери, украдкой посмотрела на словно высеченный из гранита профиль сидевшего рядом человека и ощутила убийственное отчаяние, словно в ней что-то погибло в эту секунду.

Зажмурясь изо всех сил, чтобы избавиться от непрошеных слез, которые угрожали ослепить ее, девушка продолжала подбираться к двери, пока пальцы не сомкнулись на холодном металле ручки. Она выждала еще несколько секунд, пока экипаж не поравнялся с открытыми воротами гостиницы и лошади не замедлили бег, преодолевая крутой подъем. Уитни приготовилась... и громко вскрикнула: рука Клейтона опустилась на ее запястье, отдирая пальцы от двери.

— Не слишком торопитесь, моя радость. Обычный придорожный постоялый двор — не самая подходящая декорация для первой ночи взаимных радостей. Или подыскиваете для своих любовных свиданий именно такие места? — Клейтон резким толчком усадил Уитни на противоположное сиденье. — Я прав? — злобно ухмыльнулся он.

Уитни с бешено колотящимся сердцем наблюдала, как удаляется гостиница, а вместе с ней исчезает и надежда на избавление. Она не сможет снова застать его врасплох или одолеть — он гораздо сильнее ее!

— Лично я, — заметил Клейтон почти дружелюбно, — всегда предпочитал комфорт своего «убогого домишки» сомнительной чистоте и изношенному постельному белью, с которыми обычно встречаешься в подобных заведениях.

Его холодный издевательский тон наконец сломил и без того нестойкое самообладание Уитни.

— Вы... вы ублюдок! — взорвалась она.

— Вероятно, — равнодушно согласился Клейтон. — И если это так, значит, я вполне подхожу для того, чтобы провести ночь с сукой!

Уитни снова закрыла глаза и устало прислонилась головой к подушке, отчаянно пытаясь взять себя в руки. Клейтон обозлен из-за Пола, и, следовательно, нужно каким-то образом все объяснить.

— Это миссис Севарин виновата в сплетнях, которые вам пересказали. Что бы вы ни думали, но как только Пол вернулся, я сказала, что не могу стать его женой. К сожалению, мне не удалось прекратить сплетни, поэтому я отправилась в Лондон.

— А сплетни последовали за вами, моя прелесть, — вкрадчиво сообщил он, — так что не стоит больше утомлять меня вашими объяснениями.

— Но...

— Заткнись, — остерег Клейтон с убийственным спокойствием, — или я передумаю и не стану ждать, пока мы доберемся до удобной постели, а возьму тебя прямо сейчас.

Щупальца смертельного ужаса вновь стиснули сердце Уитни.

Они пробыли в дороге почти два часа, и наконец карета проехала через какие-то ворота. Тяжелая, но благословенная усталость, сковавшая ее разум, мгновенно исчезла, и Уитни сжалась, глядя из окошка на освещенные окна большого дома, маячившего невдалеке.

К тому времени, как лошади остановились, сердце девушки билось с такой силой, что почти не давало свободно вздохнуть. Клейтон спустился и, протянув руку, стащил Уитни вниз.

— Ноги моей не будет в этом доме! — вскричала она, вырываясь.

— По-моему, тебе уже несколько поздно защищать свою добродетель, — съязвил он, подхватывая Уитни на руки. Пальцы безжалостно впились в ее бедро и талию, но Клейтон, не обращая внимания на сдавленный крик боли, внес ее в тускло освещенный холл и, не задерживаясь, начал взбираться вверх по бесконечно извивавшейся лестнице.

Рыженькая горничная выбежала на верхний балкон, и Уитни открыла было рот, чтобы закричать, но тут же задохнулась: пальцы Клейтона сжались сильнее, оставляя синяки на нежной коже.

— Идите спать! — рявкнул он горничной, наблюдавшей за ними широко открытыми от ужаса глазами.

— Пожалуйста, пожалуйста, остановитесь! — тщетно молила Уитни, но Клейтон пинком распахнул дверь спальни и переступил порог. В мозгу Уитни смутно запечатлелись великолепная обстановка и пламя, пылающее в огромном камине, но девушка немедленно забыла обо всем, как только взгляд остановился на огромной, стоящей на возвышении кровати, к которой Клейтон нес ее.

Он бесцеремонно швырнул девушку на постель, а сам повернулся и направился к двери. В какой-то момент Уитни с облегчением подумала, что он намеревается ее покинуть, но вместо этого Клейтон одним решительным движением, словно нанося смертельный удар, задвинул засов.

Уитни, парализованная паникой, молча смотрела, как Клейтон бросился на один из диванов, стоявших на другом конце комнаты. Шло время, а он по-прежнему сидел, неподвижный, напряженный, глядя на Уитни, словно на некое странное, пойманное в силки животное, редкое и уродливое, отвратительное на вид, коварное и подлое.

Наконец молчание было прервано резким приказом Клейтона, брошенным холодным, незнакомым голосом:

— Подойди сюда, Уитни.

Девушка нервно дернулась и, покачав головой, отползла спиной вперед к подушкам, в отчаянии оглядываясь на окна. Сможет ли она добежать и спрыгнуть вниз, прежде чем он перехватит ее?

— Можешь попытаться, — заметил Клейтон. — Но поверь, ничего не выйдет.

Уитни всхлипнула от страха, но тут же гордо выпрямилась, борясь с истерикой, угрожавшей одолеть ее.

— Насчет Пола...

— Попробуй упомянуть его имя хотя бы раз, — вскинулся Клейтон, — и, помоги мне Боже, я убью тебя! — И тут же, овладев собой, стал пугающе вежливым: — Можешь получить Северина, если он все еще захочет иметь с тобой дело. Но это мы обсудим позже. Ну а теперь, любовь моя, выбирай: либо подойдешь ко мне без посторонней помощи и по своей воле, либо я помогу, но в таком случае, боюсь, у тебя будет много неприятностей. — Клейтон поднял темные брови, давая ей время решить. — Ну? — угрожающе осведомился он, приподнимаясь.

Чтобы не унизить себя до просьб и мольбы, не доставить ему удовольствия видеть, как она покорна, Уитни молча поднялась с постели. Она пыталась держать голову высоко, выглядеть гордой и презрительно-насмешливой, но колени подгибались. Девушка остановилась в двух шагах от Клейтона. Она стояла как вкопанная, глядя на него полными слез глазами. Клейтон одним прыжком оказался рядом.

— Повернись! — рявкнул он и, прежде чем Уитни успела запротестовать, поймал ее за плечи, развернул спиной к себе и бешеным рывком располосовал платье.

Резкий звук рвущейся ткани погребальным звоном отозвался в ушах Уитни, а обтянутые атласом пуговки разлетелись по комнате. Снова повернув ее к себе лицом, Клейтон злобно улыбнулся:

— Ничего! И это платье куплено на мои деньги!

Усевшись в кресло, он вытянул длинные ноги, и несколько минут бесстрастно наблюдал за неуклюжими попытками Уитни прижать лоскутки скользкого атласа к груди.

— Опусти руки! — скомандовал он.

Корсаж выскользнул из пальцев девушки, и Клейтон, не моргнув глазом, продолжал смотреть, как тонкая кремовая материя, скользнув по бедрам, светлой горкой упала к ногам Уитни.

— А остальное? — бросил он коротко.

Задыхаясь от унижения, Уитни поколебалась, но затем, переступив через накрахмаленные нижние юбки, осталась в одной тонкой сорочке. Девушка понимала, что Клейтон ждет, когда она снимет и сорочку, представ перед ним обнаженной и окончательно опозоренной. Должно быть, он решил наказать ее за сплетни о помолвке и потому старается запугать подобным образом. Ну что же, она достаточно запугана и унижена за то, что сделала или собиралась сделать.

Девушка в немом возмущении попыталась отпрянуть.

Клейтон оказался на ногах, прежде чем она успела сделать второй шаг. Его рука взметнулась вперед и запуталась в тонкой ткани у выреза сорочки, натягивая ее на упругих холмиках грудей. Сам он тяжело дышал, воздух со свистом вырывался из легких. Девушка была не в силах отвести глаз от этой сильной загорелой руки с ухоженными ногтями, лежавшей на ее груди, той самой руки, когда-то ласкавшей ее с безграничной страстью. Снова рывок, и рубашка разлетелась надвое.

— В постель! — холодно приказал он.

Отчаянно стремясь скрыть наготу, Уитни мгновенно оказалась в кровати и поспешно натянула простыни до подбородка, словно они могли защитить ее от него. Теперь она с каким-то чувством нереальности происходящего наблюдала, как Клейтон не торопясь начал раздеваться. Сначала фрак, потом сорочка были брошены на пол, и Уитни невидящими глазами уставилась на мощные мышцы, перекатывающиеся на плечах и руках. Когда он взялся за пояс панталон, Уитни отвернулась и зажмурилась. Его шаги звучали в ушах оглушительным грохотом. Робко подняв веки, она увидела, как он, словно зловещий призрак, возвышается над ней.

— Не смей закрываться от меня! — процедил он, вырывая из ее кулачков угол простыни. — Я хочу видеть то, за что так дорого заплатил!

Лицо Клейтона на миг исказилось болью, едва взгляд скользнул по обнаженному телу девушки, но губы его тут же плотно сжались.

Дрожа от страха, Уитни, словно в трансе, уставилась в его красивое безжалостное лицо, а в измученном мозгу всплывали другие мгновения, полные нежности, тепла и доброты. Вот он наклоняется над ней с побелевшим от тревоги лицом в тот день, когда она упала с лошади. Вот нежно смотрит ей в глаза в тот день, когда она поцеловала его у ручья. «Боже, какая ты сладкая», — прошептал он тогда.

Она вспомнила, как он стоял рядом всего несколько ночей назад, на балу у Ратерфордов, и гордо представлял ее хозяину дома как свою невесту.

Тетя Энн права: Клейтон любит ее. Любовь и жажда обладания заставили его совершить этот ужасный поступок. Она довела его до этого, так долго отрицая свои чувства к нему своей слепой решимостью выйти за Пола. Он любил ее, а она в ответ выставила этого гордого человека на публичное осмеяние.

Кровать прогнулась под его весом; по-видимому, он лег рядом, и страх Уитни уступил место глубокому, искреннему раскаянию. Глаза болели от непролитых слез, и, повернув к нему голову, она робко коснулась дрожащими пальцами его щеки.

— Я... мне очень жаль, — задыхаясь, пробормотала девушка. — Простите меня.

Глаза Клейтона сузились, но он тут же наклонился к ней, приподнявшись на локте, свободная рука скользнула по плечу, дерзко сжала ее грудь.

— Покажи мне, — шепнул он, перекатывая ее сосок между большим и указательным пальцами. — Покажи, как тебе жаль.

Преодолевая стыд и протесты почти обезумевшей совести, Уитни, сжавшись, позволила его пальцам послать по телу жгучие ощущения, молниями пронзавшие ее и сосредоточившиеся внизу живота. Она не сопротивлялась. И готова была позволить ему делать все, что угодно. Лишь бы он не смотрел на нее так... так брезгливо.

Его рот прижался к ее губам, раскрывая их в страстном, пламенном поцелуе, и Уитни пыталась ответить Клейтону, вкладывая в ласки любовь и сожаление, таившиеся в сердце.

— Ты так прелестна, радость моя, — пробормотал он, дерзко шаря руками по ее телу. — Но думаю, ты не раз слышала это раньше при подобных обстоятельствах.

Он приложился губами к розовым вершинкам ее полных грудей; настойчивый язык ласкал, чуть прикасался, лизал, обводил нежные маковки. Неожиданно его губы сомкнулись на соске, сильно потянули, и Уитни охнула от внезапно нахлынувшего наслаждения. Его рука мгновенно скользнула по ее бедрам, накрыла мягкий холмик волос, и девушка вскинулась в инстинктивном порыве вжаться в перину. Но Клейтон чуть придавил Уитни к постели, не обращая внимания на ее испуг, и, раскрыв створки нежной раковины, проник внутрь, посылая непередаваемо острые ощущения по напряженному телу.

Припав поцелуем к ее шее, Клейтон продолжал возбуждать ее, гладя потаенное местечко; искусные пальцы с безошибочной уверенностью отыскали крохотный бугорок, где, казалось, сосредоточились все чувственные желания.

С каждым мгновением жаркая, безумная волна уносила Уитни неведомо куда, поэтому она не сразу ощутила перемену в его ласках. Его поцелуи, прикосновения, только что такие нежные и страстные, стали теперь безжалостными и жестокими, в них было что-то неприятное, нехорошее, порочное. Для человека, терзаемого неразделенной любовью, любовью собственника... в его поцелуях не хватало горячего искреннего пыла, а в ласках — истинной нежности.

Его пальцы вновь шевельнулись в ней, и Уитни тихо застонала.

— Так значит, тебе это нравится? — с издевкой прошептал Клейтон и отстранился. — Не хочу, чтобы ты слишком наслаждалась, любовь моя! — резко бросил он и лег на Уитни, раздвигая ее ноги коленом, а потом... потом стиснул ее бедра, приподнял, и в этот момент циничные нотки в его голосе наконец разорвали густой сладострастный туман, почти поглотивший ее. Уитни успела заметить выражение неподдельной горечи, промелькнувшее в его взгляде, прежде чем Клейтон чуть откинулся и сильным толчком врезался в тесные девственные глубины. Слепящая боль, казалось, разорвала ее надвое, из горла Уитни вырвался пронзительный вопль. Почти теряя сознание, она закрыла лицо руками, выгнула спину, пытаясь избавиться от чего-то раскаленного, стального, пронзившего ее, и как сквозь сон услышала свирепое проклятие, сорвавшееся с губ Клейтона.

Он отпрянул, и Уитни застыла, готовая забиться в истерике, пытаясь собраться с силами и приготовиться к новой агонизирующей боли, которая придет, как только он вновь вонзится в нее.

Но боли все не было: Клейтон не шевелился.

Руки Уитни бессильно опустились. Сквозь застилающую глаза дымку слез она видела его над собой. Голова Клейтона была откинута, глаза закрыты, лицо превратилось в маску мучительного страдания.

Глядя в это потрясенное лицо, Уитни не чувствовала, что ее
тело содрогается от подавленных рыданий, пока усилия сдержать слезы не стали слишком невыносимым бременем. Она
жаждала утешений, прикосновения теплых рук и безрассудно,
неразумно искала нежности у своего палача. Трепеща всем телом, всхлипывая и задыхаясь, Уитни протянула руки к Клейтону, обняла и притянула к себе.

Клейтон с трепетной нежностью сжал ее в объятиях и лег
рядом. Уитни без единого слова уткнулась лицом в его голую
грудь и зарыдала, выплакивая обиду и боль, захлебываясь от
слез, сотрясавших ее с ужасной силой, и Клейтон испугался,
что ее сердце может не выдержать. Он лежал, прижимая к
себе это оскверненное, обнаженное тело, гладя смятый шелк ее
волос, изводя себя этими душераздирающими всхлипами, горя-
чими потоками слез, катившихся по ее щекам и падавших на
его грудь.

— Я... я сказала Полу, что не в-выйду за него замуж, —
запинаясь, прорыдала Уитни. — С-сплетни... это не моя вина.

— Дело не в этом, малышка, — шепнул Клейтон прерывающимся от волнения голосом. — Я бы никогда не сделал с
тобой такого лишь из-за каких-то сплетен.

— Тогда... за что? — выдавила она.

Клейтон глубоко, прерывисто вздохнул:

— Я думал, ты была близка с ним. И с другими тоже.

Ручьи слез мгновенно пересохли. Прижав простыню к груди, девушка приподнялась и окинула Клейтона презрительным
взглядом.

— Так вот оно что! И ты поверил! — прошипела она и,
вырвавшись из его объятий, повернулась лицом к стене.

Ужас и растерянность, овладевшие ею еще в экипаже, ис-
парились, а вместе с ними и уверенность в его любви. Беспо-
щадная истина осенила ее, а вместе с прозрением пришло чувство
омерзительно-тошнотворного стыда. Только сейчас Уитни поняла, что Клейтон сделал это, чтобы унизить ее: его чудовищ-

ная гордость требовала бесчеловечной мести за некое вообра-
жаемое преступление.

Тошнота подступила к горлу, едва девушка осознала, что
отдалась ему без борьбы. Клейтон не обманывал ее, Уитни
сама себя обманула. И не украл девственность — она сама
подарила ее ему. Подарила.

Охваченная стыдом и отвращением к себе, Уитни попыталась спрятаться под тяжелыми одеялами, чтобы прикрыть
наготу.

Клейтон заметил это и осторожно натянул одеяла на прелестное, истерзанное тело. Слишком поздно он понял, что в довершение к бесчеловечному поступку еще и оскорбил девушку,
и поспешно положил руку на худенькое плечо, пытаясь повернуть ее к себе.

— Пожалуйста, позволь мне все объяснить, — попросил
он. — Я думал...

Но Уитни с омерзением сбросила его руку.

— Я бы не прочь узнать правду! Но вам для этого придется прислать мне подробное письмо, потому что, если вы когда-
нибудь приблизитесь ко мне или к кому-то из моей семьи,
клянусь, я убью вас!

Зловещая суть этой угрозы, однако, была несколько смяг-
чена приглушенными всхлипываниями, которые продолжались,
казалось, бесконечно, пока она, окончательно измучившись, не
уснула тяжелым сном.

Его светлость Клейтон Роберт Уэстморленд, герцог Клеймор, потомок пяти поколений аристократов, владелец огромных
поместий и богатств, превосходящих всякое воображение, лежал рядом с единственной женщиной, которую когда-либо любил, не в силах ни утешить, ни вернуть ее.

Он мрачно уставился в потолок, а перед глазами все время
возникала Уитни, такая, какой он видел ее всего несколько
часов назад, оживленная, жизнерадостная, дирижирующая ве-
селыми «музыкантами».

Как он мог сделать это с ней, ведь больше всего на свете ему хотелось оберегать, лелеять и баловать Уитни? Вместо этого он холодно и безжалостно взял ее невинность, но при этом потерял гораздо больше: ту единственную, кем сильнее всего на свете хотел обладать, — упрямую, своевольную красавицу, спящую сейчас рядом. Ту, что возненавидела его навсегда.

Он вспоминал все те грубые, вульгарные слова, которые сказал ей в экипаже и в этой комнате. Каждое унизительное слово, каждое прикосновение, ранившее ее, упорно всплывали в мозгу, причиняя несказанные мучения, но он наказывал себя, снова и снова воскрешая в памяти омерзительные детали всего, что произошло.

Уже ближе к рассвету Уитни повернулась на спину. Клейтон наклонился над ней, нежно отвел со щеки темно-рыжий локон и снова лег, неотрывно глядя на спящую девушку, потому что знал: Уитни в последний раз находится так близко.

Она проснулась на следующее утро, разбуженная неприятным ощущением между бедер и легкой болью во всем теле. Ресницы слегка затрепетали, и девушка перевернулась на спину, не поняв в первые минуты, где находится, и обводя сонными полузакрытыми глазами комнату.

Она лежала в гигантской постели, стоявшей на возвышении. Просторная комната казалась раз в десять больше спальни у нее дома и была великолепно обставлена. Левая стена целиком из стекла, а напротив располагался мраморный камин, такой большой, что она могла стать в нем почти в полный рост. Остальные две стены были отделаны широкими панелями из розового дерева с богатой резьбой и увешаны великолепными гобеленами. Уитни устало прикрыла глаза и снова погрузилась в дремоту. Как странно, что она спит в комнате, которая, судя по обстановке, явно принадлежит мужчине!

И тут глаза ее широко раскрылись, и девушка, подскочив, села на постели его комнаты. Его комнаты!

Кто-то открыл дверь, и Уитни съежилась, прижимая к груди шелковую простыню. Вошла рыжеволосая горничная небольшого роста, которую Уитни видела вчера на балконе. Она внесла починенное платье и сорочку, которые бережно повесила стул, и уже повернулась, чтобы выйти, но заметила жавшуюся к подушке Уитни.

— Доброе утро, мисс, — поздоровалась горничная, подходя ближе, и Уитни с горечью отметила, что та ничуть не удивилась, обнаружив голую женщину в постели хозяина, очевидно, в этом не было ничего необычного. — Меня зовут Мэри, — объяснила горничная с мягким ирландским акцентом, вручая Уитни пеньюар. — Могу я помочь вам?

Униженная до глубины души, Уитни оперлась о протянутую руку и неловко спрыгнула на пол.

— Боже милосердный! — охнула Мэри, отступая. Взгляд служанки был прикован к залитым кровью простыням. — Что он с вами сделал?

Уитни успела вовремя подавить приступ истерического смеха.

— Погубил меня! — выдавила она.

Мэри оцепенело уставилась на багровые пятна.

— Он ответит за это на Божьем суде! Господь не простит его так просто. Подумать только, важный господин, герцог, его светлость, и так обидеть девушку!

Она отвела глаза от постели и повела Уитни в соседнюю комнату, к утопленной в полу мраморной ванне.

— Надеюсь, Бог не простит его, — всхлипнула Уитни, ступив в теплую воду. — И прошу небо, чтобы он вечно горел в аду! Жаль, что у меня не было ножа, иначе я вырвала бы его черное сердце!

Мэри попыталась было намылить ей спину, но Уитни взяла у нее салфетку и начала тереть каждую часть тела, которой касался Клейтон. И неожиданно ее рука застыла. Что за безумие заставило ее покорно усесться в ванну, когда следовало бы давно одеться и попытаться найти способ сбежать?

Она вцепилась в запястье горничной и впилась в нее безумным, умоляющим взглядом.

— Мне нужно скрыться, прежде чем он вернется, Мэри. Пожалуйста, помогите мне! Вы не поверите, сколько боли он мне причинил, какие ужасные вещи говорил! Если я останусь, он... он снова сделает со мной это.

Девушка грустными голубыми глазами посмотрела на Уитни и покачала головой:

— Его светлость не собирается входить сюда или удерживать вас силой. Он сам велел мне ухаживать за вами. Лошадей уже запрягли, карета у входа. Когда вы оденетесь, я сама сведу вас вниз.

Клейтон стоял у окна этажом выше, пытаясь в последний раз увидеть потерянную любовь. Сказать последнее прости. Деревья гнулись и скрипели на ветру, низко кланяясь Уитни, когда та вышла из дверей навстречу осеннему дню, такому же мрачному и хмурому, как душа Клейтона. Складки платья развевались, а ветер разметал волосы по плечам.

На нижней ступеньке крыльца Уитни на какое-то мгновение остановилась, Клейтону показалось, что она вот-вот обернется и увидит его. Он беспомощно протянул руку, словно желая скользнуть костяшками пальцев по гладкой шелковистой коже. Но ладонь уперлась в холодное стекло. И словно почувствовав, что за ней наблюдают, Уитни величественно подняла голову, гордо тряхнула волосами и не оглядываясь ступила на подножку экипажа.

Клейтон стиснул кулак, и бокал с бренди, который он держал в руке, разлетелся на мелкие осколки. Он непонимающе уставился на красные ручейки, стекавшие с пальцев.

— Надеюсь, вы истечете кровью, — удовлетворенно предсказала стоявшая в дверях Мэри.

— К несчастью, вряд ли, — сухо ответил Клейтон.

Уитни скорчилась в углу кареты, терзаемая стыдом, горем и гневом. Она вспомнила все омерзительные слова, которые он говорил, холодные, отстраненные ласки, чужие руки, скользившие по ее телу, умело и против ее воли возбуждающие в ней желание.

Боже, она желала себе смерти... нет, не себе, ему! Прошлая ночь — всего лишь начало унизительного кошмара, который ей теперь придется терпеть всю жизнь. Майкл Арчибалд, несомненно, будет настаивать на том, чтобы Эмили отослала ее домой, поскольку никогда не позволит женщине, чья добродетель весьма сомнительна, общаться со своей женой. Даже если Уитни сумеет убедить его, что ее силой заставили провести ночь с Клейтоном, ее репутация все равно запятнана. Светское общество отвергнет ее — она больше недостойна уважения порядочных людей.

Пытаясь побороть подкатившую тошноту, Уитни откинула голову на сиденье. Она должна, непременно должна придумать, как объяснить Арчибалдам, где провела ночь, найти подходящий предлог, чтобы избежать разоблачения. Иначе ее просто изгонят отовсюду: из дома подруги и из круга друзей.

Прошел почти час, прежде чем Уитни смогла сочинить подходящую историю, которую можно будет рассказать Майклу и Эмили, — к сожалению, она звучала не слишком правдоподобно, но, если они не начнут терзать Уитни расспросами, возможно, все обойдется. Теперь она чуть меньше боялась, но чувствовала себя бесконечно одинокой и несчастной. На свете не было человека, к которому она могла бы обратиться за пониманием или утешением.

Уитни могла написать тете Энн, гостившей в Линкольншире у кузины, и попросить приехать в Лондон. Но что может сделать тетя Энн, кроме как потребовать, чтобы Клейтон немедленно женился на ней? Какое жестокое наказание, саркастически фыркнула девушка. Он получит именно то, чего всегда добивался, а ей суждено провести жизнь с человеком, которого она будет ненавидеть, пока жива. Если же Уитни откажется выйти замуж за Клейтона, тетя Энн, естественно, обратится за советом к дяде Эдварду. Тот, узнав, что натворил Клейтон, вероятнее всего, потребует сатисфакции, а это означает дуэль, которой нельзя допустить. Прежде всего дуэли запрещены, но самое главное, Уитни была твердо убеждена, что этот ублюдок не задумываясь убьет дядю.

Есть еще один выход — дядя Эдвард может обратиться в суд, но публичный скандал навеки погубит Уитни.

Одна. Совсем одна и вынуждена в одиночестве сносить боль, позор и обиду, не имея средств и сил отомстить этому дьяволу! Но она что-нибудь обязательно придумает! В следующий раз, когда он появится, нужно быть готовой. В следующий раз?

Руки Уитни повлажнели, на лбу выступил пот. Она умрет, если он хотя бы еще раз приблизится к ней! А если попытается заговорить, если коснется, она закричит и не сможет замолчать.

Казалось, все слуги в хозяйстве Арчибалдов маячили в холле, наблюдая с тайным осуждением, как Уитни входит в дом. Она храбро, с высоко поднятой головой прошла мимо дворецкого, трех лакеев и полудюжины горничных, но, закрыв за собой дверь спальни, прислонилась к двери, дрожа, как в ознобе. Минуту спустя появилась Кларисса, взъерошенная, как дикобраз, и начала раздраженно стучать ящиками комода, бормоча себе под нос что-то насчет «бесстыдных распутниц» и «позора семьи».

Уитни скрыла горечь унижения под маской бесстрастного равнодушия и рывком стащила ненавистное кремовое платье, стараясь поскорее натянуть на себя пеньюар под подозрительным взглядом горничной.

— Ваша бедная, милая мать, должно быть, в гробу переворачивается, — объявила она, подпирая кулаками пышные бедра.

— Не говори таких ужасных вещей, — подавленно пробормотала Уитни. — Моя мать покоится с миром, зная, что я не сделаю ничего такого, что могло бы ее опозорить.

— Жаль, что слугам в доме это неизвестно, — ответила Кларисса, кипя праведным гневом. — Задирают носы, словно благородные господа. И все перешептываются насчет вас!

Разговор с Эмили оказался еще более унизительным. Подруга молча сидела, внимательно слушая довольно неправдоподобный рассказ Уитни о том, как герцог сопровождал ее еще на один бал на другом конце города, который продолжался почти до утра, и, поскольку возвращаться было слишком поздно, безымянная хозяйка дома предложила провести ночь у нее.

Выслушав до конца, Эмили понимающе кивнула, но хорошенькое честное лицо выражало потрясение, и это подействовало на Уитни хуже любого произнесенного вслух обвинения.

Выйдя из комнаты, Эмили направилась прямо в кабинет мужа и повторила ему сочиненную Уитни историю.

— Вот видишь, — с деланной уверенностью объявила она, настороженно изучая лицо Майкла, — все это совершенно невинно и ни в малейшей мере не постыдно. Никакой скандал нам не угрожает. Ты ведь веришь ее объяснению, правда, Майкл? — умоляюще прошептала Эмили.

Майкл облокотился на спинку кресла, бесстрастно разглядывая молодую жену.

— Нет, — покачал он головой, — не верю.

И, протянув руку, привлек Эмили к себе на колени, несколько секунд пристально вглядываясь в ее расстроенное личико, и наконец мягко сказал:

— Но я верю тебе. Если скажешь, что она невинна, я не стану сомневаться.

— Я люблю тебя, Майкл, — просто ответила Эмили, облегченно вздыхая. — Уитни никогда не сделает ничего предосудительного, я твердо знаю это!

Уитни с ужасом думала о предстоящем ужине, но все обошлось: Эмили и ее муж вели себя совершенно непринужденно и естественно. Майкл даже уговаривал ее остаться погостить еще месяц, до свадьбы Элизабет, и при этом казался таким искренним, а Эмили так хотела подольше побыть с подругой, что Уитни с радостью и благодарностью приняла приглашение — меньше всего на свете ей сейчас хотелось возвращаться домой к отцу и слухам о помолвке с Полом.

Но ночью, когда она легла в постель, одиночество и отчаяние захлестнули девушку. Как бы она хотела, чтобы тетя была рядом и подсказала, что делать! Но в глубине души Уитни знала, что ни тетя Энн и никто в мире не сумеет ей помочь. Ей придется все вынести на своих плечах.

С этого дня она навсегда останется одна. Не будет ни мужа, ни детей. Ни один порядочный человек не захочет жениться на беспутной девице с испорченной репутацией. Она осквернена, запачкана, безжалостно уничтожена. Боже, она так хотела иметь детей, но теперь все кончено.

Ощущение безысходности терзало девушку с неумолимой силой, но она продолжала упрямо твердить себе, что не хочет мужа. Нет, она просто не вынесет прикосновения мужских рук, не сможет терпеть ничьи ласки и поцелуи. В ее жизни было всего два человека, за которых она хотела выйти замуж, — Пол, слабый, пустой, недостойный, и Клейтон... грубое животное, бесчеловечное чудовище. Пол всего-навсего разочаровал ее, а Клейтон — погубил. Он сумел покорить ее сердце, а потом использовал и выбросил. Отослал домой без слова извинения.

Слезы медленно катились по щекам Уитни, и она яростно смахнула их. Клейтон Уэстморленд в последний раз заставил ее плакать! При их следующей встрече она будет спокойной и твердой. Она больше не станет думать ни о нем, ни о прошлой ночи!

Но, несмотря на решимость, последующие дни были самыми трудными в жизни Уитни. Каждый раз, когда появлялся дворецкий, чтобы объявить имя очередного визитера, сердце Уитни сжималось от ужаса при мысли, что этим «визитером» может быть герцог Клеймор. Ей так хотелось сказать Эмили, что ее для него никогда не будет дома, но как она смела сделать это, когда он был другом и родственником Майкла? И Эмили, несомненно, захочет узнать причину, а это означает, что она вновь заведет разговор о Клейтоне, как уже не раз пыталась это сделать. Следовательно, у Уитни не было иного выбора, кроме как сжиматься от страха и пытаться успокоить нервы, когда к Арчибалдам приезжали гости.

Она редко покидала дом, боясь, что непременно столкнется с Клейтоном лицом к лицу. С каждым днем напряжение все росло, пока она не почувствовала, что вот-вот сойдет с ума от беспомощного ожидания, страха и тоски.

Но Уитни сдержала обещание, данное себе неделю назад. Она изо всех сил старалась не думать об этой омерзительной ночи, перевернувшей всю ее жизнь. И больше не проронила ни единой слезинки.

Глава 25

Два изящных дорожных экипажа, чуть покачиваясь на упругих рессорах, стояли перед крыльцом дома Клеймора, огромного трехэтажного каменного здания, главной резиденции герцога. Великолепие дома и окружающего пейзажа было результатом тщательной реставрации и всяческих усовершенствований, вводимых Клейтоном, а до него — его предками.

Для посетителей и гостей Клеймор оставался местом, которым можно было бесконечно восхищаться — от комнат с высокими куполообразными стеклянными потолками, в которые заглядывало небо, до помещений, обставленных с невиданной роскошью, сводчатые потолки которых, поддерживаемые изящными готическими колоннами, поднимались на три этажа. Знаток сразу смог бы различить в росписи гениальную кисть Рубенса.

Для Клейтона, однако, дом стал местом преследующих его навязчивых воспоминаний, где он теперь был не в состоянии уснуть, а когда все же засыпал, не мог избежать мерзкого кошмара, в котором неумолимо повторялось все, что произошло семь мучительных ночей назад. Этот дом превратился в тюрьму, из которой необходимо вырваться.

Сидя за письменным столом в просторной, облицованной дубом библиотеке, он нетерпеливо слушал поверенного, повторявшего инструкции, только что данные ему Клейтоном.

— Я верно понял вас, ваша светлость? Вы хотите взять назад предложение, которое сделали мисс Стоун, но не собираетесь требовать возвращения выплаченных по брачному контракту денег?

— Именно, — коротко ответил Клейтон. — Сегодня я уезжаю в Гренд-Оук и вернусь через две недели. Приготовьте бумаги на подпись на следующий после моего возвращения день.

И с этими словами он встал, стремясь поскорее закончить этот неприятный разговор.

Вдовствующая герцогиня Клеймор с надеждой взглянула на приближающегося дворецкого.

— Экипаж его светлости только что свернул на подъездную аллею, — объявил старый слуга. Его обычно невозмутимое лицо светилось нескрываемой радостью.

Герцогиня, улыбаясь, подошла к окну роскошного особняка, который муж много лет назад определил ей по завещанию в качестве вдовьего дома. По сравнению с Клеймором Гренд-Оук был совсем невелик, но это не мешало герцогине устраивать здесь великолепные приемы. Кроме того, здание было окружено чудесными садами и цветниками, где находилось несколько резных беседок.

Леди Уэстморленд дождалась, пока два модных дорожных экипажа остановились у крыльца, и повернулась к зеркалу, чтобы окинуть себя критическим взглядом.

В пятьдесят пять лет Алисия, вдовствующая герцогиня Клеймор, по-прежнему сохраняла стройность фигуры и гордую осанку.

В темных волосах сверкали серебряные нити, лишь добавлявшие достоинства к ее неувядаемой красоте.

Герцогиня с тревожным блеском в серых глазах поправила элегантную прическу, неотрывно думая при этом о странно короткой записке Клейтона, полученной ею всего три дня назад, в которой сообщалось о намерении старшего сына приехать в Гренд-Оук с двухнедельным визитом. Приезды Клейтона были нечасты и обычно досадно коротки, и теперь Алисия никак не могла понять, почему сын решил погостить так долго и предупредил об этом в самый последний момент.

Сдержанная суматоха в вестибюле возвестила о приезде Клейтона, и леди Уэстморленд со счастливой улыбкой обернулась, чтобы приветствовать старшего сына.

Клейтон поспешно устремился к ней по бледно-голубому ковру и, не обращая внимания на протянутые руки, крепко прижал к себе мать, нежно целуя в гладкий лоб.

— Ты сегодня еще прекраснее, чем обычно, — заметил он.

Мать отстранилась, с беспокойством изучая темные круги под глазами и глубокие морщины усталости и напряжения в уголках рта.

— Ты болел, дорогой? Выглядишь просто ужасно.

— Благодарю, — сухо ответствовал он, — я тоже в восторге оттого, что вижу тебя.

— Ну конечно, я очень рада тебе, — засмеявшись, возразила герцогиня. — Просто хотела бы видеть своего сына здоровым и веселым.

И, прекратив неприятный разговор жизнерадостным взмахом руки, Алисия заставила сына сесть рядом с собой на диван, по-прежнему обеспокоенно рассматривая его осунувшееся лицо.

— Стивен просто в восторге от перспективы провести с тобой целых две недели! Планирует балы, вечеринки и уже сейчас находится в дороге с большой компанией гостей. Сомневаюсь, чтобы ты нашел здесь мир и покой, и если именно за этим приехал, боюсь, тебя ждет неприятный сюрприз.

— Это не важно, — мрачно бросил Клейтон и, встав, подошел к маленькому столику и налил себе полный бокал виски.

— Где этот негодяй, из-за которого мне выпало родиться всего-навсего нищим младшим сыном? — окликнул с порога Стивен Уэстморленд. Войдя в салон, он подмигнул матери и дружески сжал руку Клейтона. В вестибюле уже слышался гул голосов, и Стивен, кивком показав на дверь, пошутил: — Я уже устал, дорогой братец, изобретать причины твоего отсутствия да еще объяснять их лондонским красавицам, так что привез некоторых сюда с собой, как ты скоро сам увидишь.

— Чудесно.

Клейтон равнодушно пожал плечами.

Голубые глаза Стивена едва заметно сощурились, подчеркнув сходство между братьями. Как и Клейтон, Стивен был темноволосым и высоким, хотя и лишенным ауры властной силы, окружавшей Клейтона. Стивен, однако, казался куда доступнее и дружелюбнее и, как считал свет, в полной мере обладал знаменитым обаянием Уэстморлендов. Кроме того, несмотря на жалобы, он имел собственное большое состояние и с радостью переложил многочисленные обязанности, неизменную принадлежность герцогского титула, на широкие плечи брата.

Подвергнув Клейтона короткому, но тщательному осмотру, Стивен объявил:

— Выглядишь ты просто отвратительно, Клейтон. Прошу прощения, мама, — с извиняющейся улыбкой добавил он, обращаясь к матери.

— Ты прав, — кивнула герцогиня, — я сама ему об этом говорила.

— Ты сказала, что он чертовски плохо выглядит? — поддразнил Стивен, запоздало целуя в знак приветствия унизанную кольцами руку матери.

— Должно быть, это семейная черта, — язвительно заметил Клейтон, — пренебрегать правилами приличия и высказывать нелицеприятные замечания. Здравствуй, Стивен.

Уже через несколько минут Клейтон, сославшись на усталость, извинился и поднялся к себе. Как только за старшим сыном закрылась дверь, леди Уэстморленд решительно шагнула к младшему.

— Стивен, не можешь ли ты узнать, что его тревожит?

Однако тот решительно покачал головой:

— Клей не позволит никому вмешиваться в свои дела, и ты знаешь это так же хорошо, как и я, дорогая. Кроме того, он, возможно, всего-навсего утомлен и ничего больше.

Но, несмотря на эти слова, последующие две недели Стивен исподтишка пристально наблюдал за Клейтоном. Днем гости и хозяева катались верхом, охотились и ездили в ближайший городок прогуляться и обойти местные лавки. Но единственным развлечением Клейтона оставалась верховая езда, однако он безжалостно погонял коня, заставляя его прыгать через немыслимые препятствия, и мчался вперед с дерзким безрассудством, явно рискуя жизнью, что вызывало в Стивене неподдельную тревогу.

Вечера были заполнены великолепными пиршествами, остроумными беседами, игрой в вист и бильярд и вполне естественным флиртом, от которого трудно удержаться в обществе, состоявшем из семи молодых прелестных женщин и семерых холостяков, каждый из которых мог по праву считаться завидным женихом.

Клейтон выполнял обязанности хозяина с обычным небрежным изяществом, и Стивен каждый вечер изумленно наблюдал, как женщины бесстыдно кокетничают с ним, делая все возможное в пределах приличий (а часто и за пределами), чтобы привлечь его внимание. Иногда лицо Клейтона озарялось прежней ленивой улыбкой при каком-нибудь остроумном замечании одной из женщин, но глаза по-прежнему оставались печальными.

Прошло уже двенадцать из четырнадцати дней, и гости собирались уезжать на следующее утро. Вечером все собрались в гостиной, и пристальный взгляд Стивена с неизменной тревогой постоянно останавливался на Клейтоне.

— По-моему, мы надоели вашему брату, — заметила Дженет Кембридж, игриво кивнув на стоявшего в одиночестве у окна Клейтона.

Клейтон услышал Дженет, чего она, впрочем, и добивалась, однако не подумал галантно разуверить ее в столь нелестном мнении и даже не повернулся от окна, чтобы подарить ей комплимент, на что рассчитывала Дженет. Подняв бокал, он сделал большой глоток бренди, наблюдая, как низко нависший туман клубится и растворяется в темноте. Как было бы прекрасно, если бы туман сомкнулся над ним, унес тяжелые мысли, воспоминания и скорбь.

Клейтон увидел отражение Дженет Кембридж в оконном стекле и услышал ее низкий гортанный смех. Всего несколько месяцев назад он наслаждался ее чувственной красотой и призывной улыбкой. Но сейчас... в ней просто чего-то не хватало. Глаза не переливаются зеленью индийского нефрита. Она не смотрит на него дразнящим, оценивающе дерзким взглядом, не трепещет в его объятиях, охваченная приливом пробуждающегося желания и странными, непонятными ей эмоциями. Дженет слишком доступна, слишком рвется угодить, как, впрочем, и другие женщины. Они не спорили с ним, не вступали в словесные сражения и не отталкивали его с неизменным упорством. Они не были изменчивыми, живыми и жизнерадостными, остроумными и искренними. Они не были... Уитни.

Он осушил бокал, чтобы заглушить боль, ударившую в сердце, когда он мысленно произнес это имя. Что она делает сейчас? Готовится к свадьбе с Севарином? Или с Дю Виллем? Дю Вилль в Лондоне, он способен утешить ее, заставить смеяться и радоваться, забыть обо всем. Дю Вилль больше подходит Уитни, решил Клейтон, задыхаясь от нестерпимой муки. Севарин слабый, никчемный человек, а Дю Вилль умен, красив и богат. Кроме того, никто не сможет отрицать, что он — настоящий мужчина, сильный и мужественный. Клейтон всем сердцем надеялся, что Уитни выберет француза. Нет... половиной сердца. Другая половина разрывалась при мысли о том, что Уитни станет женой другого.

Он продолжал терзать себя, вспоминая, как она шепнула в тот вечер: «Я собиралась сказать, что выйду за вас замуж».

И он, жалкий ублюдок, высмеял ее! Злобно, намеренно холодно украл ее невинность. И когда все-таки нашел в себе мужество отстраниться, она обняла его и заплакала. О Иисусе, он фактически изнасиловал ее, а она рыдала у него на груди.

Клейтон с усилием заставил себя не думать о той ночи. Он предпочитал более утонченную пытку и поэтому изводил себя воспоминаниями о счастливых мгновениях вместе с Уитни: вот она беспечно усмехнулась ему на старте перед скачками, как раз за мгновение до выстрела пистолета. «Если согласитесь последовать за мной, охотно покажу вам дорогу».

Клейтон по-прежнему ясно видел ее в саду в вечер маскарада у Арманов. Каким весельем зажглись ее глаза, когда он сказал, что носит герцогский титул. «Вы не герцог! — рассмеялась Уитни. — У вас нет лорнета, вы не чихаете и не храпите, и сомневаюсь, чтобы вы страдали подагрой, хотя бы и в легкой форме. Боюсь, придется вам претендовать на другой титул, милорд».

Он вспомнил тот день, когда они стояли у беседки и она прижималась к нему и целовала с опьяняющей страстью. Господи, каким она могла быть теплым, нежным, любящим созданием... когда не становилась упрямой, мятежной и... самой чудесной в мире.

Клейтон закрыл глаза, проклиная себя за то, что вообще позволил Уитни покинуть Клеймор. Надо было потребовать, чтобы она вышла за него замуж, как только удастся найти священника. А в том случае, если Уитни начала бы сопротивляться, можно было без обиняков объяснить, что, поскольку он уже лишил ее девственности, ей ничего другого не остается. А потом... потом он сумел бы оправдаться и заслужить ее прощение.

Клейтон со стуком поставил бокал на столик и, не обращая внимания на гостей, направился к выходу. Нет, он ничем не мог исправить омерзительное преступление, совершенное в ту страшную ночь. Ничем!

Гости уехали рано утром, и братья отпраздновали свой последний вечер вместе, намеренно, неспешно, решительно напиваясь до бесчувствия и осушая бутылку за бутылкой. Они предавались воспоминаниям о проделках далекого детства, а когда тема была исчерпана, начали рассказывать друг другу непристойные истории, оглушительно хохоча над пошлыми шутками и продолжая пить.

Клейтон потянулся к графину с бренди и вылил последние капли в пустой бокал.

— Господи! — охнул Стивен, восхищенно наблюдая за братом. — Да ты в-выпил... ос-сушил... прикончил весь чертов бренди!

Он схватил еще один хрустальный графин и подвинул брату:

— Посмотрим, как ты справишься с виски.

Клейтон безразлично пожал плечами и вынул пробку из графина.

Стивен затуманенными спиртным глазами наблюдал, как Клейтон наполняет бокал до краев.

— Какого черта ты пытаешься это сделать? Желаешь утонуть в спиртном?

— Пытаюсь, — сообщил Клейтон гордым, но абсолютно пьяным тоном, — раньше тебя впасть в забытье, и будь что будет.

— Вероятно, тебе это удастся, — кивнул Стивен. — Ты всегда во всем меня опережаешь. С твоей стороны было очень несправедливо вообще родиться, старший братец.

— Верно. И я не должен был этого делать... жаль, что так случилось... но она... она жестоко отплатила мне...

Хотя язык его слегка заплетался, в словах было столько беспросветной боли и отчаяния, что Стивен, вскинувшись, пристально уставился на брата.

— Кто отплатил тебе за то, что ты родился?

— Она.

Стивен тряхнул головой, отчаянно пытаясь выгнать алкогольные пары, туманившие мозг, и сосредоточиться.

— Кто это... она?

— Зеленоглазая колдунья, — мучительным шепотом выдавил Клейтон. — Она заставляет меня платить.

— И чем ты заслужил такую месть?

— Сделал предложение, — хрипло пробормотал Клейтон. — Дал ее глупому отцу сто тысяч фунтов. Но Уитни отказала мне.

Он поморщился и одним глотком осушил половину бокала.

— Обручилась с кем-то еще. В-все т-только об этом и т-толкуют. Нет, — поправился он, — н-не об-бручилась. Это я т-так... п-подумал... и...

— И ты... — тихо охнул Стивен.

Лицо Клейтона превратилось в страдальческую маску. Он протянул руку ладонью вверх, словно умоляя Стивена понять его, но тут же уронил ее.

— Я не поверил, что она невинна... — процедил он. — Не знал... пока не взял ее... и...

Напряженная тишина, воцарившаяся в комнате, внезапно разлетелась, словно хрупкое стекло, из груди Клейтона вырвался нечленораздельный звук.

— О Боже, я причинил ей столько боли! — с мукой простонал он. — Столько боли! — Он закрыл лицо ладонями и хрипло прошептал: — Я истерзал ее, а она... она плакала у меня на груди... потому что искала утешения... Стивен, — в отчаянии вскричал он, — она хотела, чтобы я обнимал ее, пока она плачет!

Клейтон опустил голову на руки, наконец впадая в оцепенение, к которому так стремился. Измученный голос звучал так тихо, что Стивен едва его слышал.

— У меня до сих пор в ушах звучат ее рыдания.

Стивен потрясенно уставился на Клейтона, пытаясь восстановить из несвязных фраз всю историю. Очевидно, его самоуверенный, непробиваемый старший брат отдал сердце какой-то зеленоглазой девушке по имени Уитни.

Действительно, в последнее время по Лондону распространился странный слух о том, что Клейтон обручен или вот-вот обручится с какой-то женщиной, но во всем этом не было ничего особенного — подобные сплетни возникали уже не раз, поэтому Стивен привычно отмахнулся от них. Но судя по всему, слухи оказались верны и он действительно влюблен в некую Уитни.

Потрясенный Стивен по-прежнему не сводил глаз со старшего брата. Невероятно, чтобы Клейтон, всегда относившийся к женщинам со смесью спокойной терпимости и непринужденного снисхождения, мог опуститься до насилия. И почему? Потому, что девушка отказалась выйти за него замуж? Потому, что он ревновал? Невероятно! И все же доказательство было налицо — угрызения совести жестоко терзали Клейтона.

Стивен вздохнул. Клейтона всегда окружали самые блестящие женщины. Уитни, должно быть, особенная и очень много значит для брата, поскольку тот, очевидно, отчаянно любил ее и любит сейчас.

Не исключено, устало подумал Стивен, что девушка тоже к нему неравнодушна, если обратилась к Клейтону за утешением после того, как тот силой лишил ее девственности.

На следующее утро братья пожали друг другу руки на крыльце, оба болезненно морщась от яркого солнца. Герцогиня ласково попрощалась с Клейтоном и тут же набросилась на Стивена:

— Он ужасно выглядит!

— А чувствует себя еще хуже, — заверил Стивен, осторожно потирая виски.

— Стивен, — твердо заявила герцогиня, — мне нужно кое-что обсудить с тобой.

Она вплыла в салон, закрыла за собой дверь, уселась на ближайший стульчик и необыкновенно долго расправляла юбки. Наконец, устроившись как следует, она, запинаясь, но достаточно решительно начала:

— Прошлой ночью я не могла заснуть, поэтому спустилась вниз, намереваясь немного побыть с вами. Добравшись до библиотеки, я поняла, что вы оба допились до бесчувствия, и уже хотела сказать, как потрясена тем, что воспитала двух пьяных болванов, когда... когда я...

Губы Стивена дернулись от смеха при столь нелицеприятном определении, но лицо оставалось серьезным.

— Когда ты услышала, что говорил Клей, — подсказал он. Мать расстроенно кивнула:

— Как он мог решиться на подобное?

— Я не совсем понял, что им двигало, — осторожно начал Стивен. — Очевидно, девушка ему небезразлична и он, как мужчина...

— Не смей обращаться со мной, как с безмозглой дурочкой, Стивен! — запальчиво перебила ее светлость. — Я взрослая женщина! Побывала замужем, родила двух сыновей и прекрасно сознаю, что Клейтон — мужчина и что как таковой имеет определенные... э-э...

— Определенные потребности? — подсказал Стивен, когда герцогиня начала энергично обмахивать раскрасневшееся лицо.

Алисия кивнула, но Стивен покачал головой:

— Я хотел сказать, что женщины всегда вешались Клейтону на шею, а сам он никогда не влюблялся ни в одну настолько, чтобы сделать предложение. Видно, он наконец нашел ту, которую искал. Если он дал ее отцу сто тысяч фунтов, то, полагаю, у девушки нет приданого и ее семья бедна, но даже при всем этом она отказала Клейтону.

— Нужно быть последней дурой, чтобы отказать твоему брату! — воскликнула леди Уэстморленд. — Только безумица способна отвергнуть его!

Стивен широко улыбнулся, восхищаясь неизменной верностью материнского сердца, но все же возразил:

— Сомневаюсь, что девушка глупа или безумна. Клея никогда не интересовали пресные пустоголовые девицы.

— По-видимому, ты прав, — вздохнула мать, поднимаясь. У самой двери она остановилась и печально оглянулась на Стивена. — Думаю, — еле слышно сказала она, — он обожал ее.

— Так оно и есть.

Клейтон прочитал официальный документ, разрывающий брачное соглашение, поставил подпись и быстро протянул бумагу поверенному, не в силах больше вынести ее вида.

— Это еще не все, — объявил он, когда поверенный сделал попытку встать. — Проследите, чтобы эта записка и банковский чек на десять тысяч фунтов были доставлены мисс Стоун.

Герцог открыл тяжелый резной ящик письменного стола, вынул незаполненный чек со своей именной серебряной печатью наверху и уставился на листок белого пергамента, словно на миг вернувшись в прошлое.

Он не мог поверить, что дело действительно дошло до этого. Ведь всего несколько недель назад он был уверен, что все завершится торжественным венчанием и пылкой брачной ночью.

Он вынудил себя взять перо и написать несколько слов:

«Пожалуйста, примите мои искренние пожелания счастья и передайте их Полу. Вложенный банковский чек — мой свадебный подарок».

Клейтон поколебался, зная, что Уитни придет в ярость из-за денег, хотя он искренне хотел помочь ей, поскольку не мог представить, что Уитни придется экономить каждый пенни на покупку нового платья, а ведь именно такая жизнь ждет ее, когда она станет женой Северина. Если же каким-то чудом она не выйдет за Северина, деньги останутся у нее. По крайней мере ее негодяй отец не сможет сразу потратить все, что у нее есть.

— Запечатайте чек и записку в один конверт вместе с этим.

Он кивком указал на ненавистный документ, разрывающий помолвку, и, поднявшись, прощальным жестом оборвал мучительную сцену.

После ухода адвоката герцог почти рухнул в кресло, борясь с порывом приказать остановить его, привести назад, а потом выхватить и разорвать проклятый конверт на мелкие клочки. Клейтон прислонился головой к мягкой кожаной обивке и закрыл глаза.

— О малышка, — выдохнул он, — и как я нашел в себе силы так поступить? — прошептал он.

Клейтон думал о словах, которыми хотел выразить свои истинные чувства: «Пожалуйста, вернись ко мне. Только позволь держать тебя в объятиях, и клянусь, что заставлю все забыть. Я наполню твои дни смехом, а ночи — любовью. Я дам тебе сына. И если ты по-прежнему не сможешь полюбить меня, попрошу родить дочь. Дочь с твоими глазами, твоей улыбкой...»

Злобно выругавшись, он дернулся к столу и схватил стопку корреспонденции, накопившейся в его отсутствие. Пора приниматься за дела.

Клейтон с железной решимостью делал все, чтобы навсегда забыть о девушке. Он погрузился в работу, проводя целые дни над финансовыми отчетами и планируя новые деловые предприятия. Он так загонял секретаря, мистера Хаджинса, что тому пришлось нанять помощника. Он встречался с партнерами, поверенными, управляющими делами и поместьями, арендаторами и экономами. Он работал, пока не наступала ночь и не приходило время ехать на бал, в оперу, в театр.

И каждый вечер он сопровождал туда разных женщин, надеясь при этом, что кто-то из них затронет какую-то струнку в его сердце, воскресит то, что умерло месяц назад. Но если дама была блондинкой, Клейтон ловил себя на том, что ненавидит светлые волосы, если же она оказывалась брюнеткой — ее локоны были лишены блеска и переливчатых оттенков густых прядей Уитни. Если она обладала живым и веселым нравом, то действовала ему на нервы. Пылких женщин он находил отвратительными, а спокойные вызывали в нем страстное желание тряхнуть их за плечи и приказать: «Черт побери, да скажите что-нибудь!»

Но медленно, очень медленно он все-таки восстановил душевное равновесие. И уже начинал думать, что, если постоянно и упорно изгонять из памяти воспоминание о смеющихся зеленых глазах, когда-нибудь они перестанут его преследовать.

И по мере того как шло время, Клейтон обрел способность улыбаться и иногда даже смеяться.

Глава 26

Дни Уитни в Лондоне приобрели раз и навсегда заведенный порядок. Каждый новый был похож на предыдущий: она ездила с Эмили и Элизабет по магазинам, а иногда на прогулку в парк. Ники регулярно приезжал с визитами. Очень редко Уитни позволяла ему куда-нибудь сопровождать ее, но он по крайней мере не покинул ее в беде, и бывали моменты, когда ему удавалось заставить ее улыбнуться. А главное, он никогда не просил больше, чем она могла дать.

Элизабет бывала у нее каждый день. Она была совершенно захвачена приготовлениями к свадьбе. Ей хотелось обсудить с подругой подвенечный наряд, цветы, меню банкета и все остальное, касавшееся венчания, которое должно было состояться через четыре дня. Уитни едва выносила ее бьющую через край радость и всякий раз молила Бога, чтобы та поскорее ушла, хотя и ненавидела себя за то, что не может разделить счастье Элизабет.

Она больше не жила в постоянном тревожном ожидании приезда Клейтона, но и не могла стряхнуть нервное напряже-

ние, существуя в мрачном, унылом, бесплодном чистилище между
прошлым, о котором она отказывалась думать, и будущим, которое невозможно было представить.

И сегодняшний день ничем не отличался от остальных, если
не считать того, что, когда Элизабет пустилась в очередное
описание бесчисленных достоинств Питера, Уитни не выдержала и, поспешно пробормотав неуклюжие извинения, буквально выбежала на улицу, пренебрегая правилами этикета, не
допускавшими, чтобы незамужняя девушка выходила куда-либо
одна. Она бросилась в маленький парк, расположенный всего в
нескольких кварталах от дома, и только там, замедлив шаг,
принялась бесцельно бродить по пустынным дорожкам.

Тетя Энн и отец Уитни собирались приехать на свадьбу
Элизабет, поскольку та заявила, что желает отпраздновать это
событие со всей пышностью, какую можно позволить себе только
в Лондоне. И как ни хотелось Уитни увидеть любимую тетю,
она все же боялась встречи с ней. Ведь тетя Энн ожидает
увидеть Клейтона и Уитни вместе, как и подобает официально
помолвленной паре. А вместо этого Уитни должна будет признаться, что никогда не выйдет замуж за герцога Клеймора. И
тетя, конечно, захочет узнать, в чем дело.

Мысли Уитни лихорадочно метались в поисках правдопо-
добного ответа. Неужели придется сказать: «Потому что он
силой утащил меня с бала Эмили, увез в свой дом, сорвал
одежду и заставил лечь с ним в постель»?

Тетя Энн будет потрясена и разгневана, но, конечно, спросит, что случилось до этого и почему Клейтон повел себя подобным образом.

Уитни опустилась на скамейку, плечи устало поникли. Почему Клейтон поверил, будто она отдалась Полу? И почему не
захотел расспросить обо всем ее? Не объяснил, что собирается
сделать?

Ни разу за последние четыре недели Уитни не позволила
себе думать о той ужасной ночи, но теперь, стоило лишь начать, и она не могла остановиться. Она должна проклинать

этого холодного, жестокого человека, лишившего ее невинности. Но вместо этого видела перед собой его обезумевшее лицо, выражавшее страдание, сожаление и боль в тот момент, когда он обнаружил, что она девственна.

Уитни пыталась воспроизвести в памяти все те оскорбительные, унижающие слова, которые он говорил ей. Но вместо этого ощущала только нежное прикосновение рук, гладивших ее волосы, и слышала искаженный мукой голос: «Не плачь, малышка. Пожалуйста, не плачь».

Колючий, раздирающий горло ком все рос и рос, но теперь она страдала не за себя, а за Клейтона. И, поняв это, девушка в бешенстве вскочила.

Она, должно быть, безумна, совершенно безумна! Жалеет насильника, бесчеловечного негодяя! Да она не желает больше никогда в жизни видеть его! Никогда!

Девушка быстро пошла по тропинке; порывы ветра рвали с головы капюшон плаща. Но тут ветер улегся так же внезапно, как начался, с дерева спрыгнула белка и уселась, настороженно наблюдая за Уитни. Уитни тоже остановилась, ожидая, что зверек убежит, но тот что-то укоряюще затрещал на беличьем языке.

Увидев лежавший у ног желудь, Уитни подняла его и протянула белке. Зверек испуганно моргнул, но не подошел ближе, поэтому Уитни бросила ему желудь.

— Лучше тебе взять его, — тихо посоветовала она, — зима не за горами.

Белка жадно оглядывала драгоценный желудь, лежащий всего в нескольких дюймах, но, так и не решившись приблизиться, удрала.

Ни разу за прошедшие недели Уитни не нарушала твердого обещания не плакать, и ей это удавалось, но тяжкий груз эмоций все копился и копился в душе. Маленькая белка, которая предпочла отказаться от лакомого кусочка, чем взять то, чего касалась Уитни, оказалась последней каплей, переполнившей чашу.

— Ну и подыхай с голоду, — выдавила Уитни, и слезы хлынули из глаз. Повернувшись, она машинально побрела, сама не зная куда.

Соленые струйки все текли по щекам и жгли веки, но девушка не могла остановиться. Она плакала, пока слез горечи и боли больше не осталось, и, как ни странно, настроение ее немного улучшилось. К тому времени, как Уитни добралась до дома Арчибалдов, она чувствовала себя гораздо бодрее, чем за время, прошедшее с тех пор, как случилось «это».

Лорд Арчибалд этим вечером уехал по делам, так что Уитни и Эмили уютно устроились за ужином в комнате Уитни, и девушка почувствовала, что снова может радоваться жизни.

— Ты сегодня на редкость хорошо выглядишь, — поддразнила Эмили, наливая чай.

— И чувствую себя так же, — улыбнулась Уитни.

— Прекрасно. Тогда могу я кое о чем тебя спросить?

— Спрашивай, — разрешила Уитни, поднося к губам чашку.

— Мать написала мне, что ты помолвлена с Полом Севарином. Это правда?

— Нет, с Клейтоном Уэстморлендом, — поспешно ответила Уитни, словно защищаясь.

Бесценная старинная чашка выскользнула из пальцев Эмили и с грохотом разлетелась по полу. Глаза Эмили раскрывались все шире, а лицо расплывалось в улыбке.

— Ты... не шутишь? — еле выговорила она.

Уитни покачала головой.

— И уверена в этом?

— Совершенно.

— Но я не могу поверить в это! — воскликнула Эмили. У нее был такой скептический вид, что губы Уитни задрожали от смеха.

— Хочешь поставить новый соболий плащ на то, что я не обручена с ним?

— А тебе очень хочется получить его? Достаточно, чтобы солгать?

— Очень. Но я не лгу.

— Но как... как это произошло?

Уитни открыла рот, чтобы объяснить, но тут же передумала. Она отчаянно нуждалась в человеке, которому могла бы открыть сердце, но слишком боялась. Сегодня впервые за месяц она снова почувствовала, что жива, и не хотела рисковать вновь обретенным хрупким спокойствием.

— Нет, Эмили, — вымолвила она наконец, — вряд ли это такая уж хорошая идея.

Она нервно вскочила, и Эмили тоже поднялась, с радостным удивлением глядя на подругу.

— Нет уж, так или иначе, ты должна все объяснить! — тихо рассмеялась она. — И расскажешь мне все до последней мелочи об этом невероятном романе, даже если мне придется силой вырывать у тебя подробности. Ну а теперь начни с самого начала.

Уитни попыталась было отказаться, но Эмили выглядела такой счастливой и решительно настроенной, что все усилия были бесполезны. Кроме того, ей самой неожиданно захотелось облегчить душу.

Уитни снова уселась, и Эмили устроилась рядом.

— Думаю, все началось несколько лет назад, еще до моего выхода в свет. Клейтон сказал, что впервые увидел меня и тетю в шляпной лавке. Хозяйка пыталась убедить меня купить уродливую шляпку, украшенную искусственными фруктами...

Когда история уже подходила к концу, Эмили почти благоговейно воззрилась на подругу.

— О Боже, — прошептала она, — это слишком восхитительно, чтобы выразить словами, и так романтично! Представь себе, потратив столько денег, он вернулся в Англию лишь для того, чтобы обнаружить твое увлечение Полом. — И, проглотив смешок, добавила: — Майкл так беспокоился, что его светлость разобьет тебе сердце, а я вовсе и не думала тревожиться, поскольку видела, как он смотрел на тебя в тот вечер, перед балом у Ратерфордов. Я сразу все поняла.

— Что именно? — осведомилась Уитни.

— Да что он влюблен в тебя, глупенькая! — закричала было Эмили, но тут же в недоумении осеклась. — Да, но герцог вот уже месяц не был здесь, а я точно знаю, что он в Лондоне, потому что его видели в опере и в театре.

Но тут Эмили заметила, что лицо Уитни приобрело знакомое затравленное выражение.

— Уитни! — выдохнула Эмили. — Что произошло? Ты выглядишь так с той ночи, когда не вернулась домой. Что случилось тогда, какое несчастье?

— Я не хочу это обсуждать! — хрипло бросила Уитни.

Эмили сжала холодные руки подруги.

— Ты должна поговорить с кем-то о том, что терзает тебя. Я не пытаюсь вмешиваться, но знаю, что ты не сказала правды. Видишь ли, я стояла у окна, когда ты вернулась, и видела герб на дверце экипажа. Это была карета герцога, не так ли?

— Ты сама знаешь, — пробормотала Уитни, наклонив от стыда голову.

— И мне известно также, что ты уехала с ним, это и Карлайл подтвердил. Хотя, — добавила она с улыбкой, — он так напился в ту ночь, что упорно настаивал, будто герцог Клеймор появился из ниоткуда и насильно утащил тебя в ночь. Конечно, я ни минуты ему не верила... о Боже милостивый! — вырвалось у нее. — Именно так все и было? Верно?

Уитни кивнула.

— Куда он увез тебя? — требовательно спросила Эмили дрожащим от дурного предчувствия голосом. — На другой бал?

— Нет.

— Никогда не прощу себя за то, что смеялась над Карлайлом, — вздохнула Эмили, конвульсивно стиснув руку Уитни. — Милая, — с болью повторила она, — куда он увез тебя? И что с тобой сделал?

Уитни подняла голову, и Эмили прочла ответ в беззащитных зеленых глазах.

— Чудовище! — прошипела она, взметнувшись со стула. — Дьявол! Негодяй! Его следует прилюдно повесить! Он... — Эмили осеклась, очевидно решив, что подруга нуждается в ободрении и не стоит подливать масла в огонь ее боли и гнева. — Нужно во всем этом увидеть и хорошую сторону.

— Какую еще «хорошую»? — устало пробормотала Уитни.

— Тебе может все казаться в мрачном свете, но, поверь, это совсем не так. Послушай-ка. — Опустившись на колени, Эмили нежно сжала руки Уитни. — Я не слишком разбираюсь в законе, но знаю, что отец не может вынудить тебя выйти замуж за этого... зверя. А Клеймору, после того что он сделал, следует знать: ты никогда не станешь его женой по доброй воле. Следовательно, у него нет другого выбора, кроме как освободить тебя от брачного соглашения и забыть про деньги, данные твоему отцу.

Голова Уитни резко дернулась. Несколько долгих мгновений она тупо изучала противоположную стену. Конечно, Клейтон собирается освободить ее от данного слова. Поэтому и не захотел ее больше видеть. Решил разорвать помолвку.

Странное, похожее на тошноту ощущение ударило в голову при одной мысли об этом.

— Нет, — твердо сказала она, — Клейтон на это не пойдет. О, Эмили, неужели ты считаешь, что он просто уйдет и бросит меня?

— Конечно! — поспешно заверила Эмили. — Что еще ему остается...

Но тут она потрясенно смолкла при виде несчастного лица подруги.

— Ты не можешь... о Господи! Не хочешь, чтобы он отказывался от тебя! — вскрикнула она.

— Просто я до сих пор об этом не думала, — призналась Уитни.

— Но ты не хочешь, чтобы он тебя забыл, — настаивала Эмили, повышая голос. — Это крупными буквами написано на твоем лице!

Уитни тоже встала, нервно вытирая влажные ладони о складки платья. Она пыталась заставить себя убедить Эмили, как сильно надеется на то, что Клейтон Уэстморленд освободит ее от брачного контракта, но слова застревали в горле.

— Не знаю, чего я хочу, — с жалким видом призналась она.

Эмили отмахнулась от такого неуместного заявления и с тревогой взглянула на подругу.

— Он послал тебе записку или хотя бы попытался тебя увидеть с той ночи?

— Нет! И лучше пусть не пытается!

— И ты не собираешься сама встретиться с ним?

— Конечно, нет! — горячо запротестовала Уитни.

— Но он просто не может приехать сюда, не получив хотя бы какого-то свидетельства, что ты по крайней мере выслушаешь его извинение. А ты... ты, конечно, не подашь ему никакого знака, верно?

— Я скорее умру! — гордо провозгласила Уитни с неподдельной искренностью.

— Но если он неравнодушен к тебе, значит, будет терзаться раскаянием и угрызениями совести за все, что сделал. Посчитает, что ты его возненавидела.

Уитни подошла к постели и прислонилась лбом к кроватному столбику.

— Он не откажется от меня, Эмили, — прошептала она с надеждой. — Думаю... думаю, я ему совсем не безразлична.

— Неужели?! — взорвалась Эмили. — Странный способ выказывать свои чувства!

— Я тоже не без греха. Бросала ему вызов на каждом шагу и опозорила бы перед всеми, если бы сбежала с Полом. Постоянно ему лгала.

Уитни закрыла глаза и отвернулась.

— Если не возражаешь, я бы хотела лечь спать, — с трудом выговорила она.

Эмили тоже отправилась в постель, но проходили минуты, а сон все не шел. Наконец отчаявшаяся леди Арчибалд села, подложив под спину подушки, и принялась наблюдать за мирно спящим Майклом.

— Могла бы я любить тебя, сделай ты со мной такое? — прошептала она, нежно отводя со лба мужа непокорный локон. — Да, наверное, я могла бы тебе простить почти все.

Но поступи так Майкл, он наверняка нашел бы способ помириться и заслужить прощение. Какой бы несчастной или рассерженной ни чувствовала себя Эмили, но они — муж и жена и были бы вынуждены находиться в обществе друг друга хотя бы для того, чтобы соблюсти внешние приличия. Вскоре дело непременно дошло бы до выяснения отношений, и о ссоре было бы забыто.

Но Уитни не замужем за Клеймором. Они избегают друг друга и не собираются встречаться. Гордость и обида Уитни не позволят ей сделать первый шаг, а герцог будет продолжать верить, что она его не выносит и не желает иметь с ним ничего общего. И если что-то или кто-то не сведет их лицом к лицу в самое ближайшее время, пропасть между ними будет все разрастаться.

Не зная, что лучше, вмешаться в отношения между двумя упрямыми влюбленными и попытаться разрядить взрывную ситуацию или спокойно остаться в стороне, Эмили подтянула колени к подбородку, задумчиво глядя в темноту. После нескольких минут размышления она медленно откинула одеяла и, дрожа от угрызений совести и неопределенности, выбралась из постели. Она нашарила в темноте трут и зажгла свечу, а потом на цыпочках прокралась в желтую гостиную. Поставив подсвечник на стол, Эмили порылась в бюро и отыскала одно из незаполненных приглашений, из тех, которые помогала рассылать Элизабет.

Леди Арчибалд бесшумно скользнула в кресло и прикусила кончик пера, пытаясь придумать, как лучше выразить свои мысли. Необходимо, чтобы герцог не вообразил, будто она пишет ему по просьбе Уитни, поскольку, по всей вероятности, та, увидев

Клеймора, яростно набросится на него. Сейчас важнее всего устроить их встречу, а остальное предоставить судьбе.

Боясь, что мужество ей откажет и она передумает, Эмили торопливо написала на бланке приглашения:

«Кое-кто, кого мы оба очень любим, будет подружкой невесты в этот день».

И подписалась просто: Эмили Арчибалд.

На следующее утро дворецкий ввел в библиотеку Клейтона на Аппер-Брук-стрит лакея в смутно знакомой ливрее.

— Я принес приглашение, которое госпожа велела передать лично вам, ваша светлость, — объяснил он.

Клейтон, поглощенный просмотром утренней корреспонденции, рассеянно спросил, не поднимая головы:

— Вам нужен ответ?

— Нет, милорд.

— В таком случае оставьте его здесь, — велел Клейтон, кивнув на маленький столик у двери.

Он уже одевался к вечеру, когда неожиданно вспомнил о конверте, лежавшем в библиотеке.

— Пошлите кого-нибудь за ним, Армстронг, — пробормотал он камердинеру, не отрывая взгляда от зеркала, отражавшего идеальные складки безупречно завязанного галстука.

Натянув фрак, который придерживал для него Армстронг, взял у лакея конверт. Внутри оказалось одно из тех приглашений, которыми обычно занимался секретарь. В глаза Клейтону, однако, бросилось имя «Аштон», и сердце мгновенно сжалось от боли.

— Передайте секретарю, что я не смогу быть, и пусть пошлет дорогой подарок от моего имени, — спокойно приказал он, протягивая приглашение лакею. Но в этот момент заметил приписку, сделанную мелким почерком. Клейтон прочел ее, потом еще раз, другой, почти задыхаясь от волнения. Что, во имя Господа, пытается сказать ему Эмили? Что Уитни хочет его видеть? Или Эмили просто старается, чтобы они встретились?

Нетерпеливым жестом отослав камердинера и лакея, Клейтон отнес приглашение в спальню и перечитал послание Эмили еще трижды, с каждым разом все больше волнуясь. Он безуспешно пытался отыскать в короткой записке хоть какой-то знак, что Уитни простила его. Но все было бесполезно.

Вечером Клейтон терпеливо ожидал, пока кончится представление в «Краун Тиэтр», не обращая внимания ни на происходящее на сцене, ни на черноволосую красавицу, сидевшую рядом. Переходя от надежды к отчаянию, он пытался разгадать записку Эмили. Хотела ли она ободрить его? Эмили Арчибалд и Уитни Стоун были лучшими подругами с самого детства. Естественно, что Эмили все уже знает и, если бы Уитни возненавидела его, никогда бы не послала ему приглашения. С другой стороны, если бы Уитни простила Клейтона, то сама бы написала ему.

Но если Уитни не хочет его видеть? Если при первом же взгляде на него упадет в обморок прямо в церкви?

Печальная улыбка коснулась губ Клейтона. Уитни скорее швырнет букет ему в лицо, но ни за что не потеряет сознание. Только не его храбрая, мужественная девочка.

Глава 27

Стоя под руку с отцом в глубине заполненной людьми церкви, Элизабет Аштон посмотрела, как третья подружка невесты медленно плывет по проходу, и повернулась к Уитни, чья очередь была следующей.

— Ты сегодня решила затмить меня, — улыбнулась она, обозревая желтые и белые розы, вплетенные в блестящие волосы Уитни, и падающее свободными складками платье из желтого бархата, в который были наряжены все подружки невесты. — Выглядишь, словно нарцисс весной!

— А ты — как ангел и не смей петь очередной панегирик! Кроме того, невеста обязана нервничать, верно, Эмили? — шепнула Уитни, оборачиваясь к подруге, которая должна была следовать за ней.

— Ты права, — рассеянно отозвалась Эмили.

Сегодня утром она призналась мужу, что между Уитни и герцогом произошло ужасное недоразумение (что, конечно, было чистой правдой) и она пригласила герцога на свадьбу в надежде помирить их. Реакция Майкла оказалась крайне обескураживающей. Он заявил, что Эмили не должна была вмешиваться, что она, вероятно, окажет обеим сторонам медвежью услугу и что в конце концов они могут возненавидеть ее за то, что она сует нос в их дела, пусть даже и с лучшими намерениями.

И теперь Элизабет тоже посвящена в план Эмили! В списке гостей с самого начала было имя Клейтона Уэстленда, но по настоятельному требованию впавшей в панику Уитни его вычеркнули. Три дня назад Эмили сказала Элизабет, что между Уитни и мистером Уэстлендом — тайный роман, но парочка рассорилась (что тоже было правдой). Элизабет с восторгом согласилась, что послать ему приглашение — лучший способ помирить влюбленных. Она по-прежнему не знала, что Клейтон герцог, поскольку все время, проведенное в Лондоне, вращалась в совершенно иных, чем он, кругах.

Но сегодня Эмили проклинала себя за безумную идею.

— Вы следующая, мисс, — шепнула ее горничная Уитни и, наклонившись, поправила шлейф девушки. Остальные подружки в ужасе съеживались от перспективы шагать по длинному проходу в одиночку, но Уитни ничуть не смущалась. В Париже она уже выполняла обязанности подружки Терезы Дю Вилль, да и других новобрачных, но сегодня испытывала особенную радость при мысли о том, что без нее не было бы этого венчания.

Уитни с сияющей улыбкой взяла у горничной букет белых и желтых роз.

— Элизабет, — с нежностью прошептала она, — когда мы с тобой станем разговаривать в следующий раз, ты уже будешь замужней дамой.

Взгляд Клейтона был неотрывно прикован к Уитни с того мгновения, как она сделала первый шаг, и при виде девушки герцогу показалось, что в грудь с размаху ударил тяжелый булыжник. Никогда еще она не выглядела такой ослепительно прекрасной и безмятежной. Девушка была похожа на лучик лунного света, медленно скользивший к алтарю.

Уитни прошла всего в нескольких дюймах от Клейтона, и в эту секунду он понял, что чувствует вздернутый на дыбе преступник. Каждый мускул в теле напрягся, пытаясь вынести пытку близостью. Но он приветствовал эти терзания и не желал избавления.

Уитни заняла предназначенное ей место и во время всей церемонии стояла неподвижно. Только когда Элизабет начала повторять за священником слова обетов, сердце девушки тоскливо сжалось и сентиментальные слезы обожгли глаза. Почти не поворачивая головы, она искоса оглядела собравшихся и заметила, что большинство женщин вытирают глаза. Тетя Энн улыбнулась в молчаливом приветствии. Уитни едва кивнула в знак того, что заметила, и ощущение покоя и мира снизошло на нее при виде ободряющего лица тети.

Когда слезы высохли и на душе стало легче, Уитни осторожно скользнула глазами по рядам скамей, где сидели гости... ее отец... родители Маргарет Мерритон... леди Юбенк в одном из своих вызывающих тюрбанов... высокий темноволосый мужчина...

Уитни неожиданно почувствовала, что не в силах дышать, а в ушах гулко забилась кровь: пронизывающие серые глаза в упор смотрели на нее. Парализованная ужасом, Уитни заметила горькое сожаление, словно высеченное на лице, и томительную нежность во взгляде. Она с усилием заставила себя отвернуться.

Втягивая воздух в ноющие легкие, Уитни слепо уставилась в пространство. Он здесь! Он наконец пришел, чтобы увидеть ее! Он не мог явиться на свадьбу, потому что не был приглашен! Клейтон здесь! Здесь... и смотрит на нее так, как никогда раньше... словно готов пасть к ее ногам. Униженно пасть к ее ногам! Она сознает это, нет, твердо знает, и никто не сможет разубедить ее в этом.

Уитни хотелось завопить, рухнуть на землю и зарыдать, ранить его так же больно, как он ранил ее. Ярость, стыд и безумная неуверенность одолевали ее одновременно. Это ее возможность отплатить ему, злорадно думала девушка. Единственным брезгливым взглядом показать, как она презирает его. Другого шанса может не представиться. До этого дня Клейтон не показывался, а после венчания сразу уйдет: он не может пойти на банкет без приглашения. Эмили утверждала, что он не осмелится приблизиться к Уитни без какого-либо знака со стороны последней, и сейчас, возможно, ожидает этого знака.

О Боже! Он молча просит у нее прощения и, не дождавшись, решит просто покинуть церковь и навсегда исчезнуть из ее жизни.

Уитни прикрыла глаза, не думая о том, что Клейтон увидит это и поймет, какую внутреннюю борьбу ей приходится выдерживать. Он осквернил ее тело и ранил душу и прекрасно сознает это. Гордость решительно подсказывала ей ответить Клейтону ледяным пренебрежительным взглядом. Но сердце умоляло, просило, требовало не дать ему уйти. В ушах снова зазвучали нежные мольбы той ночи: «Не плачь, малышка. Пожалуйста, не плачь больше».

Уитни была не в силах дышать, шевелиться, думать.

— Помоги мне, — молилась она неизвестно кому. — Прошу, помоги мне.

И тут она внезапно осознала, что обращается к Клейтону. И что она его любит.

Уитни слегка шелохнулась, и Клейтон понял, что, как только она обернется, он прочтет ответ в ее взгляде. Побелевшими от напряжения пальцами он стиснул спинку скамьи, готовясь к худшему. Она посмотрела на него, и нежная покорность в мер-

цающих зеленых глубинах едва не заставила его упасть пред
ней на колени. В эту минуту Клейтон мечтал лишь о том, чтобы
притянуть Уитни к себе и, подхватив на руки, вынести из церкви и молить ее произнести вслух те три слова, которые она
сейчас шептала про себя.

Церемония закончилась, и собравшиеся весело хлынули из
церкви, шутливо препираясь из-за места на широких ступеньках паперти. Клейтон вышел последним. Он медленно шество-
вал под высоким сводчатым потолком, шаги гулким эхом
отдавались в ушах. Выйдя из массивных дверей, Клейтон остановился, наблюдая за улыбающейся, кивающей Уитни, любуясь
ее сверкающими на полуденном солнце волосами.

Он поколебался, зная, что, если подойдет к ней сейчас, они
смогут обменяться всего несколькими словами, однако не мог
заставить себя подождать до банкета. Стараясь по возможности не вступать в разговоры с бывшими «соседями», он смешал-
ся с толпой и начал пробираться к Уитни, пока не оказался за
ее спиной.

Девушка мгновенно ощутила его присутствие, словно ося-
заемую силу, нечто магнетическое и могущественное. Она даже
распознала почти неуловимый запах его одеколона.

— Мисс Стоун... я обожаю вас, — прошептал Клейтон.

Его слова, нежно произнесенные прерывистым хриплым шепотом, вызвали мгновенную реакцию Уитни, и это не осталось
не замеченным Клейтоном. Он увидел, как она, судорожно
дернувшись, застыла, и на какой-то миг ему показалось, что
все, произошедшее между ними в церкви, лишь игра воображения, но тут она чуть отступила и едва заметно прислонилась к
нему. Дыхание Клейтона перехватило от томительно пьянящего
прикосновения прижимающегося к нему стройного тела. Он
нежно обнял ее за талию, привлекая к себе все ближе. И Уитни
совсем не сопротивлялась его объятиям.

Клейтон вспомнил об оставшемся в церкви священнике. Если
он поведет сейчас туда Уитни, согласится ли она стоять рядом
с ним, подобно роскошному оранжерейному цветку, и повто-

рять слова, которые только что произносила Элизабет? И понадобится ли ему специальное разрешение?

Он невероятным усилием отказался от мысли обвенчаться прямо сейчас. Уитни будет ослепительной невестой, и он не вправе лишить ее этого торжественного дня, он уже и так слишком много отнял у нее!

Эмили повернулась к Уитни, казалось, не замечая, что Клейтон стоит неприлично близко к подруге да еще и обнимает ее за талию.

— Нас зовут, — окликнула она.

Уитни кивнула, но Клейтон почувствовал, что ей не хочется его покидать, и с трудом поборол желание крепче сжать руки. Наконец она отошла и, не оглядываясь, растворилась в стайке подружек невесты.

Перед тем как сесть в карету, Эмили поколебалась. Обернувшись, она поискала глазами герцога и увидела, что непроницаемые серые глаза устремлены на нее. Эмили застенчиво кивнула. Клейтон вернул ее нерешительное приветствие, склонившись в глубоком официальном поклоне, но тут же улыбнулся широкой неотразимой улыбкой, полной мальчишеской радости.

— Он был здесь! — выпалила Уитни, оборачиваясь, чтобы еще раз взглянуть на Клейтона сквозь окно кареты. Тот по-прежнему стоял на ступеньках церкви, глядя вслед экипажу Арчибалдов. — Ты видела его?

Губы Эмили задрожали от смеха.

— Еще бы! Он стоял прямо за твоей спиной, обняв тебя за талию.

— Пожалуйста, не нужно сердиться на него за это, — шепнула Уитни. — Я не переживу такого, Эмили, я так люблю его!

— Знаю, дорогая, — мягко сказала Эмили.

Клейтон стоял неподвижно до тех пор, пока карета не исчезла из виду. Сердце его было переполнено так, что казалось, сейчас разорвется. Он знал, почему Уитни так и не повернулась к нему лицом, — по той же причине он не мог признаться ей сейчас в любви. Никто из них не хотел начинать все снова в окружении чужих людей.

Правда, многие из присутствующих были ему знакомы, а с некоторыми он встречался в Лондоне. Одновременно до него дошло, что перешептывания толпы становятся все громче и ожесточеннее. Клейтон начал спускаться вниз мимо женщин, которые тут же принялись низко приседать, и мужчин, почтительно бормотавших:

— Ваше сиятельство...

Клейтон остановился как вкопанный, глядя на подкативший экипаж. Экипаж! Он так спешил увидеть Уитни, что совершенно забыл приказать Макрею подать простую черную карету, которую купил, став на время соседом Уитни.

Обернувшись, он заметил потрясенные лица бывших приятелей, знавших его как мистера Уэстленда, и оглядел их с сухой извиняющейся улыбкой, сожалея о своем обмане, а потом взобрался в великолепную темно-синюю карету с серебряным герцогским гербом на дверце.

Уитни решила провести оставшееся до банкета время вместе с тетей в доме Арчибалдов и объявить ей об окончательном разрыве с Клейтоном. Вот уже несколько недель она с тоской ожидала этого разговора, но теперь едва вытерпела, пока они наконец останутся одни.

— Ты просто светишься, — улыбнулась тетя Энн, входя в салон и крепко обнимая племянницу. Сняв перчатки, она усадила Уитни рядом с собой на маленький диванчик. — В самом деле, дорогая, — упрекнула она с деланной строгостью, — я уже начала беспокоиться, что вы так и не сможете отвести друг от друга глаз.

— Я никогда ничего не могла скрыть от тебя, — просияла Уитни.

— Родная, да ты вообще не способна ни от кого ничего скрыть. Половина присутствующих едва себе шеи не свернули, разглядывая вас после церемонии.

Девушка так испуганно охнула, что тетя разразилась смехом.

— И тебе лучше знать, что по крайней мере две дюжины приглашенных из тех, что постоянно живут в Лондоне, узнали его. В толпе начали повторять имя герцога с той минуты, как он вошел в церковь. К тому времени, как я уехала, каждому, включая всех твоих соседей, уже было известно, кто он на самом деле. Боюсь, с «мистера Уэстленда» сорвали маску.

Гордость за любимого человека загорелась в сердце Уитни. Она хотела, чтобы все знали, кто он и с кем помолвлен, готова была кричать об этом на весь мир!

Они весело болтали целый час, прежде чем Уитни догадалась спросить о дяде Эдварде.

— Он в Испании, — снисходительно усмехнулась тетя. — Из двух его писем я почти ничего не смогла понять, как, впрочем, и из твоих, но кажется, там вот-вот начнутся беспорядки, и его послали туда с секретным поручением попытаться все уладить, прежде чем ситуация станет неуправляемой. Обещал вернуться через шесть недель. Надеюсь, ты не будешь возражать, если я не поеду на банкет? — немного помолчав, добавила она. — Я приехала на свадьбу лишь потому, что ты упомянула о Клейморе. Хотела своими глазами увидеть, как обстоят дела. И поскольку вижу между вами полное согласие, то я бы немедленно уехала в Линкольншир к кузине. Это милое беспомощное создание во всем полагается на меня. Как только ты и его светлость решите, что не стоит больше держать Лондон в томительном ожидании, и объявите о помолвке, я приеду, и мы начнем готовиться к свадьбе.

День пролетел так быстро, что Уитни не верила себе, когда пришла пора расставаться.

— Кстати, — сказала тетя Энн, задерживаясь на пороге, — Мартин привез два сундука с твоими платьями. Я велела все отнести наверх, и Кларисса их разбирает. Отец передал, что на твое имя пришло письмо.

Уитни взлетела по ступенькам и уселась за туалетный столик. Пока Кларисса возилась с розами в ее волосах, Уитни радостно представляла сцену примирения с Клейтоном завтрашним утром. Он, конечно, приедет рано, и они...

Но тут она заметила толстый конверт, прислоненный к зеркалу, и, распечатав его, медленно извлекла несколько листочков, скрепленных печатью. Она попыталась понять суть бумаг, но они так пестрели выражениями вроде «первая сторона», «вторая сторона», «вышеуказанные лица», «в то время как» и «тем не менее», что Уитни поначалу решила, что эти документы попали сюда по ошибке и предназначались для лорда Арчибалда. Она перевернула последнюю страницу, и в глаза бросилась подпись:

«Клейтон Роберт Уэстморленд, девятый герцог Клеймор».

Отпустив Клариссу, девушка начала читать, с трудом продираясь сквозь дебри юридической тарабарщины.

В документах в холодных официальных терминах указывалось, что она больше не обручена с герцогом Клеймором, что, таким образом, он берет назад свое предложение, и, следовательно, «деньги, драгоценности, сувениры и знаки внимания, переданные семейству Стоунов, сохраняются ими в качестве подарков».

Уитни трясущимися руками развернула записку, написанную размашистым почерком Клейтона. Он желает ей счастья с Полом! И посылает еще один подарок!

Чек на десять тысяч фунтов выскользнул из онемевших пальцев девушки. Голова закружилась так, что она судорожно схватилась за край столика. Клейтон использовал ее, чтобы удовлетворить вожделение и жажду мести, и теперь отделался щедрой подачкой, словно от обычной шлюхи или одной из своих любовниц, да еще предлагает, чтобы она отдала Полу свое оскверненное тело!

— О Боже, — прошептала Уитни. — О Боже!

В дверь постучала Эмили и спросила, готова ли Уитни к отъезду.

— Сейчас спущусь, — хрипло отозвалась девушка и добавила, с трудом выдавливая слова, стараясь побороть судорогу, сводившую горло: — Ты... не знаешь, каким образом герцог попал на свадьбу? Значит... значит, Элизабет все-таки решила его пригласить?

— Д-да, — пролепетала Эмили радостно и почему-то немного виновато, — разве теперь ты не рада этому?

Комната пошатнулась и наклонилась. Уитни попыталась вскочить со стула, боясь, что сейчас ее вырвет, но ноги отказывались двигаться. Жадно втягивая в себя воздух, она продолжала сидеть. Головокружение медленно улеглось, оставив лишь тупую боль в висках, усиливавшуюся с каждым мгновением.

Так значит, Клейтон пришел не из-за того, чтобы увидеть ее, его просто пригласили, осознала Уитни, сгорая от унижения. Поскольку документы и записка датированы прошлым месяцем, он, естественно, думал, что она давно ознакомилась с ними. Безумный истерический смех разрывал легкие, угрожая вырваться наружу. Он всего-навсего решил принять приглашение Элизабет и как, должно быть, злорадствовал, когда она с обожанием смотрела на него!

И не только смотрела!

Уитни снова побагровела от стыда и ярости, вспомнив, как она прислонилась к нему! Позволила обнять себя за талию! И этот коварный, гнусный, самодовольный распутник, вероятно, посчитал, что она снова дает ему повод попользоваться ее телом! Возможно, даже собирается после банкета отвезти ее к себе и, учитывая поведение Уитни, уверен, что та согласится на все.

Уитни закрыла лицо ладонями и громко застонала. Клейтон будет на банкете. Ей придется выдержать еще и эту встречу.

Не прошло и получаса, как Уитни спустилась вниз, где ее ждали Эмили с мужем. Девушка выглядела немного бледной, глаза подозрительно поблескивали, но голову держала высоко, губы были упрямо сжаты. Внешне она казалась сдержанной и невозмутимой, но это было тем самым затишьем, которое иногда предшествует урагану, набирающему силу, перед тем как разразиться над головами несчастных.

Первое, что сделала Уитни, оказавшись в доме деда и бабушки Элизабет, мило улыбнулась красавцам шаферам. Клейтон как-то обвинил ее в пристрастии окружать себя как можно большим количеством поклонников, именно этим она и собиралась сейчас заняться.

Ей и шаферам поручили в качестве почетных гостей приветствовать приезжающих на бал. Стоя между молодыми людьми, Уитни находила добрые слова для каждого вновь прибывшего и при виде очередного холостяка превращалась в ослепительно-чарующее, неотразимое создание. Уже через пятнадцать минут в цепочке гостей образовался затор, а Уитни осаждали шестеро джентльменов, наперебой добивавшихся от нее хотя бы улыбки.

Только однажды сдержанность на миг покинула Уитни, когда Пол склонился к ее руке. Сияющая улыбка померкла при виде его красивого лица, но Пол выглядел несчастным и таким пристыженным, что она мгновенно решила присоединить его к своему окружению. Слегка сжав его пальцы, она увлекла его в компанию мужчин, столпившихся около нее.

Теперь она получила защиту и подкрепление. Надежно отгорожена от Клейтона. Именно в этом Уитни сейчас нуждалась больше всего.

Клейтон прибыл как раз в тот момент, когда встречающие разошлись. Он помедлил на пороге: высокий, властный, представительный, в черном элегантном фраке. Уитни заметила, как он обвел взглядом гостей и сразу же замер, увидев ее. Розовые пятна выступили на высоких скулах девушки, и она поспешно отвернулась.

— Мы совсем позабыли про невесту, — объявила она и, не оглядываясь, повела всю компанию к Элизабет.

Клейтон был уверен, что Уитни знает о его присутствии, и его глаза потемнели от недоуменного удивления, когда девушка отвернулась и отошла. Но тут же поняв, что у Уитни есть определенные обязанности по отношению к невесте, почувствовал себя немного лучше. Однако терпение его начало быстро истощаться при виде того, как она весело смеется с мужчинами, не отходившими от нее... нет, черт побери, она флиртует с ними!

Рядом появился лакей с подносом, и Клейтон взял бокал шампанского, ни на секунду не отрывая жадного взгляда от Уитни. Она видит его и, очевидно, ждет подходящего момента, чтобы подойти. Он умирал от желания коснуться ее, услышать нежную музыку голоса и почти терял рассудок при мысли о том, что вновь окажется рядом с ней.

Гостей пригласили ужинать, но Клейтон не торопился, надеясь, что Уитни захочет заговорить с ним, прежде чем пойдет к столу.

— А... Клеймор! Рад снова видеть вас! — раздался за спиной жизнерадостный мужской голос.

Клейтон мельком взглянул на пожилого коротышку, стоявшего рядом, и узнал в нем лорда Энтони, старинного друга отца.

— Как поживает ваша прелестная матушка? — осведомился лорд Энтони, пригубив шампанского.

Клейтон пристально наблюдал за Уитни, идущей в банкетный зал; она явно не собиралась приближаться к нему.

— Прекрасно, — рассеянно ответил он. — А ваша?

— Должно быть, все так же, — флегматично ответил лорд Энтони. — Вот уже тридцать лет как она в могиле.

— Великолепно. Рад слышать это, — машинально кивнул Клейтон. Он поставил бокал и направился к предназначенному для него месту за банкетным столом.

Увлеченная ролью свахи, Элизабет ухитрилась посадить Клейтона напротив стола, где сидели гости со стороны невесты, лицом к Уитни. Он почти ничего не ел и не чувствовал вкуса блюд, слишком поглощенный прекрасной молодой женщиной, владевшей его сердцем, но та либо боялась, либо не желала встречаться с ним взглядом. Она оживленно болтала с шаферами, сидевшими от нее по обе стороны, кружа голову молодым людям, и ревность забурлила в крови Клейтона.

В довершение к нарастающему раздражению Клейтон сидел между двумя матронами, которые, обнаружив, что соседствуют с герцогом, немедленно решили, что из него выйдет превосходный муж для их засидевшихся в девицах дочерей.

— Моя Мэри играет на фортепьяно как ангел, — объявила одна. — Вы должны обязательно посетить один из наших музыкальных утренников, ваша светлость.

— Моя Шарлотта поет как птичка! — немедленно вмешалась другая.

— У меня нет слуха, — надменно процедил Клейтон, не сводя глаз с Уитни.

Кажется, прошла вечность, прежде чем гости перешли в бальную залу. Питер вместе с Элизабет открыли бал; молодые люди кружились в вальсе, двигаясь в совершенной гармонии, полностью поглощенные друг другом. К ним присоединились гости со стороны невесты и наконец остальные приглашенные. Когда требуемый этикетом обязательный первый танец закончился, Клейтон ожидал, что Уитни подойдет к нему. Но вместо этого она приняла приглашение другого шафера, а потом третьего, при этом улыбаясь и глядя им в глаза так нежно, что Клейтону больше всего на свете захотелось свернуть ей шею.

Уитни танцевала четвертый танец с Полом Севарином, и тут Клейтон понял: Уитни ждет, чтобы он подошел к ней. Господи, как же он глуп! Она сделала первый шаг к примирению в церкви и, естественно, ожидала, что он сделает следующий.

Как только смолкли последние аккорды, Клейтон направился к Уитни.

— Рад снова видеть вас, Севарин, — вежливо солгал он и решительно взял Уитни под руку.

— Кажется, следующий танец был обещан мне, — добавил он, сжимая ее длинные пальцы и увлекая в центр зала.

Хотя девушка ничего не возразила, Клейтон, однако, был немного удивлен вежливой, но равнодушной улыбкой, с которой она положила ему на плечо руку, как только раздались первые такты вальса.

Она казалась еще стройнее, чем раньше, и Клейтон властно привлек ее к себе, словно стараясь защитить. Это из-за него она так похудела!

— Вам весело? — спросил он новым, незнакомым голосом, в котором слышались нежность и сознание собственной вины.

Уитни жизнерадостно кивнула, не доверяя своему голосу и боясь, что расплачется, если попытается ответить. С момента появления Клейтона она остро сознавала его присутствие и, казалось, медленно задыхалась, словно невидимая огромная рука неумолимо выдавливала воздух из легких. Он похитил ее невинность, а потом хладнокровно разорвал помолвку, спокойно предложил ей выйти замуж за Пола и швырнул в лицо деньги! И при всем этом она едва удерживалась, чтобы не упасть к его ногам и умолять объяснить почему и упрашивать вернуться. Только одно вынуждало ее молчать — гордость, — гневная, возмущенная, упрямая, оскорбленная гордость. Ее лицо болело от усилий сохранить будто приклеенную на нем улыбку, но она будет продолжать улыбаться, пока Клейтон не покинет этот дом. Ну а потом просто умрет.

Впервые за все их знакомство Клейтон не знал, что сказать. Он чувствовал себя словно во сне и боялся заговорить, чтобы не сказать что-то невпопад и не нарушить хрупкое очарование. Клейтон хотел сначала попросить прощения за все, что сделал с ней, но преступление было так велико, что простое извинение казалось жалким и неубедительным. По правде говоря, он умирал от желания попросить ее завтра же выйти за него замуж. Однако он уже лишил ее таинства первой ночи и теперь преисполнился твердой решимости устроить роскошную, блестящую свадьбу со всей пышностью, подобающей невесте герцога, свадьбу, о которой еще долго будет судачить весь Лондон. Она имеет на это право!

И поскольку он не мог молить ее о прощении или просить стать его женой, он решил сказать единственное, что имело для него значение. Глядя на ее склоненную головку, он произнес слова, которых не говорил никогда и ни одной женщине:

— Я люблю вас.

И ощутил, как Уитни на мгновение напряглась и застыла, но тут же подняла глаза, и при виде ее смеющегося лица герцог едва не споткнулся.

— Ничуть не удивлена слышать это! — весело объявила девушка. — Кажется, я в этом сезоне вошла в моду, особенно среди высоких мужчин. Вероятно, потому, что сама не столь уж миниатюрна. Должно быть, мужчинам очень неловко вечно сгибаться в три погибели, чтобы побеседовать с коротышкой. Или дело в том, что у меня очень хорошие зубы. Я так о них забочусь, и...

— Прекратите! — скомандовал Клейтон, пытаясь остановить поток бессмысленных фраз.

— Если вы против, в жизни больше не стану их чистить, — с притворной скромностью согласилась Уитни.

Клейтон смотрел в это изысканно-прекрасное лицо и не мог понять, каким образом вышло так, что, начав говорить о любви, он закончил никому не нужным обсуждением вопросов личной гигиены.

Не пытайся он так отчаянно поскорее все исправить, наверняка заметил бы, что слишком яркие глаза подозрительно поблескивают непролитыми слезами и жилка на стройной шее конвульсивно пульсирует. Но Клейтон был в таком смятении, что обычная наблюдательность ему изменила.

— Элизабет — самая прелестная невеста в мире, — пробормотал он, стараясь вернуть разговор к теме женитьбы.

— Все невесты красивы, — рассмеялась Уитни. — Так было установлено много веков назад, и, без сомнения, каким-то герцогом: все невесты обязаны быть красавицами и при этом мило краснеть.

— А вы? Вы станете краснеть? — взволнованно осведомился Клейтон.

— Ни за что, — ответила она, старательно улыбаясь, несмотря на перехваченное рыданиями горло. — Теперь у меня не осталось никаких причин краснеть. Правда, я ничуть не возражаю, поскольку всегда презирала женщин, которые заливаются румянцем и падают в обморок при малейшем намеке на...

Клейтон был так ошеломлен происходящим, что невольно понизил голос до шепота:

— Что случилось? Вы были совсем не такой сегодня утром у церкви...

Нефритово-зеленые глаза широко раскрылись в очевидном недоумении:

— Так это были вы?

Не обращая внимания на откровенно любопытные взгляды гостей, Клейтон рывком притянул ее к себе.

— А кто же, по-вашему, это мог быть, черт побери?

Уитни неожиданно почувствовала, что сердце вот-вот разорвется.

— Откровенно говоря, я была не совсем уверена. Это мог быть...

Она кивнула в направлении двух шаферов, не отходивших от нее всю ночь.

— ...лорд Клиффорд или лорд Джилмор. Оба утверждают, что обожают меня. Или Пол. Он тоже обожает меня. Или даже Ники, или...

Одним быстрым движением Клейтон вывел Уитни из толпы танцующих и оттолкнул от себя, глядя на нее с ледяным бешеным презрением.

— Я думал, что у вас есть душа, но вы всего лишь обычная пустая кокетка! — еле слышно, но от этого не менее зловеще процедил он сквозь зубы.

Однако Уитни, по-видимому, ничуть не испугавшись, лишь скривила губы с насмешливым пренебрежением:

— Вряд ли можно отнести меня к разряду обычных! Не всякой удастся обчистить герцога на десять тысяч фунтов, и, кроме того, стоит мне улыбнуться, как он покорно ложится к моим ногам, словно послушная собачонка! У нас нет ничего общего с вами, милорд! Я законченная кокетка, ну а вы... вы просто надменный глупец!

На какую-то долю секунды Уитни показалось, что Клейтон вот-вот ее ударит. Но вместо этого он повернулся и быстро направился к двери. Она смотрела, как он проносится мимо глазеющих гостей, мимо стоящих у порога слуг, и знала, что только сейчас они расстались навсегда.

Сверхъестественным усилием воли сдерживая проклятые слезы, Уитни отыскала взглядом Эмили.

— Эмили, — прерывающимся голосом пробормотала она, опустив голову, — пожалуйста, объясни Элизабет, что мне внезапно стало плохо... и я, я... словом, пусть твой кучер отвезет меня домой и тут же вернется.

— Я поеду с тобой, — поспешно предложила Эмили.

— Нет, предпочитаю остаться одна. Мне так нужно.

Поздней ночью, вернувшись к себе, Эмили и Майкл остановились у двери спальни Уитни, прислушиваясь к душераздирающим рыданиям, чуть приглушенным подушкой.

— Пусть поплачет, — сочувственно вздохнул Майкл. — Ей это сейчас необходимо.

Однако когда на следующее утро Уитни не спустилась к завтраку, Эмили поднялась в комнату подруги и увидела ее сидящей на кровати с подтянутыми к подбородку коленями так, словно хотела свернуться тугим клубком. Уитни выглядела бледной и измученной, но при виде Эмили умудрилась слабо улыбнуться.

— Как ты себя чувствуешь? — мягко спросила Эмили.

— Я... сегодня гораздо лучше.

— Уитни, что случилось на балу?

— Не нужно, — напряженно выдавила Уитни. — Пожалуйста, не нужно.

Эмили кивнула, и Уитни, мгновенно обмякнув, благодарно взглянула на подругу.

— Я решила забыть обо всем и весело провести в Лондоне оставшееся время. Не возражаешь, если иногда ко мне будут приезжать визитеры?

— Конечно, нет. Собственно говоря, вчерашние шаферы уже сейчас дожидаются внизу и просят разрешения тебя увидеть.

Несмотря на внешнюю жизнерадостность, голос Эмили предательски дрогнул. Сев на постель рядом с Уитни, она обняла подругу за плечи.

— Майкл и я просим тебя побыть у нас сколько захочешь. Он знает, что ты мне не просто подруга, а роднее сестры.

— Сестры всегда ужасно ссорятся. Друзьями быть лучше. — Уитни крепко прижала к себе Эмили и благодарно улыбнулась ей.

Глава 28

С этого дня Уитни с головой бросилась в водоворот светской жизни. Она мужественно и решительно запретила себе предаваться унынию. Каждую ночь девушка, невероятно уставшая, едва добиралась до своей комнаты, валилась в постель и спала беспробудно, пока не наставало время одеваться и снова ехать куда-нибудь. Чаще всего ее сопровождал Ники, но постоянными ее гостями и поклонниками стали джентльмены, с которыми она познакомилась на приеме у Эмили и на свадьбе Элизабет. Эмили обычно играла роль компаньонки, и они вместе посещали музыкальные вечера, оперу, театры и балы. Там Уитни встречала самых блестящих и завидных женихов, которые потом непременно появлялись в доме Арчибалдов, чтобы пригласить Уитни на очередной бал или прием.

Если Париж приветствовал ее, Лондон встретил с распростертыми объятиями, поскольку обаяние и остроумие Уитни были крайне редкими качествами, особенно в женщине. Стоило ей где-то появиться, как головы поворачивались и присутствующие начинали шептаться. Злой юмор Уитни немного смягчился, и застенчивые мужчины, которые раньше боялись приблизиться к девушке, теперь постоянно окружали ее.

За Уитни ухаживали, ее внимания добивались. И тем не менее она была невыразимо несчастна.

Иногда в больших собраниях Уитни слышала имя Клейтона, и каждый раз что-то умирало внутри нее. Но никто из тех, кто видел ее сияющую, ослепительную улыбку, не подозревал о невыносимых страданиях, терзавших душу девушки.

Только однажды за весь этот месяц Уитни едва не встретилась с Клейтоном. Молодой виконт, вымоливший разрешение сопровождать ее в этот вечер, усадил Уитни в свой закрытый экипаж и, с нескрываемой гордостью объявив, что сегодня они собираются посетить «бал года», громко приказал кучеру везти их к дому номер десять по Аппер-Брук-стрит.

Уитни словно обдали ледяной водой. Это адрес Клейтона, адрес, который он дал ей когда-то на случай, если потребуется срочно его отыскать.

— Терпеть не могу большие сборища, — надула она губки. — У меня от них ужасно болит голова.

— Но Клеймор дает лучшие балы в Лондоне! — горячо возразил виконт. — И только на прошлой неделе вы сказали, что обожаете шумные балы.

— То было на прошлой неделе, а на этой я просто заболеваю из-за всей этой суматохи!

Виконт, несомненно, нашел ее вдруг появившееся отвращение к шумному веселью весьма странным, однако ничем не выказал своего удивления и повез ее в оперу.

Этот вечер стал последним в цепи удач. На следующий же день Уитни встретилась с Клейтоном. Ники пригласил ее в театр; они сидели в абонированной им ложе, откуда была прекрасно видна сцена. Как раз перед началом пьесы ее локон запутался в аметистовой броши, и Ники нагнулся, чтобы помочь ей освободиться. Пока он возился с непокорной прядью, Уитни рассеянно обводила взглядом толпу. Внезапно парализованная ужасом, девушка заметила, что в ложе неподалеку, уже

занятой Ратерфордами, появились Клейтон и Ванесса Стенфилд. Клейтон откровенно обнимал Ванессу за талию. Обе пары
обменялись радостными приветствиями. Уитни была не в силах
отвести глаз. Все уселись, Ванесса что-то сказала Клейтону, и
он наклонился ближе, чтобы лучше расслышать. По-видимому,
замечание оказалось достаточно остроумным, поскольку он,
откинув голову, громко расхохотался.

Содрогаясь всем телом, Уитни продолжала наблюдать, как
Ратерфорды обернулись к Клейтону и Ванессе, очевидно, желая узнать причину такого веселья, потому что Ванесса залилась краской, а супруги тоже рассмеялись.

Головы зрителей в партере и на балконах начали оборачи-
ваться, и Уитни услышала повторяющиеся шепотом слова «Клеймор», «его светлость» и «герцог». Присутствие Клейтона с
Ванессой было отмечено всеми и каждым.

— Cherie, ты не заболела? — тревожно нахмурился Ники
при виде побелевшего как смерть лица Уитни.

Уитни тошнило, а голова кружилась так, что казалось, еще
немного, и обморочная тьма поглотит девушку. Она с трудом
поднялась, и в этот момент Клейтон заметил ее. Его глаза
приобрели оттенок холодной стали, а ледяная брезгливость на
лице мгновенно уступила место скучающему презрению. А потом он просто отвернулся.

Уитни твердо сказала себе, что останется в ложе до конца
спектакля. Она не позволит Клейтону считать, что его присутствие так на нее подействовало.

Но через десять минут после поднятия занавеса она уехала.
Уехала, когда по щекам заструились слезы и она почувствовала, с какой силой ревнует, — так невыносимо, мучительно,
беспомощно ревнует, что не может оставаться дольше ни секунды.

Через два дня Ники повез Уитни на бал. Было очевидно,
что они прибыли слишком поздно. Уитни вручила меховой плащ
дворецкому, а сама взяла под руку Ники, и он повел ее через
толпу уже отъезжающих гостей, ожидавших, пока им подадут

экипажи. В самом конце цепочки Уитни увидела Клейтона, помогавшего Ванессе надеть накидку. Он улыбался ей дерзкой, интимной улыбкой, так хорошо знакомой Уитни, и пальцы девушки конвульсивно сжали рукав Ники.

— Куда вы поведете меня теперь, милорд? — спросила Ванесса, пока Уитни беспомощно старалась поскорее миновать красивую пару.

— Путем греха, — весело хмыкнул тот и в этот момент увидел Уитни, стоявшую прямо перед ним. Теперь он даже не попытался выразить взглядом свое отвращение, а просто посмотрел сквозь Уитни, словно ее вообще не существовало, и тут же заговорил о чем-то с Ванессой.

Две недели спустя холодным, промозглым декабрьским днем Ники сделал ей предложение. Без всяких цветистых пылких клятв в любви он обнял бледную Уитни и просто сказал:

— Стань моей женой, дорогая.

Это неопровержимое доказательство его верности едва окончательно не уничтожило остатки самообладания Уитни.

— Я... я не могу, Ники, — прошептала она, пытаясь улыбнуться сквозь слезы, навернувшиеся на глаза. — Всем своим сердцем я хотела бы полюбить тебя, но стать твоей женой было бы просто нечестно!

— Я знаю, что ты сейчас чувствуешь, chérie, — тихо сказал он, приподнимая ее подбородок. — Но я готов рискнуть и, если мы поженимся и уедем во Францию, заставлю тебя его забыть.

Уитни осторожно погладила его по щеке. Ники — именно тот человек, на которого можно положиться, которому можно верить. Если ему сейчас отказать, он уйдет, но Уитни не могла заставить себя подать ему ложную надежду.

— Мой дорогой, верный друг, — прошептала она срывающимся голосом, — я буду вечно любить вас, но только как брата.

Соленые капли повисли на длинных ресницах, а измученное лицо, казалось, на глазах осунулось.

— Не могу сказать вам... как польщена... это такая честь, что вы захотели видеть меня своей женой... поверьте, мы так много значили друг для друга все эти годы... О, Ники, спасибо тебе, спасибо за то, что ты есть...

И, вырвавшись из объятий Ники, девушка повернулась и исчезла.

Ничего не видя от тоски и смятения, она взбежала по ступенькам наверх, сдерживая слезы, пока не услышала стук закрывшейся входной двери. И тогда горючие потоки хлынули по щекам. Закрыв лицо руками, девушка пробежала мимо открытой двери комнаты Эмили и Майкла в свою спальню, ставшую за последнее время камерой пыток, чтобы выплакать боль, которой, казалось, не было конца.

— Господи Боже! — вскричала Эмили, тревожными глазами взглянув на мужа. — Что случилось на этот раз? Если Клейтон Уэстморленд опять что-то ей сделал, удушу его собственными руками!

Однако Майкл увлек жену в спальню и плотно прикрыл дверь.

— Эмили, — осторожно начал он, — Клейтон обвенчался с Ванессой Стенфилд в ее доме четыре дня назад. Весь свет только об этом и говорит.

— Ни за что не поверю! — взорвалась Эмили. — Все это время, пока я в Лондоне, слышу бесконечные сплетни о Клейморе, и ни одна из них не оказывалась правдой!

— Возможно. Но на этот раз я верю. К тому же какая разница, правда это или нет? Уитни уже успела совершенно забыть о нем.

— О, Майкл, — уныло пробормотала Эмили, — в жизни не думала, что ты можешь быть так слеп!

И, не обращая внимания на обескураженного мужа, решительно направилась к выходу. Остановившись у комнаты Уитни, она постучала и, не получив ответа, смело переступила порог.

Уитни жалким смятым комочком лежала на постели, зажмурив глаза, с залитым слезами лицом.

— Почему ты плачешь? — спросила Эмили добродушно, но твердо.

Уитни подняла мокрые ресницы и, смущенно вскинувшись, пошарила по постели в поисках платка.

— Кажется, последнее время это то, что мне лучше всего удается, — всхлипнула она, вытирая лицо.

— Никогда не слышала ничего глупее! Я знаю тебя с самого детства и не могу припомнить, чтобы ты когда-нибудь столько рыдала! Ну, мисс Стоун, отвечайте: почему вы плачете?

— Ники сделал мне предложение, — вздохнула Уитни, слишком измученная, чтобы попытаться избежать расспросов.

— И ты настолько счастлива, что проливаешь слезы?

Уитни улыбнулась, но голос то и дело прерывался:

— Оказалось, что не так легко справиться с таким количеством предложений. Подумать только, при такой практике, что у меня была во Франции, я...

— Что случилось с последним? — без обиняков осведомилась Эмили.

Уитни долго молча глядела на подругу и наконец, пожав плечами, отвела глаза.

— Клейтон все-таки не захотел на мне жениться.

— Какой вздор! И ты ожидаешь, что я поверю этой чепухе? Я видела, как этот человек на тебя смотрит!

Усилием воли Уитни заставила себя встать, подойти к маленькому французскому бюро и вынуть присланный Клейтоном конверт. Не вдаваясь в объяснения, она протянула его Эмили. Та опустилась в кресло и принялась за чтение. Лицо ее оставалось совершенно бесстрастным, только брови чуть сошлись, когда дело дошло до банковского чека.

— Ну и ну! — раздраженно воскликнула она. — Как он мог совершить подобную глупость? Возможно, был мертвецки пьян, когда писал это, в противном случае просто понять не могу причину этого безумия! Но что все это... — она показала на стопку документов, — ...имеет общего с твоим поведением на свадьбе? Я заметила, что ты всячески его избегала и игнорировала.

— Мне следовало бы держаться подальше от него еще в церкви! — с чувством выпалила Уитни. — И так бы и сделала, не будь я уверена, что мы все еще помолвлены. Я... я узнала об этих бумагах только перед банкетом. Письмо пришло вместе с присланными отцом вещами.

— И ты расстроилась потому, что герцог взял назад свое предложение? А по-моему, он поступил правильно, зная к тому же, как плохо обошелся с тобой, и будучи в полной уверенности, что ты никогда его не простишь. Думаю, он просто старался освободить тебя от обязательств, ставших тебе ненавистными.

— Как ты можешь быть настолько доверчивой?! — Уитни возмущенно уставилась на подругу. — Эмили, он потащил меня в свою постель, лишил чести и невинности, а потом разорвал помолвку. Прислал деньги, чтобы откупиться, и предложил выйти замуж за Пола!

— Наверное, — вздохнула Эмили, — на твоем месте я чувствовала бы то же самое. Но пожалуйста, хотя бы на минуту позабудь о деньгах. Это, безусловно, глупый, хотя и благородный поступок с его стороны, — заявила Эмили.

Уитни открыла было рот, чтобы яростно возразить, но Эмили покачала головой и перебила подругу на полуслове:

— Уитни, я видела герцога в церкви уже после того, как он послал тебе эти бумаги. Он любит тебя, любому дураку это понятно. Он готов был целовать пол, по которому ты шла!

Уитни одним прыжком взметнулась с места.

— Он приехал в церковь по приглашению Элизабет! И знай я обо всем в то время, не разыграла бы такую безнадежную идиотку и...

— Это не Элизабет пригласила его, — виновато призналась Эмили, — а я... Послала записку с сообщением, что ты будешь на свадьбе. И Клейтон приехал, потому что хотел тебя видеть! Он едва знаком с Элизабет и Питером, и сомневаюсь,

что его светлость отвечает на приглашения всех случайных знакомых, да к тому же в высшей степени ему безразличных.

У Уитни был такой вид, словно она вот-вот упадет в обморок.

— Ты сказала ему? Но зачем? Почему ты сделала такое со
мной? Он, несомненно, посчитал, что это я тебя уговорила.

— Ничего подобного ему и в голову не пришло, — решительно возразила Эмили. — Я просто объяснила, что ты собираешься приехать, и поэтому он явился. Уитни, выслушай меня.
Он принял приглашение после того, как подписал документы,
после того, как сочинил эту записку, на мой взгляд, не столь
злонамеренную, сколько глупую, и после того, как заполнил
этот чек.

Водоворот противоречивых эмоций угрожал захлестнуть Уитни, но Эмили неумолимо продолжала:

— Он, вероятно, знал, что Пол находится в крайне стес-
ненных обстоятельствах. Всем в городе, кроме, конечно, тебя,
это давно известно.

— Несомненно, — кивнула Уитни. — Клейтон был в
отцовском кабинете в ту ночь, когда я узнала правду относительно Пола.

— И успела осведомить герцога, что желаешь выйти замуж за Северина?

Уитни кивнула.

— Уитни, ради Господа Бога, неужели ты не понимаешь,
что он пытается сделать? Герцог уверен, что ты его ненави-
дишь и хочешь выйти за Пола, поэтому и послал тебе целое
состояние, чтобы облегчить твою жизнь! Жизнь с человеком,
которого ты ему предпочла! Создатель, как же он должен тебя
любить! Еще больше, чем я предполагала!

Уитни презрительно фыркнула и отвернулась, но Эмили
решительно встала перед подругой, упершись кулачками в строй-
ные бедра.

— Уитни, мне кажется, что ты просто дура! Ты любишь
этого человека, сама мне призналась и не вздумай отрицать! И
он отвечает тебе взаимностью! Сделал предложение, помог тво-

ему отцу, хотя вовсе не был обязан давать ему деньги, терпеливо выносил твой флирт с Полом и еще множество других вещей, которые давно бы вывели из себя любого нормального человека. Что ты сказала ему на банкете? Немедленно отвечай!

Уитни взглянула на подругу, но тут же отвернулась и еле слышно пробормотала:

— Высмеяла его, когда он сказал, что любит меня.

— Высмеяла?! — охнула Эмили. — Но почему, во имя Господа, ты сотворила такое после того, как позволила обнимать себя у церкви?

— Пожалуйста! — взволнованно воскликнула Уитни, вскакивая. — Пожалуйста, не нужно об этом! Я уже все объяснила! Потому, что получила эти проклятые документы вместе с чеком! Потому, что считала, будто он просто приехал на свадьбу Элизабет, а я сделала глупость, фактически бросившись ему на шею!

— И теперь, насколько я понимаю, ты решила, что он к тебе приползет?

Уитни, покачав головой, уставилась в пол.

— Нет. При встречах Клейтон ведет себя так, словно меня не существует.

— А чего ты еще ожидала? Он любил тебя настолько, чтобы сделать предложение и осыпать твоего отца золотом, настолько, что из ревности совершил ужасный поступок, настолько, что решил отказаться от помолвки в надежде сделать тебя счастливой, настолько, чтобы приехать на свадьбу Элизабет, чтобы побыть рядом с тобой. Но знай, больше он не станет унижаться.

Неверие, тоска, чувство одиночества и мучительного отчаяния вихрем кружились в мозгу Уитни, но все затмила робкая надежда, расцветшая впервые за все это время. Она опустила голову, и волосы рассыпались по плечам, скрывая лицо.

— Но как вернуть его без того, чтобы не приползти к нему на коленях? — задыхаясь, пробормотала она.

Улыбка радостного облегчения осветила лицо Эмили.

— Боюсь, есть лишь единственный способ. Ты при любой возможности старалась растоптать его гордость. На этот раз настала твоя очередь страдать.

— Я... я подумаю об этом, — шепнула Уитни.

— Рада слышать! — зааплодировала Эмили и осторожно выложила козырную карту: — Подумай заодно, что тебе придется пережить, когда он женится на Ванессе Стенфилд. Ходят слухи, что он уже женился, но вряд ли они достоверны. Возможно, они вот-вот обвенчаются.

— Что же мне делать?! — вскрикнула Уитни, поспешно вскакивая. — И с чего начать?

— Придется поехать к Клеймору и объяснить, почему ты так омерзительно вела себя на банкете. — Эмили, скрывая улыбку, направилась к двери.

— Нет, — лихорадочно затрясла головой Уитни, — пошлю ему записку и попрошу приехать.

— Конечно, это твое право, но он даже не подумает ответить, и тебе придется пережить двойной позор, когда в довершение ко всему окажется, что необходимо все-таки ехать к нему. При условии, конечно, что за это время он не успеет жениться на мисс Стенфилд.

Уитни подлетела к бюро, но после ухода Эмили отложила перо, чтобы все обдумать. Должен существовать способ заставить Клейтона приехать к ней — какая-нибудь приманка, которую Уитни может использовать. Слишком уж это унизительно, приползти к нему с повинной головой, зная к тому же, что Клейтон собирается жениться на Ванессе.

Внезапно глаза ее вдохновенно блеснули, хотя лицо зарделось от смущения. Да, способ найден... конечно, это отвратительный обман, но у нее просто нет выхода! Не время думать о приличиях! Клейтон овладел Уитни и, если имеет основания полагать, что наградил ее ребенком, следовательно, не может отказаться встретиться с ней. И что всего важнее, он просто не имеет права жениться на мисс Стенфилд! Кроме того, ему придется немедленно обвенчаться с мисс Уитни Стоун! А если он любит ее так сильно, как считает Эмили, то, конечно, простит ей эту ложь.

Уитни написала дату на листке бумаги, но тут ее перо снова нерешительно замерло. Какое обращение употребить в письме к человеку, не желавшему о ней ничего слышать, но которому все-таки предстоит узнать, что он отец ее ребенка? «Дорогой сэр»? — едва ли. «Ваша светлость»? — смехотворно! «Клейтон»? — только не при таких обстоятельствах.

В конце концов Уитни решила вообще обойтись без обращения. Подумав еще несколько минут, она поспешно написала:

«К моему величайшему стыду, я обнаружила, что ношу ребенка. Поэтому прошу вас немедленно приехать, чтобы все обсудить. Уитни».

Она перечитала записку. Лицо горело от стыда. Боже, это не только унизительно, но и мерзко!

Кроме того, это было совершенно неправдоподобно, поскольку вряд ли Уитни могла забеременеть после незавершенного соития, но девушка, к счастью, этого не подозревала.

Она позвала Эмили и, краснея до корней волос, показала ей записку.

— Я... не уверена, что такое можно написать, даже если бы это было правдой, — призналась она, вздрогнув и засовывая ненавистный листок в коробку с чистой бумагой, чтобы его не обнаружили слуги.

— Уитни, — решительно заявила Эмили, — напиши просто, что хочешь поговорить с ним и предпочитаешь сделать это в уединении его дома. Объясни, что приедешь завтра. Очень просто.

— Совсем не так просто, — возразила Уитни, тоскливо взирая на очередной листок бумаги. — Даже если Клейтон согласится встретиться со мной, он скорее всего выслушает извинения и распрощается. Ты не можешь представить, как он страшен в гневе.

— В таком случае ничего не предпринимай. Он женится на Ванессе Стенфилд, и если нас с Майклом пригласят на свадьбу, я потом расскажу тебе подробности.

После такого напутствия перо Уитни без преувеличения запорхало по бумаге, и вскоре записка была отослана в дом десять по Аппер-Брук-стрит. Лакею велено было узнать у мистера Хаджинса, секретаря герцога Клеймора, где находится его светлость, и отнести туда записку.

Лакей вернулся через час. Герцог, как оказалось, отправился с визитом к лорду и леди Стенфилд, однако поздно вечером вернется в свое поместье Клеймор. Мистер Хаджинс, который намеревался тоже ехать туда, взял записку и пообещал передать ее герцогу, как только увидит его.

В послании Уитни уведомляла Клейтона, что, если не получит ответа к полудню следующего дня, значит, она позволит себе предположить, что он готов увидеться с ней в пять часов вечера.

Теперь больше ничего не оставалось, кроме как терпеливо переносить мучительные, еле тянущиеся часы, оставшиеся до назначенного срока.

Глава 29

Ровно в одиннадцать часов следующего утра четыре элегантных дорожных экипажа вкатились в ворота Клеймора. В первом сидели вдовствующая герцогиня Клеймор и ее младший сын Стивен. Второй занимали личные горничные герцогини и камердинер Стивена. Остальные два были заполнены до отказа сундуками с одеждой и вещами, которые вдовствующая герцогиня считала совершенно необходимыми для продолжительного визита и, конечно, встречи с будущей невесткой, иначе говоря, возможной матерью внуков ее светлости.

— Как здесь красиво, — вздохнула Алисия, оценивающим взглядом окидывая ровно подстриженные зеленые газоны и английские сады, величественно проплывавшие по обе стороны широкой, вымощенной булыжником аллеи.

Оторвав взгляд от знакомого пейзажа, она проницательно взглянула на младшего сына:

— Ты совершенно уверен в том, что твой брат привезет к ужину свою невесту?

— Могу только повторить все, что знаю, — ухмыльнулся Стивен. — В записке Клея говорится, что он и Ванесса решили провести еще одну ночь у ее родителей и оба присоединятся к нам сегодня в половине пятого вечера.

— Клейтон упомянул о Ванессе? Ты вправду считаешь, что он имел в виду Ванессу Стенфилд?

— Если верить слухам, она сменила имя на Уэстморленд, — сообщил Стивен, лукаво подняв брови.

— Я видела Ванессу много лет назад. Тогда она была прелестным ребенком.

— А сейчас стала красивой женщиной, — заверил Стивен. — Настоящая блондинка с ярко-голубыми глазами и все такое прочее.

— Прекрасно. Значит, у меня будут красивые внуки, — радостно предсказала герцогиня, неспособная в последнее время думать ни о чем ином, но, повернув голову, заметила нахмуренное лицо сына.

— Стивен, у тебя есть причины не любить Ванессу?

— Нет, беда лишь в том, что у леди не зеленые глаза и зовут ее не Уитни, — пожал плечами Стивен.

— Как? О, Стивен, это просто смешно! О чем ты только думаешь? Да эта девчонка, кто бы она ни была, причинила ему столько бед! Он, очевидно, уже забыл о ней, и это к лучшему.

— Ее не так легко забыть, — мрачно улыбнулся Стивен.

— Что ты хочешь этим сказать? — с подозрением осведомилась герцогиня. — Ты встречался с этой девушкой?

— Нет, просто видел на балу у Кингсли несколько недель назад. Ее окружали самые блестящие молодые люди из общества, исключая Клея, конечно. Услышав, как ее зовут, и увидев эти нефритовые глаза, я сразу понял, что это она.

Герцогиня попыталась было потребовать точного описания женщины, так измучившей старшего сына, но тут же передумала:

— Между ними все кончено. Клейтон собирается привезти домой жену.

— Не думаю, что он так быстро выбросил из головы ту, которая так много для него значила. И я не верю, что Клей женился. Скорее всего Ванесса пока его невеста.

— Надеюсь, что ты прав. Представляешь, какой скандал разразится, если Клейтон так поспешно женится? Сплетен не оберешься!

Стивен окинул мать насмешливым взглядом.

— Клейтону в высшей степени безразличны сплетни, и ты прекрасно это знаешь.

— Пора вставать, — весело объявила Эмили, раздвигая гардины. — Уже начало первого, а его светлость так и не прислал ответа с просьбой держаться от него подальше.

— Я почти до рассвета глаз не сомкнула, — промямлила Уитни, но тут же вскочила, возвращенная к суровой реальности из мира грез. — Я ни за что не смогу это сделать! — вскрикнула она.

— Конечно, сможешь. Только постарайся для начала спустить ноги с кровати, а там все пойдет само собой, — шутливо посоветовала Эмили.

Уитни откинула одеяло и соскользнула с постели, лихорадочно пытаясь найти предлог, чтобы уклониться от свидания с Клейтоном.

— Почему бы нам не проехаться по магазинам, а потом не посмотреть новую пьесу в «Ройял Тиэтр»? — в отчаянии предложила она.

— Почему бы нам не подождать до завтра, чтобы сразу начать закупать тебе приданое?

— Да нас просто следует в Бедлам отправить! Весь этот план — чистое безумие. Он не станет меня слушать, а если и выслушает, это все равно ничего не изменит. Я видела, с каким презрением он смотрит на меня.

Но Эмили решительно подтолкнула подругу в направлении ванной.

— Это весьма обнадеживает. По крайней мере он хотя бы что-то к тебе испытывает.

Она вышла и вернулась в ту минуту, когда Уитни заканчивала одеваться.

— Как я выгляжу? — нерешительно спросила девушка, медленно поворачиваясь перед Эмили.

Сегодня она надела наряд из бархата цвета аквамарина, с длинными рукавами и квадратным вырезом. Тяжелые темно-рыжие волосы, сверкавшие в пламени свечи, были убраны со лба, уложены короной и скреплены застежкой из аквамаринов и бриллиантов так, что часть локонов спадала до талии естественными волнами, подвитыми на концах. Роскошный туалет выглядел соблазнительным и в то же время скромным; прическа подчеркивала скульптурные черты слегка порозовевшего лица.

— Ты похожа на прекрасную деву в древнем храме, которую вот-вот должны принести в жертву кровожадным богам, — торжественно провозгласила Эмили.

— Хочешь сказать, что у меня испуганный вид?

— Панический. — Эмили сжала холодные влажные руки Уитни в своих теплых ладонях. — Ты никогда не выглядела лучше, чем сейчас, но этого недостаточно. Я знаю человека, с которым тебе придется встретиться, и поверь, на него нисколько не подействует появление робкой, запуганной молодой женщины, которую он к тому же до сих пор видеть спокойно не может. Он любил тебя за силу духа и мужество. И если ты предстанешь перед ним в образе воплощенного покорства и застенчивости, значит, ты не та, кого он любил, и неминуемо потерпишь неудачу. Клеймор позволит тебе объясниться и покаяться, но в ответ поблагодарит и распрощается. Сделай что-нибудь: спорь, вызови его гнев, если необходимо, только забудь о страхе! Стань той девушкой, к которой Клейтон воспылал страстью, улыбайся, флиртуй, хоть дерись, но, пожалуйста, никакого смирения!

— Теперь я знаю, что испытывала бедняжка Элизабет, когда я подбила ее выступить против Питера, — то ли вздохнула, то ли рассмеялась Уитни. Но подбородок сам собой приподнялся, и она стала прежней — гордой и величественной.

Эмили проводила ее до кареты Майкла, и Уитни крепко обняла подругу на прощание.

— Что бы ни случилось, никогда не забуду, как ты сражалась за меня.

Кони тронули, унося немного успокоившуюся Уитни и оставив позади трясущуюся от волнения Эмили.

Проведя час в пути, Уитни почувствовала, что постепенно начинает терять самообладание, и попыталась взять себя в руки, представляя их встречу. Откроет Клейтон дверь сам или прикажет дворецкому провести ее в кабинет? Заставит ли Уитни ждать или ворвется в комнату и угрожающе нависнет над ней с холодным, замкнутым лицом, дожидаясь, пока она закончит говорить, чтобы немедленно выбросить ее вон? Как он будет одет? Наверное, в домашнюю куртку, подумала Уитни с упавшим сердцем, оглядывая свой роскошный наряд, за который заплатил Клейтон.

Она снова одернула себя и с твердой решимостью постаралась забыть о несоответствии их одежды и снова сосредоточиться на подробностях встречи. Будет ли Клейтон рассерженным или просто безразличным? О Господи, пусть уж лучше он придет в бешенство, пусть набросится на нее, наговорит ужасных вещей, только не обращается с ней сухо и вежливо, иначе это будет означать, что она ему совершенно безразлична.

Ужасное предчувствие неудачи охватило девушку. Будь Клейтон все еще неравнодушен к ней, никогда не стал бы хладнокровно дожидаться, пока она приедет, и по крайней мере послал бы сухую записку, сообщавшую, что он будет ее ждать.

Экипаж резко повернул и остановился перед гигантскими железными воротами.

— Он велел не пускать меня! — панически охнула Уитни, но в этот момент привратник, одетый в темно-красную ливрею, отделанную золотым позументом, вышел из сторожки и о чем-то заговорил с кучером Арчибалдов.

Уитни облегченно вздохнула, когда привратник позволил им проехать и лошади пустились вскачь по широкой ухоженной дороге. По обе стороны проплывали бесчисленные газоны и огромные парки, усаженные деревьями, с которых уже облетела листва. Живописный пейзаж простирался насколько хватало глаз.

Копыта прогромыхали по мосту, перекинутому через глубокий ручей, и наконец вдали показался великолепный дом со сверкающими стеклами бесчисленных окон и изящными балкончиками. Центральное здание поднималось на три этажа, и гигантские крылья отходили с обеих сторон, служа обрамлением террасному внутреннему двору размером с огромный парк.

В прошлый раз Уитни была так убита горем, что почти не обратила внимания на дом. Даже сейчас она откинулась на сиденье и тоскливо зажмурилась, отгоняя воспоминания. Это она назвала его жилище «убогим» или сам Клейтон? Да ее собственный дом целиком поместится в одном-единственном крыле этого, и еще останется место для четырех таких же.

Уитни внезапно показалось, что она едет на встречу с незнакомцем; этим дворцом не мог владеть тот самый беззаботно-веселый человек, который участвовал с ней в скачках и учил играть в карты.

Короткий ноябрьский день подходил к концу — с каждой минутой небо все больше темнело, и окна здания зажглись десятками огней. Карета остановилась, кучер спрыгнул и опустил подножку для Уитни.

Удобно устроившийся в белом с золотом салоне Стивен отвел глаза от встревоженного лица матери и начал с рассеянным восхищением рассматривать мебель восемнадцатого века, обитую белым шелком и золотой парчой. Великолепный эксминстерский ковер покрывал весь пол, а стены были обтянуты белым шелком. Повсюду висели картины Рубенса, Рейнольдса и Тициана в роскошных позолоченных рамах.

Дворецкий открыл входную дверь как раз в тот момент, когда Стивен с радостной улыбкой вышел в вестибюль, готовясь приветствовать брата и Ванессу Стенфилд, но тут же удивленно замер при виде смутно знакомой прелестной девушки, завернутой в голубовато-зеленый плащ, подбитый белым горностаем. Когда она откинула капюшон, сердце Стивена подпрыгнуло от неожиданности. Он узнал гостью.

— Меня зовут мисс Стоун, — сообщила она дворецкому мягким музыкальным голосом. — Его светлость, кажется, ждет меня.

В этот момент Стивен вспомнил о несвязных пьяных откровениях брата, пытаясь сообразить, действительно ли Клей собрался привезти домой жену или всего лишь невесту, взвесил все доводы за и против вмешательства в личную жизнь брата и, повинуясь какому-то безумному порыву, принял решение.

Поспешно выступив вперед, чтобы не дать дворецкому объявить об отсутствии хозяина, Стивен одарил девушку одной из самых своих обаятельных улыбок и сказал:

— Мой брат должен приехать с минуты на минуту, мисс Стоун. Не хотите ли войти и подождать его?

На лице красавицы промелькнули два противоречивых, можно сказать, взаимоисключающих выражения — облегчение и разочарование.

— Нет, спасибо, — покачала она головой. — Я вчера послала ему записку в надежде, что он уделит мне несколько минут, и попросила его сообщить, если это время ему не подходит. Возможно, как-нибудь в другой раз...

Она кивнула Стивену и повернулась, чтобы уйти, однако тот протянул руку и успел как раз вовремя схватить ее за локоть. Девушка недоуменно подняла брови и удивилась еще больше, когда Стивен, мягко преодолевая сопротивление, увлек ее за собой в вестибюль.

— Клея задержали, и он вчера не вернулся, — объяснил молодой человек, обезоруживающе улыбаясь. — Поэтому и не знает, что вы намеревались посетить его сегодня.

И прежде чем Уитни успела вымолвить хотя бы слово, вежливо снял с нее аквамариновый плащ и вручил дворецкому.

Взгляд Уитни был прикован к величественной мраморной лестнице, делавшей широкий изящный полукруг, переходивший в основание просторного балкона второго этажа. Она вспомнила, как Клейтон нес ее по ступенькам в ту ночь, живо представила, насколько может быть опасной его ярость, и поспешно повернулась к двери.

— Спасибо за то, что пригласили меня остаться, лорд Уэстморленд.

— Стивен, — поправил он.

— Спасибо, Стивен, — повторила девушка, застигнутая врасплох таким неожиданным проявлением дружеских чувств. — Но я решила не дожидаться. Пожалуйста, если можно, прикажите, чтобы мне вернули плащ.

Она взглянула на дворецкого, который, в свою очередь, воззрился на Стивена, но тот решительно покачал головой, и слуга скрестил руки на груди, притворившись, что не слышал просьбы.

— Я бы хотел, чтобы вы остались, — настойчиво повторил Стивен с искренней улыбкой.

Недоуменно улыбнувшись, Уитни приняла протянутую руку:

— Никогда еще не встречала столь радушного приема, милорд!

— Уэстморленды славятся гостеприимством, — солгал Стивен, лукаво прищурясь и увлекая девушку в салон, где находилась ее светлость Алисия Уэстморленд. При виде герцогини Уитни смущенно отпрянула.

— Мы оба, моя мать и я, будем рады, если вы подождете Клея вместе с нами, — мягко пояснил Стивен. — Я знаю, он будет счастлив видеть вас, мисс Стоун, и никогда нам не простит, если мы позволим вам уйти до его возвращения.

Уитни недоуменно уставилась на него.

— Лорд Уэстморленд... — начала она наконец с едва заметной усмешкой.

— Стивен, — терпеливо подсказал он.

— Стивен, думаю, вам следует знать, что, по всей вероятности, ваш брат вовсе не желает меня видеть.

— Ничего, — усмехнулся Стивен, — попробуем рискнуть.

Обстановка бело-золотого салона повергла Уитни в настоящий трепет, однако она старалась не слишком пристально разглядывать изысканную лепнину потолка и шедевры великих живописцев в рамах из позолоченного багета, висевшие на стенах. Стивен, почтительно предложив ей руку, подвел к вдовствующей герцогине.

— Мама, позволь представить тебе мисс Стоун, — произнес он. — Клей не вернулся прошлой ночью и, конечно, не успел узнать о намерении Уитни нанести ему визит, но я убедил ее остаться и подождать его приезда.

Уитни присела перед герцогиней и в этот момент услышала, как Стивен подчеркнул ее имя, которого она ему не называла, заметила непонимающий ответный взгляд герцогини и вздрогнула. Что здесь происходит?

— Вы — друг моего сына, мисс Стоун? — вежливо осведомилась ее светлость, когда Уитни села на предложенный ей стул напротив диванчика герцогини.

— Когда-то мы были друзьями, ваша светлость, — честно ответила Уитни.

Герцогиня изумленно моргнула, услышав столь необычный ответ, всмотрелась в глаза цвета морской волны, серьезно глядевшие на нее из-под мохнатых черных ресниц, и неожиданно подскочила, но тут же, взяв себя в руки, величественно опустилась на прежнее место и быстро повернула голову к Стивену, который едва заметно кивнул.

Благополучно игнорируя тревожные взгляды матери, он устроился поудобнее и молча сидел в продолжение всего разговора, касавшегося самых различных тем: от последних парижских мод до лондонской погоды.

Прошел почти час, прежде чем входные двери широко распахнулись и из вестибюля донеслись голоса. Слов нельзя было разобрать, но в интонациях грудного смеха и мягкого голоса женщины, обращавшейся к Клейтону, ошибиться было невозможно. Стивен заметил потрясенное лицо Уитни, только сейчас понявшей, что Клейтон приехал с женщиной, и, быстро поднявшись, бросил на девушку сочувственный, ободряющий взгляд, а потом осторожно переместился так, чтобы оказаться перед ней и загородить от Клейтона, давая Уитни время собраться и взять себя в руки.

— Простите, что так поздно. Нас задержали, — извинился Клейтон, прикасаясь губами ко лбу матери. — Надеюсь, вы без труда нашли свои комнаты в отсутствие хозяина? — шутливо добавил он.

Он обернулся и вывел вперед Ванессу.

— Мама, позволь представить тебе Ванессу...

Стивен, затаивший дыхание, громко и облегченно вздохнул, когда Клейтон докончил:

— ...Стенфилд.

Ванесса присела перед герцогиней в глубоком реверансе, и, когда обе леди обменялись подобающими случаю любезностями, Клейтон небрежно взмахнул рукой в направлении Стивена и, смеясь, объяснил:

— Ванесса, ты уже знаешь Стивена.

С этими словами он вновь вернулся к матери и, наклонившись пониже, о чем-то тихо заговорил с ней.

— Рад снова видеть вас, мисс Стенфилд, — притворно-официально отозвался Стивен.

— Ради Бога, Стивен, — рассмеялась Ванесса, — по-моему, мы уже целую вечность в достаточно приятельских отношениях, чтобы называть друг друга просто по именам!

Но Стивен, не обращая больше внимания на Ванессу, коснулся руки Уитни, и она с очевидной неохотой, дрожа от нервного напряжения, поднялась.

— Мисс Стенфилд, — слегка повысил голос Стивен, — познакомьтесь с мисс Уитни Стоун...

Клейтон, дернувшись, резко выпрямился и обернулся.

— А этот джентльмен с каменно-неподвижным лицом — мой братец. Как, впрочем, вам уже известно.

Уитни невольно сжалась от ударившей в нее волны холодной ярости, когда взгляд Клейтона буквально вонзился в нее.

— Как поживает ваша тетя? — ледяным тоном осведомился он.

— Прекрасно, благодарю вас, — едва слышным шепотом ответила Уитни. — А вы?

Клейтон коротко кивнул:

— Как видите, я вышел из нашего последнего поединка без шрамов и ран.

Ванесса, видевшая Уитни на балу у Ратерфордов, очевидно, распознала в ней соперницу и, чуть наклонив в знак приветствия безупречно причесанную головку, с оскорбительно-вежливой улыбкой заявила:

— Эстербрук был вам представлен на балу у лорда и леди Ратерфорд, мисс Стоун. — И остановилась, словно пытаясь лучше припомнить, как было дело. — Да, и он потом многое рассказывал о вас.

Сообразив, что Ванесса ждет ответа, Уитни настороженно пробормотала:

— Это очень мило с его стороны.

— Насколько мне известно, в его словах не было ничего хотя бы в малейшей степени милого, мисс Стоун.

Уитни оцепенела от столь неожиданного и ничем с ее стороны не вызванного нападения, но в наступившем мертвенном молчании раздался голос Стивена.

— Мы можем обсудить наших общих знакомых за столом, — жизнерадостно объявил он, — при условии, что я смогу уговорить нашу прекрасную гостью поужинать с нами.

— Я... я не могу остаться... мне очень жаль... — с отчаянием пролепетала Уитни.

— Но я настаиваю! — ухмыльнулся Стивен и, подняв бровь, оглянулся на побледневшего брата. — Мы оба настаиваем, не так ли?

Однако Клейтон не потрудился подтвердить приглашение. Вместо этого он коротко кивнул через плечо слуге, маячившему у двери, давая понять, что следует поставить еще один прибор, а потом молча направился к буфету и налил себе виски.

Стивен уселся рядом с Уитни и окликнул Клейтона, стоявшего к ним спиной. Даже с этого расстояния, судя по тому, как он напрягся, было заметно, что Клейтон сгорает от гнева.

— Налей и мне тоже, старший братец, — добродушно попросил Стивен.

Клейтон с ненавистью взглянул на Стивена.

— Уверен, что среди твоих многочисленных блестящих талантов отыщется и способность самому налить себе виски, — голосом, полным едва сдерживаемой ярости, выдавил он.

— Совершенно верно, — безмятежно согласился Стивен, поднимаясь со своего места подле Уитни. — А вам, леди? Бокал вина?

Ванесса и Уитни дружно согласились, а герцогиня с трудом подавила порыв потребовать сразу всю бутылку.

Стивен неспешно шагнул к буфету, налил себе виски и наполнил вином три хрустальных бокала, полностью игнорируя исходившую от брата весьма ощутимую злость.

— Существует ли хоть малейший шанс, — пробормотал Клейтон себе под нос, — что ты не имеешь понятия, кто она... для меня?

— Ни единого, — невозмутимо ухмыльнулся Стивен, поднимая три бокала, и громко, так, чтобы услышали все присутствующие, спросил: — Клей, ты не принесешь Уитни вина? Я никак не смогу захватить сразу четыре бокала.

Клейтон молча схватил бокал и так угрожающе надвинулся на Уитни, что та невольно вжалась в подушки дивана, тщетно пытаясь отыскать в его мрачном лице хоть какой-то отблеск прежних чувств.

Мучаясь в тисках стыда и жгучей тоски, Уитни рассеянно пригубила вино, исподтишка поглядывая на Клейтона, сидевшего напротив, рядом с Ванессой, небрежно закинув ногу на ногу. Как непринужденно он чувствует себя здесь, в роскошной бело-золотой комнате, — сдержанный, элегантный аристократ, хозяин этого богатого поместья. Никогда еще он не казался столь красивым... и неприступным. И в довершение ко всему Ванесса Стенфилд в струящемся платье из голубого шелка выглядела невероятно, неотразимо, куда более прекрасной, чем в ночь бала у Ратерфордов.

Целый час до ужина Стивен выносил на своих плечах почти все бремя тягостной беседы. Правда, Ванесса успела еще раза два оскорбить Уитни, не получив при этом достойного отпора. Клейтон отвечал коротко, резко и только когда это было абсолютно необходимо, а Уитни реагировала на светскую болтовню Стивена нечленораздельными междометиями. Герцогиня выпила еще три бокала вина, не произнося при этом ни единого слова.

Чувствуя, как в душе разрастается ком обиды и боли, Уитни молча считала минуты. Как только все встанут из-за стола и пытка закончится, она сможет наконец убраться отсюда. Теперь девушка понимала: не стоило затевать все это. Слишком поздно.

К счастью, дворецкий вскоре объявил, что ужин подан. Клейтон поднялся и, даже не взглянув на Уитни, предложил одну руку матери, а другую Ванессе и повел женщин к столу. Уитни встала и взяла под руку Стивена, не в силах отвести глаз от удалявшегося Клейтона. Она уже собиралась последовать за ним, но Стивен остановил ее.

— Черт бы подрал Ванессу, — тихо рассмеялся он. — Я готов ее придушить! Нам пора изменить стратегию, хотя до сих пор все шло прекрасно.

— Стратегию? — охнула Уитни. — Прекрасно?

— Превосходно! Вы сидите здесь такая красивая и беззащитная, и Клейтон не может оторвать от вас взгляда, когда думает, что вы этого не видите. Но вам пора что-то предпринять, чтобы остаться с ним наедине.

Сердце Уитни подпрыгнуло от счастья.

— Не может оторвать... О, Стивен, вы уверены? По-моему, он даже не замечает, что я здесь.

— Замечает, будьте уверены, — засмеялся Стивен. — Хотя он отдал бы все на свете, чтобы вас тут не было! Откровенно говоря, не припомню, когда еще видел его таким взбешенным! Теперь только вы сумеете окончательно вывести его из себя.

— Что? — прошептала Уитни. — Господи Боже, зачем?

Они уже стояли у дверей столовой, но Стивен повернулся и остановился перед портретом на противоположной стене, так, что сидевшие за столом могли видеть только их спины. Делая вид, что показывает картину Уитни и объясняет ее содержание, Стивен пробормотал:

— Вам придется разозлить его до такой степени, чтобы он встал из-за стола и утащил вас за собой. Если вы этого не сделаете, как только ужин закончится, он найдет предлог увести Ванессу и мою мать куда-нибудь в другое место и оставит вас со мной.

Перспектива новой словесной битвы с Клейтоном наполнила Уитни странной смесью страха и предвкушения победы. Она напомнила себе запрет Эмили унижаться и мужественно решила, что если Элизабет Аштон сумела все выдержать и победить, значит, и она способна на такое.

— Стивен, — внезапно спросила Уитни, — почему вы это делаете?

— Сейчас не время говорить на подобные темы, — ответил тот, подводя ее к дверям столовой. — Помните одно — как бы ни был рассержен мой брат, он любит вас. И если вы найдете в себе силы поговорить с ним с глазу на глаз, вполне сумеете доказать ему, что это чувство взаимно.

— Но ваша матушка посчитает меня самой бестактной и навязчивой женщиной в мире, если я стану намеренно провоцировать Клейтона на ссору.

— Мать посчитает вас храброй и мужественной, — по-мальчишески улыбнулся Стивен. — Как, впрочем, и я. Ну а теперь вперед, юная леди! Мне не терпится вновь увидеть жизнерадостную, энергичную, задорную девушку, которую я позавчера встретил на балу у Кингсли.

Уитни успела лишь бросить изумленный, благодарный взгляд на своего спутника, пока тот вел ее к столу. Стивен отодвинул ей стул как раз в тот момент, когда Клейтон заметил с уничтожающим сарказмом:

— С вашей стороны весьма любезно наконец-то присоединиться к нам.

— А с вашей стороны еще любезнее было пригласить меня, ваша светлость, — подчеркнуто вежливо отпарировала Уитни.

Однако Клейтон, не обращая на нее внимания, кивнул слугам, давая знак нести блюда. Он сидел во главе стола, между матерью и Ванессой. Уитни уселась рядом с герцогиней, а Стивен — рядом с Ванессой, напротив Уитни.

Когда слуга наполнил шампанским бокал девушки, Клейтон язвительно процедил:

— Поставьте всю бутылку рядом с мисс Стоун. Насколько я припоминаю, она просто обожает шампанское.

Радость захлестнула Уитни: Клейтон больше не способен игнорировать ее! Только человек, которому она не безразлична, может настолько рассердиться, чтобы сказать подобную вещь!

Очаровательно улыбнувшись ему, она пригубила пенящееся вино:

— Поверьте, не слишком! Хотя иногда шампанское помогает вернуть мужество некоторым... особам.

— Действительно? Не знал.

— Ну да, вы предпочитаете виски, чтобы набраться храбрости, — заметила Уитни, как только Клейтон поднес бокал к губам.

Глаза его зловеще сузились, и Уитни поспешно отвела взгляд. «Пожалуйста, люби меня! — мысленно молила она. — Не заставляй меня пройти через это испытание впустую».

— Вы играете на фортепьяно, Уитни? — нервно осведомилась герцогиня, пытаясь прервать напряженное молчание.

— Только если хочу оскорбить чей-то слух, — улыбнулась девушка.

— Значит, поете? — в полнейшем отчаянии настаивала герцогиня.

— Да, но совершенно не в тон. Боюсь, Господь не наградил меня слухом.

— Право, мисс Стоун, — процедила Ванесса, — в наше время весьма нечасто встретишь прилично воспитанную девушку, которую не научили играть и петь. Может, поведаете нам о ваших талантах?

— Уитни — законченная кокетка, — вмешался Клейтон, послав девушке испепеляющий взгляд. — Она знает несколько языков и даже способна довольно бегло говорить на них. Хорошо играет в шахматы, плохо — в солитер, прекрасная наездница, особенно если вовремя отобрать у нее хлыст. Хвастается, будто неплохо управляется с пращей, — хотя этого, впрочем, не могу подтвердить, и непревзойденная актриса, свидетелем чего был я сам, и не раз. Я все точно перечислил, Уитни? Ничего не забыл?

— Не совсем, ваша светлость, — мягко возразила Уитни, улыбаясь, хотя жестокие слова Клейтона ранили глубоко. — Думаю, мое умение играть в шахматы заслуживает лучшего эпитета, чем просто «хорошо», а если сомневаетесь в моих способностях стрелять из пращи, буду счастлива продемонстрировать их вам при условии, что вы согласитесь стать моей мишенью, как я только что служила вашей.

Стивен непочтительно громко рассмеялся, а его мать в изнеможении прохрипела:

— Вы часто выезжали с тех пор, как вернулись из Франции?

Уитни боялась поднять голову из опасения встретиться глазами с Клейтоном.

— О да, почти каждый вечер. Хотя никто ни разу не устроил маскарада, а я так их люблю. Кажется, и милорд герцог тоже...

— А свадьбы вы любите? — вкрадчиво осведомилась Ванесса. — Если так, мы будем рады пригласить вас на свою.

И снова гробовая тишина воцарилась за столом. Уитни безуспешно пыталась что-то проглотить, но еда застревала в горле. Она с мучительной мольбой взглянула на Стивена, но тот лишь невозмутимо пожал плечами и поднял брови, указывая на Клейтона. Уитни понимала, что Стивен велит ей продолжать, но не могла. Все кончено. И больше оставаться она не может, хотя нелепо притворяться, что ей неожиданно стало плохо. Она слишком измучена, истерзана этой бесчеловечной пыткой, чтобы задумываться над тем, что все прекрасно поймут причину ее внезапного ухода.

Она сняла с колен салфетку, положила на стол у тарелки и попыталась отодвинуть тяжелый стул, но в этот момент на пальцы неожиданно легла женская ладонь. Герцогиня коротко, ободряюще сжала ее руку жестом, явно говорившим: «Оставайся и доверши все, что начала».

Уитни нерешительно улыбнулась. Поколебавшись, она снова положила салфетку на колени и только тогда осмелилась посмотреть сначала на Клейтона, угрюмо уставившегося в бокал, а потом на Ванессу. Она не могла себе представить, что Клейтон держит в объятиях эту гордую красавицу, осыпает жгучими поцелуями. Лишь одна мысль об этом, вызвавшая гнев и бешеную ревность, заставила Уитни остаться.

— Надеюсь, ты не сердишься на меня за то, что выдала наш секрет посторонним? — Ванесса с виноватой улыбкой дотронулась до руки Клейтона.

— Уверена, что он ничуть не рассердился, мисс Стенфилд, — спокойно перебила Уитни, не отводя глаз от Клейтона. — Все мы иногда делаем глупости, особенно когда влюблены, не так ли, ваша светлость?

— Разве? — возразил Клейтон. — Не замечал.

— В таком случае у вас либо очень короткая, либо слишком услужливая память, — с вызовом ответила Уитни. — Вероятно, вы просто никогда не любили.

Бокал Клейтона со стуком обрушился на стол.

— И что, спрашивается, все это означает?! — выдавил Клейтон.

Уитни мгновенно увяла под ледяной яростью его взгляда.

— Ничего, — тихо солгала она.

Позвякивание столовых приборов постепенно возобновилось. Уитни видела, как судорожно сжимались и разжимались пальцы Клейтона на ножке фужера, и понимала, как сильно он хочет почувствовать под рукой вместо хрустального стерженька ее шею. Прошло несколько минут, прежде чем ее сиятельство, нервно откашлявшись, осведомилась у Уитни:

— Скажите, дорогая, вы нашли Англию сильно изменившейся?

Уитни хотела ответить какой-то банальностью, но в этот момент сообразила, что герцогиня бессознательно предоставила ей благоприятную возможность, в которой так нуждалась девушка. Поскольку Клейтон не собирается позволить ей все объяснить с глазу на глаз, возможно, она сумеет заставить его хотя бы понять кое-что прямо здесь, за столом?

— Да, чрезвычайно, — с чувством ответила Уитни. — Видите ли, вскоре после моего возвращения я узнала, что, пока была во Франции, мой отец заключил от моего имени помолвку с человеком, которого я почти не видела и при встрече даже не узнала.

— Какой ужас, — пробормотала герцогиня, начиная наконец что-то понимать.

— Совершенно верно, особенно еще и потому, что я обладаю довольно странным свойством характера: если мной начинают командовать и требуют безоговорочного повиновения, я мгновенно восстаю, иду наперекор и всячески сопротивляюсь. А мой будущий муж, хотя и оказался по-своему добрым и нежным, ужасно вел себя во всем, что касалось помолвки, свысока и деспотично, словом, так, будто у меня вообще не было права голоса.

— Да, в браках по расчету трудно привыкнуть друг к другу, — согласилась герцогиня. — И что же вы предприняли?

— Обручилась с другим, безвольным идиотом, промотавшим все состояние, — объявил Клейтон сквозь зубы.

— Возможно, но не тираном и диктатором, — парировала Уитни. — И я вовсе не обручилась с Полом.

Оба молчали до тех пор, пока Стивен не выдержал.

— Господи, да не держите нас в напряжении, — засмеялся он. — Что произошло потом?

— Поскольку в Лондоне немало подходящих женихов, — пренебрежительно бросил Клейтон, — мисс Стоун решила посмотреть, скольких она сумеет повергнуть к своим ногам и заставить сделать предложение!

Уитни не смогла вынести подобного тона. Закусив губу, она коротко качнула головой:

— Нет, я была обручена всего с одним человеком, но он так сердит на меня, что не хочет дать возможности объясниться. И уже разорвал помолвку.

— Негодяй! — жизнерадостно заметил Стивен, накладывая себе вторую порцию утки в апельсиновом соусе. — Ну и злобный же он малый! Возможно, даже к лучшему, что вы от него избавились.

— Я... я тоже довольно вспыльчива, — призналась Уитни.

— В таком случае хорошо, что он от вас избавился! — рявкнул Клейтон, зловеще уставясь на младшего брата. —

Стивен, я нахожу, что разговор на подобные темы не только невероятно скучен, но и крайне дурного тона. Я ясно выразился?

Стивен с притворным недоумением пожал плечами и кивнул, но даже он не осмелился вновь сказать что-то.

Слуги разносили все новые блюда, однако из пятерых собравшихся за столом людей лишь Стивен ел с аппетитом. Уитни сказала себе, что еще всего лишь раз, последний, попробует вызвать Клейтона на разговор наедине. Правда, теперь она просто не представляла, как сумеет убедить его, если добьется успеха.

— Стивен задал тебе вопрос, Клейтон, — прошептала Ванесса.

— Что? — буркнул Клейтон, неприязненно оглядывая брата.

— Я спросил, как пришли твои лошади в последних скачках?

— Неплохо, — коротко ответил герцог.

— Неплохо или отлично? — упорствовал Стивен и с легкой улыбкой объяснил Уитни: — Мы заключили пари, что две мои лошади и три Клейтона окажутся первыми. Мои две, как и две Клейтона, выиграли заезды, а вот третья отстала. Это означает, что мой братец проиграл пари и теперь должен мне триста фунтов. — И, многозначительно подмигнув Уитни, пояснил: — Для него не деньги важны, просто не любит признавать, что проиграл. Он не из тех, кто смиряется с поражением.

Клейтон отложил нож и вилку, готовясь безжалостно отчитать Стивена за все совершенные в этот вечер грехи. Однако Уитни, поняв намек, мгновенно отвлекла огонь на себя.

— Странно, что вы так считаете, — удивилась она. — Я обнаружила, что ваш брат готов сдаться без малейшей борьбы. При первой же неудаче выкидывает белый флаг и...

Ладонь Клейтона врезалась в стол с такой силой, что подпрыгнули блюда. Он вскочил из-за стола, рывком отодвинув стул. Щека напряженно подергивалась.

— Мисс Стоун и мне необходимо кое-что сказать друг другу, и лучше с глазу на глаз, — процедил он, швырнув на стол салфетку, и, быстро обойдя кругом стола, встал за спиной Уитни. — Поднимайтесь, — приказал он низким, ужасным голосом, видя, что Уитни словно примерзла к сиденью. Девушка сжалась, но его пальцы больно впились в ее запястье, и Уитни нерешительно подчинилась.

Герцогиня в беспомощном смятении посмотрела на Уитни, но Стивен поднял бокал в приветственном тосте и счастливо заулыбался.

Силой таща Уитни за собой, Клейтон пересек мраморный холл. Проходя мимо входа, он успел крикнуть дворецкому:

— Велите через три минуты подать карету мисс Стоун к подъезду!

И, повернув в боковой коридор, коротко кивнул слуге, распахнувшему дверь роскошного кабинета, уставленного книгами, полускрытыми резными арками полированного дуба. Втянув Уитни в комнату, Клейтон с силой отбросил ее руку и отошел к камину. Он явно старался взять себя в руки и держать в узде нарастающую ярость, но это ему плохо удавалось — во взгляде по-прежнему полыхала неприкрытая ненависть.

Неожиданно его голос разрезал тишину:

— Даю вам ровно две минуты, чтобы объяснить цель этого неожиданного и нежеланного визита. Ну а потом я провожу вас к экипажу и извинюсь за ваш неожиданный отъезд перед матерью и братом.

Уитни с трудом втянула в себя воздух, зная, что всякое проявление страха может быть использовано против нее самой.

— Цель моего визита? — еле слышно переспросила она, лихорадочно отсчитывая про себя бегущие секунды. — Я считала ее вполне очевидной.

— Значит, ошибались!

— Я... пришла... объяснить, почему вела себя так на банкете. Видите ли, — бормотала она, запинаясь и спеша уложиться в отведенное Клейтоном время, — встретив вас в церкви, я думала, что мы все еще помолвлены, и...

Клейтон резанул ее пренебрежительным взглядом.

— Никакой помолвки, — уничтожающе бросил он. — Все кончено! И никогда не должно было начинаться! Признаю, что сама идея насчет обручения оказалась безумной, и проклинаю тот час, когда она пришла мне в голову.

Истерзанная сознанием полной неудачи и собственного поражения, Уитни вонзила ногти в ладони и отчаянно затрясла головой:

— Между нами никогда ничего не начиналось, потому что я не позволяла.

— Ваши две минуты почти истекли.

— Клейтон, пожалуйста, выслушай меня, — в отчаянии взмолилась девушка. — Ты... ты как-то сказал мне, будто хочешь, чтобы я пришла к тебе по доброй воле... что не желаешь холодную... неприступную... жену...

— И?! — в бешенстве вскричал Клейтон.

— И... — дрожащим голосом пробормотала Уитни, — я здесь... По доброй воле.

Клейтон мгновенно застыл, напрягся, как натянутая тетива, как только смысл ее слов проник сквозь броню гнева. Несколько секунд он просто смотрел на нее, стиснув зубы, но тут же прислонился головой к каминной полке и закрыл глаза.

Уитни поняла, что он пытается сопротивляться ей, тихому признанию, нежным словам, тем чувствам, что еще горели в душе. Парализованная страхом, она выжидала, не сводя с него глаз. Но тут веки Клейтона приподнялись. Их взгляды встретились, и Уитни задохнулась от счастья. Она победила! Лицо Клейтона слегка смягчилось! Она победила!

Клейтон взглянул сначала на широкую гладь ковра, разделявшую их, потом на Уитни. Резкость в голосе исчезла, но слова по-прежнему звучали унизительно.

— Я не собираюсь облегчать тебе ни единого шага, — спокойно объявил он.

Расстояние между ними казалось почти непреодолимым, но Уитни сознавала, что, если хочет добиться своего, должна пересечь всю комнату и Клейтон не встретит ее на полпути... потому что даже сейчас не совсем доверяет.

Клейтон, не отрывая глаз, смотрел, как Уитни шла ему навстречу на подгибавшихся ногах. Не дойдя до него совсем немного, она была вынуждена переждать, пока сердце перестанет колотиться, а колени — дрожать. Наконец она приблизилась, готовая каждую минуту рухнуть на пол, и остановилась в дюйме от Клейтона, едва не касаясь его грудью.

Она ждала, склонив голову, но шли минуты, а Клейтон не шевелился. Не выдержав, девушка подняла нефритово-зеленые глаза, сиявшие любовью и покорностью.

— Пожалуйста, — прошептала она с болью, — обними меня... сейчас...

Клейтон потянулся было к ней, замер... но тут же схватил ее за руки, дернул на себя и с безумной силой прижал к груди, жадно припав к нежному теплому рту.

Уитни с приглушенным радостным восклицанием вернула поцелуй, наслаждаясь ощущением его губ на своих.

Обхватив Клейтона за шею, она притянула его к себе, растаяв в его объятиях. Дрожь сотрясла Клейтона, когда Уитни прислонилась к нему, а руки властно сжались на ее спине, бедрах, словно он хотел раздавить ее податливое тело.

— Боже, как я тосковал по тебе! — хрипло прошептал он, стискивая Уитни изо всех сил. При первом нерешительном прикосновении его языка губы Уитни сами собой раскрылись, и Клейтон застонал, погружаясь в сладость ее рта, исследуя его с почти отчаянной настойчивостью, принимая все, что Уитни ему предлагала.

Невыразимая радость пронзила его, радость ощущать Уитни в своих объятиях, упиваться вкусом губ, прильнувших к его губам, нежностью грудей, наполнивших его ладони. Он не мог больше продолжать и боялся остановиться... страшился, что, если отпустит Уитни, она исчезнет и мучительное неудовлетворенное желание снова будет терзать и преследовать его.

Наконец Клейтон поднял голову, но не отпустил Уитни, а прислонился подбородком к ее макушке, ожидая, пока уляжется безумный стук сердца. И Уитни не вырывалась, словно его объятия были единственным местом на земле, где ей хотелось быть.

— Ты согласна выйти за меня замуж? — слегка отстранившись и поглядев в сияющие озера ее глаз, тихо спросил Клейтон.

Уитни кивнула, потому что не могла говорить.

— Почему? — спокойно спросил он. — Почему ты хочешь стать моей женой?

С того момента, как Клейтон заставил Уитни пересечь комнату, не сделав шага ей навстречу, она знала, что он потребует безоговорочной капитуляции, причем именно сейчас. Слезы облегчения так сжали ей грудь, что она не могла говорить.

— Потому что я люблю тебя, — стараясь обрести голос, тихо проговорила она.

Его руки снова сомкнулись вокруг нее с непостижимой силой.

— Да поможет тебе Бог, если солгала, — свирепо предостерег он, — потому что я никогда больше не расстанусь с тобой.

— Я буду счастлива доказать тебе, что не лгу, — прошептала Уитни.

Она заметила, как потемнели от страсти его глаза, когда он нагнул голову. Уитни приподнялась на носки, чтобы поскорее начать доказывать свою любовь. Она целовала его так, как он научил ее, ослабев от счастья, когда он начал отвечать на поцелуи, с жадностью припадая к ее губам, приоткрывая их, пока оба не начали задыхаться. Они прижимались друг к другу все крепче, словно стремясь навечно слиться воедино.

Внезапно Клейтон прервал поцелуи и опустил руки, чтобы прекратить эту пытку, которой подвергал себя, лаская изгибы и впадины обожествляемого им тела, так часто снившегося ему по ночам. Но не в силах справиться, он тут же вновь привлек ее к себе, пальцы запутались в густых тяжелых прядях и начали перебирать их.

— Почему ты заставила меня ждать так долго? — выдохнул Клейтон.

Откинувшись назад, Уитни кивком указала в направлении столовой, где все еще сидела Ванесса.

— А почему ты не мог подождать немного дольше?

— Малышка, — нежно хмыкнул он, — ты единственная женщина в мире, которая в такой момент могла вспомнить о Ванессе.

Лицо Уитни неожиданно стало торжественно-серьезным. И когда она заговорила, Клейтон не смог уловить улыбку, сверкнувшую в ее взгляде:

— Мне нужно кое в чем признаться тебе, и кто знает, как после этого ты будешь ко мне относиться.

— О чем ты? — насторожился Клейтон.

— Я сказала твоей матери правду относительно своих музыкальных талантов!

— Но, возможно, ты поешь лучше, чем играешь? — поддразнил он.

— Боюсь, ничем не смогу порадовать тебя.

— В таком случае тебе придется научиться другим способам доставлять мне удовольствие.

В веселом, почти беззаботном ответе Клейтона Уитни расслышала хрипловатые нотки желания.

Его грудь под тонкой тканью сорочки была теплой и твердой. Припав к ней щекой, Уитни улыбнулась и положила ладонь на то место, где глухо билось его сердце.

— В последний раз, когда мы обсуждали мои недостатки в этой области, ты сказал, что не располагаешь временем для обучения наивной школьницы. Но думаю... если ты все же уделишь мне время... обнаружишь, что я очень способная ученица.

Клейтон долго молчал.

— Возможно, стоит начать с того, чтобы внушить тебе более подходящий ответ, чем тот, который я услышал, когда в последний раз говорил о своей любви? — наконец сказал он.

Уитни счастливо кивнула, но в ее голосе вдруг зазвенели слезы:

— Если ты согласен попробовать еще раз, я докажу, что уже усвоила этот урок.

Вскинув голову, Клейтон пристально взглянул в глаза возлюбленной:

— Я люблю тебя, малышка.

— Я тоже люблю тебя, — шепнула Уитни, застенчиво прикасаясь к его щеке. — Очень люблю.

— Счастье мое, — улыбнулся Клейтон, — ты права, это огромный шаг вперед.

Уитни попыталась улыбнуться в ответ, но Клейтон увидел, как на реснице повисла прозрачная капелька...

— Почему ты плачешь, дорогая? — сжав ладонями ее лицо, встревоженно спросил он.

— Потому что, — всхлипнула Уитни, — до этой минуты я была уверена, что больше никогда не услышу от тебя этих слов.

Полустон-полусмех вырвался из груди Клейтона:

— О, малышка, я полюбил тебя с той ночи, когда мы играли в шахматы у меня дома, и после того, как ты поклялась, что в жизни не назовешь мужчину своим повелителем, а меня объявила холодным, расчетливым, коварным негодяем за то, что я выиграл.

Клейтон не подозревал, что полюбил Уитни с того момента, как она, смеясь, рассказала ему историю о девочке, подсыпавшей перец в табакерку учителя музыки.

В дверь тихо постучали. В кабинет вошел Стивен и ехидно ухмыльнулся брату, который с видом собственника обнял Уитни за талию и прижал к себе.

— Прошу прощения, дорогой братец, но твое отсутствие крайне усложняет обстановку в соседней комнате.

— Ужин закончился? — недовольно спросил Клейтон.

— Давным-давно, — подтвердил Стивен. — И Ванесса весьма недружелюбно относится к моим попыткам просветить ее в вопросах, касающихся ухода и кормления скаковых лошадей.

— Стивен, ваш брат оказался в затруднительном положении, — улыбнулась Уитни, слегка поворачиваясь в объятиях Клейтона. — Дайте вспомнить... как он изложил это... ах да: у него всего две руки, и обе заняты.

Стивен задумчиво нахмурился, но тут же кивнул с видом человека, только что решившего запутанную проблему:

— У меня тоже две руки, но ни одна из них никому не обещана, мисс Стоун!

— Стивен, — с напускной строгостью заметил Клейтон, — советую не испытывать предела братской любви и не переходить границы больше, чем ты уже сделал. Я намереваюсь «освободить» одну руку, после того как провожу Ванессу домой сегодня вечером.

— Мне тоже нужно ехать, — вздохнула Уитни, неохотно высвобождаясь из объятий Клейтона и поправляя платье. — К тому времени, как я доберусь до дома Эмили, совсем стемнеет.

— Ты, любовь моя, шага не сделаешь из этого дома. Я немедленно пошлю слугу к Арчибалдам за твоими вещами, и он сообщит им, что ты вернешься через неделю. Ни днем раньше.

Уитни прекрасно поняла, что Клейтон не хочет ее отпускать из-за необъяснимой перемены в ее поведении на банкете, и, поскольку сама всем сердцем хотела остаться, с покорной улыбкой подчинилась его приказу.

Присев на край письменного стола, Клейтон пристально следил за тем, как Уитни пишет Эмили записку. Она заверила подругу, что вдовствующая герцогиня сейчас находится в Клейморе, следовательно, все приличия будут соблюдены, и попросила прислать Клариссу с вещами.

«На этот раз, — добавила она в постскриптуме, — я разошлю приглашения. Это адресовано тебе — не согласишься ли стать подружкой невесты? Я очень тебя люблю. Уитни».

Клейтон взял у нее записку и, ничуть не смущаясь присутствия брата, поднял Уитни и припал к ее губам долгим нежным поцелуем.

— Я вернусь часа через два, может, немного задержусь. Ты подождешь меня?

Уитни кивнула, но, когда Клейтон пошел к выходу, отвернулась, рисуя пальцем замысловатый узор на сверкающей лаком столешнице красного дерева.

— Клейтон, — тихо позвала она со слезами в голосе, — когда Ванесса расспрашивала меня сегодня о моих талантах, я забыла упомянуть еще один. И... и этот талант... так великолепен и огромен, что возмещает отсутствие всех остальных.

Стивен и Клейтон с улыбкой переглянулись, и ни один не расслышал, что девушка задыхается от переполнявших ее чувств.

— И в чем же заключается твой великий талант, малышка? — спросил Клейтон.

Девушка спрятала лицо в ладонях. Плечи ее затряслись.

— Я заставила тебя полюбить меня, — прерывающимся голосом пробормотала она. — Сама не знаю, какими средствами и способами, но я действительно сделала так, что ты полюбил меня.

Смешливые искорки в глазах Клейтона мгновенно растаяли, сменившись таким неподдельно гордым выражением, что Стивен потихоньку закрыл за собой дверь, оставив влюбленных наедине.

Клейтон вошел в гостиную, чтобы объясниться с Ванессой и доставить ее домой. Заметив брата, он благодарно улыбнулся.

— Стивен, не спускай с нее глаз! — кивнув на двери кабинета, с тихим смехом попросил он.

Пока Клейтон провожал Ванессу, Уитни сидела напротив Стивена в кабинете, пытаясь подавить внезапно охватившее ее смущение из-за случившегося сегодня вечером. Наконец она сложила руки на коленях и взглянула Стивену прямо в глаза:

— Скажите, почему вы уговорили меня остаться на ужин при том, что Клейтон явно не желал меня видеть? Что заставило вас помочь мне, ведь я могла оказаться всего-навсего очередной женщиной, которая хотела завлечь в сети...

— Я знаю, что вы не просто очередная женщина, — поправил Стивен. — Ваше имя Уитни, и у вас зеленые глаза. И несколько недель назад, в одну бурную ночь, мой брат, мертвецки пьяный, не мог говорить ни о ком другом.

Два часа спустя Клейтон ворвался в салон, и Стивен сухо заметил:

— Полагаю, лорд Стенфилд был не в самом лучшем настроении, когда ты уезжал?

— Он проявил достаточно сдержанности и благоразумия, — коротко ответил Клейтон, садясь рядом с Уитни, и с обычной элегантной небрежностью, презирая все приличия, обнял ее за плечи и привлек к себе. — По-моему, вы оба устали после утомительной поездки сегодня утром и давно хотите спать? — бросив многозначительный взгляд на мать и брата, не слишком вежливо намекнул он.

— Боюсь, на меня подействовала не столько поездка, сколько совершенно другие обстоятельства, — смеясь, заметила герцогиня, но учтиво пожелала присутствующим доброй ночи.

Однако от Стивена оказалось не так легко отделаться. Развалившись в кресле, он скрестил руки на груди и объявил:

— Лично я ничуть не устал, братец. Кроме того, мне не терпится услышать о свадебных приготовлениях. — И, не обращая внимания на угрожающий взгляд Клейтона, он выжидающе посмотрел на Уитни. — Ну? Так когда настанет этот великий день?

Клейтон вздохнул, смирившись с присутствием Стивена, и улыбнулся Уитни:

— Сколько времени тебе потребуется на подготовку, любимая?

Глядя в эти неотразимо притягивающие к себе глаза цвета осеннего неба, Уитни подумала, что скорее предпочла бы вновь оказаться в его объятиях, ощутить прикосновение губ, чем обсуждать свадебные планы, но выхода не было, пришлось терпеть расспросы Стивена.

— Наверное, будет много приглашенных? — нерешительно спросила она, вспомнив о титуле Клейтона и огромном количестве его знакомых и приятелей.

— Очень много, — подтвердил Клейтон.

— В таком случае потребуется немало времени, чтобы все распланировать, отдать распоряжения, выбрать платья... на одни только примерки уйдет целая вечность. Нужно еще написать и разослать приглашения, получить ответы... — Девушка даже задохнулась от перечисления предстоящих дел. — Кстати, сколько гостей должно быть?

— Не меньше пятисот — шестисот, — сообщил Клейтон.

— Скорее, около тысячи, если, конечно, не захочешь оскорбить половину высшего света и рассориться с родственниками, — уточнил Стивен, улыбаясь при виде потрясенной Уитни, и, решив ее успокоить, добавил: — Герцоги Уэстморленды всегда венчаются в церкви и празднуют свадьбу здесь, в Клейморе. Это древняя традиция, и все о ней знают, поэтому нет нужды волноваться, никому не покажется странным, что банкет будет дан в доме Клейтона, а не в вашем.

— Всегда венчаются в церкви и празднуют здесь? — повторила Уитни, с видом обвинителя глядя на усмехающегося жениха. — Подумать только, что ты угрожал похитить меня и увезти в Шотландию!

— Этот обычай, мадам, — хмыкнул Клейтон, обводя пальцем нежные контуры ее лица и приподнимая указательным пальцем подбородок, — ведет начало от того времени, когда первый герцог Клеймор похитил свою невесту из родительского замка, находившегося в нескольких днях путешествия от Клеймора. На пути сюда стоял монастырь, и, поскольку считалось, что мой предок скомпрометировал девицу, один из монахов изъявил готовность обвенчать их, несмотря на колебания дамы. Пиршество устроили здесь,

потому что разъяренные родственники новобрачной не желали праздновать в своем доме событие, которое в то время
считали скорее поводом для драки. — Улыбка Клейтона
стала еще шире. — Поэтому, как видишь, если бы я увез
тебя в Шотландию и, женившись на тебе, привез обратно,
то это означало бы, что мы свято последовали традиции.

Удовлетворившись объяснениями, Уитни вернулась к вопросу о том, сколько времени потребуют приготовления.

— Свадьба Терезы Дю Вилль была не такой пышной, но и
то потребовался год, чтобы все...

— Нет! — решительно прервал Клейтон. — Категорически нет.

— Шесть месяцев? — пошла на компромисс Уитни.

— Шесть недель, — твердо поправил Клейтон.

Однако повелительный тон ни в малейшей степени не подействовал на Уитни.

— Но если приглашенных будет так много, даже за полгода можно едва-едва...

Клейтон заговорщически подмигнул брату.

— Хорошо, — вздохнул он, — даю тебе восемь.

— Восемь месяцев, — печально покачала головой Уитни, —
времени почти не остается, хотя этот срок кажется целой
вечностью...

— Восемь недель, — безапелляционно пояснил ее жених. —
И ни днем больше. Моя мать поможет тебе, как, впрочем, и
Хаджинс. В твоем распоряжении будет столько людей, сколько
понадобится. Восемь недель — даже больше, чем нужно.

Уитни с сомнением взглянула на него, но поскольку тоже не
испытывала желания ждать восемь месяцев, то в конце концов
согласилась.

Клейтон продолжал сидеть, не снимая руки с плеча Уитни,
и дружелюбно болтал со Стивеном, но когда девушка не ответила на шутливое замечание, а голова ее неожиданно склонилась к нему на грудь, он опустил глаза и заметил, что длинные
ресницы темными стрелами лежат на ее щеках.

— Она спит, — тихо объяснил Клейтон и, осторожно отодвинув девушку, взял ее на руки. — Ты слишком переволновалась, родная, — тихо сказал он, видя, что Уитни, сонно пробормотав что-то, покрепче прижалась к нему. — Стивен, подожди меня здесь. Мне нужно кое-что сказать тебе.

Несколько минут спустя, позвав горничную и распорядившись, чтобы Уитни уложили в одной из спален для гостей, Клейтон спустился в салон и плотно прикрыл за собой дверь. Не успел он обернуться, как брат сунул ему в руку бокал с бренди и в молчаливом тосте поднял свой.

— Мне нужно задать тебе два вопроса, — спокойно сказал Клейтон, когда оба уселись.

Стивен улыбнулся и вытянул длинные ноги, устраиваясь поудобнее.

— Я почему-то ожидал этого, ваша светлость.

— Откуда ты узнал, что значит для меня Уитни?

— Сам сказал. В ту ночь в Гренд-Оук, когда мы допились почти до бесчувствия, ты все выложил, даже то, что у нее зеленые глаза.

Наклонившись вперед, Клейтон задумчиво уставился в бокал.

— И что же я рассказал тебе тогда?

Стивен хотел было солгать, что, несомненно, было милосерднее, но отказался от этой мысли, заметив устремленный на него проницательный взгляд брата.

— Все! — выдохнул он. — Все, включая то, как ужасно ты поступил с ней. Поэтому, когда она появилась сегодня, уверенная, что ты получил записку, которая, конечно, попала в руки Хаджинса, я решил, что, поскольку ты так и не утешился, потеряв ее, сделаю все, чтобы вернуть тебе девушку.

Клейтон согласно кивнул.

— У меня остался всего один вопрос, — мрачно объявил он.

— Ты уже задал два, — небрежно заметил Стивен.

Но Клейтон, пропустив замечание мимо ушей, тихо, серьезно сказал:

— Я хотел бы знать, чем могу отблагодарить тебя за все?..

— Кошелек или жизнь? — вопросил Стивен, приняв позу, по его мнению, лучше всего подобающую настоящему разбойнику с большой дороги.

— Тебе стоит только попросить, — спокойно отозвался Клейтон.

Уже было совсем поздно, когда он наконец лег в постель, подложив руки под голову и глядя в потолок, до сих пор не в силах поверить, что Уитни здесь. После долгого жестокого сопротивления, бесконечных обид и взаимного непонимания она сама явилась сегодня, пытаясь вернуть то, что было между ними.

Он вспомнил, как она вызывающе глядела на него, словно призывая его осмелиться отрицать, что он все еще хочет ее. И Клейтон улыбнулся в темноте, снова и снова представляя, как она направляется к нему через всю длинную комнату: голова высоко поднята, глаза сияют любовью и преданностью. Это воспоминание, единственное воспоминание о том, как она шла к нему, отбросив гордость во имя любви, останется в его сердце до конца дней. Ничто на свете не могло значить для Клейтона больше.

Завтра он попытается добиться объяснения, почему отношение Уитни к нему на банкете так разительно изменилось после всего, что произошло в церкви. Нет, поправил он себя с насмешливой улыбкой, он *попросит* объяснения: мятежная красавица, спящая сейчас в дальнем конце коридора, скорее готова ответить на вопрос, чем на требование.

Глава 30

Уитни пробудилась от глубокого сна и приоткрыла глаза, не желая расставаться с волшебными видениями. Однако она тут же поняла, где находится, и узнала Мэри, рыжеволосую горничную, которая так помогла ей в прошлый раз.

— Хозяин вот уже целый час бродит внизу, не спуская глаз с лестницы, — весело сообщила Мэри своим певучим голосом с ирландским акцентом. — Он велел передать вам, что день выдался необычно теплым и можно поехать кататься верхом.

— Этот человек воображает себя королем Англии! — раздраженно проворчала Кларисса, врываясь в комнату и поправляя сбившийся чепчик. — Решил, что хочет жениться на моей крошке, и нас немедленно отправляют домой из Франции. Хочет поехать на бал, и мы должны мчаться в Лондон! Сегодня же ему пришло в голову кататься, и меня вытаскивают из постели на рассвете и везут сюда вместе с вашими вещами! На рассвете, — возмущенно повторила она, сдергивая одеяла с Уитни, — когда все порядочные люди третий сон видят.

— О, Кларисса, — рассмеялась Уитни, вставая, — я ужасно тебя люблю!

Она наспех приняла ванну и надела амазонку янтарного цвета, которую Кларисса успела положить в сундук. Спеша поскорее увидеть Клейтона и убедиться, что он не жалеет о прошлой ночи, девушка перевязала волосы лентой и выбежала из комнаты. Однако, очутившись на балконе, она остановилась. Клейтон дожидался ее у подножия лестницы; неяркие лучи осеннего солнца, проникающие сквозь стеклянный потолок, освещали его темные волосы. Одетый в простую замшевую рубашку с глубоким треугольным вырезом и облегающие бриджи для верховой езды цвета черного кофе, он выглядел богом, и голова Уитни пошла кругом от восторга и счастья.

Клейтон молча наблюдал, как Уитни спускается к нему по широкой лестнице. Неужели она раскаивается, что пришла к нему вчера? Или уже ненавидит его за то, что принудил идти к нему через всю комнату?

Но в этот момент Уитни, стоя на последней ступеньке, застенчиво улыбнулась, заглянув в его настороженные глаза.

— Ужасно стыдно, — призналась она тихо, — когда точно знаешь, что все будут говорить лишь о том, насколько жених красивее невесты.

Клейтон, не в силах совладать с собой, схватил ее в объятия, притиснул к груди и зарылся лицом в благоухающие пряди.

— Господи, — хрипло прошептал он, — смогу ли я выдержать целых восемь недель, чтобы сделать тебя своей?

И, почувствовав, как она мгновенно застыла, понял, что Уитни сжалась в страхе при мысли о той ужасной ночи, когда он почти силой овладел ею. Клейтон задумчиво улыбнулся — по крайней мере у него есть восемь недель, чтобы целовать и ласкать ее, восемь недель, до той минуты, когда его желание наконец будет удовлетворено, но за это время она тоже поймет, как хочет его, убедится, что он никогда в жизни не причинит ей больше боли. И в брачную ночь, даже охваченная страхом, Уитни доверится ему и позволит любить себя. И тогда он покажет ей, как это должно происходить на самом деле и что значит для них обоих. Она потеряет голову от желания, прильнет к нему и станет извиваться под его телом в сладостном стремлении к полному слиянию.

— Ты хочешь осмотреть поместье? — спросил он, как только они позавтракали.

— Очень! — с радостью согласилась Уитни.

День выдался на редкость теплым и солнечным. Влюбленные рука об руку направились на прогулку по огромным паркам, любуясь ухоженными цветочными клумбами в виде геометрических фигур.

Садовники и их помощники, собиравшие хворост и листья и сжигавшие их на костре, почти не обратили внимания на молодых людей. Но когда какое-то замечание дамы заставило герцога громко рассмеяться и стиснуть ее в объятиях, работники обменялись понимающими взглядами, прежде чем вернуться к своим занятиям.

Уитни шла рядом с Клейтоном, пытаясь представить, как великолепно выглядят сады и парки весной, когда появятся листья и распустятся цветы, осыпающиеся на широкие аллеи и окутывающие белые железные скамьи ало-розовым покрывалом.

Они свернули и направились вдоль берега глубокого озера к беседке с изящными колоннами, выстроенной на небольшом возвышении. Пришлось обойти едва ли не все озеро, прежде чем они добрались до беседки. Уитни таяла от блаженства, ощущая крепкое пожатие теплой руки Клейтона. Какое счастье быть рядом с ним, не мучаясь тем, что их разделяют невидимые барьеры, знать, что так будет всегда!

Она взглянула на ярко-синее небо с белыми пушистыми облачками и решила, что сегодня лучший день в ее жизни.

Вид из беседки на озеро и окружающую местность был поистине великолепным. Уитни прислонилась к белой колонне, наслаждаясь чудесной панорамой. Она прекрасно понимала, что Клейтон привел ее сюда, потому что хотел скрыться от любопытных глаз, однако продолжала стоять на самом виду, намеренно оттягивая момент, когда они войдут внутрь и он обнимет ее...

Клейтон неожиданно вырос перед ней и оперся руками о колонну по обе стороны от Уитни. Взяв ее в плен и весело блестя глазами, он медленно наклонил голову.

— Будь по-твоему, — пробормотал он шутливо, — я не застенчив, так что мне совершенно все равно, где целовать тебя — там или здесь.

Когда он наконец отстранился, Уитни трясло от пробудившегося желания.

— Клейтон, — прошептала она, — я...

Но он перебил ее низким тихим голосом:

— Я люблю, когда ты зовешь меня по имени. Я так отчаянно хочу тогда обнять тебя, ощутить во рту твой сладостный язычок, ласкать твои груди и чувствовать, как соски гордо поднимаются и колют мою ладонь.

Уитни прерывисто вздохнула и опустила глаза, но не прежде, чем Клейтон заметил огоньки, сверкавшие в нефритовых глубинах, и легкий персиковый румянец, окрасивший нежные щеки. Он улыбнулся про себя. Она может бояться его ласк, но по-прежнему остается страстным, чувственным созданием. И скоро забудет о своих страхах.

Клейтон взглянул поверх ее плеча на беседку. Как бы он ни хотел вновь припасть губами к манящему рту Уитни, их непременно увидят. Раздраженный невозможностью уединиться, он обвел глазами горизонт и увидел на западе поросший лесом гребень. Там их никому и в голову не придет искать.

— Твои леса? — спросила Уитни, проследив за направлением его взгляда.

— Часть лесов, — улыбнулся Клейтон. — Оттуда открывается лучший вид во всей окрестности. Мы сейчас поскачем туда. Но не ради вида, — добавил он про себя и, повернувшись, тоже оперся о колонну, наслаждаясь идеальным профилем Уитни.

С этими локонами, стянутыми широкой бархатной лентой, она напоминала Клейтону маленькую девочку, которой пристало носить белые чулки и платьице с оборками и сидеть на качелях, пока мальчики спорят о том, кому выпадет честь их раскачивать. Но на этом сходство кончалось — не было ничего детского в соблазнительных изгибах изящной фигурки, обтянутой янтарной амазонкой.

Клейтон нехотя обратился мыслями к менее приятным вещам.

— Нам необходимо выяснить кое-что и как можно скорее, чтобы похоронить и навеки забыть прошлое.

Уитни отвернула голову, но Клейтон негромко добавил:

— Думаю, тебе уже известно, о чем я хочу спросить.

Уитни не сомневалась, что он хочет получить объяснение ее поступку на банкете в день свадьбы Элизабет, и, глубоко вздохнув, кивнула.

— Понимаешь, когда мы увиделись в церкви, я считала, что все еще помолвлена с тобой, и не знала, что тебя пригласила Эмили. Я подумала, что ты пришел специально, чтобы увидеть меня...

Она в нескольких словах рассказала ему всю историю, не пытаясь скрыть боль и гнев, которые испытала, распечатав конверт. Клейтон слушал не перебивая и, дождавшись, пока она закончит, спросил:

— Что побудило тебя приехать сюда вчера, если ты так сильно меня возненавидела?

— Эмили заставила меня понять, как неверно я судила о тебе.

— Что, — встревоженно спросил Клейтон, — Эмили Арчибалд знает о нас?

— Все, — еле слышно призналась Уитни и, заметив, как поморщился Клейтон, нерешительно спросила: — А теперь могу я спросить у тебя кое-что?

— Все, что угодно, — торжественно поклялся Клейтон.

— Все, что в твоих силах и в пределах разумного? — пошутила Уитни.

— Все, что угодно, — твердо, хотя и с улыбкой повторил он.

— Почему ты так ужасно поступил со мной? Что заставило тебя подумать, будто я... я отдалась Полу?

Вновь охваченный презрением к себе, Клейтон коротко ответил.

— Но как ты мог поверить Маргарет, зная, что она всей душой ненавидит меня?

Уитни метнула на Клейтона осуждающий, полный боли взгляд, но, поняв, что лишь еще больше терзает его воспоминаниями о страшной ночи, поспешно поцеловала в губы.

— Это больше не имеет значения.

— Имеет! — резко возразил Клейтон. — Но я сделаю все, чтобы загладить свою вину. — И с улыбкой, смягчившей его словно вырубленные из камня черты, предложил: — Давай посмотрим лучше, как ты сумеешь справиться с моей любимой кобылой. Мы поскачем к тому гребню.

Вид с вершины гребня действительно оказался впечатляющим. Пока Клейтон привязывал лошадей, Уитни стояла неподвижно, глядя на заросшие деревьями долины, пытаясь представить, как они будут выглядеть летом, покрытые зеленой листвой или переливающиеся золотисто-красными оттенками осени.

— Нам есть еще чем наслаждаться, кроме пейзажа, миледи, — хрипловато заметил Клейтон. — Подойди сюда, и я покажу тебе.

Уитни обернулась и увидела, что Клейтон сидит под деревом, опершись о ствол. В глазах его горело чувственное пламя, и озноб страха пробежал по спине девушки. Она так хотела оказаться в его объятиях, таять под жаркими поцелуями, но подозревала, что у Клейтона на уме не только это. Ведь она уже была в его постели, и он может посчитать, что совсем не обязательно дожидаться венчания.

Однако Уитни была уверена, что свадьба — необходимое и непременное условие их совместной жизни, и, кроме того, чувствовала, что вполне может обойтись без интимных отношений. Но, к сожалению, придется довольствоваться лишь восьминедельной передышкой, после чего ей вновь придется исполнять мучительные, унижающие супружеские обязанности.

Не решаясь высказать все эти мысли Клейтону, она обернулась лицом к долине и попыталась отвлечь его:

— А мы можем поехать туда?

— Можем, — согласился он, — только как-нибудь в другой раз.

— А почему не сейчас? — умоляюще пробормотала Уитни.

— Потому что сейчас я хочу тебя поцеловать, — просто объяснил он.

Уитни с недоверием уставилась на Клейтона и облегченно вздохнула:

— Ты хочешь только поцеловать меня? То есть не попытаешься...

— О, дорогая, иди скорее сюда, — тихо рассмеялся Клейтон, заметив, что девушка залилась краской. — Это все, чего я хочу. — «Это все, что я собираюсь сделать», — мысленно поправился он.

Просияв от радости, Уитни шагнула к нему и села рядом, но Клейтон взял ее за руки и притянул к себе на колени.

— Вид отсюда лучше, если сядешь повыше, — пошутил он, крепко обнимая невесту.

Она без лишних просьб подняла голову, и Клейтон едва дотронулся губами до виска, поцеловал гладкий лоб и щеки, закрыл ее глаза губами, опасаясь испугать своим пылом, но удивленно отстранился, услышав приглушенный смех.

— Плохо целитесь, милорд герцог, — объявила Уитни, лучась от счастья. — Если ваше зрение не улучшится, придется мне купить вам лорнет.

— Ты и на это способна, — проворчал Клейтон, впиваясь губами в ее губы.

Ее руки скользнули по его груди, сомкнулись на затылке, и сердце Клейтона неудержимо забилось. Губы Уитни чуть приоткрылись, и желание пронзило его огненной стрелой, а когда ее язык нерешительно скользнул ему в рот, Клейтон окончательно потерял самообладание и начал осыпать ее требовательными, яростными поцелуями. Уитни застонала, отвечая такими же бурными ласками. Его язык мучил и терзал ее сладостной пыткой, то проникая глубоко в рот, то исчезая, пока она не начала отвечать ему, повинуясь древнему инстинкту.

Клейтон расстегнул ее жакет и начал сжимать упругие мячики грудей; большие пальцы обводили мгновенно затвердевшие соски. Эти обольстительные груди ожили в его ладонях, подрагивая, пульсируя, и тихий стон наслаждения вырвался у Уитни, отдаваясь эхом в ушах Клейтона.

Его руки скользнули вниз по плоскому животу девушки, стройному бедру в поисках места, где без мешающих юбок можно было раздвинуть ее длинные ноги и медленно, осторожно ласкать набухший бутон, пока эта прекрасная трепещущая плоть не растает от желания, а испуганная красавица в объятиях Клейтона не захочет его так же сильно, как он ее.

Продолжая терзать ее губы, Клейтон потянулся к подолу янтарной амазонки, но рассудок взял верх, и он отчаянным усилием воли поднял голову и разомкнул руки Уитни, обхватившие его. Он тяжело дышал, кровь стучала в ушах, билась в виски, а внутри буйствовало сладострастное пламя. Боясь испугать Уитни слишком явным свидетельством своего желания, Клейтон снял ее с колен и, набрав в легкие воздуха, медленно выдохнул. Уитни наблюдала за ним с выражением недоумения и тревоги. Клейтон улыбнулся, сознавая, что собственное тело неожиданно предало его.

— Малышка, — с сожалением объяснил он, — если ты не собираешься довести меня до безумия, боюсь, мы не можем больше продолжать в этом роде.

Глаза Уитни ошеломленно раскрылись, превратившись в огромные озера, когда смысл его слов дошел до нее. Она резко дернулась и попыталась было отстраниться, но Клейтон снова прижал ее к груди.

— Нет, — тихо попросил он, — побудь еще немного со мной. Я хочу лишь держать тебя в объятиях, и ничего больше.

Уитни с радостью подчинилась.

— Этот гребень — граница твоих владений? — спросила она, когда позже они направились к стреноженным лошадям.

Клейтон с немного оскорбленным видом пояснил:

— Нет, границы гораздо дальше.

— Сколько же у тебя земли? — спросила Уитни, заметив его слегка обиженное выражение лица.

— Почти сто двенадцать тысяч акров.

Девушка охнула. Ее очевидное потрясение что-то напомнило Клейтону, и он резко остановился.

— Кстати, ты действительно находишь мой дом «убогим»? — спросил он, смеющимися глазами разглядывая невесту.

— Я сказала «унылый», — лукаво улыбнулась Уитни. — «Убогий» — твое слово. И дом просто великолепен — в точности как ты.

Для человека, ожидавшего два месяца, пока Уитни назовет его по имени, услышать за одно утро из уст невесты, что он красив и великолепен, стало еще одной веской причиной для очередного долгого, страстного поцелуя.

Стоя у широкого окна, выходящего на боковые газоны, герцогиня и Стивен наблюдали, как Уитни и Клейтон, держась за руки, идут к дому.

— Они просто чудесная пара, не находишь? — радостно заметила герцогиня.

— Да, родная, — понимающе хмыкнул Стивен. — И ты не успеешь оглянуться, как окажешься бабушкой целой дюжины прекрасных внучат.

— Стивен, как тебе не стыдно!

— Почему это? Мне кажется, лучше этого ничего быть не может!

Мать с видом человека, чье терпение подвергается жестоким испытаниям, посмотрела на сына, но улыбка его была настолько обезоруживающей, что она не выдержала и расхохоталась.

— Я хотела сказать, бессовестный мальчишка, что Уитни замечательная девушка и сделает твоего брата самым счастливым человеком на земле!

— Совершенно верно, — согласился Стивен, выглядывая из окна.

Уитни, спокойно шагавшая рядом с Клейтоном, неожиданно отпрянула, засмеялась, что-то быстро проговорила и бросилась бежать. Двумя прыжками Клейтон догнал девушку, перекинул через плечо, словно мешок с мукой, и направился к дому. Уитни брыкалась и вырывалась, пока он наконец не опустил ее на землю. Она, не пытаясь больше бежать, покорно пошла следом.

— Кажется, все улажено, — усмехнулась герцогиня.

— Не рассчитывай на это, — хмыкнул Стивен.

И Уитни тут же обогнала Клейтона шага на четыре, а потом повернулась и мгновенно исчезла из виду. На этот раз, вместо того чтобы гнаться за ней, Клейтон облокотился о дерево, скрестил руки на груди и что-то крикнул. Уитни тут же оказалась рядом и бросилась ему на шею.

— Вот теперь все улажено, — сообщил Стивен. — Напомни спросить Уитни, есть ли у нее сестра, — задумчиво добавил он.

— Вообразить только! Стивен, последние пять лет половина маменек в Лондоне пытаются подсунуть тебе своих дочерей! Не могу понять, почему ты еще не выбрал жену и...

Она осеклась, словно пораженная громом.

— Кажется, Уитни сказала, что у нее есть троюродная сестра.

Ленивая, совсем как у брата, улыбка, и такая же губительная для женского сердца, осветила лицо Стивена.

— Если она хотя бы немного похожа на Уитни, я немедленно женюсь на ней и подарю тебе столько внуков, сколько ты захочешь.

— Ты, видимо, шутишь! — охнула герцогиня за обедом, когда Клейтон объявил о своем намерении обвенчаться через восемь недель.

— Вовсе нет, — заверил старший сын и, поцеловав Уитни в лоб, добавил: — Предоставляю вам обеим уладить все детали. — Он направился к двери, оставив мать и Уитни в отчаянии глядеть друг на друга, но в какой-то момент, пожалев их, обернулся: — Составьте список всего, что необходимо сделать, и передайте Хаджинсу. Он славится своими способностями улаживать самые сложные проблемы в самое короткое время.

— Но кто этот Хаджинс? — удивилась Уитни. — Никогда его не видела.

— Секретарь Клейтона. И настоящий мудрец, — вздохнула герцогиня. — Он знает, как воспользоваться магией имени Клейтона, и все будет готово за восемь недель, но я так надеялась получить больше времени для балов и приемов и...

Ее речь была прервана Клейтоном.

— Ну, леди, готов список? — просунув голову в дверь, с хитрой улыбкой осведомился он.

Глава 31

Леди Энн Джилберт приехала на следующее утро, как только получила записку племянницы, обрадованная, что может помочь с приготовлениями к свадьбе. Между ней и герцогиней почти мгновенно возникла самая сердечная дружба.

Для Уитни последующие четыре дня промелькнули словно в тумане, наполненном теплом, ласковыми, нежными улыбками, прикосновениями рук, близостью любимого и счастьем побыть в объятиях друг друга.

Герцогиня оказалась права: ни одна модистка, ни один хозяин лавки не отказался выполнить просьбу секретаря герцога за невероятно короткий срок, несмотря на то что все они были завалены заказами на предстоящий сезон. Зачастую сами владельцы, услышав о долгожданном событии, спешили прибыть к будущей герцогине с коробками образцов и выкроек — все стремились иметь право заявить, что принимали участие в подготовке к свадьбе года.

Однако на пятый день лакей передал Уитни приказ, состоящий всего из нескольких слов:

— Его светлость желает видеть вас в своем кабинете, и немедленно.

Пытаясь превозмочь дурное предчувствие и задушить стиснувший сердце страх, Уитни поспешила пересечь холл, кивнула представительному человеку с большим плоским продолговатым футляром под мышкой и вошла в кабинет Клейтона. Закрыв за собой дверь, она чуть присела, подражая забитой, перепуганной насмерть служанке, и шутливо спросила:

— Ваша светлость звонили?

Клейтон стоял у письменного стола и молча, очень серьезно смотрел на нее.

— Что-то... что-то случилось? — еле слышно выдохнула Уитни.

— Нет. Подойди сюда, пожалуйста, — мягко, но с непривычной торжественностью в голосе ответил Клейтон.

— Клейтон, что с тобой? — встревожилась Уитни, бросаясь к нему. — Что...

Клейтон крепко сжал ее в объятиях.

— Ничего не произошло, — пробормотал он, странно запинаясь. — Просто скучал по тебе. — И, продолжая обнимать ее одной рукой за талию, взял со стола маленькую бархатную коробочку. — Сначала я подумывал насчет изумруда, — признался он все так же мягко и серьезно, — но блеск твоих глаз затмил бы его. Поэтому я выбрал вот это.

Он нажал на пружинку, и крышка коробочки откинулась. Великолепный бриллиант послал в потолок сноп радужных огней.

Уитни с трепетным благоговением уставилась на кольцо.

— Никогда не видела ничего...

Она не смогла договорить: слезы бесконечного счастья покатились по щекам. Взяв ее руку, Клейтон надел кольцо на средний палец. Уитни смотрела на первое ощутимое доказательство ее принадлежности Клейтону и не могла наглядеться. Теперь они навеки нерасторжимо связаны, и пусть весь свет увидит кольцо и узнает это.

Больше она не Уитни Элисон Стоун, дочь Мартина Стоуна, племянница лорда и леди Джилберт. Теперь она невеста и будущая жена герцога Клеймора. За одно мгновение она потеряла свое имя и обрела новое. Уитни хотелось сказать Клейтону, что он сделал ей чудесный подарок и она боготворит его, но смогла лишь прошептать:

— Я люблю тебя.

Слезы полились по щекам неудержимым потоком, и Уитни поспешила спрятать лицо на груди Клейтона.

— Это от счастья, — пробормотала она, когда он вновь обнял ее, пытаясь успокоить.

— Знаю, малышка, — сказал он, терпеливо дожидаясь, пока буря эмоций утихнет.

Наконец Уитни отстранилась, смущенно улыбаясь, и вытянула руку, чтобы полюбоваться сверкающим великолепием огромного бриллианта.

— Это самая чудесная вещь, которую я когда-либо видела, — выдохнула она, — если не считать тебя.

Волна желания охватила Клейтона при этих словах, и он уже наклонил голову, чтобы завладеть ее губами, но тут же одернул себя — есть пределы и его самообладанию, и они уже почти истощились.

— Мадам, надеюсь, у вас не войдет в привычку плакать каждый раз, когда я буду дарить вам драгоценности, — с шутливой строгостью заметил он, — иначе придется послать за ведрами, чтобы собирать ваши слезы, особенно когда вы увидите фамильные украшения.

— Разве это кольцо не из их числа?

— Нет. Герцогини Уэстморленд никогда не носили обручальных колец, принадлежавших до них другим. Однако венчальное кольцо — семейная реликвия.

— Существуют ли еще какие-нибудь традиции Уэстморлендов? — спросила Уитни, лучезарно улыбаясь.

Клейтон, не выдержав, стиснул ее в объятиях и жадно припал к губам.

— Мы можем стать основателями новой, — многозначительно прошептал он. — Скажи, что хочешь меня.

Он с мучительной нежностью пил нектар с ее губ.

— Я люблю тебя, — ответила Уитни.

Клейтон почувствовал, как напряглось ее тело и она еще теснее прижалась к нему.

— Знаю, малышка, что ты меня любишь, — кивнул он, приподнимая ее подбородок. — Но ты еще и хочешь меня! — с тихим понимающим смехом заметил он, отстраняясь.

Уитни вспомнила, что тетя и портнихи ждут ее в соседней комнате, и нехотя направилась к двери.

— Это все, ваша светлость? — улыбнулась она, снова подражая горничной.

— Пока да, спасибо, — с вежливым равнодушием ответил Клейтон. Однако стоило девушке повернуться, как он легонько, но достаточно громко шлепнул ее по заду.

Уитни замерла и, оглянувшись на оскорбителя, сурово предупредила:

— На вашем месте, сэр, я бы не забывала, что произошло, когда вы в последний раз отважились на такое после бала у Ратерфордов.

— В доме Арчибалдов? — догадался Клейтон. — Когда я привез тебя?

— Совершенно верно. — Она с трудом подавила улыбку и высокомерно наклонила голову.

— Должен ли я опасаться, — заметил Клейтон, безуспешно пытаясь выглядеть серьезным, — что ты можешь сбить на пол все эти картины?

Уитни недоуменно оглядела сначала портреты в тяжелых резных рамах, а потом Клейтона.

— А я думала, что дала тебе пощечину.

— Промахнулась.

— Правда?

— Боюсь, именно так, — мрачно подтвердил он.

— Как печально!

— Несомненно, — вздохнул Клейтон.

Этим вечером, после ужина, вся семья собралась в гостиной. Герцогиня и тетя Энн перебирали последние сплетни, пока Стивен в крайне преувеличенном виде рассказывал о самых возмутительных мальчишеских проделках Клейтона.

— Как-то раз, когда Клею было двенадцать, он не спустился к завтраку. В комнате его тоже не оказалось, и отец со слугами начал прочесывать окрестности. Спустя какое-то время на берегу, в том месте, где течение сильнее всего, нашли рубашку Клейтона. Его лодка была привязана, потому что отец на целый месяц запретил ему брать ее...

Задыхаясь от смеха, Уитни повернулась к жениху.

— Почему... почему тебе запретили брать лодку? — выдохнула она.

Клейтон грозно нахмурился, но, глянув в оживленное лицо невесты, против воли рассмеялся.

— Насколько припоминаю, накануне я вышел к ужину не совсем в приличном виде...

— Не совсем?! — завопил Стивен. — Да ты явился на полчаса позже, в сапогах для верховой езды и разорванной куртке, и от тебя невыносимо несло конским потом и кожей, а на лице остались следы пороха, потому что ты утащил дуэльные пистолеты отца и упражнялся в стрельбе по деревьям.

Клейтон метнул на брата полный презрения взгляд, но тот вместе с Уитни снова разразился хохотом.

— Продолжайте, Стивен! — задыхаясь, еле выговорила она. — Доскажите, что случилось потом.

— Ну... все посчитали, что Клейтон утонул, и помчались к реке. Мама залилась слезами, отец побелел как простыня, но тут из-за поворота реки показывается Клей на самодельном плоту, самом шатком и ненадежном, какой только можно вообразить! Все затаили дыхание, ожидая, что плот перевернется, когда Клей попытается причалить, но Клей прекрасно справился. С удочкой в одной руке и связкой великолепной рыбы в другой он спрыгнул на землю и, казалось, страшно удивился, что все собрались на берегу в такой час и глазеют на него. Потом он подошел к родителям, все еще не выпуская из рук огромную связку рыбы.

Мама, конечно, сразу же разрыдалась, а отец едва обрел дар речи и уже хотел разразиться громовой тирадой по поводу безответственного поведения Клея, но ваш будущий муж очень терпеливо и спокойно заметил, что отцу вряд ли пристало наказывать его в присутствии слуг.

— И что потом? — давясь от смеха, спросила Уитни.

— Отец согласился со мной и отослал слуг. Ну а потом надрал мне уши, — хмыкнул Клейтон.

Теплая, дружеская атмосфера была нарушена появлением одетого в черное дворецкого, величественно объявившего:

— Прибыл лорд Джилберт.

Не успел он договорить, как в гостиной появился сам лорд Эдвард Джилберт и, оглядев просторную комнату, расплылся в сияющей улыбке.

— Господи Боже, да это Эдвард! — охнула леди Энн. Она вскочила и, не веря своим глазам, смотрела на любимого мужа. Решив, что он наконец получил ее письма и поспешил сюда, чтобы спасти Уитни от ненавистного брака с герцогом, леди Энн лихорадочно пыталась придумать хоть какое-то правдоподобное объяснение невероятным событиям, которые заставили их всех собраться в Клейморе.

Уитни тоже вскочила, на мгновение подумав о том же.

— Дядя Эдвард! — с отчаянием воскликнула она.

— Рад, что все родные узнали меня, — сухо заметил Эдвард Джилберт, переводя взгляд с жены на племянницу в ожидании более теплого приветствия.

Клейтон незаметно поднялся и направился к камину, где, облокотившись о полку, стал с видимым удовольствием наблюдать за разворачивающимся действием.

Эдвард удивился, что ни жена, ни племянница не спешат представить его герцогине и Стивену, но, увидев, что они обе словно окаменели, пожал плечами и направился к Клейтону.

— Ну, Клеймор, — объявил он, тепло пожимая руку герцога, — вижу, помолвка разыгрывается как по нотам!

— Как по нотам?! — еле выдавила леди Джилберт.

— Как по нотам? — отозвалась Уитни, медленно опускаясь на диван.

— Почти, — мягко поправил Клейтон, игнорируя ошеломленные взгляды собравшихся.

— Прекрасно, прекрасно! Так я и думал, — кивнул лорд Джилберт.

Клейтон представил его матери и брату, и, когда все обменялись подобающими случаю любезностями, Эдвард наконец обернулся к своей окаменевшей жене.

— Энн? — сказал он, шагнув к ней, но та поспешно отступила. — Энн! После стольких месяцев разлуки, мне кажется, ты не слишком обрадовалась. Что-то случилось?

— Эдвард, — выдохнула леди Энн, — ты болван!

— Не могу сказать, что это намного лучше, чем «Господи Боже, да это Эдвард»! — раздраженно хмыкнул он.

— Ты все знал об этой помолвке! — возмущенно воскликнула жена, переводя мрачный взгляд на широко улыбающегося Клейтона, который мгновенно принял серьезный вид. — Я тут страдала, мучилась, едва с ума не сошла, а вы все это время переписывались, не так ли?! Не знаю, кого из вас мне больше хочется удушить!

— Принести тебе нюхательные соли, дорогая?

— Не нужны мне соли! — вскинулась леди Энн. — Я требую объяснения!

— Объяснения чего? — удивился сбитый с толку Эдвард.

— Почему ты не отвечал на мои письма, почему не объяснил, что знаешь о помолвке, почему не посоветовал, что делать?!

— До меня дошло только одно твое письмо, — защищался сэр Эдвард довольно неубедительно, — и там всего-навсего было сказано, что Клеймор живет недалеко от Уитни. И не могу понять, почему тебе понадобились мои советы, когда все, что требовалось, — служить компаньонкой молодым людям, которые, очевидно, прекрасно подходят друг другу. И я не сказал, что мне известно о помолвке, потому что сам ничего не знал, пока полтора месяца назад письмо Клейтона не настигло меня в Испании...

Однако леди Джилберт оказалось не так легко успокоить. Бросив извиняющийся взгляд на Клейтона, она выпалила:

— Они, поверь... вовсе не так уж идеально подходили друг другу!

— Ошибаешься! — решительно покачал головой Эдвард. — Какие возражения ты можешь привести против брака Уитни с Клеймором? Так ты встревожена из-за его репутации?! — неожиданно, понимающе улыбнувшись, воскликнул он. — Господи, мадам, — весело хмыкнул он, на мгновение забыв о присутствии всей семьи Уэстморлендов, — неужели вы никогда не слышали пословицу, что из раскаявшихся повес выходят самые лучшие мужья?

— Благодарю за защиту, лорд Джилберт, — сухо отозвался Клейтон.

Лорд Джилберт недоуменно воззрился на Стивена, внезапно скорчившегося в приступе неудержимого смеха, но тут же вновь обратился к жене:

— Когда я впервые увидел вместе Уитни и Клеймора на маскараде, я подумал, что из них выйдет прекрасная пара, а узнав, что поверенные Уэстморленда тщательно собирают сведения об Уитни, окончательно убедился в этом. Правда, потом мне показалось, что Мартин все испортил, послав за ней, но как только я получил твое письмо и узнал о том, где поселился Клеймор, мне сразу все стало ясно.

— Ничего не ясно! — вскинулась леди Энн. — Ты и понятия не имеешь, что Уитни невзлюбила его светлость с первого взгляда и постоянно с ним сражалась... И...

Лорд Джилберт повернулся к племяннице и устремил на нее строгий взгляд поверх очков:

— Так, оказывается, все дело в Уитни? — И, обращаясь к Клейтону, провозгласил: — Уитни необходим муж, который бы твердо удерживал поводья в собственных руках. Поэтому я с самого начала приветствовал ваш союз.

— Вот спасибо, дядя Эдвард! Не ожидала! — недовольно пробурчала Уитни.

— Ты сама знаешь, что это правда, дорогая, — заметил Эдвард. — Ах, Энн, в этом она так похожа на тебя!

— Ты слишком добр, Эдвард! — язвительно бросила тетя Энн.

Эдвард перевел взгляд с негодующего лица жены на мятежную физиономию Уитни, а потом на Клейтона, который рассматривал его, подняв брови в сардоническом изумлении. В конце концов он уставился на Стивена Уэстморленда, плечи которого тряслись в приступе беззвучного смеха. Только герцогиня была слишком хорошо воспитана, чтобы проявлять открыто хоть какие-то эмоции.

— Ну, — со вздохом пожаловался Эдвард герцогине, — вижу, что успел оскорбить всех. Удивительно, если учесть, что я всегда считался способным дипломатом.

Герцогиня наконец соизволила улыбнуться:

— Лично я ни в малейшей степени не оскорблена, лорд Джилберт. Я питаю определенную склонность к повесам. В конце концов, я была замужем за одним и... — она многозначительно взглянула на Стивена, — и вырастила двух.

Глава 32

Газетные объявления о помолвке герцога Клеймора с мисс Уитни Стоун произвели на лондонское общество эффект разорвавшейся бомбы, и Уитни неожиданно для себя оказалась в самом центре событий.

Приглашения на балы, рауты и вечера прибывали в дом Арчибалдов в устрашающих количествах. Подготовка к свадьбе и приемы, устраиваемые в честь обрученных, требовали столько времени, что Уитни каждый вечер валилась в постель, не чувствуя ног от усталости. В довершение всего ее терзало мучительное беспокойство, только усиливавшееся по мере того, как приближался день свадьбы и вместе с ним брачная ночь!

Она часто лежала без сна, стараясь внушить себе, что если другие женщины способны выполнять обязанности жены, то и она сможет. Кроме того, Уитни постоянно напоминала себе, что ужасная боль, пронизавшая ее в тот момент, когда Клейтон овладел ею, вовсе не продолжалась так уж долго. К тому же, и это самое главное, она обожает Клейтона, и если он желает делать это с ней, значит, придется вынести все пытки, лишь бы он был счастлив. Остается надеяться, что это будет повторяться не так часто... И все-таки при мысли о том, что знает не только день, но и час, когда придется вновь пережить этот кошмар, ее трясло.

Как-то в один из моментов философских размышлений Уитни даже решила, будто девственность именно потому и ценится, что, если невеста узнает, какое испытание ей предстоит в брачную ночь, вряд ли будет так счастливо улыбаться, идя к алтарю.

Когда до венчания осталась неделя, философские размышления окончательно покинули Уитни, уступив место непроходящему страху. В довершение ко всему по мере приближения дня свадьбы пыл Клейтона все возрастал, еще больше пугая девушку.

Она даже не могла смотреть на подвенечный наряд цвета слоновой кости, висевший в гардеробной, потому что он напоминал ей о кремовом атласном платье, которое Клейтон сорвал с нее в ту ночь. Конечно, она была не настолько глупа, чтобы опасаться того, что этот нежный, любящий человек, которого она боготворила, снова начнет срывать с нее одежду, но, с другой стороны, вряд ли Клейтон позволит ей долго оставаться в этом платье!

Она исподтишка наблюдала за Эмили. Всякий раз, когда Майкл спрашивал жену, не пора ли идти в спальню, Эмили, казалось, вовсе не протестовала и, несомненно, ничего не боялась. Как, впрочем, и тетя Энн. Выходит, что лишь она одна из всех женщин, которая сжимается от боли, представляя, что происходит между мужем и женой?

Чем больше Уитни думала об этом, тем тверже приходила к чудовищному убеждению, что с ней что-то неладно... какой-то физический недостаток, и именно поэтому она так страдает.

Последние дни в истерзанном мозгу то и дело мелькали постыдные картины той страшной ночи, когда Клейтон намеренно унизительно ласкал ее руками и ртом. Воспоминания об испытанном позоре настолько преследовали Уитни, что она буквально превратилась в сплошной комок нервов.

За пять дней до свадьбы она была слишком измотана, чтобы посетить бал, который давал один из друзей Клейтона. На следующий день она послала жениху записку, в которой извинялась за то, что не сможет поехать на прием у Ратерфордов.

Клейтон, переехавший на время в городской дом, чтобы быть поближе к Уитни, с некоторым недоумением, слегка нахмурившись, прочел ее послание. Немного поразмыслив, он приказал подать экипаж и отправился прямо к Арчибалдам, где дворецкий сообщил, что мисс Стоун сейчас в голубом салоне, а лорда и леди Арчибалд нет дома.

Уитни взяла чистый листок бумаги, окунула перо в чернильницу и приступила к тяжкой обязанности — необходимо было выразить благодарность бесчисленным друзьям и знакомым, приславшим свадебные подарки, прибывавшие все эти недели бесконечным потоком.

Клейтон остановился в дверях салона, вглядываясь в Уитни. Она сидела за бюро, низко наклонив голову: темно-рыжие волосы собраны в массу густых локонов, перевитых узкими зелеными лентами, безупречный профиль вырисовывается на фоне окна. Яркое солнце падает на трогательно-прекрасную фигурку. Клейтон подумал, что она никогда еще не выглядела такой хрупкой и прелестной, почти неземной.

— Проблемы? — осведомился он наконец, закрывая за собой дверь. Подойдя к Уитни, он осторожно, но решительно взял ее за руки, поднял и повел к дивану. — Юная леди, вы, кажется, намереваетесь считать меня сторонним наблюдателем во всех этих приготовлениях и вспомните о моем существовании, лишь когда направитесь к алтарю?

Уитни прижалась к нему и виновато улыбнулась.

— Прости за то, что не смогла поехать к Ратерфордам, — выговорила она с таким страдальческим видом, что Клейтон немедленно пожалел о своем мягком упреке. — Просто я так занята последнее время, что порой мне кажется, словно все это происходит не со мной. — И, уютно устроившись у него на плече, добавила: — Я ужасно скучала по тебе вчера вечером... ты хорошо провел время на балу?

Клейтон нежно приподнял пальцем ее подбородок.

— Только не в твое отсутствие, — пробормотал он, прильнув губами к ее рту. — А теперь покажи, как ты соскучилась по мне...

И в следующее мгновение усталость и напряжение растаяли в пламени страстного поцелуя Клейтона. Охваченная чувственным опьянением, Уитни лишь смутно сознавала, что он неумолимо притягивает ее к себе и укладывает рядом на диван, но Клейтон не прекращал поцелуя, сплетаясь своим языком с ее в сладострастном танце, и все остальное казалось не имеющим значения.

Голова Уитни кружилась, мысли куда-то улетучились, и остались лишь исступленные поцелуи и странные возбуждающие слова, которые Клейтон шептал в ее полураскрытые губы.

— Я не могу насытиться тобой, — пробормотал он, наклоняясь над ней. — И никогда не смогу.

Его рука властно скользнула по чувствительной, обнаженной вырезом платья коже, пальцы ловко расстегивали длинный ряд крохотных пуговок на корсаже. Прежде чем Уитни успела опомниться, ее сорочка сползла вниз, и горячие губы прижались к обнаженной груди.

— Слуги! — охнула она.

— Они до смерти боятся меня, — отозвался Клейтон, — и не осмелятся войти, даже если весь дом будет охвачен огнем.

Его язык коснулся розового соска, и Уитни начала лихорадочно сопротивляться, ничуть при этом не притворяясь.

— Не нужно! Пожалуйста! — хрипло попросила она, поспешно садясь и неуклюже пытаясь застегнуть распахнутый корсаж.

Клейтон потянулся к Уитни, но она буквально взметнулась с дивана. Он тоже сел, удивленно глядя на невесту. Щеки

Уитни слегка раскраснелись, и она выглядела безумно перепуганной!

— Уитни? — настороженно спросил Клейтон.

Девушка поспешно отпрянула, но тут же рухнула на другой диван, стоявший напротив, явно смущенная и пристыженная. Видя, что Клейтон недоуменно молчит, она попыталась что-то сказать, но тут же передумала и, подняв на него молящие глаза цвета весенней зелени, прерывисто вздохнула.

— Я... я хотела просить тебя... об одном одолжении. Но мне ужасно стыдно. Это насчет нашей свадьбы. То есть ночи.

Тревожно нахмурившись при виде напряженного, обеспокоенного лица невесты, Клейтон наклонился вперед.

— О чем ты хотела просить меня? — тихо осведомился он.

— Обещай, что не рассердишься!

— Даю слово, — спокойно заверил Клейтон.

— Видишь ли, — нерешительно начала Уитни, — я... мне действительно хочется, чтобы мы поскорее обвенчались. Но... я все время думаю о том, что должно произойти... ты знаешь... позже, потом... Другие новобрачные не понимают, что их ждет, но я знаю, и...

И, вспыхнув от смущения, осеклась, не в силах договорить и стыдясь своей откровенности.

— И что же ты хочешь попросить? — повторил Клейтон, хотя уже догадывался... нет, да поможет ему Бог, точно знал.

— Я хотела... узнать, не согласишься ли ты подождать, — запинаясь, объяснила она. — То есть... не делать со мной этого в брачную ночь.

Не в состоянии больше вынести его взгляда, Уитни поспешно отвела глаза. И хотя она была совершенно наивна и невежественна в некоторых вещах, все же прекрасно понимала, что жены не заключают подобных сделок со своими мужьями и что мужчины обычно вступают в свои супружеские права в первую ночь. Подумать только, что в давние времена все происходило в присутствии посторонних, которые «укладывали» новобрачных в постель. Недаром невеста давала обеты во всем повиноваться мужу, включая и исполнение супружеского долга.

— Ты совершенно уверена, что хочешь именно этого? — спросил Клейтон после долгого молчания.

— Абсолютно, — прошептала Уитни, по-прежнему не поднимая головы.

— А если я откажусь?

Уитни конвульсивно сглотнула и едва слышно пролепетала:

— Тогда я покорюсь тебе.

— Покоришься? — повторил Клейтон, ошеломленный и немного раздраженный выбором ее слов. Он едва мог поверить, что после восьми недель Уитни все еще считает вершину исполнения их желаний чем-то вроде наказания, которому она должна «покориться». Уитни всегда горячо отвечала на ласки, возвращала поцелуи с таким же пылом и страстью, инстинктивно прижимаясь к нему роскошным телом, стараясь прильнуть как можно теснее. Что, черт возьми, по ее мнению, он собирается сделать в брачную ночь — превратиться в обезумевшего зверя и снова разорвать на ней одежду?

— Ты меня боишься, малышка? — еле слышно спросил он.

— Нет! — покачала головой девушка. — Я не смогу вынести, если ты так будешь думать. И знаю, что ты не собираешься... обращаться со мной, как в прошлый раз. Просто я смущена, именно потому что знаю, как... как все будет. И... есть еще кое-что ужасное, что я должна была сказать тебе с самого начала. Клейтон, я, должно быть, просто урод. Понимаешь, ты... ты причинил мне ужасную боль. Просто не представляю, что другие женщины тоже испытывали нечто подобное, и...

— Не нужно! — резко перебил Клейтон, теряя голову при мысли о том, какие страдания доставил Уитни. Да, пусть это будет наказанием за его бесчеловечную жестокость той ночью. В конце концов, какая малая цена за то, что он с ней сделал! — Даю тебе слово подождать, только с двумя условиями, — выговорил он наконец. — Первое — после брачной ночи я сам выберу подходящее время.

Уитни с таким радостным облегчением закивала, что Клейтон едва не рассмеялся.

— Второе условие — ты пообещаешь мне, что в оставшиеся до свадьбы дни серьезно подумаешь обо всем, что я собираюсь сказать.

Она снова кивнула.

— Уитни, то, что произошло между нами, не что иное, как взрыв ярости с моей стороны — не проявление любви, а мелкая, недостойная месть.

Уитни внимательно слушала, и Клейтон понимал: она честно пытается понять, но по-прежнему уверена, что подвергнется боли и унижениям и так отныне будет всегда.

— Подойди сюда, — мягко попросил он. — Я лучше смогу объяснить, наглядно показав тебе, что имею в виду.

В глазах Уитни промелькнуло выражение ужаса, но она послушно пересекла комнату и села рядом. Клейтон сжал ладонями ее лицо и поцеловал нежно и крепко. Первые несколько мгновений девушка не отвечала на поцелуй, но вот ее губы дрогнули и раскрылись.

— Помнишь тот первый раз, когда я поцеловал тебя на балконе в доме леди Юбенк? — спросил он, чуть отстраняясь и испытующе глядя в глаза Уитни. — Тогда я наказывал тебя за то, что ты пыталась использовать меня, желая заставить Севарина ревновать.

— И тогда я ударила тебя по лицу, — вздохнула Уитни.

— А сейчас тебе тоже хочется дать мне пощечину? Так же, как из-за того поцелуя?

— Нет.

— Тогда, умоляю, запомни: все, что случится между нами, когда я снова отнесу тебя в постель, будет так же отличаться от предыдущего раза, как этот поцелуй от первого.

— Спасибо, — шепнула она, озарив его сияющей улыбкой.

Клейтон почти не сомневался, что Уитни ему не поверила, но была безумно рада отсрочке брачной ночи.

Глава 33

Когда тьму пронизали первые рассветные лучи, Уитни соскользнула с постели, нашарила в темноте пеньюар и уселась в кресле у окна, наблюдая, как солнце медленно встает на горизонте в день ее свадьбы. Девушка, склонив голову, попыталась молиться. Но все молитвы начинались не с просьб, а со слов благодарности.

Она слышала, как медленно пробуждается дом, шаги слуг, занятых утренней уборкой, приглушенные звуки голосов. Церемония венчания должна была начаться не раньше трех, и эти несколько часов казались вечностью.

Однако после полудня минуты понеслись с удвоенной скоростью, и Уитни оказалась втянутой в водоворот предсвадебной суматохи. Горничные вбегали и выбегали, все суетились, а тетя Энн сидела на постели, придирчиво наблюдая, как Кларисса расчесывает длинные темно-рыжие пряди. В комнате появилась Эмили в халате, уже совсем готовая одеваться, а за ней и Элизабет.

— Здравствуйте, — с тихой радостью приветствовала их Уитни.

— Нервничаешь или не расположена к разговору? — весело поддразнила Эмили.

— Ни то ни другое. Просто счастлива.

— И ни чуточки не переживаешь? — удивленно переспросила Элизабет, бросив заговорщический взгляд на Эмили и леди Энн. — Будем надеяться, что его светлость не передумал.

— Ни в коем случае, — безмятежно заверила ее Уитни.

— Ну и ну, — рассмеялась мать Клейтона, входя в комнату. — Вижу, и здесь творится почти то же самое, что на Аппер-Брук-стрит! Стивен успел довести Клейтона едва ли не до безумия.

— Неужели Клейтон нервничает? — недоверчиво охнула Уитни.

— Трудно себе представить как! — объявила ее светлость, улыбаясь и садясь на кровать рядом с Энн Джилберт.

— Но почему? — встревожилась Уитни.

— Почему? На это есть сотни причин, и все так или иначе связаны со Стивеном. Он приехал в десять утра и, не успев заявиться, сообщил Клейтону, будто, проезжая мимо вашего дома, заметил два дорожных экипажа, уже нагруженных вещами, и твердо, да-да, твердо заверил, что вы садились в один из них. Клейтон уже сбегал по ступенькам, собираясь броситься в погоню, но тут Стивен признался, что пошутил.

Уитни с трудом сдержала смех, а герцогиня вздохнула:

— Вы, конечно, можете считать это забавным, дорогая, но Клейтон так не думает. После этого Стивен крайне убедительно поведал, будто обнаружил несуществующий заговор между шаферами, замыслившими похитить Клейтона и задержать его приезд в церковь. Именно поэтому все двенадцать шаферов сейчас заперты в доме под бдительным присмотром Клейтона. И это только начало.

— Бедный Клейтон.

— Бедный Стивен, — сухо поправила герцогиня. — Я приехала сюда, потому что Клейтон угрожал убить Стивена, если тот еще хоть раз попадется ему на глаза.

Время продолжало неумолимо нестись, и неожиданно Уитни обнаружила, что полностью одета и готова ехать в церковь. Девушка выступила вперед, медленно повернулась, чтобы показаться будущей свекрови и тете.

— О мое дорогое дитя! — охнула леди Уэстморленд, пораженно раскрыв глаза. — В жизни не видела такой красавицы!

Отступив, она восторженно оглядела туалет Уитни цвета слоновой кости, расшитый жемчугом, точную копию наряда средневековой принцессы. Корсаж с низким квадратным вырезом льнул к груди и спускался конусом ниже талии, на бедрах поблескивала золотая цепь с бриллиантами и жемчужинами, вправленными в каждое звено. Нижние атласные рукава, длинные и узкие, кончались у самых пальцев изящными треугольниками.

Верхние же, сплошь расшитые жемчугом, расширялись колоколом и доходили до локтей. К плечам такими же золотыми цепочками с бриллиантами и жемчугом была пристегнута развевающаяся атласная накидка, отделанная по краям жемчужинами. Вуали Уитни не надела. Длинные волосы, зачесанные со лба, были собраны в корону, скреплены зажимом с бриллиантами и жемчугами и рассыпались по спине мягкими густыми локонами. Клейтон как-то сказал, что любит эту прическу больше всего.

— Вы выглядите в точности как средневековая принцесса, — почтительно выдохнула мать Клейтона.

Тетя Энн в безмолвной радости взирала на ослепительно прекрасную молодую женщину, которая должна через несколько часов стать герцогиней. Но перед глазами леди Энн стояла картина далекого прошлого: Уитни в штанах, позаимствованных у конюха, босая, балансирует на спине скачущей лошади. Наконец тетя заговорила голосом, охрипшим от слез счастья и гордости:

— Нам следует пораньше поехать в церковь. Твой отец сказал, что перед входом собираются толпы зевак и дорогу наверняка успели перегородить десятки экипажей.

На самом деле все оказалось гораздо хуже. Уже в четырех кварталах от собора экипаж, в котором сидели Уитни, Мартин и леди Энн, безнадежно застрял среди десятков карет и сотен восторженных зрителей. Похоже, весь Лондон собрался здесь, чтобы стать свидетелями блестящей свадьбы.

Стоявшие в ризнице шаферы с надеждой воззрились на появившегося Стивена. Тот поспешно подошел к брату, облокотившемуся на стол. Мрачное лицо напоминало небо перед грозой, которая, казалось, вот-вот разразится, поскольку с каждой минутой становилось все вероятнее, что Уитни в последний момент передумала и бросила жениха.

— Никогда не видел ничего подобного! — невозмутимо радостным голосом объявил Стивен. — Ближайшие улицы забиты народом, и лошади просто шагу не могут сделать!

Клейтон резко выпрямился:

— Срочно разыщи Макрея — он где-то в церкви — и прикажи немедленно подавать экипаж. Если она не появится через пять минут, сам поеду на поиски.

— Клей, сомневаюсь, чтобы тебе это удалось, если только у твоих лошадей не выросли крылья. Пойди полюбуйся сам, что творится.

Клейтон широкими решительными шагами подошел к боковой двери, выходившей на площадь. На улице было яблоку негде упасть, а владельцы застрявших карет тщетно кричали на кучеров, безуспешно пытаясь добраться до места.

— Что, черт подери, здесь происходит? — рявкнул Клейтон.

— Герцог женится, — ухмыльнулся брат. — И к тому же на красавице, которая не может похвалиться ни аристократическим происхождением, ни огромным богатством. Все как в сказке, и жители нашего славного города хотят собственными глазами узреть чудо.

— Но кто, во имя Господа, мог пригласить их? — мрачно осведомился Клейтон, все еще считая, что Уитни давно ускользнула из города и никакого венчания не будет.

— Поскольку церковь — не наша собственность, они, несомненно, считают, что имеют полное право находиться здесь, хотя места больше не осталось: даже на хорах полно народа.

— Ваша светлость, — раздался спокойный мужской голос, и все заинтересованные лица с тревогой обернулись к архиепископу в полном облачении. — Невеста прибыла, — невозмутимо объявил он.

Двадцать тысяч свечей белого воска освещали проходы и алтарь. Первые звуки органа величественно взмыли к сводчатому потолку.

Уитни наблюдала, как двенадцать подружек одна за другой идут по проходу. Тереза Дю Вилль Ронсар приняла букет от горничной, поправила шлейф и с мягкой улыбкой взглянула на Уитни:

— Ники велел передать тебе несколько слов, что я и делаю. Он просил сказать: «Bon voyage!»*

Трогательное пожелание Ники едва не лишило Уитни остатков самообладания. Слезы мгновенно застлали глаза, и она с трудом сосредоточилась на Эмили, выступившей в проход в облаке яблочно-зеленого шелка и атласа. Уитни осталась наедине с отцом. Когда тот два дня назад приехал на свадьбу, они обменялись лишь вежливым безразличным приветствием. Уитни недоуменно подняла брови: Мартин выглядел мрачным и осунувшимся.

— Нервничаешь, папа? — тихо спросила она.

— Нет никаких причин нервничать, — пробормотал он странно хриплым голосом. — Я собираюсь повести к алтарю самую прекрасную девушку Англии. — Он взглянул на дочь, и Уитни заметила, что его глаза повлажнели. — Вряд ли ты поверишь, — добавил он, — потому что мы никогда не были дружны, но я не отдал бы тебя герцогу, если бы не считал, что он единственный, кто может справиться... нет, самый подходящий мужчина для тебя. С самой первой встречи я считал, что вы сделаны из одного теста, и поэтому сразу согласился на его предложение. И лишь потом мы заговорили о деньгах.

Уитни, сдерживая слезы, наклонилась и поцеловала морщинистый лоб.

— Спасибо за то, что сказал мне, папа. Я тоже люблю тебя.

Орган внезапно смолк, воцарилась напряженная тишина, потом прозвучали две выжидающие ноты, и Уитни положила дрожащую руку на рукав отца. Музыка вновь затопила огромную церковь, и четыреста человек в потрясенном благоговейном молчании увидели, как невеста шествует по длинному проходу.

Клейтон представлял себе, как она должна выглядеть в этот момент — прекрасная дама в вуали и летящем платье. Но видение, представшее его глазам в мягком пламени свечей, едва не лишило разума. Чувство гордости пронзило его мучительной

---

* Счастливого пути! (фр.)

радостью. Ни одна невеста на земле никогда, никогда не была такой ослепительной. Уитни шла навстречу ему без стыда и смущения, даже не прикрываясь вуалью. Под его взглядом Уитни подняла голову и посмотрела ему прямо в глаза, намеренно давая понять каждому, кто присутствовал в церкви, как она счастлива.

Роскошные волосы Уитни рассыпались по плечам, золотая цепь на бедрах тихо раскачивалась в такт грациозной походке, а за спиной развевалась великолепная накидка, расшитая жемчугом. Она выглядела настоящей юной королевой во всей ее славе, невозмутимой, но не надменной, а манящей и одновременно холодновато-отчужденной.

— Боже милостивый, малышка! — прошептал Клейтон.

Зрители, застывшие в напряженном ожидании, увидели, как герцог выступил вперед, величественный и неотразимый в костюме королевского пурпурного бархата. Он взял руку невесты, посмотрел ей в глаза и что-то сказал, но лишь Уитни услышала его тихое:

— Здравствуй, любимая.

При виде красавца герцога, с нежной гордостью смотревшего на ослепительно прекрасную невесту, многие дамы приложили платочки к глазам еще до того, как новобрачные начали произносить обеты.

Клейтон подвел Уитни к алтарю, и она заняла место рядом с будущим мужем, место, которое отныне будет по праву принадлежать ей. Она стояла, чувствуя крепкое пожатие теплой руки Клейтона. И когда архиепископ попросил ее повторять за ним слова клятвы, Уитни подняла глаза и встретила ласковый, ободряющий взгляд. Она постаралась, чтобы голос звучал твердо и решительно, но, когда обещала повиноваться мужу, Клейтон поднял брови с таким комическим недоверием, что Уитни поперхнулась смешком и едва не пропустила слово.

Наконец их провозгласили мужем и женой; торжественно зазвучал орган, и Клейтон воспользовался правом поцеловать новобрачную. Поцелуй оказался целомудренным, настолько непохожим на те, что он дарил ей раньше, что Уитни окаменела от изумления.

— Придется попрактиковаться, — пробормотал Клейтон, — пока я не овладею этим искусством.

Его восхитительно прекрасная невеста кивнула с деланной серьезностью и скромно прошептала:

— Буду счастлива помочь вам обучиться, милорд.

Именно поэтому, как шептались потом любопытные, плечи герцога Клеймора тряслись от смеха, когда он шел от алтаря под руку с герцогиней.

Уитни сидела рядом с Клейтоном в экипаже, катившем по гладкой дороге к Клеймору. Экипаж Джилбертов безнадежно застрял у церкви, поэтому тетя и дядя Уитни с благодарностью приняли предложение Клейтона воспользоваться его каретой, хотя прекрасно понимали, что новобрачным хотелось бы остаться наедине.

Рассеянно прислушиваясь к разговору, Уитни рассматривала широкое золотое кольцо, которое жених надел ей на руку. Оно оттягивало палец непривычной тяжестью и занимало почти всю фалангу — дерзкий вызов всему миру, что отныне она принадлежит своему мужу.

Своему мужу!

Уитни осторожно взглянула на Клейтона сквозь опущенные ресницы. «Мой муж», — повторяла она себе, и всякий раз дрожь волнения пронзала ее. Господи, Клейтон — ее муж: шесть футов три дюйма истинной, неподдельной мужественности, элегантный, утонченный и загадочный, но волевой и решительный — собранная сдержанная сила, готовая в любое мгновение обрушиться на противника. И теперь она носит его имя. Принадлежит ему.

Мысль казалась немного пугающей... и одновременно восхитительной.

Карета медленно въехала в главные ворота и свернула на подъездную аллею, где по обеим сторонам уже пылали празд-

ничные факелы, освещая путь прибывающим гостям. Когда лошади остановились перед входом, Клейтон помог Уитни спуститься, и она с изумлением увидела, что весь штат слуг — от
дворецкого, экономки, лакеев и горничных до садовников, лес-
ников, егерей и конюхов — выстроился на ступеньках крыльца
сообразно рангу и положению.

Клейтон повел жену, но не к двери, а остановился перед
слугами. Уитни, нерешительно улыбнувшись ста пятидесяти настороженно выжидающим людям, взглянула на Клейтона.

— Мужайся, — прошептал тот, улыбаясь.

И мгновением позже воздух наполнился приветственными
криками.

Клейтон переждал, пока шум утихнет.

— Это еще одна традиция, — объяснил он Уитни внешне
серьезно, но с улыбкой в глазах, разглядывая слуг. — Представляю вам вашу новую хозяйку, мою жену, — произнес он
древние слова, сказанные когда-то первым герцогом Клеймором, вернувшимся с похищенной им невестой. Клейтон говорил
громко, так, чтобы его было слышно всем и каждому. — И
знайте, отныне, если она о чем-то просит вас, значит, это и моя
просьба; любая оказанная ей услуга — услуга мне, ваша пре-
данность или неверность ей — все равно что уважение или
оскорбление мне.

Лица присутствующих расплылись в широких улыбках, и,
когда Клейтон повел Уитни к входу, снова послышался одобри-
тельный гул.

Они вошли в бело-золотой салон. Клейтон налил шампанского Уитни, лорду и леди Джилберт. Стивен и вдовствующая
герцогиня присоединились к ним, и Клейтон наполнил еще два
бокала. Все сто двадцать комнат основного дома и семьдесят
комнат соединенных вместе гостевых зданий были заняты при-
бывшими на свадьбу приглашенными, многие из которых приехали накануне. Снаружи слышался непрерывный стук колес
экипажей по брусчатке подъездной аллеи — гости возвраща-
лись из церкви.

— Ты не хочешь отдохнуть, любимая? — спросил Клейтон, протягивая Уитни бокал.

Уитни глянула на часы. Уже семь, а бал начнется в восемь, и Кларисса еще должна погладить ее платье, это означает, что у нее даже не будет времени допить шампанское. Уитни нерешительно кивнула и отставила бокал.

Клейтон, заметив ее тоскующий взгляд, устремленный на недопитое шампанское, с ехидной улыбкой поднял оба бокала и повел Уитни наверх, по широкой лестнице к супружеским покоям. У ее спальни, смежной с его собственной, Клейтон остановился, открыл дверь и вручил жене бокал.

— Может, приказать послать наверх всю бутылку, миледи? — поддразнил он, и, прежде чем Уитни сумела подыскать достойный ответ, его губы коснулись ее рта в легком мимолетном поцелуе.

От подъездной аллеи до самой двери был расстелен алый ковер, по которому бесконечным потоком шли гости. Они поднимались по величественной парадной лестнице, на каждой ступеньке которой находились по два лакея в темно-красной с золотом ливрее Уэстморлендов.

Уитни стояла рядом с Клейтоном в бальной зале под хрустальной шестиярусной люстрой, пока дворецкий объявлял имена и титулы вновь прибывших. Услышав о приезде леди Амелии Юбенк, Уитни вздрогнула и напряглась, со страхом ожидая появления старой вдовы, которая надвигалась на них со стремительностью урагана в своем неизменном зеленом тюрбане и фиолетовом атласном туалете, давно вышедшем из моды.

— Надеюсь, мадам, — пошутил Клейтон, улыбаясь старой ведьме, — я оказался достойным соперником Севарина?

Леди Юбенк хрипло каркнула, что, по-видимому, должно было означать смех, и нагнулась ближе к Клейтону.

— Я все хотела спросить вас, Клеймор, почему вы выбрали для вашего «отдыха» именно дом Ходжеса?

— Именно по той причине, — ответил Клейтон, кивая на Уитни, — которую вы считали самой правильной.

— Так я и знала! — торжествующе ухмыльнулась вдова. — Хотя мне потребовалось немало времени, чтобы убедиться. Ах вы, дерзкий юный щенок! — добавила она почти нежно и, вставив в глаз монокль, отвернулась, высматривая, на кого из несчастных соседей можно наброситься без опасения получить отпор.

Ужин был поистине роскошным, со множеством тостов, и первый был предложен Стивеном.

— За герцогиню Клеймор! — провозгласил он.

Глядя на мать Клейтона, Уитни весело улыбнулась и подняла бокал, собираясь выпить за нее.

— По-моему, Стивен имел в виду тебя, любовь моя, — шепнул со смешком Клейтон.

— Меня? О да, конечно! — охнула Уитни, быстро опуская руку, чтобы скрыть ошибку, но было уже поздно — гости все поняли и начали покатываться со смеху.

Потом предлагались тосты за здоровье жениха и невесты, их счастье и долгую жизнь, и гости начали требовать, чтобы жених произнес речь. Клейтон поднялся, и Уитни ощутила прилив гордости за человека, ставшего ее мужем. От герцога, как всегда, исходила аура спокойной властности, бывшая неотъемлемой чертой его характера.

Он заговорил, и низкий бархатный голос разнесся по притихшей зале:

— Несколько месяцев назад в Париже прелестная молодая дама обвинила меня в желании разыграть роль герцога. Она заявила, будто я настолько жалкий самозванец, что мне следует выбрать другой, более подходящий титул. Именно тогда я и понял, что желаю носить лишь одно звание — звание ее мужа. — Он с сожалением покачал головой, хотя глаза весело блеснули. — И поверьте, этот второй титул достался мне с гораздо большим трудом, чем первый.

Когда взрыв хохота немного улегся, он серьезно добавил:

— И для меня он ценнее всего.

Когда музыканты заиграли первый вальс, Клейтон повел жену в центр залы и, обняв, закружил в такт музыке. Гости завороженно смотрели на прекрасную пару. Раздались аплодисменты. Вскоре к новобрачным присоединились другие танцующие.

Клейтон остро ощущал почти неуловимый аромат ее духов и грезил о завтрашней ночи, о многих полных страсти ночах, которые им предстоят, когда он по-настоящему сделает Уитни своей, и кровь загорелась жарким пламенем. Ему пришлось силой заставить себя думать о посторонних вещах, и хотя он пытался сосредоточиться на чем-то другом, уже через десять секунд мысленно раздевал Уитни, целовал и ласкал каждую клеточку обнаженного тела руками и ртом, пока она не обезумеет от желания.

На следующий танец новобрачную пригласил отец, а Клейтон танцевал с матерью, и так продолжалось целую вечность. Уже далеко за полночь молодые супруги наконец отказались от танцев и рука об руку, смеясь и болтая с гостями, гуляли по зале.

Уитни искренне веселилась, и Клейтон не спешил увести невесту, поскольку не ожидал от сегодняшней ночи ничего хорошего, кроме тревожного сна в одинокой постели. Но тут вдруг Клейтона осенило: гости ждут, когда новобрачные удалятся. Подозрение подтвердил лорд Ратерфорд, смеясь, объяснивший жениху:

— Господи, дружище, если собираешься незаметно скрыться, мог сделать это два часа назад.

Клейтон подошел к Уитни.

— Сожалею, что приходится положить конец нашему вечеру, малышка, но если мы немедленно не отправимся наверх, гости начнут сплетничать. Давай попрощаемся с твоими дядей и тетей, — уговаривал он, хотя сам не слишком хотел уходить — его вообще крайне задевало, что его собственные проклятые гости вынуждают его покинуть собственный проклятый бал в собственном проклятом доме! Подумать только!

Но Клейтон тут же поймал себя на том, что подобные мысли абсурдны для жениха в брачную ночь, тем более что жених он сам. Он широко улыбнулся и потряс головой, пораженный тем, до чего могут довести человека переживания, связанные со свадьбой...

К несчастью, Клейтон все еще улыбался, когда Уитни желала сэру Эдварду доброй ночи, и сей джентльмен, приняв веселость Клейтона за похотливую ухмылку, почувствовал себя обязанным сурово нахмуриться. Клейтон оцепенел от столь незаслуженного, хотя и молчаливого упрека и коротко бросил:

— Увидимся за завтраком! — хотя ранее собирался тепло распрощаться с лордом Джилбертом.

Новобрачные в молчании пересекли длинный холл, направляясь к западному крылу. С каждым шагом напряжение все больше овладевало Уитни, и, когда они добрались до лестницы, она уже еле волочила ноги. Клейтон, однако, мучился собственными проблемами: куда отвести Уитни? В его или в ее покои? По всему дому сновали слуги, и он не хотел, чтобы среди них пошли сплетни относительно того, что муж и жена в первую же ночь спали в разных постелях.

Он только решил отвести Уитни в ее спальню, как на лестнице показались два лакея, и Клейтон, чувствуя себя вором в собственном доме, поспешно изменил направление, открыл дверь своих комнат и уже направился в спальню, прежде чем сообразил, что Уитни, словно парализованная ужасом, застыла на пороге, оглядывая знакомую комнату, где он так безжалостно срывал с нее одежду.

— Пойдем, дорогая, — сказал Клейтон, поспешно оглядываясь и почти насильно увлекая Уитни за собой. — Тебе нечего бояться: здесь нет ни одного безумца, который намеревается силой взять тебя.

Уитни тряхнула головой, словно пытаясь отрешиться от неотвязных воспоминаний, и переступила порог. Облегченно вздохнув, Клейтон закрыл дверь и повел Уитни к длинному дивану с зеленой обивкой, стоявшему под прямым углом к камину, напротив кресла, в котором он сидел в ту зловещую ночь. Он уже хотел сесть рядом, но при одном взгляде на чарующее лицо передумал и решил устроиться в кресле.

Сегодня им не стоит спать каждому в своей комнате, решил он, иначе слуги не преминут заметить, что обе постели разостланы. Придется Уитни лечь в его постель, а он проведет ночь на диване.

Клейтон взглянул на жену. Она упорно смотрела в огонь, боясь повернуть голову и увидеть огромную кровать. До Клейтона только сейчас дошло, что она, должно быть, гадает, почему он привел ее в свою спальню, если действительно решил сдержать обещание.

— Тебе придется спать здесь, малышка, иначе слуги начнут судачить. Я лягу на диване.

Уитни впервые за все это время рассеянно улыбнулась, словно думая о чем-то ином.

— Хочешь поговорить? — после нескольких мгновений неловкого молчания предложил Клейтон.

— Да, — с готовностью согласилась она.

— О чем, дорогая?

— Э-э-э... о чем угодно.

Клейтон ломал голову, пытаясь придумать какую-нибудь интересующую обоих тему, но мысли путались от волнения, вызванного ее присутствием.

— Погода сегодня была просто чудесной, — наконец изрек он и мог бы поклясться, что Уитни едва удерживается от смеха... или это только игра отблесков огня на ее лице? — По крайней мере дождя не было, — добавил он, чувствуя себя последним идиотом. — Впрочем, даже если бы и шел, какая разница? Все равно этот день был самым лучшим, самым прекрасным в моей жизни.

Боже! Хоть бы она не смотрела на него своими чудесными, сияющими изумрудным светом глазами! Не сегодня!

В двери их покоев тихо постучали.

— Кто, черт возьми...

— Наверное, Кларисса, — спохватилась Уитни, поднимаясь и отыскивая взглядом смежную дверь, ведущую в ее спальню.

Клейтон встал на пороге и раздраженно уставился на камердинера.

— Добрый вечер, ваша светлость, — приветствовал тот, по привычке входя в комнату.

Черт возьми! Клейтон совершенно забыл о горничной и камердинере! По крайней мере в его возбужденном состоянии было бы лучше, если б они вообще спали сегодня в одежде!

Мысленно проклиная всех слуг на свете, Клейтон проводил Уитни до смежной двери, а сам повернулся и устремился в кабинет, примыкающий к спальне, уже забыв о присутствии лакея.

Глядя на ряды полок с книгами, он пытался выбрать что-нибудь почитать. Господи Боже, читать! В брачную ночь! После восьми недель едва сдерживаемой страсти, страсти взаимной, она все еще насмерть перепугана! И какое безумие овладело им, когда он давал это обещание?

Как только Клейтон потянулся к книге, Армстронг, ступая почти неслышно, появился в кабинете.

— Могу я помочь вам, ваша светлость? — спросил он.

Смущенно отдернув руку от полки, Клейтон набросился на несчастного слугу.

— Если вы понадобитесь, я позвоню! — коротко бросил он, пытаясь скрыть раздражение. Теперь слуги начнут говорить, что в брачную ночь он нервничал, как мальчишка, рычал и кидался на невинных людей. — Это все, Армстронг. Доброй ночи, — добавил Клейтон и, лично проводив потрясенного камердинера до двери, вытолкнул его в коридор и запер дверь, а сам вернулся в кабинет и расстегнул две пуговки на сорочке.

Только после этого он вынул пробку из хрустального графина и плеснул в бокал бренди. Взяв с полки книгу, Клейтон устроился в кресле, вытянул ноги, пригубил бренди и попытался сосредоточиться на новом романе. Но прочитав один и тот же абзац четыре раза, он все же сдался и захлопнул книгу. Да, не приходится отрицать, что он очень злится на себя, но стоит ли так нервничать всего лишь из-за еще одной ночи воздержания? В конце концов, прошло достаточно времени с тех пор, как он в последний раз был с женщиной, так что какое значение имеет еще одна ночь? И все-таки он никак не мог взять себя в руки, может, это из-за того, что брачная ночь в его сознании неизбежно ассоциировалась со страстными объятиями и плотской любовью, и все потому, что так заведено предками.

Учитывая, что всю сознательную жизнь он никогда не обращал внимания на традиционный порядок вещей и условности, Клейтон просто не понимал, почему сейчас все воспринимал иначе. Вероятно, дело в том, что обольстительное тело его жены — как ему нравилось это слово! — теперь принадлежит ему по праву супруга и, кроме того, находится так соблазнительно близко от его собственного изголодавшегося тела.

Он дал Уитни вдвое больше времени на раздевание, чем необходимо, прежде чем подняться и войти в спальню. Ее там не было. Смежная дверь была распахнута, и он вошел через гардеробную в ее спальню, но и там Уитни тоже не было. Сердце Клейтона тревожно забилось, хотя он пытался убедить себя, что она не может, не станет убегать от него. Уитни, несомненно, верит его обещанию!

Клейтон почти бегом вернулся в спальню и облегченно вздохнул, увидев, что Уитни стоит у возвышения и неотрывно смотрит на гигантскую кровать. При свете свечей он видел полное страха и недоверия лицо: по-видимому, воспоминания опять терзают ее!

Он подошел поближе, так что длинная тень легла на противоположную стену.

Уитни взглянула на него, и Клейтон заметил, что она тщетно старается скрыть ужас за очаровательной улыбкой.

— Скажите, кто вы на самом деле? — заговорщически спросила она, как тогда, на маскараде у Арманов.

— Герцог, — признался он, поддержав ее игру. — И еще твой муж. А ты кто?

— Герцогиня! — воскликнула Уитни со смесью радости и недоверия.

— И еще моя жена?

Уитни кивнула и радостно рассмеялась. На мгновение Клейтон представил прежнюю дерзкую богиню с пурпурными и желтыми цветами, вплетенными в волосы. И вот теперь он видел ее стоящей у постели и неожиданно вдруг понял, что вовсе не важно, овладеет он ею сегодня или нет. Самый драгоценный дар — это она сама, и главное, что Уитни принадлежит теперь ему. Он добился этого, она действительно его жена!

Восторг и торжество охватили его, вскипели в жилах пенящимся шампанским.

— Моя покорная жена? — поддразнил Клейтон, подчеркивая слово «покорная».

Уитни снова кивнула, и в ее глазах засверкали веселые искорки.

— Тогда подойди сюда, моя покорная жена, — хрипло сказал он.

Уитни испуганно дернулась, но послушно направилась к нему своей плавной, грациозной походкой. Именно сейчас Клейтон увидел, что на ней надето, и едва не застонал. Ее пеньюар из тонкого белого кружева почти не скрывал ни упругих грудей, ни длинных ног, ни тонких рук, а при виде нежной плоти, обнаженной вырезом корсажа, его снова пронзило жгучее, смешанное с прежним сожалением желание.

Уитни остановилась в нескольких шагах от мужа, охваченная ужасом и смятением, словно хотела приблизиться, но не могла заставить себя.

— Насчет... насчет твоего обещания, — пробормотала она нерешительно. — Помнишь?

Помнит ли он свое обещание?

— Помню, малышка, — спокойно кивнул Клейтон и, шагнув к ней, нежно обнял, пытаясь не обращать внимания на то, что почти обнаженные груди прижимаются к тонкой ткани его сорочки. Он хотел поцеловать Уитни, но боялся — слишком сильно она дрожала. Поэтому он просто держал ее в объятиях, медленно гладя длинные блестящие волосы.

— Когда я была маленькой, — почти всхлипнула она, — часто, лежа по ночам, воображала, что в шкафах скрываются... всякие... создания...

Она внезапно замолчала, и Клейтон ободряюще улыбнулся.

— В моих шкафах лежали игрушечные солдатики. А в твоих? — тихо спросил он.

— Чудовища! — прошептала Уитни. — Огромные, уродливые, с острыми когтями и ужасными глазами навыкате. — И, прерывисто вздохнув, добавила: — В этой комнате тоже полно чудовищ... отвратительных воспоминаний... прячущихся в темных углах... и под... под кроватью...

Раскаяние стальными тисками сжало сердце Клейтона.

— Знаю, любимая, знаю. Но тебе нечего бояться. Сегодня я ничего не попрошу у тебя. И сдержу слово.

Уитни чуть откинулась назад, чтобы получше рассмотреть его лицо. В этот момент она казалась такой прелестной и беззащитной, что Клейтон в тысячный раз казнил себя за то, что совсем недавно, потеряв рассудок, так жестоко ранил ее. Уитни попыталась сказать что-то и не смогла. Вместо этого она просто прижалась щекой к его груди и обхватила руками за талию.

Прошло несколько минут, прежде чем она справилась со страхом и пробормотала:

— По ночам я лежала без сна, боясь тех, что сидели в шкафу. И когда больше не могла вынести неизвестности, бросалась через всю комнату, распахивала дверцы и заглядывала внутрь.

Клейтон улыбнулся про себя. Как это похоже на нее — ненавидеть любое промедление, собственную трусость и смело бросаться навстречу опасности, презрев мрак и мифических чудовищ.

Она снова заговорила так тихо, что Клейтону пришлось напрячь слух.

— Шкафы всегда оказывались пустыми. Никаких чудовищ... ничего страшного... — И, упрямо наклонив голову, призналась: — Клейтон, я не желаю проводить нашу брачную ночь одна в твоей постели, боясь того, что таится в тени.

Рука Клейтона замерла было в воздухе, но он тут же заставил себя продолжать мерно, успокаивающе гладить Уитни по голове, давая ей время передумать.

— Ты уверена? — негромко спросил он наконец.

Уитни молча кивнула.

Клейтон, нагнувшись, подхватил ее на руки и понес к большой кровати, где сам же и внушил ей когда-то, каким унизительно-мерзким может стать акт физической любви, обещая себе, что на этот раз каждый его жест, каждое движение будут такими деликатными, что вытеснят из ее памяти ужасные воспоминания.

Поставив Уитни на возвышение, Клейтон трясущимися руками развязал ленты пеньюара и осторожно распахнул белые кружева.

Плечи, словно выточенные из слоновой кости, и нежные полушария грудей, увенчанные розовыми маковками, казалось, просвечивают насквозь в пламени камина.

— Боже, как ты прекрасна! — выдохнул Клейтон и почувствовал, как она содрогнулась, когда его ладони скользнули по ее рукам и тонкий пеньюар сполз на пол. Он прильнул к ее губам в долгом сладостном поцелуе и, одним движением откинув тяжелые покрывала, уложил Уитни на прохладные простыни.

Уитни закрыла глаза и отвернула голову, но Клейтон заметил, как краска заливает ей лицо. Видя ее смущение, Клейтон поспешно потушил свечи, горевшие на ночном столике, и, поскольку боялся оставить Уитни наедине с воспоминаниями, разделся прямо у постели, лег рядом и нежно привлек Уитни к себе. Она мгновенно замерла, превратившись в некое подобие статуи. Клейтон осторожно провел рукой по ее обнаженной спине, и Уитни буквально одеревенела. Он отнял руку и откинулся на подушки, положив ее голову себе на грудь.

Уитни часто и прерывисто дышала, а ведь он старался даже не касаться ее. Иисусе, как он ненавидел себя за то, что сделал с ней той ночью! Она была напряжена, как натянутая струна, и если Клейтон не поможет ей расслабиться, то обязательно причинит боль, как бы ни старался быть нежным и бережным.

Он прикрыл ее и себя простыней, чтобы она не слишком стеснялась собственной наготы.

— Я хочу сначала поговорить с тобой, — объяснил он.

На лице Уитни отразилось такое облегчение, что Клейтон невольно хмыкнул: Уитни выглядела так, словно в последнюю минуту избавилась от грозившей ей казни на гильотине.

— Милая, постарайся, если можешь, выкинуть из головы все, что случилось тогда. Я хотел бы также, чтобы ты забыла все, услышанное ранее о том, что происходит между мужем и женой в постели, и просто выслушала меня.

— Хорошо, — шепнула она.

— Выражения такого рода, как «покорилась ему» или «взял ее», никогда не должны употребляться, если речь идет о подобных отношениях. Однако я понимаю, что именно ты об этом думаешь. Первое предполагает долг, выполняемый с явной неохотой. Второе — просто насилие. Я не собираюсь «брать» тебя, и ты не будешь мне повиноваться. И не почувствуешь никакой боли. — И, нежно улыбнувшись, пояснил: — Нет в тебе никакого уродства. Ты — само совершенство.

Он нежно обвел пальцем контуры ее лица.

— То, что должно неизбежно случиться между нами — это соединение, слияние душ и тел, рожденное моим желанием быть как можно ближе к тебе, стать частью тебя. Малышка, поверь, находясь в тебе, я не беру, а даю. Отдаю свое тело тебе, как раньше отдал любовь и мое кольцо в знак нерушимого союза. Отдаю семя своей собственной жизни и оставляю его в глубинах твоего тела, чтобы ты хранила его и берегла — символ моей любви и потребности всегда видеть тебя рядом.

В мерцающем оранжевом свете пламени камина Клейтон заметил, как Уитни поколебалась и чуть приблизила лицо в ожидании поцелуя. Очень медленно, боясь торопить события, Клейтон наклонился и начал целовать жену, долго, томительно, с мучительной нежностью, и она после нескольких мгновений напряженного пассивного ожидания приложила ладошку к его щеке и ответила на поцелуй с застенчивой, трепетной любовью, которую испытывала в этот момент.

Ее мягкие губы раскрылись при первом же настойчивом прикосновении его языка, а руки обвились вокруг его шеи. Она приняла его язык и дала ему свой. Он терзал ее, мучил, предлагая себя медленными глубокими толчками языка, и тут же мгновенно выходил из влажных глубин, и это повторялось снова и снова, пока Уитни в беспамятстве не прильнула к нему, страстно отдаваясь безумно-чувственным поцелуям.

Клейтон тихо гладил ее волосы. Рука скользнула по стройной шее до груди, большой палец обводил розовые бугорки, гордо поднявшиеся под его ласками. Уитни вздрагивала от блаженства, все теснее прижимаясь к его мускулистому телу, пока не почувствовала всю силу его желания и не отпрянула, словно от ожога. Клейтон понял, что перепугал жену, и, преодолевая сопротивление, прижал ее бедра к своим.

— Нет, — тихо сказал он, когда Уитни попыталась отстраниться от его напряженной мужской плоти. — Я никому на свете не позволю причинить тебе боль.

Длинные ресницы взметнулись вверх, и в огромных глазах отразилось сомнение и такой безмолвный упрек, что Клейтон едва не улыбнулся.

— Положи мне руку на грудь. Только на грудь, — повторил он, видя, что Уитни подняла руку и тут же нерешительно опустила.

Не успела она притронуться к теплой коже, как его мышцы конвульсивно дернулись.

— Посмотри, как отвечает мое тело на твое малейшее прикосновение. Та его часть, которой ты так боишься, всего лишь откликается на твою близость, пытается проникнуть в тебя.

Он снова прижал ее к себе, но Уитни по-прежнему оставалась скованной и напряженной.

— Ты все еще опасаешься, что я могу сделать тебе больно? Но ведь я обещал.

Уитни конвульсивно сглотнула и помотала головой, не отрывая ее от подушки. Если Клейтон заверил, что это не больно, она не должна сомневаться.

Она запуталась пальцами в темной поросли волос на груди и почувствовала, как сильнее забилось его сердце, как перекатываются мускулы под загорелой кожей, когда Уитни передвинула руку чуть ниже.

Пламя желания пожаром бушевало в крови Клейтона.

— О дорогая, — то ли засмеялся, то ли застонал он, — ты не подозреваешь, что делаешь со мной. Меня поражает, как легко ты можешь заставить мое тело напрягаться при твоем малейшем прикосновении, даже против воли. И еще больше унижает необходимость признаться тебе в этом. Но я так или иначе ничего не могу скрыть от тебя, потому что если ты гордишься тем, какую силу имеешь надо мной, то я тоже смогу отыскать в этом радость и счастье. Но если подобное пугает тебя и заставляет стыдиться, значит, наша любовь рождена бесчестьем и унижением.

Уитни длинно прерывисто вздохнула и, стиснув его шею, прижалась к нему всем телом. Трепеща в объятиях Клейтона, она поцеловала его в лоб, глаза, рот, скользнула языком по губам, и Клейтон снова застонал. Стиснув руки, он положил ее на спину и наклонился, целуя и опьяняя своими ласками. Уитни не знала, испытывает ли гордость, но странное чувство лишало ее рассудка, кружило голову, наполняя истомой.

— Я хочу тебя, — прошептал он в ее полураскрытые губы. — Так хочу, что сгораю в муках желания. — И, подняв голову, дрожащими руками сжал ее лицо. — Я никогда не обижу тебя, малышка, — пообещал он хриплым от нежности и любви голосом.

Ответ Уитни заставил его горло судорожно сжаться.

— Знаю, — прошептала она. — Но это и не важно, можешь делать мне больно хоть каждую ночь при условии, что всегда будешь повторять все сказанное сегодня... будто ты хочешь стать частью меня.

Клейтон, не в силах совладать с собой, приник к ее губам в пламенном поцелуе, сжимая груди, теребя соски. Тихий стон вырвался из горла Уитни, когда его рот начал прокладывать по ее коже огненную дорожку.

Каждое легкое движение ее пробудившегося под его нежной «атакой» тела действовало на него как возбуждающее зелье. Он не мог представить, что на свете существует подобная страсть, не мог поверить собственному безумному голоду, не находившему утоления.

Ее руки зарылись в его темных волосах, провели по плечам и спине, но когда он положил ладонь на мягкий треугольник между бедрами, Уитни, не в состоянии преодолеть инстинктивного ужаса, мгновенно сжалась.

— Не нужно, дорогая, — пробормотал он, горячо целуя ее, и одновременно осторожно, но неумолимо раздвинул ее ноги, раскрыл створки сомкнутой раковины и продолжал играть с крошечным бугорком, подвергая Уитни сладостной пытке, пока пальцы его не оросились драгоценной влагой.

Однако когда Клейтон приподнялся над ней, Уитни словно мгновенно вырвали из чувственного водоворота, уносившего ее к сладостному забытью. Она в безумном страхе ощутила, как Клейтон раздвигает ее ноги, как поднимает бедра, готовясь войти в нее, и едва успела проглотить крик ужаса, когда он погрузился в ее шелковисто-влажную плоть. Несмотря на все обещания, ее тело инстинктивно сжалось в ожидании боли... но боли не было, только ощущение жара и мощного упругого прикосновения, а потом и необычной наполненности. Забыв обо всем, Уитни открылась ему и тут же ахнула от исступленного наслаждения, когда он скользнул в манящие глубины.

Она прижала мужа к себе, охваченная неутолимым желанием ощущать его внутри вечно, мечтая лишь об одном — раствориться в этом горячем и мускулистом теле. Ей показалось, что на этом все кончается, и Уитни едва не зарыдала от желания продолжать их слияние. И когда Клейтон начал двигаться, все страхи окончательно покинули Уитни. Крошечный пылающий комочек внизу живота неожиданно начал разворачиваться и расти, распространяться огненным потоком, медленно набирая силу, пока каждый нерв в ее теле не затрепетал от напряжения. Уитни начала выгибаться навстречу неторопливым, глубоко проникающим толчкам.

— Пожалуйста, — молила она шепотом, сама не зная, чего
просит.

Зато знал Клейтон. И хотел так сильно, что собственное
необузданное желание казалось чем-то второстепенным.

— Скоро, дорогая, — пообещал он, убыстряя ритм движений.

Вулкан, угрожавший извергнуться пылающей лавой, наконец
взорвался с силой, вырвавшей у нее сдавленный крик, который
Клейтон едва успел заглушить губами. Уитни забилась в конвуль-
сиях экстаза, и только тогда Клейтон, впившись в припухшие губы
сладостным поцелуем, судорожно излился в ее теплую плоть.

Боясь, что придавит ее своим телом, Клейтон, не выпуская
Уитни из объятий и все еще оставаясь в ней, наконец смог
испытать полноту счастья, мир и покой, каких никогда не знал
до сих пор.

Он почти ожидал, что Уитни заснет, положив голову ему
на плечо, но через несколько минут она встрепенулась и сияющими глазами посмотрела на мужа. Клейтон отвел с ее щеки
непокорный локон.

— Ты счастлива, родная?

Уитни улыбнулась лучезарной улыбкой женщины, сознаю-
щей, что любит и любима.

— Да, — шепнула она.

Он поцеловал ее в лоб, и Уитни прижалась к мужу, и он
снова нежно ласкал прекрасные округлости ее спины и бедер,
ожидая, пока она погрузится в дрему. Но Уитни, казалось,
ничуть не больше склонна была заснуть, чем он сам.

— О чем ты думаешь? — спросил наконец Клейтон.

Уитни подняла испуганные глаза. И тут же уткнулась лицом ему в грудь.

— Ни о чем... — неуверенно прошептала она.

Приподняв подбородок жены, Клейтон вынудил ее взглянуть ему в глаза. Он, естественно, не мог знать, что у нее в
голове, однако после того, как удалось сломать последнюю пре-
граду между ними, вовсе не хотел создавать новые.

— О чем? — повторил он нежно, но настойчиво.

Уитни, изнемогая от смеха и стыда, прикусила губу.

— Знаешь, если бы... тогда все было, как сейчас, вместо того чтобы стараться поскорее удрать, я осталась бы и потребовала, чтобы ты повел себя как джентльмен и немедленно женился!

В этот момент она выглядела такой неотразимо прекрасной, что Клейтон разрывался между желанием расхохотаться и осыпать ее поцелуями. Какое счастье держать ее в своих объятиях, разговаривать с ней в темноте, ощущая прикосновение тонких обнаженных рук!

Клейтон не знал, как выразить свою радость, и, уж конечно, совершенно не думал ни о каком сне. Взглянув на жену и обнаружив, что она по-прежнему бодрствует, он наконец решился спросить:

— Тебе хочется спать?

— Нисколько. Я совсем не устала.

— Прекрасно, и я тоже, — улыбнулся Клейтон. — В таком случае, может, зажжешь свечи на ночном столике?

— Любое ваше желание — закон для меня, — пропела его «послушная» жена и, приподнявшись на локте, поцеловала мужа в губы, но перед тем, как зажечь свечи, старательно натянула простыню.

Клейтон не смог сдержать смеха, видя, как она пытается прикрыть полные груди, которые он только что ласкал. Взбив подушки, он уселся поудобнее, наслаждаясь видом ее обнаженного тела. Уитни зажгла свечи, повернулась и, заметив его взгляд, смущенно тряхнула головой, так что длинные пряди рассыпались по груди и спине темным покрывалом.

— Мадам, — заверил ее Клейтон с дерзкой улыбкой, — вы прекрасны в дезабилье*... если простыня может считаться этим видом одежды.

— Вряд ли, — задумчиво отозвалась Уитни. — Во Франции и даже здесь вошло в моду принимать джентльменов в

_____
* домашнее платье (фр.).

дезабилье, но я уверена, что подобные наряды гораздо скромнее и прикрывают куда больше.

Но тут же, словно спохватившись, подумала, что Клейтону, несомненно, куда больше известно об этой моде, и от этой мысли ей почему-то стало грустно.

Все знали, что у Клейтона всегда были любовницы, и казалось естественным, что многие женатые мужчины часто имеют содержанок. Но неужели то, что произошло между ними, он может испытывать в объятиях другой? Уитни почувствовала, что задыхается, однако, собравшись с духом, сделала то, что в обществе посчитали бы непростительным промахом.

— Клейтон... — нерешительно начала она, — мне будет очень сложно притвориться... что ничего не замечаю... нет... покорно смиряюсь с...

— С чем смиряешься? — шепнул Клейтон, прикасаясь губами к ее виску.

— С любовницей! — выпалила Уитни.

Клейтон резко вскинул голову, недоуменно уставился на жену, но тут же разразился смехом. Однако, понимая, что она искренне расстроена, постарался успокоиться и принять торжественный вид, подобающий признанию, которое собирался сделать. Глядя в ее полные слез глаза, он тихо и серьезно поклялся:

— У меня не будет любовниц.

— Спасибо, — прошептала Уитни. — Боюсь, я этого не вынесу.

— Я тоже так думаю, — согласился он, пытаясь казаться невозмутимым.

Клейтон вдруг вспомнил о бархатном футляре, спрятанном в ночном столике.

— У меня для тебя подарок, — неохотно выпуская Уитни из своих объятий, сказал он.

Уитни вспомнила, что тоже приготовила подарок для мужа, и, забыв о наготе, поспешно вскочила.

— Я попросила Клариссу положить его в мою спальню, — объяснила она и бросилась к смежной двери.

Клейтон не мог оторвать от нее глаз, наслаждаясь изяществом движений и совершенством линий. Но тут Уитни, спохватившись, что не одета, поспешно подобрала с пола кружевной пеньюар и накинула на себя.

Клейтон вынул из футляра ожерелье из квадратных изумрудов, обрамленных бриллиантами, и такие же браслет и серьги.

— Достойные герцогини, — прошептал он, целуя ее.

Уитни, смеясь, вручила мужу свой подарок.

— Достойный герцога, — прошептала она и села рядом с ним, подобрав ноги.

Клейтон открыл крышку шкатулки и, откинув голову, разразился громким смехом при виде лорнета в золотой оправе прекрасной работы.

— Непременная принадлежность членов королевской семьи, — напомнила Уитни тем же тоном, что на маскараде у Арманов, а потом достала маленькую бархатную коробочку и, неожиданно став серьезной, смущенно протянула ее мужу.

Клейтон пристально посмотрел на Уитни, прежде чем открыть крышку, стараясь понять причину ее смущения. Но так и не угадав, нажал на пружинку, вынул тяжелое золотое кольцо с великолепным рубином и поднес его поближе к свету, чтобы хорошенько разглядеть. Кроваво-красный камень таинственно сверкал, отражая крошечные огоньки. Клейтон в порыве сентиментальности уже готов был попросить жену, чтобы она сама надела кольцо ему на палец, но в этот момент заметил на внутренней стороне какую-то надпись. Затейливыми буквами на гладком золоте было выведено всего два слова:

«Моему господину».

Слово «моему» было подчеркнуто, и Клейтон, глубоко вздохнув, не в силах выразить переполнявшие его чувства, привлек Уитни к себе.

— Боже, как я люблю тебя, — хрипло прошептал он, осыпая ее поцелуями.

Наконец Клейтон поднял голову, но Уитни не отстранилась, легкими прикосновениями пальцев лаская его висок. Он откинулся назад, и Уитни оказалась сверху. Розовые упругие холмики прижались к его груди, и Клейтон с особой остротой осознал, что его тело пробуждается с устрашающей силой. Он сгорал от желания вновь сделать ее своей, но при этом боялся испугать неукротимостью страсти. Наконец Клейтон шевельнулся, и Уитни чуть приподнялась, опершись на руки, искушая его видом прелестных грудок, напоминающих спелые плоды.

— Я слишком тяжелая? — тихо спросила она.

— Нет, но, может, тебе следует немного поспать, любимая? — с сожалением предложил Клейтон.

— Мне не хочется, — запротестовала жена.

Лежа на нем, обнаженная, с рассыпавшимися по его груди и плечам волосами, она напоминала богиню.

— Ты уверена, что совсем не устала? — рассеянно переспросил он, проводя костяшками пальцев по гладкой щеке и в который раз поражаясь ослепительной красоте жены. — Что же ты в таком случае хочешь?

Вместо ответа Уитни залилась краской и поспешно уткнулась в его плечо.

— Думаю, ты совершенно права и стоит этим заняться! — хрипловато рассмеялся он.

Глава 34

Неделю спустя новобрачные уехали в свадебное путешествие во Францию, где провели месяц. Вернувшись в Лондон, супруги, однако, вопреки всеобщим ожиданиям поселились не в городском доме на Аппер-Брук-стрит, а предпочли покой и уединение Клеймора. Однако они регулярно появлялись на балах и в опере, иногда возвращаясь в Клеймор уже на рассвете.

В высшем свете считалось немодным, почти неприличным, чтобы муж и жена большую часть времени проводили в обществе друг друга, герцог и герцогиня Клеймор стали законодателями собственной моды: они почти не расставались, и все признавали, что они чудесная пара. Оба красивые, элегантные, они буквально светились от счастья.

Казалось, новобрачных связывает не только глубокое чувство, но что-то гораздо большее.

Недаром высший свет замечал с общим вздохом изумления и зависти, что подобный брак крайне необычен по современным стандартам. Некоторые, наиболее откровенные, даже заходили настолько далеко, что забывали о правилах этикета и осмеливались высказывать вслух, что герцог и герцогиня, как это ни странно, влюблены друг в друга.

Сам Клейтон не испытывал ни малейших сомнений относительно своих чувств к жене. Он любил Уитни со всей страстью. Ему было недостаточно взглядов, прикосновений и ласк, чтобы утолить постоянный голод. По ночам он ощущал, как жгучее желание лишь усиливается после того, как он забывался в безумном наслаждении, а Уитни, в свою очередь, всякий раз прижималась к мужу так, словно хотела слиться с ним навсегда.

Наедине с ним она была страстной, неукротимой любовницей. В первые же недели их брака Клейтон сумел внушить ей, что в постели нет места смущению и скромности, и Уитни самозабвенно отдавалась его ласкам. Не скрывая бурных порывов, она безоглядно бросалась в огромные штормовые волны, поднимаясь и опускаясь на гребне, пока с губ не срывался экстатический крик. А потом он долго держал ее в объятиях, нежно гладя, нашептывая милые глупости, пока оба не засыпали, счастливые, удовлетворенные и усталые.

Дни текли незаметно, наполненные радостью и семейной идиллией. Обычно, когда Клейтон уединялся в своем просторном кабинете, Уитни тоже усаживалась где-нибудь в углу, подсчитывала домашние расходы, составляла меню или просто читала, изредка бросая украдкой восхищенные взгляды на мужа, занятого корреспонденцией и деловыми отчетами. Время от времени Клейтон поднимал голову и искал ее глазами, словно желая убедиться, что жена рядом, и улыбался или заговорщически подмигивал, прежде чем снова погрузиться в бумаги.

Поначалу Уитни не была уверена, что ее присутствие будет приятно Клейтону. Это был его собственный мир. Здесь он вел деловые разговоры, отдавал распоряжения агентам и управляющим. Он любил эту работу, хотя вовсе не был обязан заниматься ею. Стивен как-то сказал ей, что за последние пять лет Клейтон почти удвоил и без того огромное состояние Уэстморлендов. Он распоряжался капиталом Стивена и — о чудо из чудес! — даже ее отца.

Уитни любила слушать, как муж беседует с поверенными и деловыми людьми. И хотя его тон был властным, он всегда оставался спокойным и выдержанным, а замечания делал конкретные и логичные. Глядя на это неотразимо красивое лицо, она испытывала прилив гордости и чувствовала себя при этом желанной и любимой. Единственной и дорогой его сердцу.

Каждый раз, когда она отправлялась в город или в театр с Эмили, ей не хватало звуков голоса Клейтона, его смеющихся глаз и чарующей улыбки.

Ночи же превращались в настоящий праздник любви. Иногда он двигался медленно, неторопливо, как в брачную ночь, в другие минуты дразнил ее, намеренно искушал, соблазнял, заставляя точно сказать, чего она хочет, иногда же брал быстро, почти грубо. И Уитни так и не смогла решить для себя, что ей нравится больше.

Сначала ее немного пугала неистовая, кипучая страсть, которую она была способна возбудить в Клейтоне всего лишь поцелуем, прикосновением, интимной лаской, но прошло совсем немного времени, прежде чем она начала бесстыдно наслаждаться его дерзкой, откровенной любовью. Уитни принадлежала ему телом, душой и сердцем.

Пять месяцев спустя оказалось, что она забеременела.

Теперь по ночам, когда Клейтон спал в ее объятиях, Уитни лежала без сна, взволнованная и почему-то угнетенная. У нее была трехнедельная задержка, и все же по какой-то непонятной причине она оттягивала разговор с мужем. Тереза Дю Вилль на свадьбе призналась Уитни, что беременность дает ей прекрасный повод отдохнуть от любовных притязаний мужа. В отличие от приятельницы Уитни не могла того же сказать о себе. С другой стороны, она не могла рисковать здоровьем младенца, если именно этим грозят их порывы страсти. В довершение всех волнений Клейтон ни разу не упомянул о желании иметь детей, хотя, по мнению Уитни, каждый мужчина хочет иметь наследников титула и состояния.

Вскоре Уитни стала неважно себя чувствовать по утрам и часто засыпать днем. Сомнений не осталось, однако она по-прежнему хранила молчание.

Как-то раз Уитни направилась наверх, чтобы переодеться и, как обычно, пуститься вместе с мужем по полям и лугам головокружительным галопом. Однако Клейтон остановил жену на лестнице.

— Хан немного припадает на правую ногу, — с необычной нежностью прошептал он. — Может, лучше просто погуляем сегодня, малышка?

Уитни вовсе не заметила, что Хан захромал, и, кроме того, в конюшнях стояли десятки великолепных лошадей, но она и не подумала возражать и даже почувствовала легкое облегчение — они обычно мчались с такой скоростью, что ее дрожь пробирала при мысли о нечаянном падении.

Начиная со следующей ночи, ласки Клейтона приобрели совершенно новый оттенок, ставший с тех пор неизменным. Он возбуждал Уитни, пока она не теряла рассудок от желания поскорее принадлежать ему, и потом входил в нее мучительно медленно, проникая глубоко и так же неспешно отстраняясь. Это невыносимо усиливало желание, задерживая мгновение сладостного блаженства. Уитни почему-то казалось, что подобные любовные ласки не могут повредить ребенку.

На следующей неделе она наконец немного успокоилась, обрела самообладание и сказала себе, что делает глупость за глупостью. Прежде всего ей не терпелось сообщить мужу новости. Стоит еще немного помедлить, и ее тело станет неоспоримым доказательством будущего отцовства Клейтона. Поэтому Уитни отправилась в Лондон и купила в лавке шесть крохотных распашонок, а вернувшись, заперлась в своей спальне и занялась вышиванием.

Прошло немало времени, прежде чем Уитни позвала Мэри и Клариссу оценить результаты своей работы.

— Удивительно, не правда ли? — вздохнула она. — Мне удалось овладеть греческим и латынью, но этим... ничего не получается!

Мэри и Кларисса, привилегированные служанки, не боявшиеся высказывать собственное мнение, при одном взгляде на вышивание весело переглянулись и залились в приступе неудержимого хохота.

Лишь на следующий вечер, к ужину, Уитни наконец удалась кривоватая буква «У», вышитая синей ниткой на воротничке невероятно маленькой распашонки.

— Придется довольствоваться хотя бы этим, Кларисса, — покачала она головой.

— Когда вы собираетесь признаться его светлости, что ждете ребенка? — спросила горничная со слезами радости на глазах.

— Я немного не это хотела сказать ему, — засмеялась Уитни, погладив Клариссу по морщинистой щеке. — Собственно говоря, я... я и слова не пророню — пусть вот это все скажет за меня, — объявила она, поднимая распашонку.

— Думаю, сегодняшний вечер — самое подходящее время, — согласилась Кларисса.

И Уитни с веселой заговорщической улыбкой спрятала рубашечку в ящик бюро рядом с письменными принадлежностями и поспешила спуститься к ужину.

Она подождала, пока Клейтон допьет портвейн и они усядутся в бело-золотом салоне. Притворяясь полностью поглощенной романом, Уитни вздохнула:

— Не могу понять, почему я так устаю в последнее время.

Она не подняла глаз и поэтому не видела, с какой гордостью и нежностью смотрит на нее Клейтон.

— Неужели не можешь, родная? — осторожно спросил он.

Знает ли Уитни, что беременна? Клейтон не был уверен в этом. Что, если она боится родов?

Он решил как можно дольше не волновать жену.

— Нет... — задумчиво протянула Уитни. — Но я хотела ответить на письмо тети и только сейчас поняла, что оставила его в моем бюро. Тебе не очень трудно принести его? Эти ступеньки кажутся мне сегодня неприступной вершиной.

Клейтон поднялся, поцеловал жену в лоб, ласково взъерошил ей волосы и взбежал по широкой мраморной лестнице.

Войдя в ее комнату, он невольно улыбнулся. Слабый аромат духов Уитни окутал его душистым туманом. Ее щетки и расчески лежали на туалетном столике. Незримое присутствие Уитни словно наполняло комнату, и от этого здесь было еще уютнее. Уитни...

По-прежнему гадая, знает ли жена о своей беременности, а если знает, то почему не поделится с ним, Клейтон выдвинул ящик бюро розового дерева, взял несколько листков бумаги из толстой пачки и безуспешно попытался отыскать письмо леди Энн. Ничего не найдя, он отодвинул в сторону то, что посчитал носовыми платками, и перебрал все мелочи, пока наконец на самом дне не обнаружил сложенное письмо. Желая убедиться, что именно его просила принести жена, Клейтон развернул послание и прочел несколько слов.

«К моему величайшему стыду, я обнаружила, что беременна. Прошу вас немедленно приехать, чтобы все обсудить. Уитни».

К ее величайшему стыду?

Клейтон недоуменно нахмурился. Как странно, что она испытывает подобные чувства к живому воплощению величайшего счастья, которое они нашли друг в друге! И что за непонятный способ сообщать ему радостные новости? «Прошу вас немедленно приехать».

Однако в следующие мгновения ужасное озарение пронзило мозг и ударило в сердце безжалостным стилетом. Записка написана за два месяца до свадьбы... накануне того дня, когда он привез Ванессу в Клеймор и столкнулся лицом к лицу с Уитни... непонятно, кому она адресована, поскольку нет обращения... но почерк, очевидно, принадлежит Уитни... красивый, ровный... разборчивый... Боже, помоги ему! Она писала какому-то мужчине, отцу ее будущего ребенка!

Нет, этого не может, не может быть... только не Уитни...

Но что-то в душе начало рушиться, медленно и неотвратимо. В ту ночь, приехав сюда, Уитни просто разыгрывала роль. Все эти месяцы он бережно хранил в памяти то мгновение, когда она, забыв о гордости, сама пришла к нему, и теперь все это оказалось ложью, омерзительной, грязной ложью! Значит, шепча ему о любви, она притворялась! Притворялась, потому что уже знала, что беременна, и тот, кому эта записка была адресована, либо не желал исполнить свой долг, либо просто не мог. Вероятно, сукин сын уже был женат!

Уитни явилась тогда в Клеймор, чтобы найти подходящего отца для отродья неизвестного мужчины. Иисусе! Да они скорее всего придумали этот план вместе! Правда, судя по тому, какой слабой и усталой она выглядела за несколько дней до свадьбы, возможно, успела освободиться от беременности, и подставной отец для ребенка, зачатого неизвестно от кого, уже не понадобился.

И что за чертово представление она устроила в их первую брачную ночь! К тому времени, должно быть, все тревоги миновали, она убедилась, что не беременна, но так переволновалась из-за едва не разразившегося скандала, что была готова на все, лишь бы оказаться замужем. Не исключено, что любовнику Уитни это только на руку. Теперь никто ничего не заподозрит, даже если она забеременеет.

И тут Клейтон припомнил, сколько раз за прошедшие недели она ездила в Лондон «за покупками» или «навестить друзей». Желчь подступила к горлу. Отцом ребенка, которого она носит, может оказаться как он, так и любой другой!

Сука! Лживая, вероломная, маленькая... Нет, он не мог даже в своем воспаленном, измученном воображении назвать ее именем, которого она заслуживает! Он слишком любил ее, чтобы проклинать. Но оказалось, что любил фиглярку, законченную актрису, пустую куклу. Тело. Ничего больше. И, как теперь выяснилось, даже тело принадлежало не ему одному.

Нужно отдать ей должное, какой безошибочный инстинкт выживания! Вынудить его привести ее в этот кабинет, пока Ванесса ждала в соседней комнате, вынести его ярость, прижаться всем телом и целовать, словно отдавая свое сердце! И все из-за того, что имела несчастье забеременеть! Клейтон очень хотел верить, что ребенок мог быть от него. Он даже попытался убедить себя в этом. Но он прекрасно помнил, что, овладев ею, сразу же отстранился. Шансы на то, что она могла забеременеть от него, были так невелики, что о них не стоило и говорить.

Боже, каким гнусным спектаклем была их жизнь! Каждый взгляд жены, каждое слово, каждая ласка — все притворство, мерзкое, отвратительное притворство!

Пальцы медленно сжались в кулак, сминая листок бумаги в тугой комок. Боль в душе начала притупляться, и ее место заняла холодная черная ярость. Клейтон машинально швырнул измятую записку на пачку бумаги, попытался задвинуть ящик, но он застрял. Что-то не давало ему закрыться до конца: крохотная белая распашонка с буквой «У», вышитой на воротничке!

Клейтон долго разъяренно смотрел на нее и, резко рванув, поднес к глазам. Так вот что он должен был найти! Как трогательно с ее стороны! Неизменная склонность к мелодраматическим эффектам!

Клейтон, брезгливо поморщившись, швырнул на пол белый лоскуток и, растерев его каблуком, повернулся, чтобы выйти.

— Вижу, ты нашел его, — прошептала Уитни с порога, не отводя потрясенного взгляда от трогательной распашонки под ногами мужа.

— Когда? — ледяным тоном осведомился он.

— Думаю... через... через... семь месяцев.

Клейтон пристально смотрел на Уитни, и она почти чувствовала исходившую от него безумную злобу.

— Мне этот ребенок не нужен! — с намеренной жесткостью, подчеркивая каждое слово, процедил он сквозь зубы.

Кларисса и Мэри, маячившие на балконе, чтобы полюбоваться счастливым лицом хозяина, в ужасе сжались, когда он почти пробежал мимо них и быстро спустился по ступенькам, двигаясь с бешеной решимостью, угрожавшей смести всякого, кто окажется на пути. Входная дверь с оглушительным грохотом захлопнулась; Кларисса медленно повернулась и направилась в комнату Уитни, но, потрясенная, замерла на пороге при виде зрелища, представшего перед ее глазами.

Уитни стояла на коленях около бюро, плечи судорожно вздрагивали от безмолвных рыданий. Голова была откинута, и слезы струились ручьями из-под закрытых век.

С пальцев свисала маленькая белая распашонка с синей буквой «У», любовно вышитой на воротничке.

— Не плачь, дорогая, не плачь, — беспомощно повторяла Кларисса, наклоняясь, чтобы помочь Уитни встать. — Ты повредишь ребенку.

Но Уитни не в силах была перестать плакать. Она всхлипывала, пока не заболело горло.

«Мне этот ребенок не нужен!» Бесчеловечные слова ядовитой змеей обвили ее сердце, сжимая и сдавливая его так, что воздух не проходил в истерзанные легкие.

Когда небо чуть посветлело, Уитни повернулась на бок и посмотрела в окно. Она лежала одна в постели, одна впервые со дня свадьбы. Клейтон не хочет ее ребенка, их ребенка! Неужели не собирается признавать его? Нет, он не может... не имеет права... Почему? Из-за чего?

Уитни зажмурилась и отвернула голову. Он, очевидно, хочет заставить ее отдать ребенка, сразу же нанять кормилицу и отослать малыша с глаз долой в одно из своих поместий. Неужели его любовь к ней настолько эгоистична, что в ней нет места для их ребенка?

Всего несколько часов назад она и сама не понимала, как отнестись к своей беременности. Зато знала теперь: непонятная ярость Клейтона пробудила в ней стремление защитить беспомощное создание — чувство настолько неукротимое, что потрясло все существо Уитни. Она никогда не позволит ему отнять у нее малыша. Никогда!

Уитни проснулась очень поздно. Голова болела и кружилась, тошнило так, что казалось, вот-вот вывернет наизнанку, но она заставила себя встать и спуститься к завтраку. Прибор Клейтона все еще стоял на столе.

— Его светлость сказали, что сегодня у него нет аппетита, миледи, — сообщил слуга.

Уитни что-то пожевала исключительно ради ребенка и отправилась на долгую прогулку через парк, мимо переливающихся всеми красками цветочных клумб, к берегу озера, по спокойной глади которого плыли лебеди, и наконец набрела на белую беседку с видом на озеро. Войдя внутрь, она села на одну из ярких подушек, разбросанных по скамьям, и провела здесь два часа, пытаясь привести в порядок хаотически метавшиеся мысли, осознать, что она все та же Уитни Уэстморленд, которой была вчера, и не перенеслась в другую эпоху и другое время.

Вернувшись в дом, она медленно поднялась по лестнице и обнаружила, что камердинер Клейтона и трое лакеев выносят чемоданы и тюки с вещами из спальни Клейтона.

— Что происходит? — задыхаясь, спросила она у Мэри. — Объясните, почему они уносят вещи моего мужа?

Уитни чувствовала, что медленно сходит с ума. Спаситель, что же теперь делать?!

— Его светлость перебирается в западное крыло, — пояснила Мэри, стараясь говорить спокойно и равнодушно. — Мы перенесем ваши вещи в его спальню, а из вашей комнаты выйдет превосходная детская, когда придет время.

— Вот как, — прошептала Уитни, сознавая, что не сможет жить в этих покоях одна, без Клейтона. — Вы не покажете мне, где его новые комнаты? Мне... нужно кое о чем спросить его светлость... мы собирались поехать...

Мэри подвела хозяйку к высокой двери в западном крыле и тактично оставила одну.

Уитни вошла в комнату. Клейтон был здесь сегодня, был и ушел. Сорочка брошена на стул, перчатки — на постель. Она медленно побрела в гардеробную, провела пальцем по ручкам щеток из черного оникса и усилием воли подавила слезы, угрожающие снова хлынуть из глаз. Открыв гардероб, Уитни долго терзала себя, разглядывая одежду мужа. Какие широкие плечи должны быть у мужчины, который носит эти куртки... Такие широкие плечи... Она всегда любила его плечи. И глаза.

Уитни направилась было к двери, но тут появился Клейтон. Не говоря ни слова, он прошел мимо, шагнул к гардеробной и начал раздеваться. Она последовала за ним и, не сумев скрыть слезы, прошептала:

— Почему ты делаешь это, Клейтон?

Он рывком стащил сорочку, но не спешил ответить.

— Из-за... из-за нашего ребенка? — не отставала Уитни.

— Из-за ребенка, — коротко поправил он, окинув ее презрительным взглядом.

— Ты... ты не любишь детей?

— Детей от другого мужчины! — ледяным тоном выпалил Клейтон и, швырнув сорочку на пол, обернулся и, больно сжав ее локоть, потащил к выходу.

— Но ты же не можешь не хотеть собственных детей, — прерывающимся голосом пробормотала Уитни, не обращая внимания на то, что муж на глазах у проходящего слуги бесцеремонно выталкивает ее в коридор.

— Собственных, — подтвердил Клейтон зловещим тоном. Он навис над женой, положив руку на ручку двери, словно собираясь захлопнуть ее перед носом Уитни.

— Мы поедем сегодня к Уилсонам? Я... я приняла приглашение несколько недель назад.

— Я уезжаю. А ты можешь делать все, что угодно, черт возьми!

— Но, — умоляюще выдохнула Уитни, — ты едешь к Уилсонам? Если да, то...

— Нет! — рявкнул Клейтон. — И если я когда-нибудь увижу тебя в этой комнате, даже в этом крыле дома, лично позабочусь о том, чтобы удалить тебя отсюда. Даю слово, Уитни, тебе не понравится способ, каким я это сделаю, — безжалостно-холодно добавил он.

Дверь с грохотом захлопнулась.

Клейтон долго неподвижно стоял посреди комнаты, сжимая и разжимая кулаки, пытаясь взять себя в руки и усмирить вновь накатившую ярость. Вчера он умудрился допиться до бесчувствия в своем кабинете, но не раньше, чем тщательно продумал все способы мести за поруганные любовь и доверие. Он заведет любовницу и будет всюду показываться с ней, пока Уитни не узнает о ее существовании. Общество сквозь пальцы смотрит на женатого человека, имеющего содержанку, так было всегда. Но Уитни попадет в ловушку. Она не сможет слишком часто выезжать одна, не возбудив излишних толков, а если появится с другим мужчиной, станет настоящим изгоем — ее просто перестанут принимать в порядочных домах.

Но даже этого недостаточно. Если она родит ребенка и Клейтону придется дать ему свое имя, видит Бог, он даже не взглянет на него и отошлет это отродье с глаз долой. Но не сразу. Пусть поживет здесь год-другой, пока Уитни не привяжется к нему. Ребенок — вот самое страшное орудие мести. Клейтону все равно, чей это младенец, — результат ли грязной измены или живое доказательство страсти, которой он воспылал к этой женщине.

Уитни тоже продолжала стоять на месте, уставясь в дубовую панель. Горло болело, глаза щипало, но она не заплачет! Чем жалобнее она молила, тем большее удовольствие доставляло ему оскорблять ее!

Наконец она медленно побрела прочь, желая обрести если не душевное равновесие, об этом не могло быть и речи, то хотя бы очутиться в безопасности своей комнаты.

Мэри и Кларисса хлопотали в хозяйских покоях, перенося одежду Уитни в бывшую спальню Клейтона, и вокруг царил ужасный беспорядок.

— Извините, — с трудом выговорила Уитни. — Я... я хотела бы побыть одна. Вы можете закончить все это позже.

Обе выглядели такими грустными и растерянными, что Уитни просто не могла вынести этого. Она пыталась осознать, что происходит. Итак, Клейтон не желает видеть ее, выбросил, как ненужную ветошь, и лишь потому, что она забеременела.

Впервые за все эти ужасные часы Уитни охватил гнев. С каких это пор беременность считается исключительно виной женщины? И чем, по его мнению, должны были кончиться все эти исполненные страсти ночи? Пусть она наивна, однако прекрасно понимает, откуда берутся дети! На какое-то мгновение Уитни захотелось снова ворваться к Клейтону и высказать ему все это.

Но чем больше она думала о случившемся, тем больше злилась. Подняв подбородок, Уитни дернула за шнур сонетки.

— Пожалуйста, вели погладить мое синее шелковое платье, — приказала она. — И подать экипаж сразу после ужина. Я уезжаю.

Четыре часа спустя Уитни вплыла в столовую. Ее волосы были уложены в сложную элегантную прическу и перевиты нитями сапфиров и бриллиантов; два локона спадали на уши. Глубокий вырез синего платья открывал плечи. Губы решительно сжаты. Если они собираются отныне быть чужими людьми, по крайней мере можно сохранять подобие дружеских отношений. Но если Клейтон хотя бы на мгновение воображает, что после родов он как ни в чем не бывало сможет вернуться в ее постель, значит, знает ее далеко не так хорошо, как думает.

Но Уитни не ожидала, что, когда при ее приближении он всего лишь вежливо, почти автоматически поднимется, в ее груди загорится боль и желание такой силы, что она едва не потеряет сознание! Муж казался ей необыкновенно красивым, и, улыбнись он хотя бы слегка, она бросилась бы ему на шею и молила... молила... о чем? О прощении за любовь? За то, что носит его ребенка?

Несколько раз за время их молчаливой трапезы Уитни ловила на себе взгляд Клейтона, мимолетно останавливавшийся на ее грудях, открытых декольте синего платья. Он поспешно отводил глаза, и Уитни чувствовала, как разгорается его ярость.

Она даже осмелилась посчитать, что он немного ревнует, ведь они до этого ни разу не выезжали порознь. И как только глаза Клейтона снова скользнули по ее груди, Уитни с невинным видом спросила:

— Тебе нравится мой новый туалет?

— Если собираешься выставлять свои прелести напоказ всему свету, он великолепно подходит для этих целей, — цинично бросил он.

— Ты уже устроился в своих новых комнатах? — упорствовала Уитни.

Клейтон отодвинул тарелку, словно окончательно лишился аппетита, и поднялся.

— Я нахожу их гораздо более предпочтительными, чем те, что занимал раньше, — процедил он и, повернувшись, направился к выходу. Через несколько минут входная дверь громко хлопнула, и Уитни услышала стук колес удаляющейся кареты. Она устало опустила плечи, понимая, что потерпела поражение. Ее снова затошнило, разболелась голова, но Уитни все же отправилась на бал к Уилсонам и постаралась остаться за полночь в слабой надежде, что Клейтону не понравится ее столь долгое отсутствие и в следующий раз он захочет ее сопровождать.

Она смертельно устала, но сразу проснулась, как только экипаж остановился у подъезда Клеймора как раз в тот момент, когда Клейтон выходил из своей кареты.

Они поднялись по ступенькам крыльца, и Уитни успела заметить сверкнувший гневом взгляд и плотно сжатые челюсти.

— Продолжай являться домой под утро, и через неделю весь Лондон начнет про тебя сплетничать, — сухо выдавил он.

Уитни остановилась у двери своей комнаты.

— Я не смогу выезжать, как только мое состояние окажется очевидным, — сообщила она, — кроме того, я прекрасно провела время! — из чистого упрямства добавила она, гордо вскинув голову.

И хотя не могла сказать определенно, но Клейтон, кажется, выругался себе под нос.

На следующее утро Уитни отправилась в конюшню, где конюх решительно отказался оседлать Хана. Она была обижена, смущена и рассержена, а также настолько сконфужена, что грум был вынужден сослаться на приказ его светлости. Уитни слишком расстроилась, чтобы хорошенько обдумать свои дальнейшие действия. Не говоря ни слова, она величественно повернулась и направилась к дому, прошла прямо в кабинет Клейтона, даже не подумав сначала постучать.

Клейтон совещался с большой компанией людей, сидевших вокруг его письменного стола. Все мгновенно вскочили, кроме Клейтона, который поднялся с видимой неохотой.

— Прошу прощения, джентльмены, я не знала, что у моего мужа посетители, — ангельски улыбнувшись удивленным мужчинам, сказала Уитни. И, обратившись к Клейтону, застывшему на месте, объявила: — Произошло некоторое недоразумение. Никто в конюшне, кажется, не понимает, что Хан — мой конь. Предпочитаешь сам все объяснить или предоставишь мне?

— Даже не пытайся сесть в седло! — зловеще предупредил муж.

— Простите, что прервала ваше совещание, — пробормотала Уитни, покраснев от стыда. Как он может говорить с ней в таком уничижительном тоне в присутствии незнакомых людей!

Она поспешно вылетела из комнаты. Это просто безумие, сумасшествие, извращенная жестокость! Теперь Клейтон намеренно не позволяет ей хоть как-то занять время! Хочет лишить ее всех радостей жизни!

Уитни сорвала крохотный цилиндр. Она ненавидела эту глупую моду! Самое прекрасное во время езды — чувствовать, как ветер треплет волосы.

Она уже шагнула к гардеробной, намереваясь переодеться, но почему-то передумала. Направившись к конюшне, она окинула первого же конюха, осмелившегося преградить ей дорогу, таким взглядом, что тот почтительно отступил. Потом Уитни подошла к стойлу Хана, накинула на него узду и с трудом сняла седло с колышка. С каждой секундой мужества у нее все прибавлялось. В конце концов, никто из них не посмеет ее остановить. Ей удалось надеть на Хана тяжелое дамское седло лишь с третьей попытки, но она все-таки добилась своего. Подтянув подпругу, как могла туже, и молясь, чтобы этого оказалось достаточно, она вывела коня и вскочила в седло.

Уитни каталась почти три часа. Уже через час она сильно устала, но не желала возвращаться. Клейтону, конечно, уже успели доложить обо всем, и гнев его будет ужасен.

Она ожидала очередной стычки, но не думала, что Клейтон будет дожидаться ее у конюшни. Он стоял, непринужденно опершись о выбеленный забор, и о чем-то беседовал со старшим конюхом. При виде мужа Уитни невольно сжалась от страха, зная, что спокойный, почти равнодушный вид — всего лишь маска, под которой бушует убийственная ярость, готовая обрушиться на нее.

Когда она проезжала мимо, Клейтон обманчиво-небрежным жестом выбросил руку и ухватил поводья Хана, резким рывком остановив лошадь. В глазах блеснула уничтожающая злость, а голос был таким тихим и ледяным, что сердце Уитни сжалось.

— Слезай!

Уитни уже почти решилась вырвать поводья, развернуть Хана и умчаться куда глаза глядят.

— Попробуй только! Я предупреждаю... — прошипел он.

К собственному стыду и унижению, Уитни почувствовала, как загорелись щеки и затряслись руки. Она судорожно сглотнула и виновато протянула к нему ладони:

— Ты поможешь мне спешиться?

Клейтон грубо сдернул ее с седла.

— Как ты посмела ослушаться меня? — прорычал он и, больно впившись пальцами в ее плечо, потащил за собой под удивленными взглядами грумов и конюхов.

Уитни подождала, пока они отошли подальше и приблизились к черному ходу, прежде чем вырвать руку и стремительно развернуться.

— Ослушаться тебя? — повторила она. — Собираешься напомнить мне о моих обетах? Неужели... Хотите, чтобы я напомнила вам о ваших, милорд?

— Я хочу предостеречь тебя, причем только один раз! — угрожающе прорычал Клейтон. — Если хочешь, назови это советом.

— Будь мне нужен совет, — парировала Уитни, обдавая мужа зеленым пламенем глаз, — ты оказался бы последним человеком на земле, у которого я бы его попросила!

Она уже открыла рот, чтобы сказать еще что-то, но тут же передумала при виде его искаженного яростью лица.

— Попробуй еще раз не подчиниться моим приказам, и я велю запереть тебя в комнате, пока твое отродье не появится на свет!

— Уверена, что тебе именно этого и хотелось бы! — фыркнула Уитни, вне себя от вспыхнувшей ненависти к мужу за то, что посмел назвать ее ребенка отродьем. — Ты самый подлый, самый жестокий... негодяй и лгун! Как ты посмел уверять, что любишь меня, и потом так поступать! И еще одно, милорд герцог, — добавила она, задыхаясь от гнева, — хотя это должно было оказаться для вас невероятным сюрпризом, так уж вышло, что от плотской любви появляются дети!

Клейтон был так поражен этим смехотворным «откровением», что не успел заметить мелькнувшую в воздухе руку. Прозвучала оглушительная пощечина, и Уитни подняла голову с видом разгневанной богини.

— Ну же, не стесняйся, ударь меня! — вскричала она. — Хочешь причинить мне как можно больше боли, я не помешаю! Что это с тобой — потерял желание терзать меня? — продолжала издевательским тоном Уитни, не обращая внимания на бешено бьющийся в висках пульс. — Прекрасно, потому что я достаточно зла, чтобы не отказать себе в удовольствии еще раз дать тебе по физиономии!

Она широко размахнулась, но тут же охнула от боли в запястье, стиснутом его пальцами, словно клещами.

Заведя жене руку за спину, Клейтон дернул ее на себя.

— Ты прекрасная, лживая, хитрая самка, — взорвался он, — хотя бы раз за нашу позорную жизнь вместе скажи правду! Всего лишь раз. Клянусь, что спокойно приму любой ответ!

— Клянешься? — взвилась Уитни. — Так же, как клялся перед алтарем? Как клялся в этом доме никогда не причинять мне боли? Твое слово не стоит и...

— Этот ребенок мой? — бросил ей в лицо Клейтон, безжалостно сжимая пальцы.

Глаза Уитни становились все шире, пока не превратились в огромные зеленые озера; губы раскрылись в потрясенном неверии, столь убедительном, что на какую-то долю секунды Клейтон даже спросил себя, не произошла ли какая-то ужасная ошибка и не виновен ли он во всем сам?

— Твой ли он? Твой?! — повторяла она, все повышая голос, и неожиданно едва не рухнула ему на грудь. Плечи ее тряслись, как в ознобе. Слезы бессильной ярости душили ее.

Клейтон выпустил ее руку. Ему хотелось оттолкнуть это стройное трепещущее тело так же сильно, как прижать к себе, и зарыться лицом в волосы этой восхитительной женщины. Но больше всего он мечтал о том, чтобы отнести ее в дом, положить на постель, вонзиться в теплую тугую плоть и забыть о боли и ненависти.

Уитни по-прежнему льнула к нему, схватившись за борта куртки, не поднимая головы и повторяя снова и снова:

— Твой ли он?

Клейтон сжал ее плечи, не грубо, но без всякой нежности, и отодвинул от себя.

«Она плачет, — думал он, охваченный непонятными угрызениями совести. — Плачет из-за меня».

Он отступил, и Уитни медленно подняла глаза. Она уже не плакала. Она смеялась! Истерически хохотала!

И, все еще смеясь, нанесла ему сокрушительный удар по лицу, от которого Клейтон пошатнулся и едва не упал, а сама вбежала в дом.

Клейтон неспешно, в глубокой задумчивости последовал за ней, вошел в кабинет, закрыл двери и налил себе огромную порцию виски. Две вещи он теперь знал наверняка: у его жены тяжелая рука и именно он отец ребенка, которого она носит.

И пусть она лгала относительно причин своего внезапного приезда сюда, желания выйти за него замуж... что бы там ни было, уничтожающе презрительный взгляд, которым она ответила на вопрос, кто отец ребенка, подделать невозможно. Она не встречалась с любовником во время поездок в Лондон. Ни один человек на свете, будь он виновен в чем-то, не смог бы изобразить так натурально ужас, потрясение и безумную ярость. Что бы ни натворила Уитни, после свадьбы она ему не изменяла. Ребенок его. Клейтон знал это так же твердо, как и то, что семь месяцев назад Уитни явилась к нему лишь затем, чтобы получить отца для младенца от неизвестного мужчины. Кипящий гнев немного улегся, оставив лишь глухую боль.

К несчастью, с Уитни все происходило наоборот. Подумать только, как злобно, вульгарно, пренебрежительно он обошелся... да он просто безумен! Безумен! И она тоже сойдет с ума, если останется с ним. Потому что даже когда он осыпал ее отвратительными ругательствами и едва не сломал руку, она испытывала мучительную радость от того, что вновь прижимается к его груди. Даже тогда ей хотелось, чтобы Клейтон держал ее в объятиях. И если она останется, наверняка станет такой же сумасшедшей, как он.

Уитни попыталась не обращать внимания на тоску, охватившую ее при мысли о разлуке. Но куда она поедет? Отец слишком слабоволен и не сможет защитить ее от мужа, если он потребует возвращения жены. Тетя Энн и дядя Эдвард? Она напишет им и спросит, можно ли приехать во Францию немного погостить, и уж потом все им откроет. Однако Уитни боялась, что Клейтон вполне может настигнуть ее во Франции, а самое главное — употребить свое влияние, чтобы повредить карьере дяди.

Остается лишь рассказать обо всем, и пусть дядя Эдвард решает сам.

Уитни поспешно уселась за бюро, выдвинула ящик и уже хотела взять листок голубой бумаги, когда взгляд ее упал на смятый комочек. Без особого любопытства она развернула его, желая посмотреть, стоит ли сохранить, и увидела несколько слов, написанных собственной рукой.

«К моему величайшему стыду...»

Она смутно припомнила, как спрятала неотосланное письмо под чистой бумагой, еще когда жила у Эмили, поскольку не хотела, чтобы кто-нибудь из слуг нашел его. Но теперь записка смята и лежит на самом верху. Значит, кто-то обнаружил ее! Но сюда заходят лишь Мэри и Кларисса, а они никогда не станут шарить по ящикам!

Как унизительно знать, что чужой человек прочитал эту записку!

Уитни попыталась сообразить, кто мог рыться в ее бюро. Два дня назад, когда она с такой радостью спрятала сюда распашонку, все было в порядке, и ни один человек, кроме Клейтона, не... О Боже!

Уитни невольно приподнялась с кресла. Она сама послала сюда Клейтона с просьбой отыскать письмо тети.

— И ты нашел это, — выдохнула она, словно муж был рядом. — Господи милостивый, ты нашел это!

Руки ее тряслись, а голова шла кругом, но Уитни пыталась представить, что мог подумать Клейтон, прочитав подобное послание. Она даже вынудила себя еще раз перечитать записку, словно сама нашла ее и видит в первый раз. Дата. Они решили каждый год праздновать дату ее приезда в Клеймор, а записка написана как раз накануне. И Клейтон, конечно, подумал, что она примчалась сюда, потому что была беременна! Это открытие глубоко ранило его, ведь недаром он сказал однажды, что ничто в мире не значит так много для него, как появление Уитни той ночью, когда он узнал о ее любви.

Какой ужас! И в довершение ко всему в записке нет обращения!

Уитни вскочила и, по-прежнему сжимая письмо, взволнованно забегала по комнате. Клейтон, естественно, посчитал, что оно адресовано любовнику! Прекрасно, но ведь он знает, что лишил ее невинности той страшной ночью и она носит его ребенка! Как смеет он так злиться лишь потому, что она обратилась к кому-то другому за советом и помощью? Почему бы и нет? В тот момент, когда была написана записка, они даже не разговаривали друг с другом! А что, если она писала ее отцу или тетке?

Но судя по тому, как взбешен Клейтон, он об этом не подумал. И теперь мучает Уитни, потому что терзается сам. И все из-за того, что она могла просить у другого мужчины совета и помощи. Клейтон ранен в самое сердце. И ревнует.

— Жалкий глупец! — прошипела Уитни в пустоту. Она вдруг почувствовала такое облегчение и головокружительную радость, что была готова раскинуть руки и закружиться в вальсе. Значит, Клейтон ведет себя так не потому, что не хочет их малыша!

Однако даже в порыве охватившего ее счастья она была готова убить его!

Он снова натворил бед! Как в ту ночь, когда притащил ее сюда! Решил, что она виновна, сам судил и приговорил, даже не соизволив открыть, в каком преступлении обвиняет, не дав возможности оправдаться! И теперь... теперь искренне верит, что способен вырвать ее из сердца, лишь перебравшись в другое крыло и делая вид, что их жизнь вдвоем кончена, словно вообще не существовала.

Дрожа от пережитых потрясений, Уитни тем не менее ощущала в себе стальную решимость. Она в последний раз позволяет ему вести себя подобным образом и набрасываться на нее, прежде чем она сумеет все ему объяснить!

И если Клейтон хотя бы на минуту вообразил, что, любя ее так сильно, позволит себе отвернуться и спокойно уйти, значит, сильно ошибается. Как может он, мудрый, проницательный, думать, что сумеет отделаться от жены, прогнать в гневе, что бы она, по его мнению, ни сделала?

Каким-то образом, каким-то способом необходимо заставить Клейтона признаться, что побудило его излить на жену столько гнева и презрения, так унизить ее. Пусть кричит на нее, сыплет обвинениями, ей все равно.

Уитни грустно улыбнулась. Именно так все и произойдет, потому что больше она не собирается умолять его объясниться, она уже пыталась сделать это, но безуспешно. Выбора нет — придется вынудить его, обозлить, рассердить или заставить ревновать, с тем чтобы он потерял контроль над собой и не смог больше скрывать свои мысли.

И когда он окончательно выйдет из себя, Уитни холодно объяснит недоразумение с запиской. Заставит его пресмыкаться у ее ног и молить о прощении.

Лицо Уитни озарилось сияющей улыбкой. О Господи, какая чушь! Она просто не сможет сделать это! Самое большее, на что она способна, — поскорее все выпалить, броситься ему на грудь и умирать от счастья и радости, чувствуя, как его сильные руки обнимают ее.

Ну а пока нужно сделать все, чтобы не казаться грустной и покорной. Она будет очаровательной и веселой, пока Клейтон не затоскует о былом так сильно, что не сможет этого вынести. Сначала Уитни станет лишь поддразнивать его, донимать шуточками и, только если это не поможет, сумеет вывести его из себя.

Сегодня Клифтоны дают бал, на который съедется половина Лондона. Уитни не знала, собирается ли Клейтон поехать туда. Сама она твердо намеревалась быть на балу.

Уитни оделась с особой тщательностью в изумрудно-зеленый туалет, заказанный в Париже во время свадебного путешествия. Ей еще не приходилось носить платья с таким откровенным вырезом, и Уитни, улыбаясь про себя, надела к нему гарнитур с изумрудами и бриллиантами — колье, браслет и серьги.

— Как я выгляжу? — спросила она у Клариссы, медленно поворачиваясь.

— Голенькой, как в тот день, когда родились, — проворчала горничная, осуждающе глядя на корсаж Уитни.

— Ты права, вырез немного ниже, чем я обычно ношу, — согласилась Уитни, лукаво сверкнув глазами. — И не думаю, что муж позволит мне куда-либо ехать без него в таком наряде, не так ли?

Через час она, высоко подняв голову, появилась в гостиной, шурша изумрудно-зелеными юбками. Клейтон, стоя у буфета, наливал себе бренди. Сегодня он выглядел особенно представительным в вечернем костюме темно-синего цвета и ослепительно белой сорочке с галстуком. Он показался Уитни необыкновенно красивым. Но Клейтон окинул пренебрежительным взглядом переливающийся зеленый наряд жены и застыл при виде обольстительных грудей, открытых почти до сосков глубоким декольте. Глаза Клейтона разъяренно блеснули.

— Куда это ты собралась? — осведомился он тихим, зловещим голосом.

— Собралась? — повторила Уитни, стараясь казаться при этом совершенно невинной, несмотря на соблазнительно-низкий вырез платья. — Сегодня мы обещали быть у Клифтонов. Кстати, я бы хотела выпить бокал вина, если не возражаешь, — добавила она с невозмутимо ослепительной улыбкой.

Клейтон раздраженно схватил с полки бутылку вина.

— Весьма сожалею, потому что мы к Клифтонам не едем.

— Разве? — Уитни удивленно подняла брови, протягивая руку за бокалом. — Печально, что ты хочешь пропустить такой великолепный вечер. Я всегда считала, что Клифтоны дают лучшие балы в...

Клейтон медленно повернулся, оперся бедром о шкаф и, лениво покачивая ногой, холодно сообщил:

— Я еду не к Клифтонам. А ты вообще останешься сегодня дома. Надеюсь, я достаточно ясно выразился, Уитни?

— Слова вполне понятны, — кивнула Уитни и, повернувшись, величественно выплыла из гостиной с бокалом в руке. Но, несмотря на невозмутимый вид, она была потрясена и уничтожена. Клейтон не собирается сопровождать ее к Клифтонам и не отпускает одну.

За столом оба напряженно молчали. Уитни исподтишка наблюдала за мужем. Ужин уже подходил к концу, когда ее взгляд упал на руку мужа. Рубинового кольца, подаренного ею в брачную ночь, не было. Сердце Уитни сжалось, когда она заметила едва видимый след на пальце, оставленный кольцом. С той минуты, когда она надела Клейтону перстень, он никогда его не снимал.

Подняв глаза, Уитни заметила, что муж с циничной улыбкой наблюдает за ней. И хотя боль становилась все острее, неукротимая ярость пересилила. Надменно подняв подбородок, Уитни решила, что отправится на бал, чего бы это ей ни стоило, даже если придется идти пешком!

— Я иду к себе. Доброй ночи, — не дожидаясь десерта, объявила Уитни.

Она собиралась подняться в свою комнату, не желая возбуждать в муже излишних подозрений. Иначе он просто может запретить слугам выпускать ее из дома.

Было уже начало второго ночи, но в привилегированном игорном клубе, членом которого был Клейтон, никто не смотрел на часы. Клейтон удобно расположился в кресле, не слишком обращая внимание ни на разговоры окружающих, ни на карты в собственных руках.

И сколько бы он ни пил сегодня, как бы ни пытался, не мог сосредоточиться на игре и на равных участвовать в непринужденных мужских беседах приятелей и знакомых. Он женился на колдунье, подобно острому шипу занозившей сердце. Невыносимо больно оставить ее там и еще больнее вырвать. Перед глазами все время вставала жена в этом чертовом зеленом платье, подчеркивающем все ее прелести. Руки ныли от невыносимой потребности ощутить шелковистую свежесть ее кожи, а от похоти кружилась голова. Похоти, не любви. Он больше не считает это чувство любовью. Все, что он испытывает к Уитни, можно назвать лишь случайным приливом желания. Более чем случайным, если быть честным с самим собой.

Как она посмела вообразить, что отправится куда-то одна в таком платье? И что имела в виду, когда заявила, будто он запретил ей ездить верхом лишь для того, чтобы помучить? Он отдал приказ конюхам несколько дней назад, когда заподозрил, что она беременна, и был уверен в ее неведении относительно собственного состояния. Правда, ему в высшей степени безразлично, что подумает эта коварная лгунья. Он не обязан объяснять свои поступки — ей придется молча подчиняться, только и всего.

— Рад видеть вас, Клеймор, — сердечно приветствовал его Уильям Баскервиль, занимая свободный стул за столом, рассчитанным на шесть игроков. — И удивлен.

— Почему? — равнодушно бросил Клейтон.

— Только сейчас видел вашу жену на балу у Клифтонов. Думал, вы тоже там, — объяснил Баскервиль, поглощенный укладыванием фишек в стопки и готовясь начать игру по-крупному. — Выглядит прелестно, я так ей и сказал.

Это невинное замечание вызвало такой недоверчивый взгляд герцога, что Баскервиль смутился и счел своим долгом вежливо заверить собеседника:

— Ваша жена всегда выглядит прелестно, и я всегда говорю ей это.

Но к величайшему смятению и недоумению Баскервиля, собеседник, вместо того чтобы по крайней мере улыбнуться и кивнуть, медленно выпрямился и замер в кресле, нахмурившись, как грозовая туча. Лихорадочно пытаясь сообразить, чем мог оскорбить собеседника, Баскервиль, к несчастью, пришел к совершенно неверному заключению, что его комплименты могли показаться слишком бесцветными мужу дамы, который, если верить сплетням, питает необычайно пылкие чувства к молодой жене. Беспомощно оглядев остальных сидевших за столом игроков, Баскервиль в отчаянии продолжал:

— Все посчитали, что герцогиня выглядит неотразимо прекрасной в таком необыкновенном зеленом платье, точно под цвет ее глаз. Я так ей и сказал. Пришлось дожидаться в длинной толпе поклонников, чтобы пробраться к ней поближе, поскольку она была окружена молодыми людьми и старыми ископаемыми вроде меня. Огромный успех, доложу я вам.

Клейтон очень спокойно, с намеренной сдержанностью бросил карты на стол. Отодвинув стул, он поднялся, коротко кивнул собравшимся и, ни слова не говоря, направился к выходу.

Игра на несколько минут замерла: пятеро оставшихся молча смотрели вслед герцогу. Все, кроме Баскервиля, убежденного сорокапятилетнего холостяка, были женаты. Четверо либо весело улыбались, либо безуспешно пытались скрыть усмешки. Баскервиль же был крайне озадачен, если не сказать встревожен.

— Черт побери! — прошептал он, глядя на остальных. — Видели бы вы, как посмотрел на меня Клеймор, когда я обмолвился, что встретил герцогиню у Клифтонов! — И в это мгновение ужасная мысль осенила его. — Я... разве Уэстморленды достаточно долго женаты, чтобы начать ссориться?

— Теперь можно с уверенностью сказать, Баскервиль: Уэстморленды достаточно долго женаты, чтобы начать ссориться. — Губы Маркуса Ратерфорда дернулись в усмешке.

Добродушное лицо Баскервиля омрачилось:

— Господи Боже! Да я бы в жизни ничего не сказал, зная, что это может привести к скандалу! Она такая милая! Мне просто не по себе при мысли о том, что причинил ей неприятности. Уверен, она никогда бы не поехала на этот проклятый бал, будь ей известно, что мужу это не понравится.

— Вы так считаете? — осведомился лорд Ратерфорд, обменявшись пренебрежительными улыбками с остальными тремя игроками.

— Ну конечно, нет, — уверенно заявил Баскервиль. — Если бы Клейтон не велел ее светлости ехать, она бы с места не тронулась. В конце концов, она его жена. Обет, знаете ли, послушание и все такое!

Это весьма смелое замечание было встречено оглушительным фырканьем и смешками.

— Как-то я сказал жене, что ей совсем ни к чему новый меховой палантин, который она страстно желала иметь, поскольку у нее уже есть целая дюжина, — сообщил Ратерфорд, на мгновение забыв об игре. — Я был тверд, топнул ногой и сказал, что она его не получит.

— И она, конечно, смирилась? — испуганно спросил Баскервиль.

— Ошибаетесь, — хмыкнул Ратерфорд. — Вместо этого купила одиннадцать новых платьев, по одному к каждому палантину, и заявила, что если уж я заставляю ее ходить в отрепьях, по крайней мере никто не осмелится критиковать новые туалеты. И потратила в три раза больше, чем стоил сам мех.

— Господи! И вы ее побили?

— Побил? — удивленно повторил Ратерфорд. — Нет, это нисколько не помогло бы, будьте уверены. И потом подобная идея мне не слишком нравится. Вместо этого я купил ей палантин.

— Но... но почему? — потрясенно охнул Баскервиль.

— Почему, старина? Могу объяснить. Потому что не имею ни малейшего желания приобрести всю Бонд-стрит*, прежде чем жена немного успокоится. Платья чертовски дорого обходятся, но драгоценности... хорошо, что она не успела вспомнить о драгоценностях! Да я бы сэкономил целое состояние, согласись купить ей мех!

Первые лучи солнца озарили небо, когда Уитни бесшумно ступила на мраморную лестницу, чтобы подняться к себе. Она сегодня ужасно тосковала по Клейтону. Ей не хватало ощущения его руки, легонько сжимающей талию, дерзкого взгляда, радости от сознания того, что он рядом. Как он сумел стать самым дорогим для нее человеком за такое короткое время?

Она чувствовала себя настолько безутешной без него, что едва не поддалась искушению принести записку и все объяснить. Но что произойдет в следующий раз, если он снова впадет в ярость по неизвестной причине? Опять начнет наказывать Уитни своим пренебрежением, а ведь это такое мучение — знать, что твой возлюбленный рассержен на тебя непонятно почему! Она ничуть не жалела о своем открытом неповиновении приказу Клейтона сегодня, поскольку надеялась окончательно выяснить отношения в стычке, которой так добивалась.

Уитни даже уже подумывала, не стоит ли упомянуть за завтраком, как прекрасно провела время у Клифтонов. Да, решила она, нашаривая в темноте лампу, это неплохая мысль!

---

* Улица в Лондоне, где были расположены самые дорогие магазины.

Но по зрелом размышлении идея оказалась не столь уж превосходной, со страхом поняла Уитни, когда комната внезапно ярко осветилась и она краем глаза заметила ноги в блестящих сапогах и пару темно-синих перчаток, которыми кто-то лениво похлопывал по бедру. Паника мгновенно охватила Уитни, но вместе с ней пришло и озарение. Она притворилась, что не видит мужа, завела руки за спину и направилась в гардеробную, на ходу расстегивая платье. Если только удастся заставить его подождать, пока она не переоденется в одно из самых соблазнительных неглиже, то получит небольшое преимущество, а потом желание может затмить гнев и тогда...

— Не снимай его, пока я не уйду!

Уитни обернулась, испуганная уничтожающим тоном.

Клейтон встал, надвигаясь на нее с хищностью пантеры, преследующей добычу. Уитни инстинктивно начала отступать, но тут же взяла себя в руки и гордо вскинула голову. Он навис над ней, и ей показалось, что от него повеяло ледяным ветром.

— Помнишь, я говорил тебе, что произойдет, если посмеешь снова ослушаться меня? — вкрадчивым, зловещим голосом осведомился Клейтон.

Несмотря на испуг и злобу, охватившие Уитни, она была так влюблена в этого человека, что даже голос дрожал от переполнявшей ее нежности, когда она заговорила.

— Помню, — трогательно-тихо прошептала Уитни. — И помню также многое другое. Помню слова, которые ты говоришь... когда находишься глубоко во мне, кажется, прикасаешься к моему сердцу. Я помню...

— Замолчи! — яростно перебил он. — Или, помоги мне, Боже, я...

— Помню прикосновение твоих рук, когда...

Он стиснул ее плечи и начал трясти с такой силой, что голова Уитни откинулась.

— Будь ты проклята! Я сказал, прекрати!

— Не могу.

Уитни морщилась от боли, которую ей причинял Клейтон, но не собиралась сдаваться:

— Я не могу остановиться, потому что люблю тебя. Люблю твои глаза, улыбку и...

Клейтон злобным рывком притянул ее к себе и ошеломил безумным, жестоким поцелуем, впиваясь в губы, чтобы заставить замолчать, причинить боль, отомстить. Он с такой силой сжимал ее, что Уитни не могла дышать. Но ей было все равно — она чувствовала твердость его плоти, налившейся желанием, и, когда его губы с дикой жаждой и отчаянным голодом вновь приникли к ее губам, обхватила Клейтона за шею и прильнула к его груди.

Но тут он оттолкнул ее так же внезапно, как и схватил в объятия. Клейтон тяжело, прерывисто дышал, и в лице было столько горечи, столько разочарования, что Уитни едва не нарушила данное себе обещание и не заговорила о записке. Вместо этого она храбро вскинула голову и со спокойным вызовом объявила:

— Я с радостью соглашусь подвергнуться заключению в этой комнате, если ты пожелаешь, при условии, что ты останешься со мной. В противном случае ничто и никто не удержит меня здесь, даже если придется поджечь дом.

Несколько мгновений Клейтон непонимающе смотрел на нее. Уитни выглядела такой непередаваемо красивой, юной и беззащитной, что, не испытывай он брезгливой ненависти к ней и к себе, непременно улыбнулся бы. Пришлось снова напомнить, что она не кто иная, как расчетливая потаскуха. Но так или иначе, она посмела предложить ему остаться вместе с ней в запертой комнате! Иисусе! Да он едва мог выносить жизнь в одном доме с ней, хотя и вынужден был признать, что невыносимое презрение к этой женщине постоянно сменялось неутолимым желанием.

— Если ты когда-нибудь покинешь пределы поместья без моего разрешения, — тихо, взбешенно процедил он, — будешь Бога молить о той «нежности», что я выказал тебе в первый раз, когда привез сюда.

Клейтон научил Уитни гордиться силой, которую она приобрела над его телом, и этот единственный жестокий поцелуй показал Уитни, как сильно он все еще желает ее. Сознание

этого дало ей мужество взглянуть на Клейтона и, слегка краснея, прошептать:

— Я уже молю об этом Бога, милорд. — И, мятежно
глядя ему в глаза, добавила, направляясь к гардеробной: —
Однако не сомневайтесь, я обязательно спрошу вашего разрешения, прежде чем покину пределы имения.

Услышав, как захлопнулась дверь, она устало прислонилась
к стене гардеробной, гораздо более потрясенная ссорой из-за
того, что позволила Клейтону заметить это. Пустая угроза относительно поджога не остановит его, раз уж он решил запереть ее. Слуги, конечно, беспрекословно подчинятся его приказу
и не дадут ей и носа высунуть из комнаты. Но она вывела его
из равновесия, дерзко предложив остаться с ней.

Уитни сознавала, что играет с огнем. Нельзя рисковать
бесконечно. Он просто обозлится настолько, что отошлет ее из
Клеймора. Нужно быть рядом, чтобы вынудить его обвинить
ее в воображаемом преступлении. Нужно быть рядом, чтобы
распалять огонь его желания. Что-нибудь одно — ярость или
похоть вырвет Клейтона из каменного молчания.

А в это время Клейтон лежал в постели, холодно оценивая
прошлое и будущее. К этому времени он сумел найти объяснение
каждому до сих пор непонятному слову и поступку Уитни. Наконец-то причина ее поведения на свадьбе Элизабет стала совершенно ясной. Она намеренно бросала ему в лицо те злые, холодные
слова! Просто несколько недель спустя Уитни обнаружила или
вообразила, что беременна, и, поскольку отец ребенка не хотел или
не мог дать ей свое имя, задумала хитрый план, который с успехом
осуществила. А он, как последний идиот, с огромной радостью
позволил превратить себя в рогоносца.

Клейтон не представлял, как долго сможет выносить все
это. Сердцем и умом он сознавал жестокую реальность —
между ним и Уитни все кончено, но предательское тело терзало
его все тем же ненасытным желанием.

Вероятно, если они не будут находиться под одной крышей, он
найдет забвение. Переедет в городской дом и заживет подобием

прежней жизни или отправится во Францию или Испанию на несколько месяцев. Это было бы идеальным решением, однако Уитни, что бы он ни говорил, носит его ребенка, и в случае каких-либо осложнений ему не следует находиться так далеко.

Нет, лучше переехать на Аппер-Брук-стрит. Отвлечься и удовлетворить физические потребности можно и в Лондоне. Все, что от него требуется, — сопровождать жену месяца два на балы и приемы, пока ее беременность не станет очевидной, а потом ей придется сидеть дома, и никому не покажется странным, что они больше не выезжают вместе. А когда его увидят с другими женщинами, старые приятели станут сочувственно прищелкивать языками и шептать друг другу, что «маленькое ничтожество», на котором он женился, не сумело удержать его дольше нескольких месяцев и они с самого начала знали, чем все это кончится.

Сама мысль об этом доставила Клейтону какое-то извращенное удовольствие. Он искренне надеялся, что родится мальчик, поскольку это его единственная возможность получить наследника. Иначе придется положиться на Стивена; слава Господу, что у него есть брат! Земли и титул всегда принадлежали его семье, а ведь отец был единственным мальчиком из пятерых детей!

На следующее утро Уитни долго обдумывала записку, которую в конце концов и отправила Клейтону с Клариссой. В послании сообщалось, что родители лорда Арчибалда празднуют сегодня годовщину брака и она обещала Эмили и Майклу обязательно приехать, поэтому будет крайне благодарна, если Клейтон согласится сопровождать ее.

Уитни в нетерпеливом ожидании вышагивала по комнате и, как только появилась горничная, почти вырвала у нее ответную записку и дрожащими пальцами развернула. Клейтон даже не удосужился взять новый листок и просто приписал внизу размашистым почерком: «Сообщи камердинеру — парадная форма одежды или нет».

Уитни едва не рассмеялась от радости. Этим вечером она провела за туалетным столиком куда больше времени, чем обычно. Кларисса подняла ее волосы наверх и перевила тонкой золотой цепочкой, принадлежавшей когда-то бабушке Уитни. В ложбинке между грудями покоился строгий топазовый кулон, окруженный бриллиантами, — наследство, доставшееся от прабабки. Уитни не надела ни одного украшения, принадлежащего Уэстморлендам. И даже сняла великолепное обручальное кольцо. Она уже раздумывала, не избавиться ли и от венчального кольца, но так и не решилась этого сделать.

Клейтон стоял в дальнем конце бело-золотого салона с бокалом виски в руках, угрюмо глядя в окно. Он, как всегда, был великолепен в черном вечернем костюме. Уитни с лукавыми искорками в глазах появилась в салоне в облаке сверкающего шифона с золотыми блестками. Она не сняла золотистого палантина, прикрывавшего груди и лежавшего на спине легким полумесяцем, поскольку намеревалась сделать это лишь в доме Арчибалдов.

В карете царило ледяное молчание, однако Уитни утешала себя, представляя лицо Клейтона при виде соблазнительно обнаженных грудей, открытых до неприличия низким вырезом. Если Клейтону так не понравился зеленый наряд, вряд ли он одобрит этот.

— Мы очень гармоничная пара, — заметила Уитни, когда Клейтон помогал ей выйти.

— В каком отношении? — холодно осведомился он.

— Черное прекрасно сочетается с золотистым, — с деланной невинностью пояснила Уитни и обманчиво небрежным жестом сбросила с плеч шелковый палантин, позволив ему упасть на землю.

— Не могу понять, черт возьми, какая разница... — начал Клейтон и застыл на месте, не в силах оторвать разъяренного взгляда от кремово-розовой плоти, обрамленной переливающимся золотом. — Пытаешься узнать, как велики пределы моего терпения и до чего меня можно довести? — с тихим бешенством спросил он.

— Нет, милорд, — скромно ответила Уитни, сознавая, что прибывающие гости с любопытством посматривают на них. —

По-моему, я и так довела вас до крайности, всего лишь сообщив о том, что собираюсь подарить ребенка.

— Я посоветовал бы, — бросил Клейтон, с видимым усилием пытаясь взять себя в руки, — помнить о своем состоянии и вести себя соответственно.

Уитни лучезарно улыбнулась мужу, ощущая, что его горящий взгляд по-прежнему прикован к ее груди.

— Конечно, — весело согласилась она, — я собиралась так и поступить, но мое вязанье не поместилось в ридикюле!

В доказательство она предъявила мужу крохотную шитую бисером сумочку и тут же охнула от острой боли: пальцы Клейтона безжалостно впились ей в руку чуть повыше локтя.

— Постарайся как можно лучше провести время, потому что это последний бал, который ты посещаешь. Я запру тебя в Клейморе, пока не родится ребенок, а сам перееду в городской дом.

Надежда и решимость окончательно покинули Уитни, оставив лишь отчаяние и горечь.

— В таком случае прошу, не позорь нас обоих сегодня, оставляя клеймо своего презрения на моей руке.

Хватка Клейтона резко ослабла, он, казалось, даже не сознавал до этого, что прикоснулся к ней.

— Боль, — прошипел он, когда они проходили мимо дворецкого, — как и любовь, вещь, которую можно делить на двоих.

С первой минуты, как они очутились в гостиной, Уитни смутно сознавала: что-то неладно — но никак не могла понять, в чем дело. Просто все казалось таким... таким обычным. Нет... слишком обычным, словно все делали невероятное усилие казаться такими, как всегда.

Почти час спустя Уитни подняла глаза и увидела лорда Эстербрука. Она улыбнулась ему, и он кивнул в ответ, но как только направился к ней, Уитни сделала вид, что поглощена беседой с поклонниками, окружившими ее. Она никогда не верила, что лорд Эстербрук чернил ее перед Ванессой на балу у Ратерфордов, но он обладал крайне извращенным чувством юмора и острым как бритва языком, поэтому Уитни обычно старалась держаться от него подальше.

Эмили, вскоре приехавшая на бал, объяснила причину странной атмосферы, царившей там.

— О Господи милостивый, — пробормотала она, отводя Уитни в сторону и украдкой оглядывая собравшихся гостей. — Мой свекор иногда способен на любую глупость! Я ушам не поверила, когда он пять минут назад сообщил мне, какого труда ему стоило заполучить ее на бал и устроить сюрприз моей свекрови!

— О ком ты говоришь? — удивилась Уитни, хотя предчувствие несчастья тяжелым грузом легло на сердце.

— Мари Сент-Аллермейн. Она здесь! Отец Майкла пустил в ход все связи, чтобы упросить ее приехать и петь. Она гостит во дворце, где должна выступать завтра и...

Но Уитни уже не слушала. Ноги и руки трались с того мгновения, как Эмили упомянула имя бывшей любовницы Клейтона — красавицы и знаменитой оперной певицы Мари Сент-Аллермейн. И всего час назад муж объявил о своем намерении перебраться в лондонский дом.

Уитни не помнила, что ответила Эмили и как сумела вернуться в компанию знакомых, которых только что покинула. С омерзительно тошнотворным страхом она ожидала появления певицы.

Огромная гостиная была переполнена приглашенными. Украдкой Уитни наблюдала, как Клейтон вошел в комнату. Это произошло именно в тот момент, когда аккомпаниатор усаживался за большой рояль, а музыканты поднимали инструменты. Атмосфера была настолько напряженной, что казалось, вот-вот разразится гроза, хотя Уитни не могла сказать почему: то ли из-за появления женщины, чьи красота и голос были легендой, или потому, что все втайне ожидали, что произойдет, когда Мари и Клейтон встретятся лицом к лицу.

Клейтон, на несколько минут остановившись, чтобы с кем-то поговорить, наконец направился к Уитни. Толпа расступилась, чтобы супруги могли подойти к роялю.

Уитни стояла, опершись на руку Клейтона. Она знала, что он не желает этого, но чувствовала себя настолько плохо, что казалось, вот-вот упадет, и отчаянно нуждалась в опоре.

— Ни у кого в мире нет такого голоса, как у Сент-Аллермейн, уж поверьте мне, — заметил пожилой мужчина, сосед Клейтона.

Уитни ощутила, как мускулы на руке мужа напряглись и медленно расслабились. Он не знал! О Боже, он не знал! Почему именно сегодня ему понадобилось выглядеть таким ошеломительно, неотразимо красивым? И почему, подумала она, сдерживая обжигающие слезы при виде ослепительной блондинки, входившей в комнату, Мари Сент-Аллермейн должна быть такой манящее, чарующе прекрасной?

Уитни, как ни старалась, не могла отвести взгляда от певицы. Мари обладала телом Венеры и магнетизмом женщины, уверенной в своей необыкновенной красоте и при этом вовсе не одержимой собственной внешностью.

И когда она начала петь, комната пьяно покачнулась перед глазами Уитни. У Мари оказался мелодичный голос, обладавший способностью внезапно звучать мощно и чувственно. В глазах певицы переливались смешливые искорки, словно она находила молчаливое обожание сотен зрителей, восхищавшихся ею, глупым и неуместным.

По сравнению с ней Уитни чувствовала себя глупенькой девчонкой, некрасивой простушкой. И смертельно больной. Потому что теперь она точно поняла, что это значит — быть любовницей Клейтона. Этой женщине знакомы пьянящие поцелуи Клейтона, она лежала обнаженная в его объятиях, вздрагивала в исступленном наслаждении, когда он глубоко вонзался в нее. Уитни не сомневалась, что сейчас она бледна как смерть. В ушах звенело, руки были ледяными. Если она останется здесь еще на минуту, наверняка потеряет сознание, если же уйдет, устроит сцену, то станет причиной злобных сплетен, которые, конечно, не утихнут много лет.

Уитни пыталась убедить себя, что Клейтон порвал с Мари, причем ради того, чтобы жениться на ней. Но это было давно;

теперь он ненавидит и презирает ее. И если даже она останется в Клейморе, ее тело вскоре раздастся и станет уродливым.

В эту минуту Уитни всей душой желала себе смерти. Она была в таком смятении, что даже не заметила, когда рука Клейтона легла на ее ладонь и слегка, ободряюще сжала влажные пальцы. Но осознав это, она без зазрения совести воспользовалась той слабой поддержкой, которую он ей оказал, и ответила крепким пожатием. По крайней мере теперь стало легче дышать. Но лишь на секунду. Потому что, когда Мари отвечала на бурные аплодисменты легким, чуть ироничным наклоном головы, ее голубые глаза встретились с глазами Клейтона и между ними словно пробежала искра, больно ударившая в сердце Уитни.

Вскоре раскрылись двери бальной залы и начались танцы. Следующие полчаса Клейтон не отходил от Уитни, но при этом не сказал ни единого слова и даже не смотрел на нее. Однако оставался рядом, и Уитни цеплялась за это крохотное утешение, словно оно было началом примирения, которого она ждала.

Всего один раз Клейтон повел ее в центр залы и обнял за талию.

— Где, черт возьми, твое обручальное кольцо? — гневно прошипел он, кружа жену в вальсе.

— Символ твоей любви? — выдохнула Уитни, гордо подняв подбородок. Глаза на бледном прекрасном лице казались бездонными. — То самое обручальное кольцо?

— Ты прекрасно знаешь какое.

— Поскольку это символ любви, которой больше нет, я считаю лицемерием его носить! — бросила Уитни, страстно желая услышать от Клейтона, что его любовь к ней не умерла.

— Делай что хочешь, — с циничным равнодушием отмахнулся Клейтон. — Ты всегда поступала, как тебе в голову взбредет.

Когда танец кончился, они остались вместе, и каждый убедительно притворялся счастливым и даже вел при этом легкую, ни к чему не обязывающую беседу с остальными гостями. Однако некоторое время спустя в зале снова начало накапливаться

почти неуловимое сначала напряжение, смех стал слишком громким, а собеседники то и дело бросали нервные взгляды куда-то
за правое плечо Уитни. Восприятие ее в этот момент было
настолько обострено, что она мгновенно заметила изменение
атмосферы и оглянулась, пытаясь узнать, в чем дело. Достаточно было одного взгляда. Она поспешно отвернула голову, но
было уже поздно. Оставалось лишь собраться с духом и приготовиться. Мари Сент-Аллермейн под руку с лордом Эстербруком приближались к ним сзади.

— Клеймор!

Издевательский голос Эстербрука врезался в притворное веселье небольшой группы собравшихся гостей, словно нож в масло.

— Надеюсь, вас не надо представлять друг другу?

Глаза всех присутствующих были устремлены на Клейтона,
машинально повернувшегося при звуках своего имени и обна-
ружившего, что очутился лицом к лицу с ухмыляющимся Эстербруком и бывшей любовницей. Уитни, у которой не осталось
иного выбора, кроме как повернуться вместе с ним, слышала
приглушенное жужжание, ахи и охи, тихий смех, ехидный шепот, ощущала любопытные взгляды, ядовитыми жалами впи-
вавшиеся в нее. Нет никакого сомнения, что каждый из
собравшихся в огромной бальной зале понимает, событие какой
важности должно вот-вот произойти... каждый, кроме Клейтона и Мари Сент-Аллермейн, которые, казалось, находят ситуацию крайне забавной.

Клейтон с ленивой улыбкой притронулся губами к руке Мари.

— Вижу, мадам, что, как и прежде, стоит вам лишь войти
в комнату, все мужчины падают к вашим ногам.

Ответные искорки мелькнули в дымчато-голубых глазах
Мари. Певица грациозно наклонила голову в благодарность за
галантный комплимент.

— Далеко не все мужчины, — многозначительно ответила
она. — Но, по правде говоря, я была бы чрезвычайно удивлена, узрев вас, ваша светлость, в столь глупом виде и странном
положении.

Уитни прислушивалась к обмену любезностями, сгорая от унижения, пытаясь скрыть, как ей больно, гадая, собирается ли Клейтон представить жену любовнице, совершенно уверенная в том, что сделать это будет крайне невежливо, а не сделать — совершить серьезный промах в глазах света. В этот момент Уитни ненавидела Клейтона, презирала Эстербрука и испытывала невыносимое отвращение к жадно-любопытным взглядам. Все они — ее враги, холодные, недружелюбные, утонченные, умудренные жизненным опытом сплетники, сообщники, возмущенные вторжением чужачки в их общество избранных и теперь наслаждающиеся ее позором. Все они Эстербруки, все до одного, включая ее воспитанного, вежливого мужа! Уитни следовало бы выйти за Пола и жить спокойно, без потрясений в маленьком городке, где она родилась и всех знала.

Все это промелькнуло в голове Уитни до того, как она поняла, что Эстербрук с видом притворной невинности представляет ей любовницу Клейтона.

Гнев придал ей силы. Уитни встретила безмолвный оценивающий взгляд Мари Сент-Аллермейн со спокойной сдержанностью и любезно на безукоризненном французском сказала:

— Благодарю за то, что вы разделили с нами дар вашего изумительного голоса, мадемуазель. Мне доставило огромную радость слушать вас.

— Большинство слухов о красоте и очаровании той или иной дамы сильно преувеличены, — так же благосклонно ответила Мари. — Однако вижу, что в вашем случае это чистая правда.

Медленная чувственная улыбка раздвинула губы певицы.

— И должна сказать, что чрезвычайно разочарована, обнаружив это, — вызывающе взглянув на Клейтона, с неподдельной искренностью добавила она, величественно кивнула, оперлась на руку Эстербрука и отошла под восхищенный шепот присутствующих.

Несколько мгновений Уитни грелась в лучах невысказанного одобрения Клейтона, зная, что он гордится тем, как достойно она вышла из весьма затруднительного положения, не дав ни малейшего повода для сплетен.

К несчастью, Уитни сумела уловить тот момент, когда Клейтон и Мари вышли из залы на террасу через разные двери, заметить взгляд Мари, направленный в сторону Клейтона, и его почти неуловимый ответный кивок.

Ослепительно улыбаясь, Мари протянула обе руки, и Клейтон сжал их в теплых сильных ладонях.

— Как я рада встретиться с тобой снова, Клейтон! Эстербрук, должно быть, страшно ненавидит тебя, если намеренно устроил подобный спектакль.

— Эстербрук — глупый сукин сын, — усмехнулся Клейтон, — как ты, должно быть, уже успела понять, Мари.

Клейтон смотрел на ее волосы, превращенные лунным светом в сверкающее серебро, восхищаясь зрелой красотой и острым умом, светившимся в фиолетово-голубых глазах. Ни малейшего намека на притворно-жеманное возмущение из-за нелицеприятной оценки Эстербрука. Мари способна так же объективно судить о людях, как и он сам, и оба знали это.

— Женитьба не пошла вам на пользу, милорд? — осведомилась она скорее утвердительно.

Клейтон чуть сжался. Он напомнил себе, что ничто не потрясет основы лондонского общества так основательно, как новость о его вновь начавшемся романе с Мари Сент-Аллермейн. Оба были так хорошо известны, что сплетни об их связи мгновенно дойдут до ушей Уитни, и унижение, которое ей придется испытать, будет безмерным. Кроме того, в постели Мари была страстной любовницей и во всех отношениях прекрасно ему подходила.

Но говоря себе это, Клейтон почему-то ощущал холодные дрожащие пальцы Уитни в своих, вспоминал, как она судорожно сжимала его руку, когда пела Мари.

Будь она проклята! Как она посмела снять обручальное кольцо? Лгунья, интриганка, мошенница! И тем не менее Уитни его жена и носит его ребенка.

К своей невыносимой досаде, Клейтон неожиданно понял, что не может сделать решающий шаг, выговорить слова, которые так хочет слышать Мари. Нет, он найдет другую любовницу, менее знаменитую, чтобы не создавать излишнего шума.

— Сдается мне, что замужество противопоказано и твоей жене, — спокойно заметила Мари. — Она очень красива и очень несчастна.

— Ошибаешься, дорогая, мы чудесно уживаемся, — мрачно возразил Клейтон.

— Тебе виднее, Клейтон! — На губах Мари затрепетала обольстительная манящая улыбка.

— Вот именно, — раздраженно подтвердил он.

Если Мари заметила, что Уитни угнетена и расстроена, значит, всем присутствующим это тоже ясно как день. Он не хотел, чтобы Уитни бесчестили перед его друзьями и знакомыми. Одно дело ненавидеть и унижать ее за закрытыми дверями и совсем другое — демонстрировать свое отношение к ней перед обществом.

Неожиданное открытие, заключавшееся в том, что репутация жены ему не безразлична, разгневало Клейтона еще больше.

— В таком случае, — задумчиво протянула Мари с проницательностью, которую Клейтон всегда в ней ценил, — возможно, будет лучше всего, если мы вернемся в залу... Мне почему-то кажется, что Эстербрук потому и хотел устроить нам встречу на глазах твоей жены, чтобы получить возможность утешить ее позднее.

И не успели слова сорваться с губ, как Клейтон, вздрогнув, застыл. Глаза зловеще блеснули.

— Никогда не видела тебя в таком состоянии, — покачала она головой. — Ты внушаешь ужас и одновременно неотразимо привлекателен, когда сердишься и ревнуешь.

— Всего лишь сержусь, — процедил Клейтон, но тут же, смягчившись, пожелал бывшей любовнице доброй ночи.

Войдя в залу, он сначала поискал глазами Эстербрука, а потом — Уитни. Эстербрук стоял неподалеку, но Уитни нигде не было видно. С чувством облегчения Клейтон отметил, что, кажется, никто не заметил его отсутствия и, судя по оживленным разговорам, какие бы сплетни ни начались по поводу его встречи с Мари на людях, все они немедленно заглохли из-за отсутствия повода.

Клейтону было приятно осознавать это, поскольку собравшиеся были друзьями и знакомыми Уитни, и он не желал, чтобы при встрече с ними она сгорала от стыда.

Но Уитни не догадывалась о мыслях Клейтона, поскольку, как объяснил дворецкий, уже уехала домой. Проклятая дурочка! О чем она думает, устраивая подобные сцены? Теперь за это придется расплачиваться обоим! Он не мог вернуться в залу без нее, иначе все немедленно поймут, что жена покинула Клейтона в гневе и расстройстве, и тогда слухи поползут по всему Лондону. Лично ему наплевать на все это. Именно Уитни пришлось бы нести всю тяжесть позора, но на такое у нее не хватит сил, иначе не покинула бы бал так поспешно! И он не мог последовать ее примеру, поскольку она взяла экипаж!

К счастью, в эту минуту Эмили и Майкл Арчибалды вышли в вестибюль и попросили лакея подать их карету. Без лишних вопросов и замечаний они довезли Клейтона до городского дома, где тот и провел весьма неприятную бессонную ночь. Перед глазами то и дело вставала Уитни в сверкающем золотом платье, открывавшем почти до сосков ее налитые груди. Она надела его нарочно, чтобы подразнить Клейтона, и, видит Бог, ей это прекрасно удалось. Разве не ему пришлось весь вечер стоять рядом, наблюдая похотливые взгляды мужчин, прикованные к соблазнительно обнаженной кремовой плоти!

Не надень она этот проклятый наряд и не сними обручальное кольцо, не будь ее волосы такими густыми и блестящими и не выгляди она такой ошеломляюще прекрасной и желанной, Клейтон никогда бы не принял молчаливого приглашения Мари и не подумал выйти на террасу.

Глава 35

Клейтон не вернулся в поместье ни назавтра, ни в следующие два дня. Правда, он и не провел эти дни, сплетаясь в объятиях с Мари Сент-Аллермейн на широкой постели, как это представлялось в воспаленном, измученном воображении Уитни. Все эти три дня он оставался в лондонском доме, впадая попеременно в состояние праведного гнева и тихой задумчивости. Ночи его проходили в клубах за карточной игрой.

На третью ночь, уже почти перед рассветом, глядя в окно, выходившее на окутанный туманом внутренний двор, Клейтон принял несколько решений. Прежде всего непонятно, почему, черт возьми, он должен взять на себя труд обзаводиться любовницей, подыскивать ей дом, что обязательно придется сделать теперь, когда он женат. Он имел несчастье взять в жены потаскуху, но потаскуху с чудесным, соблазнительным телом, при одной мысли о котором кружилась голова. Так зачем любовница, когда у него есть Уитни? И он не собирается жить как чертов монах и к тому же гостем в собственном доме!

Нет, он отправляется в Клеймор и перебирается в собственную спальню. И когда желание вновь разгорится в крови, Уитни будет знать, что делать. Да-да, она станет служанкой, не кем иным, как хорошо одетой служанкой, в чьи обязанности будет входить разыгрывать роль хозяйки дома на балах и приемах и быть бесплатной шлюхой, когда Клейтону понадобится таковая.

Впрочем, она и есть потаскуха, думал Клейтон в новом приступе кипящей ярости, только очень дорогая — целое состояние в деньгах и драгоценностях плюс к тому же его имя! Но он ее хозяин. Полновластный владелец. В конце концов, он ее купил.

С этими мыслями и еще с кое-какими им подобными Клейтон приказал на четвертый день подать экипаж и с раздраженным нетерпением перенес полуторачасовую поездку по сельской местности, цветущей под лучами летнего солнца. Однако он едва замечал мелькающие за окном пейзажи, представляя сце-

ну, которая произойдет по его прибытии в Клеймор. Сначала
он объяснит Уитни ее будущую участь и обязанности в возможно более грубых выражениях. Потом обязательно скажет
все, что думает о ее предательстве и обмане, невыносимом ха-
рактере и неповиновении. И уж напоследок забьет эту прокля-
тую записку в ее прелестное горлышко... фигурально говоря.

Лошади едва успели остановиться перед домом, как Клейтон
уже оказался на крыльце. Почти бегом он поднялся по лестнице,
распахнул дверь в спальню Уитни с такой силой, что она с грохотом ударилась о стену. Немедленно примчалась Мэри, заламывая
руки, с широко раскрытыми в панике глазами. Не снизойдя до
объяснений, он быстро пронесся через смежную гардеробную в
свою старую спальню. Но Уитни там не было, потому что, как со
слезами объяснила Мэри, герцогиня уехала. Вчера.

— Куда? — нетерпеливо рявкнул Клейтон.

— Н-не сказала, ваша светлость. Передала, ч-что оставила
записку на бюро.

Верная горничная начала всхлипывать, но Клейтон, не обращая на нее внимания, двумя шагами подскочил к бюро Уитни.
Ничего. Пусто... если не считать смятого комочка бумаги в верхнем ящике. Клейтон не мог заставить себя коснуться его, но пришлось взять записку и разгладить на случай, если она написала
что-то еще. Напрасная надежда. Именно такой способ она выбра-
ла, желая объяснить, что обнаружила причину его гнева.

Клейтон сунул мерзкую бумажонку в карман и обернулся.

— Я перебираюсь в свои комнаты, — прорычал он. —
Немедленно уберите отсюда ее вещи.

— И куда, позвольте спросить? — дерзко осведомилась Мэри.

— Сюда, черт возьми!

Клейтону показалось, будто ирландка нашла ответ весьма
забавным, поскольку едва заметно усмехнулась, но он был слишком взбешен тем, что истинная добыча ускользнула, и выгова-
ривать наглой служанке не имел ни малейшего желания. Кроме
того, ему хотелось кого-нибудь убить, а какой толк в убийстве
Мэри?

Клейтон был уже на пути в западное крыло, когда до него дошло, что в роковой записке что-то изменилось. Пятна! Едва заметные пятна, которыми усеяна бумага!

Слезы, подумал он со смесью презрения и непонятного чувства вины. Слишком много слез.

Следующие четыре дня Клейтон метался по дому, словно пойманный тигр, ожидая возвращения сбежавшей жены. Он был уверен: она вернется, как только поймет, что он не собирается в тревоге и панике мчаться вслед, опасаясь за ее здоровье. Ей придется вернуться. Спрашивается, кто осмелится прятать ее от законного мужа в нарушение английских законов? Ее отец слишком разумный человек, чтобы не приказать Уитни немедленно отправляться к мужу, решил Клейтон, резко изменив мнение о Мартине Стоуне.

Когда она не вернулась на пятый день, Клейтон впал в ярость, ярость, не знавшую границ. Она не может гостить у кого-то так долго! Господи Боже! Она действительно бросила его!

Клейтон дрожал от бешенства. Одно дело, когда он сам собирался отослать ее или уехать, в конце концов, он — потерпевшая сторона! Кроме того, он ведь все же так не поступил! Но Уитни не постеснялась уехать! Должно быть, скрывается у своего папаши, а этот глупый ублюдок позволил ей остаться!

Он приказал подать дорожный экипаж и резко бросил Макрею:

— Я хочу быть в доме Мартина Стоуна через шесть часов и ни минутой позже!

Заметив понимающую ухмылку кучера, Клейтон почти заподозрил, что тот лжет, будто не знает, куда отправилась Уитни. Именно Макрей заявил, что Уитни велела отвезти ее до первой же почтовой станции, а там, если верить владельцу, наняла карету. Какого черта она вытворяет, скитаясь по всей стране одна и к тому же беременная? Маленькая дурочка! Упрямая, безмозглая маленькая дурочка! Прелестная маленькая дурочка!

Мартин Стоун, широко улыбаясь, самолично вышел на крыльцо встречать Клейтона.

— Добро пожаловать, добро пожаловать, — приговаривал он, выжидающе глядя на раскрытую дверцу кареты. — Как поживает моя дочь? И где она?

Горечь поражения придавила плечи Клейтона.

— Все хорошо, Мартин. Она просила меня поехать к вам и сообщить, что мы ждем ребенка, — поспешно ответил он, мгновенно изобретая предлог для своего неожиданного визита. Что ни говори, а Мартин Стоун — человек порядочный, и Клейтон не хотел волновать его, признавшись, что, в сущности, из-за своего невыносимого характера выгнал из дому жену.

— К дому Ходжесов! — рявкнул он час спустя, как только предоставилась возможность уехать, не показавшись грубым и не вызвав подозрений тестя.

Однако Уитни не оказалось и там. И Макрей больше не улыбался, когда хозяин холодно приказал ехать назад в Клеймор.

Согласно отчетам частных сыщиков, нанятых им на следующее утро, Уитни не гостит у Арчибалдов. Выходило, что она исчезла на пути от почтовой станции в неизвестном направлении.

Гнев Клейтона сменился тревогой. А когда было точно доказано, что она не пересекала Ла-Манш на пакетботе и, следовательно, не уехала во Францию, тревога сменилась паникой.

Сидя в одиночестве в своей элегантно обставленной спальне неделю спустя после того, как вернулся и узнал об исчезновении жены, Клейтон задумался: а что, если Уитни сбежала к человеку, бывшему ее любовником до свадьбы? Что, если этот негодяй не желал или не мог дать ей свое имя, но теперь готов содержать любовницу в уютном убежище, подальше от посторонних глаз?

Мучительная неотвязная мысль терзала его, однако, всего несколько минут, потому что Клейтон, вглядываясь в фиолетово-розовый закат, не мог поверить, что Уитни способна уйти к другому. Возможно, во всем была виновата бутылка бренди, которую он успел выпить за последние два часа, но Клейтону почему-то казалось, что Уитни... Уитни со временем привыкла к нему и даже немного полюбила. Немного.

Клейтон вспомнил о ее привычке сидеть в кабинете, свернувшись в кресле, пока он работает, и читать, писать письма или подсчитывать домашние расходы. Она постоянно старалась быть рядом с мужем. И ей чертовски нравилось лежать с ним в постели. Ни одна женщина на свете не могла бы так таять в объятиях мужчины и пытаться подарить ему такое же наслаждение, какое получала от него, если бы была к нему равнодушна.

Клейтон отчаянно любил Уитни в тот день, когда они поженились, она же не любила его. Тогда. Но с тех пор прошел не один месяц, и она, конечно, питает к нему некоторое подобие любви.

Не зная куда деваться, Клейтон встал и направился в спальню Уитни. Без хозяйки она больше не была красивой и уютной. Уитни исчезла и вместе с ней — смысл его существования, дающий силы жить и дышать. Он прогнал ее, сломил неукротимый дух и разбил сердце. В ней было так много энергии и мужества! Так много!

Она не побоялась вступить с ним в спор в тот день, когда вопреки приказу отправилась на прогулку верхом, а потом открыто бросила ему вызов, появившись на балу у Клифтонов в великолепном зеленом платье, придавшем ее глазам изумрудный оттенок. И когда он сидел в темноте в этой самой комнате, ожидая ее, она не побоялась угрожать поджогом! Никто, кроме Уитни, не посмел бы, дерзко глядя ему в глаза, утверждать, что останется под замком лишь в том случае, если муж будет заперт вместе с ней. И почему вдруг у нее возникло бы подобное желание, будь Клейтон безразличен ей?

Вернувшись к себе, Клейтон оперся о раму окна и, глядя во мрак, вспомнил, что сказала Уитни, когда он схватил ее за плечи и начал трясти, пытаясь заставить замолчать. «Не могу, — прошептала она, морщась от боли. — Потому что люблю тебя. Люблю твои глаза и улыбку...»

Иисусе! Как она могла говорить такие вещи, когда он намеренно мучил ее?! «Я точно помню каждую твою ласку... нежность рук... и слова, которые ты шепчешь, когда находишься глубоко во мне... о том, что ты, кажется, словно прикасаешься к моему сердцу...»

Клейтон медленно побрел в гардеробную. Открыв футляр, где хранились запонки и булавки для галстука, он вынул рубиновый перстень и повернул так, чтобы прочесть надпись.

Глубоко вздыхая, он долго смотрел на два дорогих слова «Моему господину», не в силах решить, надеть ли кольцо самому или подождать, пока Уитни сама сделает это, как в ночь свадьбы. Тогда она поцеловала его ладонь и нежно приложила к щеке.

Он надел кольцо сам, потому что не мог больше ждать. И, сразу почувствовав себя немного лучше, сел, вытянул перед собой ноги и взял графин с бренди. Теперь Клейтон ясно сознавал, что, прежде чем найдет Уитни, должен примириться с ее предательством. Иначе при первом же взгляде на жену ярость взорвется с новой силой и уничтожит их обоих.

Хорошо, пусть Уитни отдалась другому до свадьбы. Если не позволять себе добиваться правды, не пытаться узнать имя этого человека, все еще может уладиться. Именно он сам, лишив Уитни невинности, бросил ее в объятия другого. Кто же виноват в том, что она в момент одиночества и отчаяния забылась и стала искать утешения? Один раз. Он всего однажды простит ей измену.

Клейтон откинул голову на кресло и закрыл глаза. Или сотни раз? Не важно, что бы ни сделала Уитни, он просто не может жить без нее.

В этот день Клейтон в безумном смятении, вне себя от беспокойства проскакал по полям много миль. Он велел оседлать Хана, коня Уитни, потому что тот, как она высокомерно напомнила, принадлежал только ей, а не был куплен на деньги мужа.

Наконец он очутился на том высоком гребне, куда привез Уитни когда-то, вскоре после приезда в Клеймор. Усевшись на землю, он облокотился на ствол того же дерева. В тот день Уитни сидела у него на коленях.

Клейтон рассеянно озирал окрестности, чуть жмурясь от ярких солнечных лучей, плясавших по поверхности воды.

Лениво похлопывая себя по бедру хлыстом, Клейтон вспоминал, как Уитни хотела спуститься вниз, в долину, боясь, что он захочет овладеть ею. Господи, это было всего восемь месяцев назад! Почти восемь! Восемь самых чудесных, счастливых, мучительных, позорных месяцев в его жизни!

Клейтон с легкой грустью улыбнулся. Восемь месяцев! Поставь Уитни на своем, и они только должны были бы пожениться через неделю-другую! Она утверждала, что раньше чем через восемь месяцев не управиться с приготовлениями к свадьбе, и... Восемь месяцев!

Свирепо выругавшись себе под нос, Клейтон в панике вскочил. Уитни просила восемь месяцев на подготовку к свадьбе! Даже она не настолько наивна! И если бы посчитала, что беременна, и прибежала к нему, желая дать имя будущему ребенку, не стала бы ждать восемь проклятых месяцев!

Ненавидя себя с такой силой, что почти не мог дышать, Клейтон, сам того не сознавая, в ярости погонял и погонял коня, выжимая из него все силы. Уитни не была настолько невежественна, чтобы ждать восемь месяцев, если знала о беременности, но могла оказаться достаточно невинной, чтобы посчитать, будто забеременела в ту ночь, когда Клейтон увез ее. И достаточно гордой, чтобы использовать мнимую беременность в качестве предлога, заставить его приехать к ней... однако в то же время слишком благородной, чтобы отказаться от этой мысли и самой отправиться в Клеймор.

— Дайте ему остыть! — бросил герцог груму, швыряя поводья, и на глазах у изумленного слуги почти побежал к дому. — И велите Макрею через пять минут запрячь в карету гнедых!

Последние слова он почти прокричал на ходу.

Два часа спустя Эмили Арчибалд получила от Клейтона вежливое приглашение, которое правильно посчитала «приказом» следовать за его слугой к экипажу, который привезет ее в дом на Аппер-Брук-стрит. Она с волнением и трепетом повиновалась.

Дворецкий проводил Эмили в просторную, отделанную панелями библиотеку, где ее ожидал герцог Клеймор, стоя у окна спиной к ней. К удивлению Эмили, он не обернулся, чтобы приветствовать ее с обычным дружелюбием, и лишь холодно, почти грубо сказал:

— Что предпочитаете: обмениваться следующие пять минут любезными банальностями или сразу перейти к делу?

Он наконец медленно повернулся и взглянул на нее. Озноб страха прошел по телу Эмили. Никогда раньше не видела она таким Клейтона Уэстморленда! Он, как всегда, казался непроницаемо спокойным, однако сейчас излучал какую-то жестокую решимость. Она молча глядела на него, не зная, что сказать.

Коротким резким кивком он указал ей на стул. Эмили почти упала на сиденье, пытаясь отождествить этого человека с тем, которого знала.

— Поскольку у вас, видимо, нет мнения по этому поводу, позвольте говорить без обиняков. Думаю, вы знаете, почему я просил вас приехать?

— Уитни? — задыхаясь, пробормотала Эмили. В горле мгновенно пересохло, а язык отказывался повиноваться.

— Где она? — резко спросил он и немного мягче добавил: — Я не пытался увидеться с вами раньше, поскольку не хотел ставить вас в положение человека, предавшего доверие подруги, и имел все основания верить, что сам сумею отыскать ее. И теперь, ничего не добившись, я собираюсь настаивать на том, чтобы вы сказали мне правду.

— Но... но я действительно понятия не имею, где Уитни. И даже не подумала спросить, куда она едет. В жизни не представляла, что она... она так долго не возвратится.

Холодные серые глаза впились в Эмили, словно оценивая правдивость ее слов, определяя, насколько она искренна.

— Пожалуйста, поверьте мне! Теперь, когда я увидела вас... никогда бы не стала ничего скрывать, знай я в действительности, где Уитни. Это было бы просто неблагородно с моей стороны!

Клейтон слегка кивнул, и выражение его лица уже не было таким грозным.

— Спасибо, — просто ответил он. — Я велю кучеру доставить вас домой.

Эмили поколебалась, оскорбленная его властным тоном, но в то же время была признательна ему за то, что он достаточно доверяет ей, чтобы безоговорочно принять за правду все сказанное.

— Уитни говорила мне, что вы нашли эту несчастную записку, — пробормотала она и с сожалением покачала головой: — Знаете, она тогда никак не могла решить, обратиться ли к вам «дорогой сэр» или...

Красивое лицо герцога исказилось неприкрытой болью, и Эмили невольно оселась:

— Простите... мне не следовало бы упоминать об этом...

— Поскольку у нас, кажется, нет секретов друг от друга, не можете ли сказать мне, почему Уитни вообще написала эту записку? — тихо спросил он.

— Пыталась спасти свою гордость. Надеялась... нет, хотела, чтобы вы приехали к ней. И думала, что этой записки будет достаточно... хотя ей не стоило даже думать о таких ужасных вещах...

— Единственная ужасная вещь, которую сделала Уитни, — это дала согласие на брак со мной, — перебил Клейтон.

Из зеленовато-карих глаз Эмили брызнули слезы, но она решительно поднялась:

— Это неправда. Уитни обожала... обожает вас, ваша светлость.

— Еще раз спасибо, — смиренно прошептал Клейтон.

Долгое время после ухода Эмили он не двигался с места, физически ощущая бег времени, зная, что с каждой прошедшей минутой боль и гнев Уитни превращаются в ненависть.

В этот вечер вдовствующая герцогиня Клеймор мирно обедала со своей невесткой, мысленно упрекая старшего сына, который явно не торопился приехать за женой, с каждым днем казавшейся все более одинокой и несчастной. Когда Уитни восемь дней назад появилась в Гренд-Оук и попросила разрешения остаться, пока Клейтон все хорошенько не обдумает и не бросится за ней в погоню, Алисия Уэстморленд хотела было немедленно указать невестке на то, что ее законное место рядом с мужем, и потребовать немедленного возвращения. Однако в измученном, но решительном взгляде Уитни было нечто напомнившее вдовствующей герцогине ее саму много лет назад... когда отец Клейтона ворвался в гостиную ее родителей, где нашел жену после четырехдневного отсутствия.

— Сейчас же садись в карету, — велел он, но тут же добавил: — Пожалуйста, Алисия.

Сумев поставить на своем, Алисия Уэстморленд охотно и почтительно сделала так, как требовал муж.

Но Уитни пробыла здесь уже восемь дней, а Клейтон не выказывал ни малейшего намерения приехать. Леди Уэстморленд хотела внуков и справедливо считала, что ни за что их не дождется, пока эти своевольные упрямые молодые люди живут порознь. В самом деле, это просто смехотворно! Никогда еще муж и жена не любили друг друга больше, чем эти двое!

Именно за десертом ее светлость осенила гениальная мысль, едва не заставившая ее вскочить со стула. С трудом дождавшись конца ужина, Алисия послала слугу в Лондон за Стивеном с требованием навестить мать утром следующего дня.

— Дело в том, — объявила она хмурому, но не слишком мрачному Стивену, когда он утром вошел в гостиную, — что я не уверена, смог ли сообразить Клейтон искать Уитни здесь. При условии, конечно, что он хочет ее вернуть.

Стивен, ничего не знавший о произошедшем, лукаво улыбнулся матери.

— Дорогая, это напоминает мне кое-какие истории, которые я слышал насчет отца и тебя.

Вдовствующая герцогиня окинула строгим взглядом невозмутимо спокойного сына.

— Я хочу, чтобы ты немедленно нашел Клейтона. Он скорее всего сейчас в городском доме. Если можешь, отыщи его сегодня же. Ну а потом намекни, будто Уитни здесь, словно твердо уверен в том, что ему об этом известно. Но не позволяй ему подумать, что ты убеждаешь его приехать. В подобных обстоятельствах Уитни скорее всего отвергнет всякую не слишком искреннюю попытку примирения.

— Но почему бы мне не взять Уитни с собой в Лондон и не пустить слух, что я безумно влюблен в нее? Это уж наверняка подогреет угасшее пламя, — ухмыльнулся Стивен.

— Стивен, оставь свое легкомыслие — это слишком серьезно. Ну а теперь слушай: вот что ты должен сказать...

В семь часов вечера Клейтон, сидевший в клубе за карточным столом, случайно поднял глаза и почти не удивился, увидев напротив брата, раскладывающего фишки и явно готового вступить в игру. Клейтон настороженно смотрел на брата, не желая расспрашивать его об Уитни, поскольку не мог связно объяснить, каким образом «потерял» жену, а говорить правду о причинах разрыва было невыносимо. Поэтому он с чувством облегчения услышал невинный вопрос Стивена:

— Выигрываете или проигрываете сегодня, ваша светлость?

— Он нас до нитки раздел, — добродушно пожаловался Маркус Ратерфорд. — Ни пенни не проиграл за весь час!

— Но выглядишь ты просто ужасно, братец, — тихо заметил Стивен, усмехаясь.

— Благодарю! — сухо бросил Клейтон, швыряя фишки в центр стола.

Он выиграл эту партию и следующие две.

— Рад видеть вас, Клеймор, — объявил Уильям Баскервиль, осторожно покосившись на герцога, так резко и внезапно покинувшего клуб в прошлый раз. Баскервиль уже хотел вежливо осведомиться о молодой герцогине, но хорошо помнил, что стал причиной взрыва, рассказав о встрече с ней на балу, и поэтому посчитал за лучшее вообще не упоминать о ее светлости. — Не возражаете, если я присоединюсь к вам? — спросил он герцога.

— Ничуть, — заверил Стивен, поняв, что брат, кажется, вообще не слушает Баскервиля. — Он с радостью прикарманит ваши денежки вместе с капиталами остальных.

Клейтон с сардонической усмешкой снисходительно оглядел Стивена. Он просто не мог оставаться сегодня дома и медленно сходить с ума. Однако жизнерадостные разговоры, ведущиеся за столом, и общее веселое настроение начинали действовать ему на нервы, а ведь он провел здесь всего около часа. Он уже был готов попросить брата вместе поехать на Аппер-Брук-стрит и напиться до бесчувствия, что более подходило его теперешнему состоянию, когда Стивен внезапно заметил:

— Не ожидал увидеть тебя здесь. Думал, ты будешь на приеме, который мать устраивает сегодня для родственников. — И, прекрасно разыгрывая роль некстати проболтавшегося человека, покачал головой и с извиняющимся видом добавил: — О, прости, Клей! Я совсем забыл, что, поскольку Уитни гостит у нее, ты, естественно, будешь на приеме.

Баскервиль, до которого, к несчастью, донеслись последние слова, немедленно забыл о принятом решении и с неподдельной сердечностью объявил:

— Ваша жена просто прелесть. Красива и мила. Передайте ей мои лучшие... — И с отвисшей от изумления челюстью увидел, как Клейтон Уэстморленд, на мгновение застыв, медленно выпрямляется. — Я последнее время вообще ее не видел, — поспешно заверил бедняга.

Но герцог уже поднялся из-за стола, глядя на своего брата с потрясенным недоверием, удивлением и чем-то еще, что окончательно сконфуженный и сбитый с толку Баскервиль так и не удосужился понять. И тут, даже не позаботившись собрать огромный ворох фишек, составлявших его выигрыш, или хотя бы вежливо попрощаться, герцог повернулся и решительным шагом направился к двери.

— Подумать только! — охнул Баскервиль, глядя вслед удалявшемуся Клейтону. — На этот раз вы действительно сунулись не в свое дело, лорд Уэстморленд! Я не успел вам сказать — его светлость терпеть не может, когда герцогиня выезжает без него.

— Совершенно верно, — широко улыбнулся Стивен. — Терпеть не может.

Поездка в Гренд-Оук, на которую обычно уходило четыре часа, сейчас заняла лишь три с половиной — поистине рекорд, особенно если учесть, что Клейтон даже не заехал домой переодеться и отправился в путь прямо от дверей клуба. Уитни живет у его матери! У матери, черт возьми! Единственный человек на свете, у которого, кажется, должно было хватить здравого смысла немедленно отправить жену в Клеймор к мужу! Его собственная мать участвовала в заговоре и спокойно смотрела на невыносимые терзания сына!

Карета остановилась перед ярко освещенным домом матери, и Клейтон вспомнил, что та сегодня дает прием. Он не желал встречаться с родственниками. Ему нужна жена! Кроме того, он и не подумал захватить с собой вечерний костюм!

Он испытывал непреодолимое искушение предстать перед матерью и бросить ей в лицо обвинение в предательстве, а уж потом отправиться на поиски Уитни. Но делать этого он не собирался — время дорого.

— Добрый вечер, ваша светлость, — поклонился старый дворецкий.

— К дьяволу! — ответствовал его светлость, отодвигая словно громом пораженного слугу и поспешно направляясь к гостиной, где уже толпились приглашенные.

Казалось, сегодня здесь собрались все до единого родственники. Но Уитни не было. Однако Клейтон заметил мать, и когда та, лучезарно улыбаясь, направилась к сыну, тот одарил ее взглядом, исполненным такого ледяного недовольства, что Алисия остановилась как вкопанная. Клейтон же повернулся и направился к парадной лестнице.

— Где моя жена? — грозно спросил он у горничной в верхнем холле.

Клейтон нерешительно помялся у указанной двери, сжимая ручку замка. Сердце бешено колотилось от страха и облегчения. Он понятия не имел, что скажет Уитни, увидев его, и что может он сам объяснить ей. Но в этот момент самым главным было оказаться рядом и наслаждаться созерцанием жены.

Открыв дверь, Клейтон тихо переступил порог. Уитни сидела спиной к нему в большой медной ванне. Над ней стояла горничная с махровой салфеткой и мылом. Клейтон не двигался, зачарованно глядя на жену, умирая от желания подойти и стиснуть ее в объятиях, голую и мокрую, отнести на постель и войти в глубины этой соблазнительной плоти, забыв обо всем. Однако он чувствовал себя недостойным говорить с ней, не то чтобы коснуться. Он и был недостоин. Дважды за то время, что они знали друг друга, он проявил к ней такую звериную злобу, на которую прежде не считал себя способным. Боже! Уитни носит его ребенка, а он ни разу не удосужился спросить, как она себя чувствует! Как могла эта худенькая девочка вынести тяжкое бремя его бесчеловечной жестокости и при этом не возненавидеть мужа, чего он всячески заслуживает?!

Клейтон глубоко прерывисто вздохнул.

Кларисса подняла голову, увидела хозяина, который направлялся к ванне, засучивая на ходу рукава, и зло сверкнула глазами. Она уже открыла рот с очевидным намерением высказать все, что думает о его светлости, пусть тот и носит титул герцога, однако Клейтон успел опередить ее, повелительно указав на дверь. Горничная нехотя вручила ему мыло и салфетку и вышла, не сказав ни слова.

Клейтон с мучительной нежностью намылил спину Уитни, стараясь делать это как можно осторожнее.

— Как хорошо, Кларисса, — пробормотала Уитни, когда намыленная салфетка скользнула по ногам. Обычно Кларисса предоставляла госпоже мыться самой, но последнее время так волновалась и тревожилась за нее, что Уитни уже привыкла к этим не совсем обычным услугам.

Розовая, со сверкающими каплями душистой воды, Уитни поднялась и ступила из ванны на коврик. Она уже хотела повернуться и взять полотенце, но Кларисса с ее чрезмерными заботами, едва прикасаясь, уже вытирала шею, плечи и спину.

— Спасибо, Кларисса, теперь я сама. Поужинаю здесь, а потом оденусь и спущусь...

Обернувшись, Уитни потянулась за полотенцем. С лица сбежала краска. Ноги задрожали, и она, пошатнувшись, едва не упала при виде мрачного, неулыбающегося, но от этого не менее красивого лица мужа, который молча продолжал вытирать ее. Уитни, онемев, в состоянии полного паралича, застыла на месте, не в силах ни пошевелиться, ни заговорить.

Клейтон начал промокать полотенцем влагу на бедрах и животе, и Уитни смутно ощутила, что его руки чуть задержались, но он и не думал ласкать ее. Уитни отчаянно пыталась сообразить, что происходит. Клейтон здесь и больше не сердится на нее, но продолжает молчать. И даже не улыбнется. И дотрагивается до нее не властно, как муж... а... униженно... как слуга!

Комок слез подступил к горлу, не давая дышать. Герцог стал ее горничной, потому что пришел с повинной, пытаясь показать, как принижен и жалок.

Клейтон осторожно усадил Уитни на стул у самой ванны, не глядя на жену, опустился на колено и начал снимать полотенцем капли, все еще оставшиеся на ногах.

— Клейтон, — прерывисто прошептала она, — о, пожалуйста...

Но Клейтон, не обращая внимания на мольбы, пробормотал искаженным, полным боли голосом:

— Если мне когда-нибудь придет в голову, будто ты решила снова покинуть меня, какими бы вескими ни были при этом причины, я велю запереть тебя в твоей комнате и заколотить двери, да поможет мне Бог!

— А ты останешься вместе со мной в этой комнате? — дрожащим голосом спросила Уитни.

Клейтон поднял ее изящную ножку, нежно приложил к щеке и поцеловал.

— Да, — шепнул он и, встав, подошел к гардеробу.

Вынув оттуда синий шелковый халат, он вновь направился к жене. Уитни просунула руки в рукава и стояла, как кукла, пока Клейтон завязывал пояс халата. Не говоря ни слова, он подхватил ее на руки и понес к низкому столику, где располагался поднос с ужином. Опустившись в кресло, он усадил жену себе на колени и снял крышку с первого блюда. Уитни поняла, что он хочет собственноручно кормить ее. Нет, этого она не вынесет!

— Не надо, — тихо запротестовала она, обнимая мужа и пряча лицо у него на груди. — Прошу тебя, не делай этого! Просто поговори со мной! Пожалуйста, поговори!

— Не могу! — выдохнул Клейтон задыхаясь. — Не могу найти слов.

Мучительная тоска в его голосе была такой безнадежной, что у Уитни из глаз брызнули слезы.

— Зато я могу, — захлебываясь слезами, выдавила она. — Ты сам научил меня им: я люблю тебя. Я люблю тебя!

Клейтон провел пальцами по роскошным каштаново-рыжеватым прядям и бережно взял в ладони прекрасное лицо.

— Я люблю тебя, — отозвался он хрипло. — Боже! Как я люблю тебя!

Стрелки на часах из позолоченной бронзы показывали уже половину второго. Клейтон нежно смотрел на спящую в его объятиях жену: растрепанная головка доверчиво покоилась на широкой мужской груди. Осторожно отведя локон со щеки Уитни, Клейтон прижал ее к себе и коснулся поцелуем лба.

— Я люблю тебя, — тихо сказал он, хотя знал, что Уитни спит и не слышит. Но ему необходимо было снова и снова повторять эти слова.

Он произносил их в душе каждый раз, припадая губами к ее влажному рту в жадной потребности или с невыразимой нежностью.

— Я люблю тебя.

Эти слова пело его сердце, когда она извивалась под ним и грациозно выгибалась, чтобы встретить каждый толчок, каждую ласку. Мелодия этих слов, ни на секунду не прерываясь, взмывала крещендо в те мгновения, когда он вел Уитни к невообразимым высотам экстаза и там присоединялся к ней.

Жена устроилась поудобнее и сонно пролепетала:

— Я тоже люблю тебя.

— Ш-ш-ш, дорогая. Спи, — пробормотал Клейтон. Сегодня ночью он ласкал ее бесконечно, намеренно отдаляя последний, ослепительный момент наивысшего блаженства, пока оба не обезумели от желания. Теперь, после бурных порывов страсти, он хотел, чтобы жена отдохнула.

— Почему ты так долго... — спросила она.

Откинув голову, чтобы лучше видеть ее лицо, Клейтон улыбнулся:

— Не могу поверить, что ты имеешь в виду именно то, что, по моему мнению, имеешь в виду.

Уитни недоуменно уставилась на него, но, тут же все поняв, покраснела и отвернулась. Удивленный и встревоженный ее реакцией, Клейтон поднял брови.

— Так что ты имела в виду? — мягко осведомился он.

— Н... не важно. Честное слово, это не имеет значения.

Глядя в затуманенные болью зеленые глаза, Клейтон спокойно возразил:

— А мне кажется, для тебя крайне важно, что бы это ни было.

Уитни пожалела, что проболталась. Она бы промолчала, но обида все росла, растравляя сердце, словно рана, никак не хотевшая заживать. Зная, что Клейтон непременно настоит на ответе, она едва слышно шепнула всего лишь одно слово:

— Мари.

— И что же с ней?

— Именно из-за нее ты так долго не приезжал?

Обняв Уитни покрепче, словно стремясь взять на себя часть боли, которую причинил ей, Клейтон невесело улыбнулся:

— Дорогая, я не мог приехать лишь потому, что сорок частных сыщиков не сумели отыскать, где ты скрываешься. А я, которому, несомненно, следовало бы быть сообразительнее, не думал, что собственная мать станет участвовать в заговоре на стороне моей жены.

— Но мне казалось, что ты в первую очередь будешь искать меня здесь, как только у тебя будет время все хорошенько обдумать.

— Значит, ошиблась, — покачал головой Клейтон. — Но поверь, я имел время «все хорошенько обдумать», не приближаясь при этом к Мари Сент-Аллермейн, если именно об этом ты пытаешься меня спросить.

— Правда?

— Правда.

Уитни, не вытирая предательских слез, улыбнулась дрожащими губами.

— Благодарю тебя, — с облегчением выговорила она.

— Всегда рад услужить, — засмеялся Клейтон, обводя указательным пальцем контуры ее лица. — Ну а теперь спи, любимая, иначе я буду вынужден найти этой кровати иное применение.

Уитни послушно закрыла глаза и прижалась к мужу. Кончики ее пальцев легко пригладили его волосы на висках, скользнули по плечу к груди. Почувствовав, как желание вновь горячит кровь, Клейтон изо всех сил боролся со страстью, неосторожно воспламененной сонными ласками Уитни. Когда изящная ручка спустилась к животу, Клейтон поймал ее и крепко сжал, пытаясь остановить. Ему показалось, что он слышит приглушенный смех, но в этот момент Уитни повернулась якобы во сне и коснулась губами его уха.

Клейтон, отодвинувшись, с подозрением уставился на жену. Она и не думала спать — огромные глаза сияли любовью.

Одним быстрым движением он опрокинул Уитни на спину и вжал телом в подушки.

— Попробуй потом сказать, что я не предупреждал тебя, — хрипло пробормотал он.

— Ни за что не скажу, — пообещала Уитни.

Глава 36

Проснувшись, Уитни обнаружила, что мужа рядом нет, и сердце стиснуло привычной тоской: на какое-то ужасное мгновение показалось, будто ночь, исполненная жгучей страсти, ей всего лишь пригрезилась во сне.

Она поспешно перекатилась на спину, отчаянно огляделась и увидела его. Клейтон в любимом темно-красном халате, очевидно, принесенном слугой, сидел у окна, в нескольких шагах от кровати, за столиком, на котором стоял серебряный кофейный сервиз. Тяжелые шторы были наполовину раздвинуты, пропуская яркие солнечные лучи. На голубом небе не было ни единого облачка, зато лицо Клейтона было мрачнее грозовых туч. Он рассеянно смотрел в пустоту, словно унесся мыслями куда-то очень далеко. Уитни невольно поежилась. Неужели стена, возникшая между ними последнее время, никуда не исчезала? Почему же несколько часов назад он казался таким пылко влюбленным?

Накинув синий шелковый халат, в котором была вчера вечером, Уитни, бесшумно скользнув по восточному ковру, осторожно коснулась его плеча. Клейтон, погруженный в невеселые думы, испуганно вздрогнул.

— Почему тебя не было в постели, когда я проснулась? На секунду мне даже показалось, будто я все себе напридумывала и тебя вовсе со мной не было.

Выражение лица Клейтона немного смягчилось. Сжав руку Уитни, он нежно, но решительно притянул ее к себе и усадил на колени.

— Как ты себя чувствуешь? — шепнул он, обнимая жену за талию.

— Возмутительно хорошо для женщины в моем положении, — пошутила она, пытаясь развеселить мужа. — Хотя, если остаюсь одна хотя бы на несколько минут, к моему величайшему прискорбию, начинаю немедленно клевать носом.

Накрыв ладонью ее живот, Клейтон смущенно поинтересовался:

— А как малыш?

— Мы оба в полном здравии и благополучии, особенно теперь, когда ты с нами, — заверила Уитни.

Клейтон удовлетворенно кивнул, но тут же снова нахмурился.

— Я сидел тут, размышляя... — вздохнул он.

— Терпеть не могу, когда ты впадаешь в подобное состояние, — шутливо заверила Уитни, разглаживая морщинки у него на лбу.

— В какое именно?

— Ненавижу, когда тебе в голову приходят грустные мысли.

— Прости... — начал Клейтон.

— Так и быть, на этот раз прощаю, но больше никаких раздумий.

Клейтон вымученно улыбнулся, но проигнорировал ее трогательные усилия вести себя так, словно между ними все улажено и прошлая ночь все вернула в прежнее русло.

— Открыв глаза, я понял, что не только не извинился за свое непростительное поведение, но и не объяснил причины случившегося. Позволь сделать это сейчас.

Уитни, взглянув мужу в глаза, серьезно кивнула.

— Как тебе уже, вероятно, известно, отправившись по твоей просьбе наверх за письмом тетушки, я нашел другое послание. Незаконченное. Судя по дате, написанное за день до того, как ты приехала ко мне в Клеймор. В письме ты сообщала о своей возможной беременности. И своих страхах по этому поводу.

— Откуда ты узнал, что мне это известно? — выпалила Уитни.

— Позавчера я, презрев все свое достоинство и отбросив всякий стыд, послал за твоей подругой Эмили Арчибалд, с тем чтобы любым способом попытаться выведать, где ты находишься. Лесть, убеждение, прямое запугивание — годилось все.

— Бедняжка Эмили! Даже если бы она хотела, все равно не смогла бы ничем помочь. Я не поделилась с ней своими планами.

— Так она и сказала. И я поверил. Однако она не скрыла того, что ты проведала о моей несчастной находке.

Уитни кивнула.

— Уже через несколько дней после того, как ты прочитал письмо, я сообразила, что произошло и почему ты так обращался со мной.

— В таком случае почему, во имя Господа, ты не открылась мне сразу и не положила конец нашим страданиям?

— Мне следовало бы задать тебе тот же вопрос, — отпарировала жена, укоризненно улыбнувшись. — Почему ты не пришел ко мне сразу, как только отыскал его?

Клейтон смиренно снес упрек.

— Ты права, дорогая.

— Рада слышать это, — уже мягче буркнула она, — поскольку именно это хотела доказать, когда ушла из дому. Клейтон, ты дважды заподозрил меня в неслыханной подлости и в обоих случаях отказался объяснить, какое, по твоему мнению, преступление я совершила, так и не дав мне шанса оправдаться. Помнишь, что произошло, когда ты утащил меня с бала у Эмили и силой увез в Клеймор? А когда нашел записку, все повторилось сначала. Тогда я тебя простила и прощу теперь, в последний раз, но взамен потребую выполнить мою просьбу.

— Все, что угодно, — согласился он, морщась при напоминании о том, как был несправедлив к жене.

— Все, что угодно? — улыбнулась она, пытаясь развеселить его. — В пределах разумного, конечно?

Клейтон потерся подбородком о пушистую макушку Уитни.

— *Все на свете*, — поправил он твердо.

— В таком случае я хочу взять с тебя клятву, что впредь ты всегда дашь мне возможность ответить на все обвинения в тех страшных преступлениях, которые я, по твоему мнению, совершила.

Клейтон, порывисто вскинув голову, всмотрелся в жену, чьи отвага и мужество как никогда ясно проявлялись в гордом развороте плеч и вздернутом подбородке, хотя в огромных зеленых глазах сияли нежность и искренность. Страшные преступления? Она — олицетворение радости и любви; утонченное, изысканное сочетание женской мудрости, совершеннейшей невинности и неукротимой дерзости. Она уже дала ему целый мир счастья и страсти и теперь готовится подарить ребенка. Он мечтал, чтобы она попросила у него нечто необыкновенное, трудновыполнимое, дала какую-нибудь немыслимо сложную задачу. Чтобы он смог *заслужить* ее прощение. Но Уитни добивалась всего лишь простого обещания, потому что хотела лишь одного: его любви. Сознание этого разрывало сердце Клейтона. Переполненный эмоциями, которым не было выхода, он хрипло и униженно пробормотал:

— Даю слово никогда больше так не поступать.

— Спасибо, — кивнула Уитни.

Клейтон повернул ее лицо к себе и скрепил клятву поцелуем.

Полностью удовлетворенная исходом беседы, не говоря уже о поцелуе, Уитни прижалась щекой к его груди и глубоко вздохнула. Как хорошо, что можно забыть это проклятое письмо и причиненные им горести!

Однако Клейтон еще не облегчил душу.

— Кстати, насчет этого письма, — начал он, но Уитни небрежно отмахнулась:

— Забудь о нем. Я простила тебя, дорогой, и на этом все.

Клейтон улыбнулся столь неприкрытому благородству.

— Как ни ценю я твое великодушие, все же не совсем понимаю, чего ты намеревалась добиться, послав его мне.

Уитни, не желая вновь затрагивать щекотливый предмет, взглянула на каминные часы, увидела, что уже поздно, и, выскользнув из рук мужа, встала:

— Нам пора спуститься к завтраку, иначе половина гостей разъедется и твоя матушка расстроится, что ты их не проводил.

Клейтон не нуждался ни в чьем обществе, если не считать компании жены, но боялся снова ее расстроить. Он тоже поднялся, но, не позволив ей уклониться от темы, настойчиво повторил:

— Так что ты думала, когда писала письмо?

— Я была вне себя от беспокойства, но после нашей неудачной встречи на свадебном приеме Элизабет и твоего видимого безразличия ко мне на людях очень боялась, что ты отвергнешь все мои попытки к примирению. Поэтому и сообщила о своих страхах, — продолжала Уитни, направляясь к сонетке, чтобы вызвать Клариссу. — Опасалась, что иначе ты женишься на Ванессе, прежде чем я сумею все прояснить и признаться в своей любви. Ну и... конечно... попробовала спасти остатки гордости, вынудив тебя прийти ко мне, вместо того чтобы самой мчаться к тебе.

— Вряд ли ты добилась бы своей цели, любимая, если бы послала письмо.

Уитни рассеянно одернула халат, прежде чем изумленно воззриться на мужа.

— Хочешь сказать, что попросту бы не обратил внимания на письмо? Выбросил бы его из головы?

— Сомневаюсь, что проявил бы такое бесчувствие, но и желанного результата оно бы не дало. Во всяком случае, мое сердце оно бы не растопило.

— Не думала услышать от тебя такое! — разочарованно охнула Уитни. — Неужели не ощутил бы ни малейшей ответственности?

— Ответственности? За что?

— За то, что наградил меня ребенком в ту ночь, когда похитил из дома Эмили!

Клейтон изо всех сил старался сохранять серьезный вид, хотя невольная улыбка приподнимала уголки рта.

— Хотя я понимаю мотивы, побудившие тебя написать письмо, и аплодирую твоей искренности, один-единственный, но фатальный недостаток погубил так хорошо продуманный план. Тот самый изъян, который привел меня в такое бешенство, когда я обнаружил письмо в ящике твоего стола.

— И что же это такое?

— В ту ночь я никак не мог стать отцом твоего мифического ребенка. Признаюсь, я взял тогда твою невинность, но и только. Обнаружив, что ты девственна, я, снедаемый раскаянием и сознанием вины, немедленно оставил тебя, и наше соитие так и не было завершено.

За месяцы, прошедшие со дня свадьбы, Уитни много узнала от Клейтона о супружеских отношениях, но ей и в голову не приходило, что для зачатия необходимы определенные условия.

И сейчас, поняв, что натворила своим необдуманным поступком, она широко распахнула глаза.

— Значит... — прошептала она и тут же в ужасе осеклась.

— Значит, — подхватил Клейтон, — я, естественно, решил бы, что у тебя был любовник, тем более что письмо написано накануне того дня, когда ты так неожиданно и внезапно явилась в Клеймор, чтобы заверить меня в вечной любви. Вполне логично было бы предположить, что ты в полнейшем отчаянии решила заполучить мужа и родителя своему нерожденному младенцу.

— О Боже, — пробормотала Уитни, побелев, как простыня. — Мне в голову не могло прийти, что ты подумаешь, будто кто-то другой... что у тебя появятся веские причины сомневаться в мотивах моего приезда в Клеймор. И как только это произошло, ты, разумеется, не поверил бы ни одному моему слову, ни одному поступку...

Встревоженный внезапной бледностью жены, Клейтон притянул ее к себе.

— Не думай больше об этом! Я рассказал тебе только потому, чтобы ты не считала меня таким уж чудовищем, как кажусь.

Уитни робко дотронулась до его щеки. В глазах блестели слезы.

— Прости, если можешь... мне так жаль... так безмерно жаль...

— Уитни, любимая, — наставительно заявил он, — все это не стоит ни одной твоей слезинки. И заклинаю, не стоит тратить ни единой минуты на сожаления.

Уитни растянула губы в вымученной улыбке. Боясь, что она все-таки расплачется, Клейтон прибегнул к крайним мерам:

— Подумай о сыне, дорогая. Недаром ученые утверждают, что настроение матери влияет на характер будущего младенца. Неужели хочешь, чтобы следующий герцог Клеймор вырос жалким хлюпиком?

Сама мысль о том, что Клейтон способен зачать столь непохожего на себя отпрыска, вызвала робкий смех.

— Нет, разумеется! — фыркнула она, покачав головой, но когда муж улыбнулся ей в ответ, по-видимому, совершенно не взволнованный возможным воздействием ее настроения на душевные качества младенца, с подозрением осведомилась: — Надеюсь, все, что ты наговорил о последних научных открытиях, совершенная неправда?

— Разумеется, — нахально ухмыльнулся герцог, и сердце Уитни снова сжалось, на этот раз от счастья — казалось, она вот-вот воспарит к небесам. Но вместо этого Уитни хитро прищурилась и сообщила:

— Боюсь, ты ошибся и мои невзгоды скорее могли бы повлиять на природу твоей *дочери!*

— Дочери? — растерянно повторил герцог. — Значит, женская интуиция подсказывает тебе, что у нас будет девочка?

Подавив смешок, Уитни осторожно провела пальчиком по груди мужа.

— Это я тебе назло.

— Зря. Неужели посчитала, будто меня расстроит такое известие? Я хотел бы иметь малышку-дочь.

— Но тебе нужен наследник!

— Об этом я не думал, — солгал Клейтон, прикусив мочку ее уха. — Однако если родится девочка, мне придется повторять попытки получить наследника, пока ты не выгонишь меня из своей постели и не потребуешь оставить тебя в покое.

— Сильно опасаюсь, что, если станешь дожидаться этого, когда-нибудь придется кормить очень немалую семейку.

— И тем самым сделать свою мать счастливейшей женщиной во всем христианском мире, — усмехнулся Клейтон.

— Но ты и без того осчастливишь ее, — заверила Уитни, — когда она узнает о ребенке.

Клейтон, все еще рассерженный на мать, посмевшую так долго укрывать от него Уитни, надменно выпрямился.

— В таком случае, — сухо заключил он, — стоило бы держать ее в неведении еще дня два.

Глава 37

Судя по веселым голосам и приветствиям, доносившимся до него из всех комнат первого этажа, Клейтон предположил, что все родственники от души веселятся и пребывают в прекрасном настроении.

Он нашел мать в столовой, за обеденным столом. При виде счастливого лица Уитни ее собственное зажглось радостной улыбкой. Правда, Алисия тут же нахмурилась, когда Клейтон, поцеловав ее в щеку, тихо сказал:

— Я хотел бы поговорить с тобой с глазу на глаз, прежде чем мы с Уитни сядем завтракать.

— Хорошо, — кивнула Алисия Уэстморленд и, извинившись перед гостями, поднялась и повела сына в маленькую светлую гостиную, выходившую окнами на сад позади дома. И хотя держалась прямо, высоко подняв голову, чувствовала себя напроказившим ребенком в ожидании выговора строгой гувернантки. Она так расстроилась, что даже не заметила идущую за мужем Уитни. Правда, нужно отдать должное Алисии, за эти несколько минут она успела взять себя в руки и даже проникнуться праведным негодованием. В чем заключается ее преступление? Разве она могла прогнать от порога собственную невестку, когда та просила убежища?!

Решив, что нападение — лучший способ защиты, она повернулась к сыну.

— По-видимому, твое ледяное приветствие вчера вечером означало, что ты недоволен мной за оказанное Уитни гостеприимство, — сдержанно бросила она. — Понятия не имею, что ты натворил такого, после чего она посчитала, будто не может больше оставаться под крышей твоего дома. Видишь ли, Уитни слишком предана тебе, чтобы обсуждать подобные вещи даже со мной. Тем не менее я уверена, что твое поведение заслуживает всяческого осуждения, и посему отказать Уитни в приюте было бы немыслимо, несправедливо и бесчеловечно!

Клейтон хотел побеседовать с матерью наедине, желая сообщить, что ее заветное желание вот-вот осуществится и она станет бабушкой, и поскольку великодушно решил не журить ее за участие в заговоре, одновременно растерялся и развеселился от столь неожиданного натиска. За всю свою взрослую жизнь он ни разу не видел мать в таком смятении чувств. Стараясь не улыбнуться, он угрюмо кивнул:

— Понимаю.

Алисия от неожиданности запнулась на полуслове.

— Правда?

— Вне всякого сомнения.

Мать от удивления забыла о деланном негодовании.

— Вот как? Это... — она поколебалась и опустила голову, жестом одновременно величественным и извиняющимся, — крайне благородно с твоей стороны. Я ожидала возражений и споров.

— Я так и думал, — сухо подтвердил Клейтон.

Алисия подошла к нему и нежно обняла.

— Я очень довольна нашей беседой, но придется вернуться в столовую.

Теперь, когда все было улажено, обычная улыбчивая безмятежность, снискавшая Алисии всеобщее восхищение, вновь вернулась, а вместе с ней и сознание обязанностей хозяйки.

— Лэнгфорд так обрадуется твоему приезду! Он спрашивал о тебе. Да, и ты, должно быть, еще не видел Стивена. Он прибыл всего с полчаса назад, в компании четырех молодых джентльменов. Говорит, что они решили воспользоваться хорошей погодой и полюбоваться моими садами, пока розы в полном цвете.

— Стивен ненавидит запах роз, — заметил Клейтон.

Алисия прекрасно знала, что Стивен явился отнюдь не ради роз. Решил лично удостовериться в успехе их плана, а для маскировки привез с собой друзей. Встревожившись, что Клейтон может разгадать их махинации, она разразилась поспешным монологом:

— Конечно, Стивен словно с неба свалился, но я так рада, потому что Лансберри со своей дочерью, леди Эмили, нанес нам неожиданный визит, и не будь здесь Стивена и его приятелей, бедняжке не с кем было бы поговорить и повеселиться! Одни старики! Кстати, она прелестная девушка!

Алисия уже взялась было за ручку двери, но оглянулась, запоздало сообразив, что сын и невестка широко улыбаются и при этом совершенно не намереваются следовать ее примеру.

— Нам пора, — весело напомнила она.

— Думаю, следует подождать, пока я скажу, о чем собирался поговорить с тобой, — мягко пояснил Клейтон.

Алисия мгновенно обернулась.

— Я, естественно, предположила, что ты хотел дать мне нагоняй за то, что не постаралась примирить тебя с Уитни! — выпалила она, отбросив маску ангельской невинности.

— Возможно, так и следовало сделать, — с ухмылкой кивнул Клейтон. — Однако я посчитал более важным объявить, что ты вот-вот станешь бабушкой.

Сияющая улыбка озарила лицо Алисии Уэстморленд. Она порывисто схватила за руки сына и невестку.

— О, мои дорогие, — выдохнула она и, не в силах найти слов, способных выразить ее счастье, прижала их ладони к щекам. — О, мои дорогие!

Глава 38

Граф Лэнгфорд, высокий изможденный человек лет восьмидесяти, приходившийся кузеном отцу Клейтона, маячил в дверях столовой, опираясь одной рукой о косяк, а другой — на палку черного дерева.

— Клеймор! — приветствовал он, когда Клейтон выходил из комнаты под руку с Уитни. — Не могу ли я перемолвиться с вами словечком? — И, бросив на Уитни извиняющийся взгляд, добавил: — Насколько я понял, ваш муж приехал только вчера ночью, но не могли бы вы расстаться с ним всего на несколько минут? Дело неотложной важности.

— Разумеется, — охотно согласилась Уитни. — Пойду поищу Стивена и его компанию.

Она упорхнула в сад, а Лэнгфорд поспешно схватился за Клейтона, чтобы не упасть.

— Ваша жена не только красива, но и добра. Вчера провела со мной несколько часов, пока я распространялся насчет своих исследований трудов древних философов. Поверите ли, — подмигнув, признался он, — она также весьма правдоподобно притворялась, будто интересуется не только темой беседы, но и моей скромной персоной. Клянусь, я словно сбросил двадцать лет!

— Временами она и со мной творит нечто подобное, — пошутил Клейтон, медленно уводя старого графа в единственное никем не занятое помещение на первом этаже.

— Двадцать лет назад вы были зеленым юнцом.

— Именно это я имею в виду, — добродушно пояснил Клейтон.

Поудобнее устроив Лэнгфорда в маленькой гостиной, где перед этим беседовал с матерью, Клейтон сел напротив. Однако Лэнгфорд растерянно озирался, явно не зная, с чего начать.

— Вы что-то говорили о неотложном деле? — мягко напомнил герцог.

Лэнгфорд печально вздохнул.

— В моем возрасте, Клеймор, все дела неотложные, поскольку я могу в любую секунду уйти в вечность, — изрек он и, не дав возможности Клейтону пробормотать фальшивые уверения в том, что впереди у графа еще много лет, решительно перешел к предмету обсуждения: — Я хотел бы потолковать о вашем брате.

Клейтон, скрывая удивление, молча кивнул.

— Я всегда считал вас оплотом семьи, и всем известно, что у вас настоящее чутье на выгодные финансовые предприятия и что благодаря этому ваше состояние многократно умножилось.

Он помедлил, но Клейтон просто поднял брови, ничего не утверждая и не отрицая.

— Мои сведения, касающиеся вашего... необычного... таланта, достаточно точны, — обронил граф, очевидно, смущенный тем, что приходится касаться столь вульгарного предмета, и как можно деликатнее продолжал: — До сих пор я считал, что наследство Стивена тоже находится под вашим присмотром, и поэтому предполагал, будто у Стивена нет деловых способностей. Это верно?

Не будь граф довольно близким родственником весьма преклонных лет, Клейтон нашел бы способ положить конец этому оскорбительному разговору.

— Это совершенно не так, — коротко бросил он.

Граф распознал в голосе собеседника предостерегающие нотки, но тем не менее продолжал упорствовать.

— Значит, это правда, что Стивен за прошлый год сделал ряд вложений, казавшихся поначалу довольно легкомысленными и рискованными, но потом многократно окупившимися? Я слышал самые невероятные сплетни от членов моего клуба, но хотел, чтобы именно вы это подтвердили. Не могли бы сказать мне: это домыслы или факты?

— Только если вы приведете достаточно веские доводы в пользу такой откровенности.

— Поверьте, мне необходимо знать наверняка.

— В таком случае потолкуйте со Стивеном.

Граф покачал головой:

— Нельзя. Он не должен ничего знать.

— Тогда, боюсь, эта дискуссия ни к чему не приведет! — холодно отрезал Клейтон.

— Хорошо, я сдаюсь и объясню причину моих настойчивых расспросов, но предупреждаю: все это строго между нами.

— Не представляю, что могло бы побудить меня обсуждать финансовые дела Стивена с кем бы то ни было, даже с вами, — твердо объявил Клейтон, пытаясь встать.

— Если Стивен в самом деле так богат, как твердят слухи, и нажил состояние собственными трудами, я хотел бы назначить его своим законным наследником.

Клейтон сухо улыбнулся, однако все же сел.

— Заманчивое предложение.

— Если я назову Стивена своим наследником, он почти ничего не получит. Очень мало земли и никакого дохода. Много лет назад наша ветвь семьи была почти такой же зажиточной, как ваша, но мои предки мотали деньги без счета и только тратили, не умея ни копить, ни откладывать на будущее. И в результате мои поместья в упадке и практически ничего не стоят, зато титулы древние и благородные. Если я умру, не сделав специальных распоряжений, мои титулы и земли безоговорочно переходят к вам. Пока я ничего не знал про Стивена, был вполне доволен таким положением вещей, рассчитывая, что могу положиться на ваше чувство долга, как, впрочем, и богатство. Вы могли бы поддерживать мои владения в достойном состоянии и приглядывать за ними куда лучше, чем я.

Граф снова замялся, внимательно изучая рисунок из светлых виноградных лоз на ковре, переложил палку из одной руки в другую. Наконец, подняв голову, он с достоинством изрек:

— У вас и без того много достойных титулов, куда более высоких, чем вы унаследуете от меня, а мои поместья не идут ни в какое сравнение с вашими. Я был бы счастлив сделать своим наследником человека, который высоко ценил бы все, что получит от меня. Не того, который не упомнит всех своих титулов и доставшихся ему имений. Наша семья достаточно велика, в ней есть много достойных кандидатов, но я хотел бы выбрать такого, которого хорошо знаю и люблю.

— Счастлив слышать это, — ободряюще улыбнулся Клейтон.

— Он, подобно вам, человек долга, понимающий и выполняющий все обязательства по отношению к родным и тем, кто от него зависит.

— Да, Стивен именно таков, — подтвердил герцог.

— Поэтому, прежде чем назначить Стивена своим наследником, я должен знать одно: он унаследовал богатство, но сумеет ли его удержать? Достаточно ли он мудр и осмотрителен, чтобы не потерять деньги, и сумеет ли позаботиться о моих землях?

— Стивен обладает всеми этими качествами, — заверил Клейтон.

Уголки губ графа чуть приподнялись в усмешке, но он тут же вновь уставился в ковер.

— Я предполагал, что вы никоим образом не оскорбитесь и никак не воспротивитесь моим намерениям. И надеюсь, оказался прав?

— Совершенно, — с искренней улыбкой подтвердил собеседник.

— Превосходно! Значит, все улажено. Я предприму все необходимые меры, чтобы Стивен стал следующим графом Лэнгфордом, бароном Эллингвудом и пятым виконтом Харгроувом.

Он потянулся к палке и, опираясь на нее, с трудом поднялся. Клейтон мгновенно оказался рядом, готовый предложить свою руку. Дождавшись, пока старик выпрямится и, шаркая, направится к двери, герцог осмелился выразить свое единственное сомнение столь грандиозными планами:

— Вы уверены, что сумеете законным образом передать Стивену титулы?

Граф, не задумываясь, уверенно ответил:

— Все они дарованы нашей семье королем Генрихом VII более трехсот лет назад. Благодаря мудрости и предусмотрительности нашего общего предка, первого герцога Клеймора, передача этих титулов является исключением из общего правила наследования. В случае если их носитель останется бездетным, ему позволено самому выбрать наследника, с тем условием, что последний будет прямым потомком одного из герцогов Клейморов. Стивен вполне удовлетворяет этому условию.

Клейтон знал, что подобной оговорки, связанной с его собственными титулами, не существует, но поскольку в истории еще не бывало ни одного бездетного герцога Клеймора, ни сам он, ни его отец, ни дед, ни прадед не задавались подобными вопросами. Правда, теперь Клейтон, исключительно из любопытства, решил проверить все остальные титулы, которыми владел.

Из задумчивости его вывело встревоженное напоминание графа:

— Клеймор, я подчеркиваю, что наша беседа носила конфиденциальный характер, и, надеюсь, без лишних слов понятно, что распространяться об этом не следует.

— Разумеется, граф, — кивнул Клейтон, хотя с удовольствием обсудил бы этот разговор с младшим братом.

— Я не зря настаиваю на сохранении тайны, — признался граф, ковыляя к открытой двери одного из салонов. — У меня не будет ни минуты покоя, если кто-то еще из моих родственников узнает о том, что я сам собираюсь выбрать наследника, вместо того чтобы передать свои титулы и владения вам.

— Неужели? — рассеянно пробормотал Клейтон, не сводя глаз со Стивена, стоявшего у камина в обществе ослепительной блондинки.

Граф, не дождавшийся достойного ответа, сразу понял, что собеседник отвлекся, и, проследив за направлением его взгляда, осведомился:

— Вы узнаете эту молодую леди рядом с вашим братом?

— Нет, я никогда ее не встречал, — удивился Клейтон.

— Разумеется, встречали, — возразил граф таким загадочным тоном, словно наслаждался растерянностью собеседника. — И с ее отцом тоже знакомы.

В доказательство он кивнул в сторону герцога Лансберри, занятого беседой с Уитни.

— Это его дочь, леди Эмили. Сегодня утром герцог мне ее представил.

Герцог Лансберри, коренастый темноволосый коротышка с грубым, почти уродливым лицом, имел двух уже немолодых сыновей, походивших на него как две капли воды. Клейтон не мог поверить, что подобное существо могло произвести на свет столь нежное, деликатное, изящное создание.

Разгадав его мысли, граф шепотом пояснил:

— Она — дитя от второго брака. Мать была французской аристократкой, вполовину моложе Лансберри, и умерла в родах, через год после свадьбы. Теперь, по зрелом размышлении, я согласен, что вы вряд ли виделись с леди Эмили. Она сказала, что редко бывает в Англии.

— Где он ее прятал? — выпалил Клейтон, усаживая старика в удобное кресло.

— Я сам задавался этим вопросом, — усмехнулся граф. — Но трудно осуждать отца за старания уберечь дочь от молодых повес и старых распутников, пока она не вырастет и сама не сумеет держать их на расстоянии. Когда будете знакомиться с ней, обратите внимание на ее глаза. Клянусь, они цвета темно-синих фиалок.

За этот день Клейтон не раз имел возможность присмотреться к леди Эмили, но куда больше его интересовала реакция Стивена, вернее, полное отсутствие какой бы то ни было реакции. Эмили ухитрилась очаровать почти всех мужчин, и друзья Стивена ловили каждое ее слово. Стивен же вел себя так, словно едва замечал ее присутствие. Мало того, почти все время он ухаживал за двумя молодыми дамами, спутники которых постоянно вертелись около Эмили. И поскольку Стивен знал обеих с самого детства и обращался с ними с добродушной снисходительностью старшего брата, Клейтон находил его неожиданную галантность весьма занимательной.

Уитни тоже заметила странное поведение деверя и поделилась с Клейтоном своими наблюдениями, как только джентльмены, насладившись послеобеденными сигарами и портвейном, присоединились к сидящим в гостиной дамам. Уитни взяла мужа под руку, увлекла в укромный уголок и тихо, но весело сообщила:

— Видел, как упорно Стивен игнорирует Эмили?

— Еще бы! — усмехнулся Клейтон, вглядываясь в жену. — Кстати, что ты о ней думаешь?

Уитни поколебалась, пытаясь быть честной и справедливой.

— Что же... она одна из самых прелестных созданий, каких мне приходилось когда-либо видеть, и манеры у нее безупречные, но есть в ней что-то...

— Чересчур надменна? — без обиняков предположил Клейтон.

— Возможно. Но вероятно также, что она просто стесняется.

— Что-то не заметил я особенной застенчивости. По-моему, она не испытывает ни малейшего затруднения в общении с людьми.

— Да, но только с женщинами и мужчинами постарше. И при этом она мила и остроумна. Но посмотри, как сухо она обращается с друзьями Стивена. Насколько мне известно, ее вырастили престарелые родственники в Брюсселе, поэтому она просто не знает, как вести легкую утонченную светскую беседу и флиртовать с молодыми людьми. Очевидно, отец, вместо того чтобы воспитывать дочь в Англии, предпочел навещать ее в Брюсселе. Она почти не знает своих единокровных братьев и их жен.

Клейтон обернулся к Стивену, сидящему вместе со своими приятельницами на противоположном от Эмили конце комнаты.

— Она, вне всякого сомнения, произвела впечатление на Стивена, — ухмыльнулся он. — Мало того, готов поклясться, что он может не глядя определить, где она находится в этот момент и с кем разговаривает.

— Ты так считаешь? — с сомнением пробормотала Уитни.

— Безусловно. Ты стала свидетельницей тончайших интриг опытного мужчины, готового начать привычную игру, в которой ему нет равных: игру обольщения.

Уитни, смеясь, закатила глаза.

— О нет, я много раз наблюдала, как Стивен флиртует с молодыми леди, но так он никогда себя не вел. В обычных обстоятельствах он старался бы превзойти всех остальных поклонников остроумием и неотразимым шармом.

— Тут ты права, — признал Клейтон. — Но на этот раз крайне важно, чтобы леди, о которой идет речь, поняла с самого начала, что она не очередная прихоть в длинном списке мимолетных завоеваний.

— Но почему это так важно? — допытывалась Уитни.

— Потому что, любимая, — прошептал он, касаясь губами душистых волос, — на этот раз Стивен не хочет, чтобы она стала преходящим увлечением. Думаю, он собирается навсегда сохранить приз, завоеванный в этой игре.

— Довольно импульсивное решение, если учесть, что они почти незнакомы, не находишь? — спросила Уитни, но, не получив ответа, встретилась с многозначительным взглядом мужа и едва сдержала смешок. — Хочешь сказать, что если речь идет о дамах, которым предназначено стать женами, все Уэстморленды так же шокирующе импульсивны?!

— Ну... не совсем так.

— А в чем же дело?

— Видишь ли, мужчины нашего рода превосходно разбираются в представительницах слабого пола и мгновенно распознают женщин не только необыкновенных, но и тех, кто самой судьбой предназначен для них одних. До этой роковой минуты никакая сила не может повлечь нас к алтарю, но стоит встретить такую, и мы не только готовы бежать в церковь, но и делаем все возможное, чтобы совершить это путешествие в ее обществе.

— Как бы дама ни противилась этому, — докончила Уитни.

— Именно.

Уитни все еще хохотала, когда Стивен незаметно покинул веселую компанию и с самым небрежным видом взял с подноса два бокала шампанского. Перебросился несколькими словами с матерью, справился о здоровье у престарелого кузена и каким-то образом ухитрился оказаться у камина как раз в тот момент, когда поклонники, окружавшие Эмили, разошлись, оставив ее в обществе пожилой родственницы. Уитни зачарованно наблюдала, как деверь предлагает девушке шампанское, но больше всего ее поразило, что, когда та взяла бокал, Стивен не промолвил ни слова. Только смотрел на нее. Даже на расстоянии было видно, как задрожала рука Эмили, подносившей бокал к губам.

Уитни невольно затаила дыхание, когда взгляды молодых людей скрестились. Стивен что-то коротко бросил. Эмили, поколебавшись, улыбнулась, подняла голову и положила руку на рукав Стивена. Тот поклонился и проводил даму из комнаты. И поскольку Клейтон похоже, твердо знал, о чем думает и что делает брат, Уитни, не удержавшись, спросила:

— Как по-твоему, куда он ее повел?

— В галерею, — уверенно заверил муж. — Она на втором этаже, и там их никто не побеспокоит, а кроме того, ее прекрасно видно с первого этажа, а это означает, что репутации Эмили ничего не грозит и ее отец может ни о чем не волноваться.

Для того чтобы наблюдать за галереей, достаточно было встать в дверях гостиной. Но с того места, где находилась Уитни, ничего не было видно.

— Откуда ты знаешь, что они направились туда? — возразила она.

— Хочешь пари?

— На что спорим? — мгновенно зажглась Уитни. Муж, наклонившись к ее уху, что-то прошептал, и лицо герцогини залила краска. Правда, улыбка была по-прежнему исполнена тепла и любви.

Не дожидаясь ответа, Клейтон предложил жене руку. Уитни последовала за мужем к выходу из гостиной.

Пари она проиграла.

К концу сентября все высшее общество ожидало объявления о помолвке между Стивеном Уэстморлендом и дочерью герцога Лансберри. В клубе «Уайтс» ставки доходили до двадцати пяти к одному, что обручение состоится еще до конца года. В октябре ставки понизились до двадцати к одному, поскольку герцог и леди Эмили отправились в двухмесячное путешествие по Испании.

Глава 39

К декабрю небо над Лондоном потемнело, солнце почти не показывалось, а в воздухе стоял запах дыма из тысяч каминов. Этот сезон лондонский свет предпочитал проводить в уюте и тепле загородных домов. Приглашались компании друзей, развлекавшихся охотой и карточными играми. Женщины с дочерьми на выданье готовили гардероб к весне и обсуждали с приятельницами способы поимки завидных женихов.

За последние годы имя Стивена Уэстморленда возглавляло список самых выгодных партий, но, к сожалению, большинство маменек считали его совершенно недоступной добычей. И ко времени возвращения леди Эмили в Англию слухи о скорой свадьбе достигли своего апогея. В гостиных и салонах по всем сельским поместьям Англии ни о чем другом не говорили.

Некоторые сплетники уверяли даже, что о помолвке договорились еще до отъезда герцога с дочерью, другие считали, будто брачный контракт вот-вот будет составлен и венчание состоится еще до нового года.

Но единственной темой оживленных споров была сама свадьба: состоится ли она в декабре, в узком семейном кругу, или превратится в событие года, на которое съедутся сотни приглашенных, правда, не раньше весны? Ни у кого не было ни малейших сомнений, что Стивен Уэстморленд встретил женщину своей мечты и вот-вот станет женатым человеком. Судачили также о том, что Стивен не только переменил образ жизни, забыв холостяцкие развлечения, но и отказался от любовницы, Хелен Деверне, лишь ради того, чтобы стать постоянным спутником леди Эмили. Он выполнял эту роль с полной непринужденностью и очаровательной преданностью, что делало его еще более «лакомым кусочком» для тех мамаш и дочек, которые пока питали надежды на союз с семьей Уэстморлендов.

Леди Эмили, казалось, расцветала в лучах внимания Стивена, а когда он сопровождал ее на бал, раут или в театр, так и лучилась счастьем.

Герцога Лансберри считали самым удачливым отцом во всей Англии, ибо он не только приобретал зятя, богача и аристократа, с безупречными родословной и репутацией, но и вступал в родство с одной из самых знатных семей в Англии.

Предполагалось, что герцог на седьмом небе, хотя никто ничего не знал наверняка: Лансберри не имел друзей и крайне редко откровенничал с другими членами общества. Не терпел он также обычных развлечений и показывался только на тех балах и приемах, куда невозможно было не пойти, не оскорбив хозяев, да и то поспешно уезжал, засвидетельствовав свое почтение наиболее важным лицам. Остальные обязанности, как политические, так и светские, он передоверил сыновьям. Его единственной любовью и увлечением были многочисленные поместья. Подобно предкам, он всю жизнь оставался землевладельцем, выжимающим деньги из имений, и не делал из этого секрета.

Хотя герцог владел роскошным особняком в Лондоне и приобрел несколько великолепных поместий, все же предпочитал постоянно жить в Лендсдауне, мрачном уединенном доме, возведенном в средние века одним из его прапрадедов. В последующие годы каждый новый владелец добавлял очередную пристройку в стиле своего времени.

Стивену, изучавшему архитектуру, здание казалось непропорциональным, безвкусным, мрачным уродством. Единственным его достоинством была близость к Гренд-Оук, материнскому имению. Он решил провести зиму именно там, частично потому, что Уитни, Клейтон и лорд и леди Джилберт собирались отпраздновать Рождество с леди Алисией, но в основном чтобы быть рядом с Эмили, возвратившейся накануне из Испании. Вчера он ухитрился провести с ней несколько минут наедине, после того как она прислала записку с извещением о своем приезде. Правда, выглядела она такой усталой, что Стивен велел ей немного поспать.

Теперь же ему не терпелось скоротать с ней вечер и уладить дела с лордом Лансберри. Сунув руку в карман, он вынул великолепное кольцо с изумрудом, окруженным бриллиантами, которое намеревался надеть на пальчик Эмили после того, как поговорит с ее отцом. Кольцо сверкало в полутемном экипаже: поистине королевское сокровище стоимостью в целое состояние. Но Стивена не волновала цена, впрочем, как и исход беседы с Лансберри: просто не было причин ожидать, что герцог что-то имеет против такого союза.

С безлунного неба сыпал легкий снежок. Из дома поспешно выбежал лакей, чтобы помочь кучеру Стивена с лошадьми. Дворецкий Лансберри распахнул двери и снял с плеч Стивена теплый плащ.

— Добрый вечер, милорд, — с поклоном приветствовал он и, вручив плащ слуге, повел гостя в комнаты. — Леди Эмили ожидает вас в восточной гостиной.

— Мне хотелось бы сначала потолковать с его светлостью, — возразил Стивен.

Дворецкий приостановился:

— Прошу прощения, милорд, но его светлости не будет весь вечер.

— Знаете, куда он отправился?

— Его светлость упоминал, что намеревается сыграть несколько партий в вист с маркизом Гленгармоном.

— Если он воротится до того, как я уеду, пожалуйста, передайте, что хотелось бы побеседовать с ним, прежде чем он удалится в спальню. Не стоит меня провожать, я сам найду леди Эмили, — добавил Стивен, пересек тускло освещенный холл и зашагал по продуваемым насквозь коридорам к восточному крылу. По пути он пытался представить перипетии карточного поединка между герцогом и маркизом, но не хватало силы воображения. Оба были приблизительно одного возраста, но в то время как Лансберри отличался прямотой, внутренней силой и резкостью, доходящей до грубости, Уильям Лэтроп, маркиз Гленгармон, считался убежденным холостяком, чья приверженность этикету и неутомимое пристрастие к светским развлечениям делали его предметом бесконечных шуток. Его девяностолетний отец еще цеплялся за жизнь и вожделенный герцогский титул, который должен был перейти к Лэтропу еще много лет назад.

Но все эти мысли вылетели у Стивена из головы, как только он приблизился к гостиной, где сидела та, которую он любил. И хотя Эмили в двадцать лет обладала грацией и элегантностью, казавшимися почти неземными, на взгляд постороннего, Стивен знал, что под маской светского безразличия скрывалась умная, обаятельная девушка, запуганная своим отцом и ошеломленная тем вниманием, которое уделяли ей поклонники с первого появления в обществе. Живая, начитанная, чарующая...

Она бросала вызов, жалила острым язычком, забавляла и волновала Стивена, одновременно вызывая в нем свирепое желание защитить и укрыть от всех бед.

Он открыл дверь гостиной и, как всегда, задохнулся при виде несравненной красоты девушки. Эмили нагнулась над камином, вороша угли кочергой. Отблески огня превратили ее волосы в расплавленное золото, разлитое по плечам и спине.

Девушка, улыбаясь, выпрямилась и отставила кочергу.

— Пыталась раздуть угли в пламя, — пояснила она.

— Для этого вам достаточно улыбки, — заверил Стивен.

Потребовалось несколько мгновений, чтобы она поняла истинный смысл его замечания, но тут же постаралась сделать вид, будто ни о чем не подозревает.

— Выглядите вы прекрасно, — пробормотала Эмили вслух.

Но Стивен уже устал от игры в кошки-мышки. Черт побери, он любит ее и без всяких слов понимает, что и она отвечает ему тем же.

Разумеется, после двухмесячной разлуки она немного смущается, но он исполнен решимости не дать ей в который раз спрятаться за стеной светских манер и этикета, которую он с таким трудом разрушил до ее отъезда. И, не обращая внимания на банальную реплику, Стивен подчеркнуто отпарировал:

— Моя внешность ничуть не изменилась со вчерашнего вечера.

— Да, но вы пробыли здесь всего несколько минут, и... думаю... у меня просто не было возможности... как следует вас рассмотреть.

Вместо того чтобы подойти к ней и схватить в объятия, чего Эмили без сомнения ожидала, Стивен оперся плечом о камин и сложил руки на груди.

— Я никуда не спешу. Вы вольны потратить сколько угодно времени на то, чтобы изучить меня, к полному вашему удовлетворению.

Эмили растерянно хлопнула глазами.

— С другой стороны, — продолжал Стивен с легкой улыбкой, — стоит, пожалуй, провести эти минуты куда приятнее и полюбоваться друг на друга с гораздо более близкого расстояния.

Он широко раскинул руки. Эмили, чуть замявшись, рассмеялась и бросилась ему на шею.

Много-много минут спустя Стивен неохотно оторвался от ее губ, вынудил себя отнять руки от соблазнительных холмиков ее грудей и прижал Эмили к себе. Та застенчиво прижалась раскрасневшейся щечкой к его плечу. Стивен нежно улыбнулся, борясь с захлестывающим его желанием, хотя сердце было переполнено восторгом при мысли о том страстном отклике, которого он всегда умел от нее добиться.

Приподняв ее подбородок, Стивен улыбнулся во влажные фиолетово-синие глаза.

— Я знаю, что твоего отца нет дома, поэтому попросил дворецкого, чтобы тот сообщил, когда он вернется, что я хочу с ним поговорить.

Ответная улыбка застыла на прелестном личике. Эмили мгновенно превратилась в ледяную статую.

— Могу я спросить о чем? — выдавила она наконец.

— О тебе, — недоуменно протянул Стивен. — Пора доказать твоему отцу и всем сплетникам, что мои намерения чисты и благородны.

— Но ты сам утверждал, что светские кумушки тебе безразличны.

Скорее заинтригованный, чем встревоженный такой реакцией, Стивен нежно провел костяшками пальцев по гладкой щечке.

— Но небезразличны слухи, которые касаются тебя, — возразил он, — а они могут быть весьма неприятными, если мы не объявим о помолвке немедленно после твоего возвращения из Испании. До отъезда нас постоянно видели вместе, и если не предпринять немедленных мер, разразится скандал и твоя репутация будет погублена.

— Мне все равно. Это не важно. Единственный, кого это касается, — мой отец, а он никогда не слушает сплетен. Все может продолжаться как прежде.

— Черта с два! — бросил Стивен и, потрясенный ее легкомыслием и непростительной наивностью, тряхнул Эмили за плечи. — Послушай, — без обиняков заявил он, — рискуя показаться непростительно грубым, я должен спросить, хорошо ли ты понимаешь суть того, что происходит в постели между мужчиной и женщиной?

Эмили залилась краской, но смело кивнула и попыталась вырваться, но Стивен только крепче стиснул руки.

— В таком случае ты просто обязана сознавать, к чему ведут наши отношения и та страсть, которая пылает между нами. Прямиком в спальню, можешь не сомневаться. В мою спальню. Но только после того, как ты станешь моей женой. Отвечай, Эмили, — приказал он, не сводя с нее пристального взгляда, — ты влюблена в меня?

— Да, но выйти за тебя замуж не могу.

— Почему, черт побери?

— Потому что отец обручил меня с Гленгармоном!

Стивен отшатнулся, словно от удара.

— Когда? — рявкнул он.

— Накануне отъезда в Испанию, — пролепетала девушка, в отчаянии ломая руки, и Стивен ради нее попытался успокоиться.

— Но это немыслимо! Омерзительно! Он не может заставить тебя выйти за старика! Я не позволю!

— Мы ничего не сумеем сделать! Земли Гленгармона граничат с нашими, а мой отец так долго мечтал объединить владения. Еще его отец и дед только об этом и говорили. И единственный способ получить желаемое — выдать меня за маркиза. Гленгармон хочет меня достаточно сильно, чтобы пожертвовать поместьем и домом. По брачному контракту они составят вдовью долю.

— Весь этот разговор — сплошное безумие, и твой отец, должно быть, рехнулся. Но ты, Эмили, ты вполне здорова, и отец не имеет права приносить тебя в жертву старому дураку.

— Дочерний долг — повиноваться воле отца. Все знают это, и ты тоже! — вскрикнула Эмили.

— Ну так вот, я уверен, что ни один отец не смеет губить дочь, выдавая ее замуж за отвратительного высохшего дряхлого старца ради нескольких акров глины и грязи. И я сегодня же скажу ему это в лицо!

— Стивен, — устало пробормотала девушка, — даже если тебе удастся убедить его не делать этого, в чем я сильно сомневаюсь, он никогда не позволит тебе стать моим мужем.

— Боюсь, ты недооцениваешь силу моего убеждения.

Из глаз Эмили ручьем хлынули слезы.

— Не стоит предаваться бесплодным мечтам, питать несбыточные надежды. Ты проиграешь. Обязательно проиграешь. Неужели не видишь... не хочешь понять...

— Что именно?!

— Мой отец герцог. И Гленгармон станет герцогом после смерти отца. Именно поэтому мой отец желает этого брака, но умри Гленгармон завтра, он все равно не разрешит мне выйти за тебя. Поищет другого жениха с блестящим титулом, — всхлипнула Эмили, обнимая Стивена. — О Боже, как ты мог так поступить со мной? Как мне жить с Гленгармоном, зная, что ты хотел видеть меня своей женой? Конечно, сплетники именно это утверждали, но ведь не зря же говорят также, будто многие девушки верили... верили, что ты собираешься сделать предложение, но обманывались...

Слезы промочили сорочку Стивена, но он прижал Эмили к сердцу.

— Не плачь, родная. Тебе станет плохо. Я найду способ выйти из положения, вот увидишь...

Но Эмили, словно не слыша, продолжала:

— Для меня ты стал принцем из волшебной сказки, красивым, смелым, благородным и таким же недостижимым, как сон. Я никогда не позволяла себе думать, что ты в самом деле меня любишь.

Стивен хотел что-то ответить, но тут в дверь постучали.

— Кто там? — нетерпеливо крикнул он.

— Лакей из Гренд-Оук привез записку, милорд, — ответил дворецкий. — Говорит, дело крайне неотложное.

В нынешнем своем состоянии Стивен представить не мог, что существует нечто более срочное, чем происходящее в этой комнате. Но уже через минуту понял, что не учел капризы судьбы, которая часто забавляется, обрушивая сокрушительные удары на невинных и доверчивых.

— Немедленно велите кучеру поставить экипаж у крыльца и ждать меня, — приказал он дворецкому.

И, повернувшись к измученной, встревоженно глядевшей на него Эмили, обнял ее.

— Я должен немедленно ехать. Моя невестка упала, и матушка боится, что роды начнутся преждевременно. Слишком рано... — пробормотал он скорее себе, чем ей.

Эмили проводила его до дверей, быстро семеня, чтобы не отстать.

— Ты едешь в Гренд-Оук?

— Нет, к семейному доктору. Он живет не слишком далеко, в часе езды от тебя, но мои лошади отдохнули, и я, можно сказать, уже на полпути к нему. Так или иначе, лакей добрался бы позже меня.

Не обращая внимания на дворецкого и слуг, Стивен притянул к себе Эмили и припал к ее губам быстрым крепким поцелуем.

— Верь в меня и нашу любовь, — шепнул он и, сбежав по ступенькам крыльца, приказал кучеру не жалеть коней.

Глава 40

Эмили вернулась в гостиную, укуталась в шаль и села поближе к огню. Но согреться так и не смогла: слишком неумолим был холод, царивший в душе.

Несколько минут спустя в комнату вошел отец, и девушка поспешно встала, охваченная неизъяснимой тоской.

— Моя карета только что разминулась с экипажем Уэстморленда, — рассерженно объявил герцог, — а его чертов кучер едва не спихнул меня в канаву!

— Стивену пришлось срочно уехать: случилась беда, — пояснила она, слишком расстроенная, чтобы заметить свою обмолвку: отец ни в коем случае не должен был знать о столь фамильярном обращении к мистеру Уэстморленду. — Его невестка упала, и все боятся преждевременных родов. Он поскакал за доктором.

— Какая жалость! — небрежно бросил отец, но тут же забыл об Уитни, занятый собственными переживаниями. — Уэстморленд сообщил Дженкинсу, что желает поговорить со мной. Не знаешь, что ему нужно?

Эмили растерянно кивнула, но тут же постаралась взять себя в руки и приготовиться к неминуемой буре, которая вот-вот на нее обрушится.

— Он намеревался просить моей руки.

Лицо герцога побелело от бешенства.

— Идиотка! Дура безмозглая! Что ты наделала! Как допустила до такого?!

— Не знаю... это так неожиданно...

— Неожиданно!!! — прогремел он, но, по-видимому, вспомнив о слугах, немедленно понизил голос до яростного шипения: — Будь ты проклята! Неужели не понимаешь, что натворила? И что же ты ему ответила?

— Правду. Сказала, что уже обручена с Гленгармоном.

— И это все?

— Нет. Объяснила, что должна выйти за маркиза лишь потому, что ты давно мечтал присоединить его земли к своим и моя обязанность повиноваться твоим желаниям.

— И как он это воспринял?

— Ужасно расстроился. Папа, пожалуйста, поверь, я никогда не думала, что чувства Стивена так глубоки. Правда, последнее время распространились всякие слухи и предположения, но я попросту не обращала на них внимания.

— Господи Боже, что за несчастье! Ты поставила меня в безвыходное положение, при котором придется отказать Стивену Уэстморленду и смертельно оскорбить не только его, но и все семейство!

Рассеянно взъерошив волосы, герцог долго метался по комнате, прежде чем объявить:

— Есть только один выход! Ты немедленно выйдешь замуж за Гленгармона! Утром он может получить специальное разрешение, и вы сразу же обвенчаетесь.

Эмили подняла глаза на отца, но тут же отвернулась и уставилась в огонь.

— Хорошо, папа, — покорно пробормотала она.

Глава 41

Насмерть перепуганный Клейтон мерил шагами вестибюль. Такого ужаса он не испытывал даже вчера, когда Уитни, зацепившись за край ковра, покатилась со ступенек. И теперь он изнемогал от страха, не сводя глаз с двери у верхней лестничной площадки. За этой дверью мучилась его жена, пытаясь дать жизнь их ребенку двумя месяцами раньше положенного срока. И теперь судьба матери и младенца зависела от Господа и искусства Хью Уиткома.

За последние двадцать четыре часа мнение Клейтона о Хью с каждой минутой становилось все ниже. Прибыв накануне, он осмотрел Уитни и твердо уверил мужа, что и мать и дитя в полной безопасности. Только сегодня утром он подтвердил свой первоначальный диагноз.

— Нет никаких признаков того, что малыш просится на свет из-за несчастного падения, — твердил он Клейтону и остальным домочадцам, — но я на всякий случай останусь до вечера, присмотреть за герцогиней.

К этому времени Клейтон, лишившись всякого присутствия духа, опустился до того, что стал угрожать доктору:

— Если существует хоть малейшая возможность преждевременных родов, следующие два месяца вы просидите здесь, и попробуйте только сделать шаг за ворота!

Склонив голову набок, Хью Уитком рассматривал герцога с тем веселым сочувствием, которое неизменно питал к мужчинам, которым предстояло впервые стать отцами.

— Позвольте осведомиться, из чистого любопытства, разумеется, какими средствами вы собираетесь меня удерживать?

— Поверьте это не составит ни малейшего труда! — отрезал Клейтон.

— Не сомневаюсь, — хмыкнул Хью. — Мне просто интересно. Видите ли, когда ваша матушка, за месяц до вашего рождения, серьезно простудилась, то, насколько я припоминаю, тогдашний герцог угрожал заточить меня в подземелье Клеймора. Или то был граф Саттон? Нет... граф всего лишь отослал мой экипаж домой и не позволил мне воспользоваться своим.

Но улыбка мгновенно сползла с лица доктора, когда из комнаты вылетела горничная Уитни и, перегнувшись через перила, закричала:

— У леди начались боли, мистер Уитком!

С тех пор прошло несколько часов, но за все это время Клейтону позволили увидеть Уитни лишь дважды, и то на несколько минут. Бедняжка, лежавшая на огромной кровати, выглядела такой маленькой, бледной и хрупкой, но в перерыве между схватками храбро улыбалась мужу и даже попросила его посидеть рядом.

— Я люблю тебя и обязательно подарю чудесного красивого ребенка, только нужно немного подождать, — обещала она Клейтону, скрывая страх за ободряющими словами.

Клейтону сразу стало легче, до той минуты, когда тело жены выгнулось от невыносимой муки.

— Тебе лучше уйти, — выдавила она, закусив губу до крови.

Клейтон сорвал беспомощную ярость на Уиткоме:

— Черт побери, неужели вы ничего не можете сделать?

— Могу, и первым делом выгоню вашу светлость отсюда, чтобы ей не пришлось тревожиться еще и за *вас*.

Через час Клейтон вновь потребовал пустить его к жене, и хотя врач попытался задержать его у двери, Уитни слабым голосом попросила мужа войти. Она еще больше побледнела, на лбу выступили крупные капли пота. Клейтон опустился на колени, пригладил ее волосы и глухо выговорил:

— Больше я такого не допущу. Никогда. Не позволю, чтобы это снова случилось с тобой.

Прежде чем Уитни успела ответить, по ее телу вновь прошла судорога боли, и Клейтон, вскочив, схватил ее в объятия и принялся укачивать, как ребенка.

— Прости меня, — хрипло прошептал он, смаргивая слезы.

Но тут его снова выставили за дверь и больше не впускали. Правда, время от времени Уитком появлялся, чтобы утешить расстроенное семейство и дать очередной лживый прогноз о скором появлении младенца. Но Клейтон уже ничему не верил.

С трудом оторвав взгляд от двери, он посмотрел на часы. Начало десятого. В отчаянии он побрел в гостиную, где как на иголках сидели мать и Стивен в компании лорда и леди Джилберт.

— Уитком — невежественный осел! — с порога рявкнул он. — Немедленно посылаю за повитухой... нет, за двумя!

Леди Джилберт вымученно улыбнулась.

— Уверена, что малыш вот-вот родится. И все будет хорошо, — заверила она, хотя, по мнению Клейтона, сама была до смерти перепугана.

Лорд Джилберт подтвердил предсказания жены энергичным кивком и услужливо поддакнул:

— С минуты на минуту. И не о чем беспокоиться. Не она первая, не она последняя.

По мнению Клейтона, лорд Джилберт паниковал куда сильнее жены.

Стивен отнял ладони от лица и в немом отчаянии уставился на Клейтона. Очевидно, слишком уважал старшего брата, чтобы лгать ему в лицо.

Вдовствующая герцогиня встала и подошла к сыну:

— Я сердцем чувствую, что тревожиться нет причин и с ними все будет хорошо.

Клейтон побелел и ринулся к графину с бренди, стоявшему на боковом столике. В последний раз он слышал эту фразу из уст матери, когда ее любимая кобыла заболела. Бедное животное не дотянуло до утра.

Он понял: ничего не остается делать, кроме как молиться. И кажется, остальные так и делают. И все потому, что Уитком — бесчувственный олух!

— Ваша светлость!

Присутствующие уставились на Хью Уиткома, стоявшего в дверях. Только сейчас стало видно, как он устал и осунулся. Клейтон оцепенел.

— Да? — выдавил он.

— Не хотите подняться наверх и взглянуть на своего сына?

Но Клейтон, похоже, примерз к ковру. Ноги не слушались. Пришлось сглотнуть застрявший в горле комок, прежде чем он смог спросить:

— А как моя жена?

— Все благополучно, слава Богу.

Клейтон бросился вон из комнаты, борясь с безумным порывом обнять чудесного человека и опытного врача Хью Уиткома.

После его ухода Хью налил себе бренди и вытер вспотевший лоб платком. Вдовствующая герцогиня мгновенно оказалась рядом:

— Тяжело пришлось? — тихо шепнула она.

— У меня до сих пор руки от страха дрожат, Алисия. Она потеряла довольно много крови, но, кажется, все обошлось. Даже если бы кровотечение не началось, я все равно уехал бы не раньше завтрашнего вечера, и вы это знаете.

— Ну конечно, — всхлипнула она и, поддавшись тому же самому порыву, который так мужественно проигнорировал Клейтон, крепко обняла доктора. — Спасибо, Хью! Я была вне себя от ужаса.

И, оглянувшись на остальных, добавила:

— У меня глаза закрываются. Пожалуй, стоит немного отдохнуть.

— И мне тоже, — поддержала леди Джилберт.

Лорд Джилберт вежливо поднялся и, наклонившись, чтобы поцеловать жену, увидел слезы облегчения, блестевшие во все еще красивых глазах.

— Успокойся, дорогая, — попросил он, — ведь я же говорил, что волноваться нет причин, не так ли?

— Да, Эдвард, — пристыженно улыбнулась леди Энн. — Ты, как всегда, был прав.

Лорд Джилберт устремил взгляд на Стивена, внезапно помолодевшего лет на пятнадцать.

— Посмотри на Стивена. Он с самого начала был совершенно спокоен. Это вы, дамы, чересчур волнуетесь. Но роды — самая естественная вещь в мире, не так ли, Стивен?

— Разумеется, — кивнул тот, улыбаясь супругам, и, встав, подошел к боковому столику. — Пожалуй, выпью что-нибудь, прежде чем идти спать. Нужно же отпраздновать такое событие!

— Прекрасная идея! — воскликнул Эдвард. Оглянувшись, он заметил, что дамы уже ушли и доктор последовал их примеру. Они остались вдвоем.

— Что будете пить? — осведомился Стивен, показывая на строй хрустальных графинов.

— Бренди, пожалуй, — решил Эдвард.

— Превосходный выбор, — одобрил Стивен, вручая ему бокал и графин. Сам он предпочел виски.

Мужчины в полном молчании устроились на диване, время от времени подливая себе напитки. Стивен откинулся на спинку и скрестил вытянутые ноги. Лорд Джилберт проделал то же самое, и оба продолжали потягивать из бокалов, изредка понимающе переглядываясь.

Вскоре жгучая жидкость вытравила последние остатки пережитого ужаса. Стивен пил гораздо больше гостя, но и причин забыться было куда больше, чем только страх за Уитни и ребенка. Днем Эмили прислала ему записку, в которой сообщала, что вышла замуж за Гленгармона.

Глава 42

Через три дня после прихода в этот мир Ноуэла Уэстморленда Уитни уже сидела в постели, обложенная подушками, и удивлялась, почему ни свекровь, ни муж ни разу не навестили ее с самого утра.

Клейтон появился, когда часы пробили три раза.

— Где ты был весь день? — упрекнула она, отвечая на поцелуй.

— Пришлось съездить в Клеймор, — пояснил Клейтон, садясь на постель. — Как ты себя чувствуешь?

— Счастлива и здорова.

— Превосходно. А мой сын и наследник?

— Голоден и не стесняется громко выражать недовольство, — засмеялась Уитни. — Кларисса настояла на том, чтобы отнести его в детскую, и умоляла меня отдохнуть, но я не хочу спать.

— Я привез тебе подарок из Клеймора.

— Ты проделал такой путь только ради того, чтобы привезти мне подарок? Я предпочла бы вместо этого видеть тебя рядом.

— Крайне польщен таким заявлением, — ухмыльнулся муж, — но ничего не поделаешь, пришлось исполнить свой долг, и, к сожалению, мы с матушкой не сразу нашли то, зачем приехали.

Уитни уже хотела было потребовать объяснений, но тут появилась свекровь в сопровождении дворецкого, который нес тяжелый на вид предмет, покрытый красным бархатом с золотой бахромой.

— Это моя затея, — покаянно призналась вдовствующая герцогиня. — Не могла точно вспомнить, куда его положила, и Клейтону пришлось долго искать.

Она жестом приказала дворецкому поставить предмет справа от Уитни.

— Что это? — полюбопытствовала Уитни.

— Самая трогательная из всех традиций нашей семьи, которой должна следовать каждая герцогиня Клеймор после рождения наследника.

С этими словами она наклонилась и осторожно подняла ткань, открыв поразительной красоты ларец с золотыми замочками, инкрустированный перламутром. На взгляд Уитни, ему было несколько сотен лет.

Блестя глазами от любопытства, она потянулась к крышке.

— Похож на сундучок с сокровищами!

— Именно, только с одной разницей. После того как ты ознакомишься с содержимым, будешь должна добавить кое-что сама, причем вместе со своим портретом. Пока ты лежишь в постели, ларец останется у тебя, но потом его снова спрячут и извлекут на свет Божий, лишь когда твоя невестка принесет Клейморам нового наследника.

Уитни удивилась такой таинственности, но в эту минуту ее куда больше волновало то, что она не сумеет продолжить традицию.

— Сокровища? Портрет? — переспросила она. — Но я ничего не приготовила. Никто меня не предупредил.

— Совершенно верно, — кивнула вдовствующая герцогиня, любовно погладив Уитни по щеке. — Однако я открыла секрет Клейтону, и он заранее заказал твой портрет, который ты и положишь в ларец.

— Но откуда я возьму драгоценность, чтобы добавить к тем, что внутри?

— Открой и сама увидишь, — велела герцогиня. — Мы с Клейтоном оставим тебя, чтобы ты смогла без помех рассмотреть содержимое.

Совершенно сбитая с толку и донельзя заинтригованная, Уитни открыла замок и обеими руками подняла тяжелую крышку. Восторженный озноб пробежал по спине.

— Письма! — воскликнула она, поднимая сияющие глаза на свекровь. — Письма и миниатюры! О, взгляните, веер из слоновой кости... а вот и лента. Должно быть, они связаны с какими-то прекрасными воспоминаниями.

Она так разволновалась, что почти не заметила, как муж со свекровью вышли, закрыв за собой дверь.

Уитни с бесконечной осторожностью вынимала каждый предмет и раскладывала на постели. Всего писем оказалось восемь, по большей части пожелтевших и ветхих от времени, бумага крошилась под пальцами. Очевидно, именно поэтому ларец позволяли открывать всего на несколько дней, прежде чем снова запереть в шкафу на два десятилетия. Одно было написано на пергаменте и скручено в толстый свиток. Сообразив, что оно, должно быть, самое древнее, Уитни старательно развернула его и увидела, что не ошиблась. Послание, датированное шестым января 1492 года, было начертано изящным почерком первой герцогини Клеймор:

«Я, Дженнифер Меррик Уэстморленд, герцогиня Клеймор, жена Ройса Уэстморленда и мать Уильяма, родившегося в третий день января, посылаю вам свои любовь и привет...»

Потрясенная Уитни читала повесть о чете первых герцогов Клеймор, изложенную во всех подробностях Дженнифер Меррик Уэстморленд. Она писала о состязаниях, турнирах и битвах, в которых побеждал ее любимый муж, прозванный Черным Волком, но вместо того чтобы останавливаться на подробностях, интересующих мужчин, предпочла поведать правду о своей жизни тем, кому предназначено стать ее преемницами.

Дженнифер не утаила, как велика была ее ярость, когда Черный Волк похитил ее из родового замка в Шотландии и привез в Англию. Уитни весело смеялась, узнав, сколько изобретательности требовалось Дженнифер, чтобы снова и снова пытаться ускользнуть из плена. Дженнифер рассказала, в какой гнев впал Ройс, когда ему пришлось жениться на ней по приказу короля, и Уитни испытала те же негодование и страх, которые, вероятно, ощущала ее предшественница. Далее шел рассказ о турнире, где Ройс боролся против другого рыцаря, дамой которого она себя объявила, и Уитни точно так же обуяли угрызения совести. Но последние фразы послания были исполнены такой любви к мужу, что Уитни вытерла выступившие на глазах слезы.

В заключение Дженнифер объяснила, что кладет в ларец свой портрет, желая, чтобы последующие герцогини Клеймор знали, какой она была.

«Когда я сказала своему господину и мужу о моем желании передать письмо и маленький портрет следующим поколениям, он призвал художника и подарил мне эту миниатюру. Боюсь только, что художник мне польстил, — скромно признавалась она. — Мои глаза не столь велики, а черты лица далеко не такие тонкие, но муж уверяет, что сходство необыкновенное. Он также подсказал мне выгравировать свое имя на обратной стороне рамки, чтобы потомки смогли сразу распознать мое лицо среди многих портретов будущих герцогинь Клеймор. Молюсь, чтобы и ваши мужья были так же добры, как мой, и позволяли заказать портрет и вам. Жаль только, что я никогда вас не увижу».

Слепыми от слез глазами Уитни рассматривала расплывающиеся лица на портретах. Выбрав, по ее мнению, самый старый, она повернула его обратной стороной и улыбнулась. Свирепый герцог, прозванный Черным Волком, велел не только выгравировать инициалы жены, но и переплести их со своими и заключить в сердечко.

Уитни прижала миниатюру к сердцу и неохотно отложила.

К следующему утру она успела прочесть и перечитать каждое письмо и узнать все тайны своих усопших родственниц.

Вечером, когда Ноуэла отнесли спать, Уитни послала за пером и бумагой и, поставив вверху дату, начала выводить букву за буквой.

«Я, Уитни Элисон Уэстморленд, девятая герцогиня Клеймор, жена Клейтона Роберта Уэстморленда, мать Ноуэла, родившегося в двенадцатый день декабря...»

В соответствии с традицией и общим стилем писем она изложила подробности их романа и свадьбы.

Работа отняла у нее два дня. Закончив письмо к следующему вечеру, Уитни взглянула на Клейтона, читавшего книгу у камина.

— Я дописала, — сообщила она, — и теперь остается только положить в ларец мой портрет с выгравированным на рамке именем... портрет, выбранный тобой. Ты сказал, что привез его из Клеймора. Не выкроишь минутку, чтобы его принести?

Клейтон отложил книгу и подошел к кровати.

— Для тебя я готов на гораздо большее. На все! — заверил он, целуя жену в губы, и, к ее удивлению, сел рядом.

— Где же он? — полюбопытствовала Уитни, гадая, какой портрет муж посчитал достойным такой чести и что написано на обратной стороне.

Вместо ответа Клейтон открыл верхний ящик тумбочки и с нежной улыбкой вручил жене крохотную миниатюру, на которой она была изображена в подвенечном наряде. На обратной стороне золотой рамки блестела надпись:

«Уитни, моя жена и моя любовь».

Издательская группа АСT

Издательская группа АСT, включающая в себя около **50 издательств** и редакционно-издательских объединений, предлагает вашему вниманию **более 10 000 названий книг** самых разных видов и жанров. Мы выпускаем классические произведения и книги современных авторов. В наших каталогах — интеллектуальная проза, детективы, фантастика, любовные романы, книги для детей и подростков, учебники, справочники, энциклопедии, альбомы по искусству, научно-познавательные и прикладные издания, а также широкий выбор канцтоваров.

В числе наших авторов мировые знаменитости Сидни Шелдон, Стивен Кинг, Даниэла Стил, Джудит Макнот, Бертрис Смолл, Джоанна Линдсей, Сандра Браун, создатели российских бестселлеров Борис Акунин, братья Вайнеры, Андрей Воронин, Полина Дашкова, Сергей Лукьяненко, Фридрих Незнанский братья Стругацкие, Виктор Суворов, Виктория Токарева, Эдуард Тополь, Владимир Шитов, Марина Юденич, а также любимые детские писатели Самуил Маршак, Сергей Михалков, Григорий Остер, Владимир Сутеев, Корней Чуковский.

Книги издательской группы АСT вы сможете заказать и получить по почте в любом уголке России. Пишите:

107140, Москва, а/я 140

ВЫСЫЛАЕТСЯ БЕСПЛАТНЫЙ КАТАЛОГ

Вы также сможете приобрести книги группы АСT по низким издательским ценам в наших **фирменных магазинах:**

В Москве:

- Звездный бульвар, д. 21, 1 этаж, тел. 232-19-05
- ул. Татарская, д. 14, тел. 959-20-95
- ул. Каретный ряд, д. 5/10, тел. 299-66-01, 299-65-84
- ул. Арбат, д. 12, тел. 291-61-01
- ул. Луганская, д. 7, тел. 322-28-22
- ул. 2-я Владимирская, д. 52/2, тел. 306-18-97, 306-18-98
- Большой Факельный пер., д. 3, тел. 911-21-07
- Волгоградский проспект, д. 132, тел. 172-18-97
- Самаркандский бульвар, д. 17, тел. 372-40-01

мелкооптовые магазины

- 3-й Автозаводский пр-д, д. 4, тел. 275-37-42
- проспект Андропова, д. 13/32, тел. 117-62-00
- ул. Плеханова, д. 22, тел. 368-10-10
- Кутузовский проспект, д. 31, тел. 240-44-54, 249-86-60

В Санкт-Петербурге:

- проспект Просвещения, д. 76, тел. (812) 591-16-81
  (магазин «Книжный дом»)

Издательская группа АСT
129085, Москва, Звездный бульвар, д. 21, 7 этаж.
Справки по телефону (095) 215-01-01, факс 215-51-10
E-mail: astpub@aha.ru   http://www.ast.ru

Литературно-художественное издание

Макнот Джудит
Укрощение любовью, или Уитни

Роман
В 2 книгах
Книга 2

Художественный редактор О.Н. Адаскина
Компьютерный дизайн: Ю.Ю. Миронова
Технический редактор О.В. Панкрашина
Младший редактор Н.К. Белова

Общероссийский классификатор продукции
ОК-005-93, том 2; 953000 — книги, брошюры

Гигиеническое заключение
№ 77.99.11.953.П.002870.10.01 от 25.10.2001 г.

ООО «Издательство АСТ»
Лицензия ИД № 02694 от 30.08.2000 г.
674460, Читинская область, Агинский район,
п. Агинское, ул. Базара Ринчино, д. 84.
Наши электронные адреса:
WWW.AST.RU
E-mail: astpub@aha.ru

При участии ООО «Харвест». Лицензия ЛВ № 32 от
10.01.2001. 220040, Минск, ул. М. Богдановича, 155-1204.

Налоговая льгота — Общегосударственный классификатор
Республики Беларусь ОКРБ 007-98, ч. 1; 22.11.20.300.

Республиканское унитарное предприятие
«Полиграфический комбинат имени Я. Коласа».
220600, Минск, ул. Красная, 23.